백성

백성

13

제4부 | 사람 탈 짐승 탈

김동민 대하소설

문이당

차례

제4부 | 사람 탈 짐승 탈

별을 말하는 사람들

왕눈의 부모 석만수와 기 씨가 왕눈의 동생 상팔과 함께 기 씨의 친정 집이 있는 백운산 자락의 마을을 찾아든 것은, 왕눈이 하루아침에 연기나 안개같이 그 자취를 감춘 지 여러 해가 지난 어느 봄날이었다.

왕눈의 외할머니가 숙환으로 세상을 등졌다는 슬픈 부고를 받고 먼 길을 달려온 그들이었다. 실로 얼마 만에 온 고향 땅인지 모든 게 그저 낯설기만 한 기 씨는, 그러잖아도 가문의 대들보인 장남 재팔의 행방불명으로 몸과 마음이 피폐해져 있던 참이었는데, 이제 부모상까지 당하니 하늘이 무너져 내리는 것 같았다.

"여보!"

"어머이!"

남편과 아들의 위로도 아무런 도움이 되지 못했다. 기 씨의 아버지는 딸을 시집보낸 그 이듬해에 원인 모를 병으로 시름시름 앓다가 일찍 이승을 떠나버렸고, 과수댁이 된 기 씨의 어머니는 약간 자폐 증세가 있어 장가도 들지 못한 외아들과 집 앞의 전답을 일구며 이날까지 힘겹게 살아온 불우한 여인이었다.

"오라버니, 인자 우리 오라버니를 우짜꼬, 응? 울 오라버니를…….."

기 씨는 돌아가신 어머니에 대한 슬픔도 그렇거니와 살아 있는 오빠의 앞날에 대한 걱정 또한 마음에 걸려 더 서럽게 울었다. 어린아이처럼 낯가림이 심한 오빠 덕보는 하나밖에 없는 여동생의 가족들 앞에서도 제대로 얼굴을 못 들고 자꾸만 피하려고 했다. 그뿐만 아니라 심한 말더듬이인 그는 정신도 이전에 봤을 때보다 좀 더 온전치 못한 상태인 것 같았다.

"외삼춘."

한 번은 빈소 앞에 후줄근한 몰골로 앉아 있는 덕보에게 상팔이 무슨 말을 하려고 그를 부르자 멍하니 넋을 놓고 있던 그는 이렇게 응하는 것이었다.

"으응, 그, 그래, 재팔아."

그걸 본 만수가 무척 괴롭고 안타까운 표정을 지으며 알려주었다.

"행님, 갸는 재팔이가 아이고 상팔입니더."

아주 드물게 한 번씩 만날 때면 손위 처남인 덕보를 형님으로 깍듯이 모시는 만수였는데, 덕보는 매제인 그에게 말을 높여 만수를 당황케 만들기도 했다. 지금도 덕보는 손아래 누이의 남편인 만수에게 하는 말이었다.

"죄, 죄송합니더. 재, 재팔인 줄 아, 알고…….."

상팔이 바라본 아버지 얼굴은 고통과 번뇌로 일그러져 있었다. 그들에게 재팔, 그 이름은 더없이 절절한 것이었음에도 일종의 금기와도 같은 것이었다. 그 이름을 입에 올리는 사람은 슬픔과 아픔을 몰아오는 장본인에 지나지 않았다. 그리고 그보다 더 큰 절망과 낙담은 없었다.

그런데 통상적으로 그런 사람이 비슷한 경향을 나타내듯, 덕보는 한번 마음에 담고 입에 올린 대상인 재팔에 대한 이야기를 계속 꺼냈다.

더욱이 아무것도 모르고 있는 덕보였던 탓에 그의 말은 듣는 이들의 가슴팍에 불화살이 되어 꽂혔다.

"와 우, 우리 재, 재팔이는 아, 안 데꼬 와, 왔심니꺼? 내, 내는 사, 상팔이보담도 재, 재팔이가 더, 더 조, 좋은데."

그건 사실이었다. 덕보는 여동생이 낳은 첫 자식인 왕눈 재팔을 유난히 좋아했었다. 그는 재팔이 여동생의 아들이라는 그 사실이 너무나 신기하고 흡족한 모양이었다.

"외삼춘, 실은 그기예."

상팔이 덕보에게 사실대로 말을 해주려고 하는데 만수가 급히 눈짓으로 말린 후에 말했다.

"요 담에 올 적에는 반다시 데꼬 오것심니더, 행님. 시방은 오데로 좀 가서 집에 없다 아입니꺼."

그쯤에서 그만두었으면 좋았지만 그만큼 또 집요하게 물고 늘어지는 덕보였다. 참 딱하기 이를 데 없었다.

"오, 오데로 가, 갔다꼬요? 오, 오데로 가, 갔는데예?"

"……."

만수와 상팔의 눈이 마주쳤다. 마침 기 씨는 조금 전 빈소에 들렀다가 마당에 쳐놓은 장막으로 간 문상객들에게 음식을 가져다주느라 그곳에 없었던 게 그나마 다행이었다.

"재, 재팔이, 우, 우리 재팔이, 보, 보고 싶어……."

하지만 덕보는 보채는 철부지 같았다. 워낙 작은 동리인지라 문상을 오는 사람들이라고 해봤자 고작 몇 안 되는 이웃 사람들 정도였으므로 빈소는 썰렁하기 그지없었다. 만약 북적거리기라도 했다면 그럴 겨를이 없었을 것이다.

"행님."

"외삼춘."

덕보를 부르는 만수와 상팔의 음성에는 진한 물기가 묻어나고 있었다. 상갓집에 와 있어 더욱 그런 기분이겠지만, 두 사람은 혹시 재팔이가 잘못되지 않았을까 하는 불안과 초조 그리고 안타까움에 미칠 것만 같았다. 한 다리가 천 리라고, 솔직히 그들에게 재팔을 향한 감정의 폭은 고인故人과는 비교가 아니었다.

"덕보 외삼춘 안 있어예."

만수 귀에 언젠가 재팔이 하던 말이 들려오는 듯했다.

"좀 정상적이지 몬한 분이지만도 심성이 그러키 착한 사람은 이 시상에서 찾아보기 심이 들 기라예."

그러면서 재팔은 자기가 장성하면 어머니를 위해서라도 외삼촌을 집으로 모셔 와서 함께 살고 싶다는 소리를 덧붙였다.

"그런 것가? 니가 외삼춘을 그 정도로 생각하고 있다이."

물론 그게 쉽지 않을 거라는 판단은 하면서도 만수는 장남 재팔이가 그런 생각을 하고 있다는 그 사실 하나만으로도 진정 마음이 좋았다. 부모에게는 효자이고 동생에게는 자상한 형인 재팔이는 내 새끼지만 참으로 갸륵했다. 그런데 그런 자식이 대체 지금은 어느 하늘 밑에서 그 누구와 같이 지내고 있는지.

'아, 재팔아이. 사내아인 니가 에릴 적부텀 그리도 눈물이 많더이, 고마 이리 될라꼬 니 그 큰 두 눈에서 거씬하모 눈물이 폭포수매이로 막 쏟아지더나?'

비록 동리에서 '울보 왕눈'이라고 놀림감이 되기도 했지만, 재팔은 석씨 가문을 이어갈 대들보로써 하등 손색이 없는 자랑스러운 내 아들이었다.

만수는 어지럼증을 느낄 만큼 고개를 있는 대로 내저어가며 대책 없이 덮쳐오는 불길한 망상에서 벗어나려 무진 애썼다. 하지만 아귀같이 달려드는 또 다른 상념이 있었다.

'내 집사람 걱정도 말이 아이것다. 저런 오래비가 앞으로 혼자 우찌 살아갈 수 있을랑고 그 생각을 하모 억장이 다 멕힐 기라.'

어쩌면 같은 마을에 살고 있는 아내의 친척들이 돌보아 줄 수도 있겠지만 그것도 잠시일 뿐 언제까지고 지속될 수는 없을 것이다. 자기 식솔들을 건사하기에도 너무나 벅찬 게 인간 삶이 아닌가 말이다.

어쨌든 마을 뒷산 무덤에 고인을 안치하는 등 모든 장례는 끝났다. 그런데 그게 모두가 아니었다. 유족들 입장에서는 고인이 좀 더 좋은 곳으로 갈 수 있게 마지막까지 정성을 다하고 싶은 게 인지상정인 것이다.

"오데다가 불공을 드린다 캤소?"

그 지역에 있는 백운산의 작은 암자 이야기를 꺼낸 기 씨에게 만수가 물었다.

"당신은 타지 사람이라서 잘 모리시것지만도, 저 백운산 자락에 아조 오래된 쪼꼬만 암자가 하나 있어예."

그렇게 대답하는 기 씨 얼굴은 상喪을 당한 후 처음으로 아주 약간은 어두운 빛이 가신 느낌을 주고 있었다. 돌아가신 어머니를 위해 그 암자에 불공을 드리려고 하는 그 계획부터가 외씨만 한 위안으로 와 닿았는지 모른다.

"그라모 같이 가보입시더."

그들 식구 셋과 덕보, 그렇게 네 사람은 백운산 허리에 터를 잡은 상연대上蓮臺를 향해 출발했다.

"아, 우떤 태수太守가 자기 노모를 위해 지은 절이다, 그런?"

만수 말에 이어 상팔도 감격스럽다는 빛으로 말했다.

"에나 효자다 아입니꺼? 그런 절이라쿤께 더 퍼뜩 보고 싶거마예."

백운산 계곡을 들어서면서 만수는 벌써 그곳이 예사로운 곳이 아니라는 생각이 들었다. 수풀은 우거지고 기암괴석이 눈을 사로잡는데 옥 같은 물은 운치 있게 감돌아 흘러가고 있었다. 한마디로 선경仙境이었다.

시절은 봄철이어서 온갖 들풀과 꽃이 다투듯 피어났는데, 가을에 오면 단풍이 더할 수 없이 좋을 듯하고, 염천에도 서늘한 기운이 추위를 느끼게 할 것이다. 그런데 겨울 같은 공기를 몰아오는 일이 벌어졌다.

"재, 재팔이, 우, 우리 재, 재팔이도 가, 같이 와, 왔으모 조, 좋을 낀데."

덕보의 입에서 또 한 번 그런 소리가 흘러나왔다. 앞서 빈소에서 그 같은 말을 들었던 만수와 상팔은 그래도 좀 나았지만 처음 그런 얘기를 들은 기 씨의 안색은 당장 크게 바뀌고 있었다.

"외, 외삼춘예."

상팔이 여차하면 손을 내밀어 덕보의 입을 막을 것처럼 하며 기 씨의 눈치를 살폈다. 그 바람에 상팔은 그만 발을 헛디뎌 자칫 험한 산길에서 굴러 내릴 뻔했다.

"재팔이, 재팔이 말입니꺼, 오라버니?"

기 씨가 단말마 같은 소리를 질렀다. 불공을 드리러 가는 길이라고 하기가 무색하리만치 그녀의 심경은 또 다른 골짜기로 한없이 추락하고 있을 것이다.

부모는 땅에 묻고 자식은 가슴에 묻는다.

당장 만수 머릿속에 찍혀 나오는 말이 그것이었다. 물론 지금은 홀어미를 잃은 지극한 통한에 젖어 그 밖의 다른 것은 보이지도 들리지도 않을 아내였지만, 다른 얘기도 아니고 여러 해 동안이나 그 행방을 알 수 없는 맏아들에 관한 소리니 어찌 저런 모습을 보이지 않겠는가?

기 씨의 반응이 너무나 강렬하고 예사롭지 않아서일까? 자폐증이 있는 정신이 온전치 못한 덕보도 뭔가 느껴지는 게 있는지 그만 입을 다문 채 여동생 눈치를 힐끔힐끔 보기 시작했다. 그 모습이 안됐다거나 민망스러움보다도 기묘하게 분노를 갖다 안겼다.

"여보, 우리 오늘은……."

만수가 기 씨를 보고 무슨 말을 하려다가 그만두었다. 그렇지만 기 씨뿐만 아니라 상팔도 만수가 끝맺지 못한 말이 무엇인가를 알 수 있었다.

'오늘은 당신 어머니를 위한 불공에만 마음을 쏟고 우리 재팔이에 관한 일은 다음에 생각하는 것이 좋겄소.'

기 씨는 잠시 멈춘 자리에 그대로 선 채로 큰 한숨을 내쉬었다. 그러잖아도 금방이라도 픽 쓰러질 만큼 탈진한 상태인데 죽었는지 살았는지 아무것도 알 수 없는 아들 문제까지 덮치니 감당해내기가 얼마나 힘이 들겠는가?

"울 어머이 살아 계실 적에 저 암자로 뫼시고 가서 그 벨을 보거로 해드릿어야 했는데, 천하의 이 불효녀가, 불효녀가."

덕보는 기 씨의 그 말을 들었는지 못 들었는지 그저 무표정한 얼굴이었고, 만수와 상팔 두 사람 눈빛이 마주쳤다.

'외할무이한테 그 벨을 보거로 해드릿어야 했다이, 어머이가 각중애 벨 이약은 와 저리 하시지예?'

'내도 무신 소린고 통 모리것다.'

그런 무언의 말을 주고받는 부자의 귀에 또 들리는 소리였다.

"그랬다모 어머이가 더 사실 수 있었는가도 모리는데……. 아, 그 벨……."

한낮에 뜬금없는 별 이야기라니? 그날따라 날씨가 흐려 하늘에는 별은 고사하고 해도 떠 있지 않았다. 그렇지만 기 씨의 낯빛이 너무나 어둡고 무거워 보이는 탓에 남편도 자식도 선뜻 그것이 무슨 말인지 묻지 못했다.

또다시 말 없는 산행이 이어졌다. 갈수록 산세는 험준해지고 인가에서는 잘 보기 어려운 모양과 빛깔의 산새가 새움이 돋아나고 있는 나뭇가지에 앉아 희귀한 울음소리를 내고 있었다.

'삑, 삘리리, 삐익, 삐익, 삘리리……'

살아 있는 사람들이 아니라 죽은 자들의 행렬 같은 분위기를 풍기며 얼마나 산길을 타고 올랐을까? 이윽고 맨 앞에서 걷고 있던 기 씨가 목적지에 당도했는지 비틀거리듯 걸음을 멈추었다.

만수와 상팔의 시선이 똑같이 한 곳을 향했다. 과연 거기 산허리쯤에 한눈에 보기에도 아주 조그마한 암자 한 채가 꼭 매달리듯 덩그러니 앉아 있었다. 나는 세상과는 전혀 상관이 없는 존재라고 말해올 것 같은 분위기였다.

큰 절에 속하는 작은 절로서 중이 임시로 거처하면서 도를 닦는 집이라고는 할지라도, 워낙 인적이 드문 곳에서 사람 눈에 띌 듯 말 듯 은신하다시피 하고 있어, 어쩐지 보는 이들의 마음을 아리고 숙연케 하였다.

"시방은 아모도 없는가베예?"

"글씨, 비어 있다모 벨로 들가 보기도 쪼매 그렇다 아이가."

이만큼 떨어져 서서 암자 안쪽을 들여다보며 나누는 부자간의 대화를 듣고 있던 기 씨가 힘겹게 입을 뗐다.

"누가 올 때정 기다리다가……."

기다리다가 누가 오면 안으로 들어가고 오지 않으면 그냥 밖에 서 있다가 돌아가자는 건지, 아니면 누가 안 와도 들어가서 불공을 드리자는 건지, 종잡기가 쉽지 않은 기 씨의 말이었다.

오던 도중에 보았던 바로 그 새인지 색동옷처럼 몸빛이 다양한 새가 암자 뒤쪽에 서 있는 잡목에 올라앉아 그들을 바라보고 있었다.

상팔이 산속 공기와 너무나 다르게 답답한 침묵을 몰아내려는 듯 암자와 그 새를 번갈아 바라보면서 만수에게 말했다.

"저 암자는 새가 살모 딱 맞것다 아입니꺼."

그러자 지금 그 분위기에 숨이 막힐 것 같던 만수도 숨길 틔우듯 말했다.

"겉보기에는 특벨하거로 다린 암자는 아이고 그냥 팽범한 암자 겉기는 한데, 주변 풍광 땜인지 니 말매이로 사람이 아이라 새나 신선이 사는 데 겉은 기라."

기 씨는 두 눈을 꼭 감은 채 좁은 암자 마당에 불안정한 모습으로 서 있었고, 잠시 후 덕보가 꺼낸 말이 공기를 흩뜨렸다.

"내, 내는 여, 여 함 와, 와봤다."

상팔이 물었다.

"누하고예?"

덕보가 대답했다.

"도, 동무들 하, 하고."

상팔이 또 물었다.

"오시갖고 머 하싯는데예?"

덕보 답변이 모호했다.

"그, 그냥 노, 놀았다."

암자 뒤편 나무에 앉아 있던 새가 산 정상을 향해 날갯짓 하는가 했더니, 이내 방향을 바꾸어 저 아래로 펼쳐져 있는 골짜기 쪽으로 급하게 하강하고 있었다. 자기를 노리는 맹금을 본 것인가? 아니면 그곳에 짝이 있어 무슨 신호를 보내는 것을 알고 부리나케 날아간 것인가?

누구인지는 알 수 없지만, 암자에 있는 사람은 금방 돌아올 것 같지 않았다. 그대로 비어 있는 암자는 아닌 듯한데 어쩌면 한번 떠나면 여러 날 동안 타지에 머물다가 오곤 하는 게 아닌가 싶기도 했다.

"이 암자는 말입니더."

그 새가 보이지 않게 되었을 때 기 씨가 문득 눈을 뜨면서 입을 열었다. 핏기라곤 조금도 없는 부르튼 입술이 왠지 모르게 쇠뜨기를 떠올리게 했다.

"불공도 드리는 곳이지만도예."

만수가 보기에 지금 아내는 무슨 말이라도 하지 않고는 배기지 못할 만큼 가슴이 막히고 먹먹한 기분인 듯싶었다. 평소 마음결이 퍽 여린 그녀는 홀어머니의 죽음을 맞기 전에도 장남인 재팔의 행방불명으로 인해 심신을 가누기 힘들 지경에 이르러 있음을 누구보다도 잘 알고 있는 만수였다.

"불공 말고 또 머가?"

만수는 아내의 마음을 조금이라도 다른 곳으로 돌리기 위해 안간힘을 다하는 모습을 보였다. 금실 좋은 부부였다. 그런데 기 씨는 깊은 한숨으로 답변을 대신하고 있다가 한참 후에야 이렇게 말했다.

"노인성老人星이라쿠는 벨……."

만수는 약간 멍한 얼굴로 아내를 바라보았다. 아까 산을 오르고 있을 때도 별 운운하더니 또 별 이야기를 꺼내는 것이다.

"어머이, 해나예."

상팔이 아버지를 한번 보고 나서 어머니에게 물었다.

"그 벨, 남극성南極星이라꼬 불리는 벨 아입니꺼?"

어느 날 형 재팔이 온데간데없이 사라져 버린 후로, 특히 밤이 되면 형이 보고 싶고 그리운 마음에 혼자 툇마루에 나와 앉아 밤하늘 별들을 올려다보면서, 지금 형은 어디서 저 별들을 바라보고 있을까 하는 생각을 하며 눈물을 짓곤 하는 그였다.

"하모, 그 벨."

기 씨는 그 슬픈 경황 중에도 하나 남아 있는 아들이 기특하고 의지가 되는 모양이었다. 그때까지와는 다르게 그녀 목소리에 조금은 힘이 묻어나기 시작했다.

"니도 알고 있는가베?"

상팔도 잘됐다 싶어 얼른 말했다.

"예, 알아예. 운젠가 벗들하고 같이 우리 동네 서당 훈장한테서 들었는데예, 중국에서는 그 벨이 사람의 수맹(수명)을 맡아보는 벨이다, 글쿠더마예."

만수가 놀라고 대견하다는 눈으로 아들을 보며 말했다.

"아, 상팔이 니도 김호한 장군 딸내미 비화맹커로 똑똑타 아이가!"

그러는 만수 얼굴에는 어쨌든 아내 마음을 조금이라도 풀어주려고 하는 빛이 엿보였다. 그런 상상은 죽기보다 싫지만 어쩌면 재팔은 영영 돌아오지 않아 상팔 하나에만 기댄 채 살아가야 할지도 모른다.

"그래서 아까 전에 어머이가 그런 말씀을 하싯던가베예?"

상팔의 말에 만수도 떠올렸다. 아내가 그녀의 어머니에게 그 별을 보게 했다면 더 오래 살았을 수도 있다던 말이었다.

'그렇다모 그 벨을 보모 장수할 수 있다쿠는 이약 아이것나.'

만수의 그 짐작은 들어맞았다. 기 씨가 상팔에게 말했다.

"그 벨은 빛이 약해서 그냥 아모 데서나 볼 수 없다는 기라. 볼 수만 있으모 오래오래 살거로 해주는 벨이라 안 쿠나."

저 암자는 영험한 기운이라도 내뿜는 걸까? 아들을 상대로 제법 많은 이야기를 주고받는 아내를 지켜보며 만수는 문득 그런 생각이 들었다.

"이 에미가 알고 있기로는 안 있나."

"예, 어머이. 더 말씀해보이소."

상팔도 오랜만에 어머니가 꽤 많은 말을 하고 있다는 사실이 마음에 좋은 듯 여자애같이 사근사근하게 굴고 있었다.

"춘분하고 추분 사이에, 아, 시방이 그때가 맞나."

"그 사이에…… 또예?"

"그 사이에만 그 벨을 볼 수 있다 쿠데."

"아, 그라모 그때 사람들이 짜다라 여 오것거마예, 그 벨을 볼라꼬."

"으응, 그래."

거기서 기 씨는 또다시 가슴 아픈 표정으로 돌아가고 있었다.

'장모님한테 몬 그랬던 기 또 크기 후회되는 모냥인갑다.'

'외할무이 생각이 나서 또 우실라 쿠네?'

만수와 상팔은 난감한 표정으로 기 씨를 바라보았다. 그런데 지금까지 그 대화에는 전혀 관심이 없는 듯 산꼭대기와 골짜기를 번갈아 바라보며 다리도 아프고 지루한지 하품까지 하고 있던 덕보가 문득 이런 말을 했다.

"그 베, 벨을 자, 자꾸 보, 보고 또 보, 보고 하모, 아, 안 죽고 하, 한참 사, 살것네?"

"흑."

급기야 기 씨 두 눈에서 참고 참았던 눈물방울이 까칠해진 뺨을 타고 주르르 흘러내리고 있었다.

"쥔이 안 오더라도 안에 들가서 불공을 드리야것제?"

아내를 외면하며 만수가 하는 말을 상팔이 거들었다.

"하모예, 아부지. 그랄라꼬 여꺼지 왔는데예."

암자 주인이 돌아올 낌새는 여전히 보이지 않는 가운데 몸빛이 고왔던 그 산새마저도 영영 모습을 다시 드러내지 않을 것 같았다.

샤미센 연주 소리

일본 분위기를 가장 잘 느낄 수 있는 곳 중의 하나라고 쓰나코가 미리 귀띔해준 다카마쓰 리쓰린 공원이었다.

고토텐리쓰린코엔 역에서 내린 그들은 십 분가량 걸어서 그곳에 도착하였다. 몇백 년의 역사를 간직한 명승지라고 했다. 시간관념을 상실해버린 왕눈에게는 그런 사실이 그다지 중요한 게 아닐지 모르지만, 쓰나코 입장에서는 가슴이 저리도록 많은 것들을 돌아보게 하는 거였다.

"시간이 되면, 다 돌아보고요."

쓰나코가 꼭 관광지 안내인처럼 말했다. 그것도 일시적이 아니라 영원히 그럴 것 같았다. 어쩌면 그녀는 언제까지고 왕눈과 그런 일정한 거리를 유지하며 살아가려고 결심한 건지도 모르겠다.

"굉장히 넓거든요."

"예."

"보기에도 그렇죠?"

"예."

산 설고 물설고 말마저 선 그곳 일본 땅에 온 후로 왕눈의 입에 붙어

버린 게 바로 그 '예'라는 소리였다. 어느 때 갑자기 '하이'로 바뀌어버릴지 모르지만 그런 일은 결코, 일어나지 않을 성싶었다.

"만약 시간이 모자랄 것 같으면……."

그러다 말고 쓰나코는 그만 입을 다물어버렸다. 가슴이 막혀 더 하래도 더 할 수가 없는 그녀였다.

―시간.

그래, 말도 안 돼. 시간 같은 소릴랑 다시는 하지 말아. 우리에게 시간이 뭐야? 뭐냐고? 시간관념을 상실해버린 기억상실증 환자. 이 쓰나코를 만난 그 죄 하나로 남은 평생을 그런 환자로 살아가지 않으면 안 될 사람에게 무슨 망언을? 천벌아, 내려라. 이 쓰나코를, 이 쓰나코를.

그녀는 아귀같이 덤벼드는 죄의식 섞인 강박감에서 벗어나려고 무척 애를 썼다.

"남쪽 정원만 구경하기로 해요."

그런 후에 여전히 생소하기만 한 듯한 눈으로 주위를 둘러보는 왕눈에게 그녀는 계속 말했다.

"우리에게 기회는 언제든지 있으니까요."

그러고 나서, 예전에 부모님과 함께 이곳을 찾았을 때는 북쪽 정원까지 거기 전체를 관람했었다는 말도 덧붙였다. 그들 집안에 관해서는 아직도 아는 바가 없지만, 왕눈이 듣기에는 참 팔자 늘어진 얘기였다.

'저 나모들을 보이 멤이 더 그렇거마.'

왕눈 마음에 무엇보다도 먼저 아리도록 와 닿은 게 공원 안에서 자라고 있는 키 작은 흑송黑松들이었다. 2백 년도 더 나이 먹어 보이는 그 노송들은 무려 천 그루가 넘는다고 했다.

왕눈은 고향 뒤벼리 저편 선학산仙鶴山 등성의 노송들이 생각나서 눈시울이 붉어졌다. 공동묘지가 있는 선학산이다. 간혹 멧돼지 무리들이 출몰하여 무덤을 파헤치기도 한다던가. 고갯마루에 올라설라치면 소슬바람이 불어오는 곳. 그 고개 위에 거인처럼 우뚝 선 소나무들은 사철 내내 기둥같이 하늘을 떠받치고 서 있었다.

'시방도 잘 자라고 있것제.'

그러니까 '지금'이 어느 때인지도 모르게 시간 감각을 놓쳐버린 채 왕눈이 선학산을 떠올리고 있을 때, 쓰나코가 손가락으로 저쪽 산을 가리키며 입을 열었다.

"시운산柴雲山이라는 산이에요."

"아, 예."

그 시운산을 배경 삼아 열 개도 더 되는 조그만 인공 산들이 만들어져 있었다. 방문만 열어젖히면 기다렸다는 듯 곧장 산이 바라보이는 나라에서 태어나고 자란 왕눈으로서는, 일부러 그렇게 산을 만들었다는 그 사실부터 좀 희한하다는 생각이 들었다. 여기 사는 사람들은 할 일이 그렇게 없는가도 싶었다. 그야 어쨌든 간에 그 인공 산들과 몇 개의 연못들이 시운산과 더불어 이루어내는 조화는 그런대로 괜찮아 보이긴 했다.

그렇지만 내 정든 고향에 있는 대사지와 가매못보다는 훨씬 못하다는 생각이 들었다. 온갖 연꽃이 만발한 대사지는 얼마나 아름다운 못인가 말이다. 연못을 가로지른 흙다리 대사교 위에 올라서서 내려다보면 대사지는 그대로가 한 폭의 그림이었다.

가매못 또한 좋았다. 어쩌면 이름처럼 그리도 크고 우묵한 가마솥처럼 생겼는지 너무 신기했다. 다른 지방에서 온 사람들은 '가마'를 지역 말로 불러 '가매'라고 하는 것을 보고 웃기도 하지만 뭐 상관없는 게 지역민이었다. 아무튼 아침놀과 저녁놀이 붉게 잠겨 있을 때의 가매못은, 정말 누군가가 가마솥에 활활 불을 때고 있는 광경을 떠올리게 했다.

그때 관광객을 인도하는 안내인이 하는 말을 쓰나코가 왕눈에게 해주었는데, 그 정원은 1,600 몇 년경의 간에시대의 사누키 영주 이코마 다카도시라는 사람이, 남쪽 호수 일대를 중심으로 하여 맨 처음 만들었다는 것이다.

그런가 하면, 거기 기쿠게쓰테이는 역대 지방 영주들이 좋아하던 다실茶室이라고 했다. 목이 마른지 아니면 버릇인지 혀로 입술을 축여가면서 말을 하는 그 중년 남자 안내인의 설명에 따르자면, 그 정자 이름은 중국 시인 우량사의 시 구절에서 따왔다고 했다. 그 말을 듣자 왕눈은 자신이 이방인異邦人이라는 감정을 한층 크게 느꼈다. 일본인에다가 또 중국인까지…….

"멋있는 말 아니에요?"

쓰나코는 연방 감탄하는 품이 잡념을 떨쳐버리기 위해서인 것 같았다. 그러고는 그 시구를 외워두기라도 할 양 소리 내어 읊조렸다.

"'물에 손을 담그니, 달이 손에 있다', 어쩜 그런 시를!"

왕눈은 중국 사람 시를 감상할 마음의 여유는 없었고, 다만 그곳에서 마신 차 한 잔이 인상에 남았다. 차를 마시니 어쩐지 가슴팍에 맺혔던 것이 쑥 내려가는 그런 느낌이었다. 사실 고국에 있었을 때는 차라는 것과는 인연이 먼 그였다.

'아, 그기 운제더라?'

그리고 그 정자를 보고 있으려니, 왕눈 머릿속에 언젠가 집안 친척 사람 중에서 가장 공부를 많이 했다는 어른 한 분을 따라가 보았던 우곡정隅谷亭이라는 정자가 떠올랐다. 왜 그 어른을 모시고 그 정자까지 가게 되었는지는 이제 기억에 남아 있지 못하지만, 그 어른이 아마도 가문의 아이인 그에게 무언가를 깨우쳐주려는 의도에서 데리고 갔던 게 아닌가 싶었다.

또한, 우곡정은 그 정자에 숨어 지내던 어느 선비의 호號에서 따온 이름이라던 그 어른 말씀은 아직도 귀에 생생히 남아 있었다. 더 나아가 무엇보다도 왕눈이 일본 땅에 와서까지 또렷이 기억해 낼 만큼 우곡정에 얽힌 사연은 섬뜩하고 처절했다. 그러니까 그건 시간을 뛰어넘은 무한한 힘을 지닌 역사의 하나라고 할만했다.

왕눈은 쓰나코가 자랑스럽게 들려주는 정자 이야기를 듣자, 우리 조선에도 훌륭한 정자가 있다는 것을 이야기해 주고 싶다는 강한 충동이 일었고, 그래서 기억을 되살려가며 전해주기 시작했다.

"예, 그라고 또……."

우곡이라는 그 선비는 고려 말에 높은 벼슬을 살았는데, 고려가 무너지고 조선이 새로 들어서자 지리산 청학동으로 숨어 들어가 지내다가, 나중에 고향으로 와서 정자를 짓고 우곡정이라 불렀다고 했다.

"지리산 청학동이라쿠는 데도 올매나 대단한 곳인고 하모예."

"청학동, 이름이 좋아요."

쓰나코는 갈수록 왕눈 이야기에 깊이 빠져드는 표정이었다. 어쩌면 참으로 묘한 인연이었다. 선연善緣이 아니라 악연惡緣이라고밖에는 할 수 없었다. 부산포 부둣가에서 둘이 처음 만난 후, 그렇게 긴 이야기를 하는 왕눈을 아직 대한 적이 없었기에, 더욱 관심을 나타내는 얼굴을 지어 보이는 건지도 몰랐다.

"거게 정자 앞마당에 못을 파고 말입니더, 그 둘레에 삥잉 돌아감서 백일홍을 여섯 나모 심고예."

그 집안 어른 말을 그대로 옮기자면, 저 '불사이군不事二君'의 충절을 지켜 은둔생활을 했다는 것이다. 그러고 보니 왕눈의 기억력은 예사가 아닌 듯싶었다. 어쩌면 한 가지가 퇴보하니 다른 한 가지가 더 발달하는 현상과 유사한 것일 수도 있었다.

그런데 이야기의 절정은 그다음에 있었다. 태조 이성계가 그의 사위를 그곳까지 보내어 한양으로 오도록 하였더니, 우곡 선비는 왕명을 거역하지는 못하고 자기가 앞을 보지 못하는 봉사라는 그런 핑계를 대어 사양하였다. 그러자 왕이 보낸 사람들은 우곡이 진짜 장님인지 아닌지를 알아보기 위해서 솔잎으로 눈을 찔렀다. 이에 우곡 선비는 눈동자를 전혀 움직이지 않았고, 붉은 핏물만 눈에서 줄줄 흘러내렸다고 전해지고 있다.

"아, 조선에 그런 사연을 담은 정자가 있다고요?"

쓰나코는 그녀 어머니 노요리에의 조상들 나라 이야기에 무척이나 감명받은 빛을 감추지 못했다. 거기 정자는 우곡정에 비하면 아무것도 아니라는 생각도 하는 듯했다.

"저도 꼭 한번 그 정자에 가보고 싶어요."

쓰나코는 그런 말을 하는데 왕눈은 그야말로 '자다가 남의 다리 긁는' 소리를 속으로만 하고 있었다.

'남자가 말을 마이 하모 안 된다꼬 어른들이 장 타일렀다 아이가.'

하지만 왕눈은 참으로 오랜만에, 아니 일본에 와서 처음으로 그렇게 긴 이야기를 단숨에 쏟아놓고 나니 억눌렸던 가슴이 조금은 풀어지는 것 같았다. 그동안 내가 너무 주눅이 들어 있었던 게 아닌가 하는 놀라운 자각도 일었다.

물론 지금 여기가 일본 땅이고, 그 자신이 아는 다른 사람은 단 하나도 없다는 사실에 비춰보면, 그것은 지극히 당연한 이치일 수도 있었다. 당장 쓰나코가 없으면 그는 한 발짝도 옮길 수가 없는 처지였다. 말도 통하지 않았고, 지리에도 먹통이었으며, 그런 것을 떠나 조선인이라고 무슨 행패를 가해 올지 몰랐다. 다행히 일본인들 눈에는 일본 여자 쓰나코와 함께 있는 왕눈 자신이 조선인으로 비치지 않을지도 모른다. 그 정도로 조선인과 일본인은 얼른 구분이 되지 않는 면도 있었다.

"그래갖고 안 있심니꺼."

"어머, 그래서 어떻게 됐어요?"

하여튼 꼭 벙어리 말문 틔운 듯, 한 번 말수가 많아진 왕눈은 그때부터는 완전히 다른 사람같이 변했다. 그리고 쓰나코는 그런 왕눈이 반갑고 한층 좋아지는 눈치였다. 과묵한 왕눈이 부담스러웠는지도 모른다. 그럴 것이다. 이제 주로 말하는 쪽은 왕눈이었고 듣는 쪽은 쓰나코였다. 시간이 가다 보니 역할이 뒤바뀐 것이다.

그런 대화 흐름은 그들이 리쓰린 공원에서 나와 근처의 '스시집'에 들어가서까지 그대로 이어졌다. 왕눈은 스시를 앞에 놓고, 그의 고향 남강변에서 턱에 수염이 듬성듬성 돋기 시작하는 동네 형들에게 얻어먹던 은어 이야기를 들려주기 시작했다.

"질쭉(길쭉)하고 가느다랗기 생긴 쇠꼬재이(쇠꼬챙이)를 은어 주디에서 꼬랑대이 쪽으로 꽂는다 아입니꺼. 소금도 쪼꼼 치고예."

왕눈 눈앞에 고향 강가의 드넓은 백사장이 쫘악 펼쳐져 보였다. 시간 관념에 대한 인식을 잃은 그였기에, 그날로부터 오늘에 이르기까지 세월이 얼마나 흘러갔는지를 알지 못하는 상태였다. 그리하여 그게 어느 때의 일이나 풍경인지도 전혀 모른 채로 그는 점점 더 꿈꾸는 목소리가 되어갔다.

"모래밭에다가 구디이를 얕거로 파고예, 숯불을 피워놓고예, 그 주위에 삥잉 돌리감시로 꼬지를 꽂아갖고 골고루 굽는다 아입니꺼."

쓰나코가 왕눈의 이야기 사이사이 후렴 치듯 했다.

"아, 듣기만 해도 재밌겠네요."

"하모, 하모예."

두 사람은 스시집 분위기에 점차 익숙해져 갔다.

"재미도 있지만도……."

거기서 왕눈은 그 시절 그 나이로 돌아간 듯 입맛까지 다셨다.

"맛이 올매나 좋다꼬예."

노릇노릇하고 꼬들꼬들하게 구워진 은어가 눈앞에 어른거렸다. 그것을 입속에 넣었을 때 사르르 녹는 그 맛이라니!

"은어 갖고 밥도 해 묵지예."

지금까지 차곡차곡 쌓아두었던 이야기를 한꺼번에 쏟아내고 있는 듯한 왕눈의 말을 듣고 쓰나코는 머릿속에 그려보는 모습을 보였다.

"은어로 밥을 말이지요."

왕눈은 이번에도 그저 '예'라고만 하지 않았다.

"하모예."

쓰나코는 그저 신기하고 흥미롭다는 표정이었다. 하긴 초밥에만 익숙한 그녀로선 당연한 일인지도 모르겠다. 그녀가 당장 음식 요리를 할 사람처럼 소매라도 확 걷어붙일 것같이 하며 물었다.

"어떻게 만드는데요?"

"우짜는고 하모 이렇심니더."

왕눈은 어머니가 드물게 은어 죽을 짓던 장면을 떠올렸다. 그게 언제의 일인지는 말할 수도 없거니와, 중요한 건 이미 시간 따위가 아니라 기억 그 자체인 것이다. 죽어버린 시간 위에 살아 있는 기억의 편린들이다.

"우선에 은어를 푸욱 고웁니더."

"푹 고아서……."

그곳이 일본 스시집인지 조선 왕눈 집인지 모르겠다.

"그래갖고, 뼈가지만 추리내지예."

"뼈를 추려내어……."

쓰나코는 왕눈 말을 있는 그대로 따라 하면서 마음에 새겨두려는 눈치였다. 항상 그래오듯 공책에 적으려는 기색도 보였다. 왕눈은 추임새를 잘 넣는 좋은 고수鼓手를 만나 신이 오를 대로 오른 명창名唱을 방불케 했다.

"그라고는 거다가 쌀을 넣어갖고 죽을   이는(끓이는) 깁니더."

그러던 왕눈은 잠깐 입을 다물었다.

쌀. 참말로 귀한 것이 그놈의 쌀이었다. 보리죽이나 피죽도 먹기가 쉽지 않은 그 가난한 형편에 쌀죽은 그야말로 구경하기조차 힘들었다.

그러나 쓰나코 앞에서 그런 이야기를 끄집어내긴 싫었다. 그녀가 설마 멸시까지는 하지 않겠지만 그래도 자존심이 팍 상할 노릇이었다. 하기야 조선인들만 그럴까? 일본인들도 삶이 팍팍하긴 매한가지일 것이다. 어쨌거나 그래서 왕눈은 저 '은어밥' 이야기까지도 해주기 시작했다. 그 순간만은 시간을 잊어도 좋았다.

"우선에 밥을 안치고예, 거다가 은어를 꺼꿀로 딱 꽂는 깁니더."

은어 이야기는 그 끝을 보이지 않았다. 그들은 시켜놓은 초밥에는 손이 갈 생각을 하지 않는 사람들 같아 보였다.

"은어를 밥에 거꾸로 꽂는다는 거네요."

이번에도 쓰나코는 그 그림을 그려보는 것으로 벌써 그 맛에 취해버린 모습을 보였다. 그때쯤 왕눈은 차라리 무슨 전설이나 무용담을 들려주는 사람 같았다. 정작 그 스스로는 잘 깨닫지 못해도 그만큼 긴 나날 동안 향수에 시달렸다는 증거라고 해야 할까. 어쩌면 한 사람의 인생을 결정하는 데 무의식이 의식보다도 더 힘이 세고 무서울 수도 있는 것이다.

"밥이 싹 다 되고 나모 말입니더."

"모두 되고 나면…….."

갈수록 손님들로 붐비는 스시집 공기는 불그레한 기운을 머금어 가고 있었다. 그리고 좀 더 붉어지는 두 사람 마음이었다.

"젓가락 갖고 은어 꼬랑대이를 집어땡깁니더."

"젓가락으로 은어 꼬리를……."

착한 제자가 스승이 가르치는 말씀을 열심히 따르듯 시종 왕눈 말을 되풀이하는 쓰나코였다. 왕눈이 눈을 가느다랗게 뜨고 물었다.

"그라모 우찌 되는고 압니꺼?"

"그, 그건 잘 모르겠네요."

쓰나코가 그만 울상을 지었다. 그리고 순간적이지만 왕눈은 그런 쓰나코 얼굴에서 '울보' 재팔의 얼굴을 발견했다. 익숙하면서도 낯선 얼굴이다. 그는 홀연 무엇에 쫓기는 사람처럼 서둘러 들려주었다.

"은어 살은 밥 속에 그대로 남고예, 뼈가지만 추리진다 아입니꺼."

쓰나코가 금세 환한 표정으로 바뀌면서 손뼉이라도 칠 사람같이 했다. 언제나처럼 주위 사람들 시선은 전혀 아랑곳하지 않는 모습이었다.

"아, 그렇겠네요? 어쩜 그런 기발한 착상을 할 수 있지요?"

왕눈은 늘 안으로 수그러들기만 하는 앞가슴을 쑥 내밀며 물었다.

"우떻심니꺼? 은어밥, 상구 괘안것지예?"

쓰나코가 얼른 대답했다.

"하모예, 상구 괘안것다 아입니꺼."

"예?"

왕눈은 너무나도 뜻밖이었는지라 왕방울 눈이 그야말로 화등잔만 해졌다. 쓰나코가 또 한 번 화살을 날렸다.

"에나 일류 요리라예, 맛도 한거석 있는 일류 요리예."

왕눈은 말문이 닫히기 직전이었다.

"시, 시방?"

그런데 쓰나코는 생각보다 짓궂은 구석이 많은 여자였다. 짓궂다기보다도 영리했다. 조선말 중에서도 특이한 경상도 방언을 저 정도로 능란하게 구사할 줄 안다니. 어쩌면 왕눈의 말을 들으며 줄곧 혼자 몰래 연습을 해왔을 수도 있었다.

"와예? 우째서 그리 짜다라 놀래쌌는데예?"

같은 조선인이라 할지라도 그가 다른 고장 출신이면 그렇게 경상도 말을 잘 구사하기는 힘들 것이다.

왕눈은 이제 닭이나 두꺼비같이 눈방울만 굴릴 따름이었다. 비록 많은 날을 함께 보내왔다고 해도 스스럼없이 농담을 나눌 그런 사이는 아니라고 보았다. 그렇지만 그런 와중에도 문득 이렇게 얘기해주고 싶었다.

'우리가 조선에 같이 가거로 되모예, 내가 남강에서 은어를 마이 잡아 갖고 은어밥을 함 맹글어주께예.'

하지만 그것은 언제 이뤄질지 모르는 한갓 망상에 지나지 않은 일인지도 모르겠다. 아니, 어쩌면 영원히 불가능한 것이다.

그렇다고 해도 그 꿈만은 포기하고 싶지 않았다. 아니었다. 절대로 버릴 수가 없었다. 언젠가는 반드시 그렇게 하고야 말 것이다. 그것이 왕눈 자신의 존재 이유라고 보았다. 물론 그것은 크게 성공한 다음에나 할 일이었다. 초라하고 비참한 몰골을 하고서는 고향 땅을 밟을 수는 없었다. 그럴 바에는 차라리 타국의 땅에 뼈를 묻을 것이다. 조국을 떠나 있는 날이 길어질수록 그 강박감은 더 심해질 것이다.

술을 얼마 마시지 않았는데도 쓰나코 얼굴은 벌써 붉은 화장품을 많이 바른 것처럼 발그레해 보였다. 원래부터 피부가 고운 데다가 붉은빛마저 감도니 그 모습이 예뻤다. 그녀는 술에 약한 체질이었다. 그러면서도 술을 가까이하고 즐기려는 쪽 같았다. 그런 그녀에게는 남들이 모르는 비밀이 있을 것이다.

그에 비하면 왕눈은 술이 세었다. 어지간히 마셔도, 얼굴도 마음도 술을 마신 티가 나지 않았다. 어쩌면 엎어져도 바로잡아 일으켜 세워줄 피붙이 하나 없는 남의 나라여서 매우 긴장한 탓일 것이다. 일본은 그에게 어릴 적에 올려다보던 밤하늘의 달이나 별만큼이나 머나먼 곳이었다.

그랬다. 그 나라에 온 이후로 왕눈은 단 하루 한 시간도 마음을 놓고 지냈던 적이 없었다. 거의 매일같이 불안과 초조 그리고 경계의 연속이었다. 더욱이 쓰나코와의 모호하기 짝이 없는 관계가 어떻게 매듭지어질지 한 치 앞도 내다볼 수 없는 실정이었다. 모든 게 안개 속처럼 흐릿할 뿐이었다. 그러한 가운데 하루, 한 달, 일 년…… 그 세월이 정말 거짓말같이 흘러가 버렸다.

그런데 그런 측면에서 보면, 그가 시간에 대한 관념이 없어진 일종의 기억상실증 환자인 것이 되레 큰 다행인지도 몰랐다. 덧없이 지나간 그 숱한 세월의 양이 얼마나 되는지를 안다면 그의 고통과 절망은 정말 견뎌내기가 어려웠을 것이다. 물론 어느 날 기적같이 시간에 대한 인식 능력이 회복된다면 그는 더욱더 실의와 비탄에 빠져들고 말 것이다.

초밥집을 나오니 어느새 황혼 녘이었다. 기모노의 일종으로서 평상복으로 간편하게 입는 '유카타'라는 옷을 입고, 저무는 거리를 산책하고 있는 내지인들이 곳곳에 띄었다. 언제 어디서 봐도 왕눈에게는 낯설기만 한 광경이었다. 그 자신 역시 지금은 일본인 복장을 하고 있음에도 불구하고 그러했다. 그의 '마음의 옷'은 결코 달라질 수 없었다.

왕눈이 투숙하였던 료칸 객실 안에도 유카타가 있었다. 그리고 료칸 입구에는 나막신이 비치되어 있었다. 하지만 처음에 왕눈은 잠을 자거나 휴식을 취하거나 식당에 갈 때 그 유카타를 입으려고 하지 않았다. 나막신도 거부했다. 그 옷과 그 신이 싫었다. 그것을 입고 신으면, 그러면……. 상상만 해도 너무너무 무서웠다.

그렇다면 그가 일본에 올 때처럼 밀선密船이라도 타고 그리운 조선 땅으로 돌아가는 게 최상이자 유일한 방책, 그것이었다. 하지만 간혹 들으니, 그것도 예전 같지가 않다고 했다. 지금은 일본 당국의 감시가 너무나도 심해서 거의 불가능에 가까울 뿐만 아니라, 설혹 밀선을 탈 기회가 있어 탈주를 시도하더라도, 만약 발각되면 즉시 처형을 당하거나 평생 뇌옥에서 썩다가 죽은 다음에야 세상 빛을 보게 된다는 거였다.

'그렇다모 밀선 말고, 내 돈 주고 떳떳하거로 배를 타고 가모 되제.'

어쩌다가 아주 드물게 그런 생각을 안 해본 것은 아니지만, 오랫동안 백수건달로만 지내 한 끼 밥값도 없는 그의 수중에 그런 큰돈도 없었다. 고국에 돌아가야 한다는 그의 의지가 약한 데다가, 그 모든 것들에 앞서 가장 근본적인 문제는, 그와 쓰나코 사이에 그의 귀국에 관한 이야기가 단 한 번도 나오지 않았다는 사실이었다. 그건 거짓말 같지만 엄연한 사실이었으며, 그 이면에는 두 사람 각각의 내밀한 뜻이 깊숙하게 감춰져 있었다.

"이런 것도 일종의 여행이에요. 꼭 여행지에 가지 않더라도 새로운 것을 맛볼 수 있는 좋은 기회라고요. 뭐랄까, 마음의 산책이나 여행 같은 거 말이에요."

어쨌거나 쓰나코는 사치스러운 그런 여러 말과 더불어 왕눈에게 경험 삼아서 한번 입고 신어보라고 권유하였지만, 그는 그저 소리 없는 웃음을 통해 완곡하게 거절하였다. 만약 그렇게 했다간 그 자신은 영영 일본 사람이 되어 다시는 고국으로 돌아갈 수 없을 것만 같아서였다. 그것은 어떤 불쾌한 생각이 자기 의사에 반하여 의식에 강하게 고착되어, 이것을 버리려 하면 할수록 되레 한층 의식에 육박해 오는, 그러니까 말하자면 지독한 강박상태에서 헤어 나오지 못하는 결과의 소산이라고 할 수 있었다.

그러나 시간이 가고 처음 일본에 올 때 입었던 옷과 신었던 신이 떨어져 더 이상 착용할 수 없게 되었을 때, 왕눈은 가시 옷과 가시 신발을 입고 신는 기분으로 제 몸에 일본 의복과 신발을 끼워 넣을 수밖에는 다른 방도를 찾지 못했다. 그렇지만 한마디로 '제 저고리'가 아니었다. 너무나도 어색하기 그지없었다. 하지만 어쩔 수가 없었다. 옷을 벗고 살 수는 없고, 신을 벗고 살 수는 없지 않은가.

'내는 그렇고…….'

왕눈은 옆에서 걷고 있는 쓰나코를 곁눈으로 훔쳐보았다.

'저 여자는 와 맨날 이리저리 돌아댕기는 기꼬?'

그녀를 만난 이후로 언제나 왕눈 뇌리에서 떠나지 않은 의문이었다. 궁금한 것은 단지 그뿐만이 아니었다. 그녀는 줄곧 연필 같은 것으로 공책에 무언가를 적고 있었다. 그 시간과 공간이 정해져 있는 것도 아니었다. 풍경을 보면서 적기도 하고, 사람을 보면서 적기도 하고, 아무것도 보지 않으면서 적기도 했다. 도대체 그것을 무엇으로 사용하려고 그러는지는 모르겠지만 항상 그런 모습이었다. 때로는 왕눈은 안중에도 없다는 듯 그녀 혼자서만 오랫동안 무언가를 기록하기도 했다. 그 모습이 하도 수상쩍어 두려움을 느낄 경우도 종종 있었다. 그녀는 다른 외계에서 온 여자 같기도 했다.

'무신 내용이까?'

호기심을 이기지 못한 왕눈은 몰래 공책을 훔쳐보기도 했는데 소용없는 일이었다. 왜냐면 거기 적혀 있는 글은 하나같이 일본 글이었기 때문이다. 그는 조선 글자도 간신히 뗐고 일본 글에는 그야말로 까막눈이었기 때문에, 도무지 무슨 뜻인지 알아먹을 재간이 없었다.

'글자라쿠는 기 와 저렇노?'

그렇다고 쓰나코에게 직접 물어볼 엄두도 내지 못했다. 글을 써 내려갈 때면 그녀에게선 누구도 감히 근접할 수 없을 만큼 싸늘한 기운까지 풍겨 나오고 있었다. 그런 현상 또한 불가사의였다. 글을 쓰고 있지 않을 땐 그토록 상냥하고 쉽게 다가갈 수 있는 여자가, 일단 필기구를 잡앉다 하면 완전히 다른 사람처럼 변하는 것이었다. 얼음으로 빚은 사람, 그래서 녹아내릴 수 있으니 누구든 접근하지 말아라, 그런 엄한 경고장을 보내오는 듯한 느낌을 주었다.

한편, 쓰나코는 왕눈의 그런 호기심과 의문을 전혀 모르는 척했다. 글을 다 쓴 다음에는 필기구를 호주머니나 가방 같은 곳에 쿡 집어넣어 버렸다. 그러고는 언제 그런 짓을 했냐는 듯 완전히 다른 이야기를 하였다. 음성은 물론이고 표정까지 바뀌었다. 그런 그녀는 참으로 수수께끼 같은 여자였다.

'백야시 겉다, 백야시.'

왕눈은 간혹 속으로 그렇게 중얼거리곤 했다. 천년 묵은 백여우. 일본 여우는 저렇게 생겼을까 하는 상상도 여러 차례나 해보았다. 사실 희고 갸름한 쓰나코의 턱은 예쁘지만 여우를 떠올리게도 했다.

고국에 있을 때 사람들이 어린 옥진을 보고 '매구'라고 부르던 일이 떠올랐다. 누군가는 '새끼 기생'이라고도 한다던가. 옥진이 하도 예뻐서 그런 소리를 했지만, 옥진은 그런 말 듣는 것을 무척이나 싫어한다고, 언젠가 비화가 얘기했었다.

'일본에서 살라모, 일본말뿐만 아이고 일본글도 배와야 할 낀데.'

나막신을 신은 유카타 차림의 일본 행인들을 보면서 왕눈은 내심 다짐했다. 그리고 지금 나의 이 일본인 복장에도 어서 익숙해져야 한다는 것도 알았다.

어디선가 실바람을 타고 일본 전통악기 샤미센 연주 소리가 들려오고 있었다.

위험한 상봉

동업은 외로운 나무처럼 혼자 길가에 서 있었다.

목사 집무실이 있는 보장헌 건물 쪽을 물끄러미 바라보는 중이었다. 성안에 있는 병마절도사의 집무실인 선화당과 마찬가지로, 성 밖 목牧 관아인 저 동헌도 아직까지 동학농민군이 영향력을 미치고 있을지 모른다.

'에나 이해가 안 된다 아이가. 농민이 우찌 관리보담 더 심을 쓸 수 있는 기고?'

할아버지 배봉에게서 온 식구가 몸조심할 것을 당부받은 날부터, 동업은 그 좋아하던 서책은 펼칠 생각을 하지 않고 그야말로 이런저런 갖가지 '조선팔도 생각'을 하기 시작했다.

왜 무엇 때문에 우리 가족들이 대역 죄인처럼 꼭꼭 숨어 있어야 하는가? 그동안 백성을 착취해온 탐관오리들이야 농민군 표적이 될 수도 있겠지만, 우리 동업직물은 오로지 비단만을 팔아 온 장사꾼 집안이 아니냐? 그것도 일본까지 판로를 개척하여 외화까지 벌어들이는 애국적인 기업이다. 그러니 나라에 공功을 세웠다고 큰 상賞을 받아야 할 훌륭한 가문인데 말이다.

'난주 집에 들가모 머라꼬 발맹(변명)을 하는 기 좋으꼬?'

아버지 억호와 새어머니 해랑은 그가 집에 앉아 있지 않고 바깥에 나왔다는 사실을 알면 야단일 것이다. 큰 호통을 칠 게다. 하지만 고삐 풀린 망아지처럼 한창 이곳저곳 쏘다닐 나이인 동업이었다. 그런데 스승의 가르침을 받으며 벗들과 어울릴 수 있는 서원에도 못 나가고 방에만 틀어박혀 있자니 너무나도 갑갑해서 미칠 지경이었다. 그리하여 비복들도 알지 못하게 혼자 살짝 빠져나온 것인데, 막상 나와 보니 마땅히 갈 만한 곳이 떠오르지 않았다.

동업은 할 일 없는 백수건달처럼 계속해서 그 근처를 서성거렸다. 목사 행정청이 있는 저 자리는 본래 '부구몰니釜龜沒泥' 터라는 곳이었다. 그 고을에 살고 있는 지역민들도 모두 그런지는 모르겠지만 그가 다니는 서원 스승들은 그곳에 높은 관심을 보였다.

"옛날 그 부구몰니는 숲이 울창했던 기라. 그라고 상구 우거져 있는 거게 숲속에는 늪이 있었디제."

부구몰니, 부구몰니. 기억하기도 그렇지만 우선 발음하기도 여간 어려운 이름이 아닐 수 없었다.

"한데, 그 늪에는 황금빛 자라들이 짜다라 살고 있었다 아인가베."

"아, 그런 자라들이?"

스승님 말씀에 원생들은 대단히 신기하다는 듯 눈을 반짝였다. 황금빛 자라라니. 못이나 하천 같은 곳에서 거북 비슷하게 생긴 보통 자라만 보아온 그들이었다.

"그래, 사람들은 거기가 귀한 터라고 벌로 들어가지도 안 했던 기라."

그렇게 신성한 자리에 관청을 지었으니 우리 고을 지맥을 탁 끊어버린 무모한 짓이라고, 스승은 나라 행정을 질책하고 통탄했다. 정기가 순

환하는 땅속 줄을 잘랐으니 이 고을에 환난이 닥치고 조용할 날이 없다는 것이다.

"인자 두고들 보거라."

동업은 가슴을 졸이며 비난을 넘어 저주 퍼붓듯 하는 스승을 멀거니 바라보았다.

"망조亡兆가 들어 운젠가는 왜눔들이 그 자리를 저것들 거매이로 떡 차지해 앉아갖고, 심없는 우리 조선 사람들을 몬 살거로 괴롭힐 날이 오고 말 끼다."

그런 두렵고 무서운 소리까지 나왔다.

"인간이 하늘 뜻에 거슬리는 짓거리를 하고 자연을 벌로 파괴하모, 반다시 말세가 오기 마련이제, 말세가."

동업이 그 스승 말씀을 그냥 한쪽 귀로만 흘려듣지 못한 것은, 집안 어른들이 주고받는 이야기가 있었기 때문이었다.

"일본이 우리 조선 땅에서 청국을 몰아내삐는 거는 시간문제다."

할아버지는 아무래도 나잇값을 제대로 하지 못하는 것 같았다. 자식들 앞에서 시도 때도 가리지 않고 연방 자기 자랑을 늘어놓는 것이다.

"우리가 부산포 일본 상인들하고 장사를 시작한 거는 아모나 그냥 할 수 있는 기 아이라. 모도 이 애비가 선갠지맹(선견지명)이 있기 땜에 가능한 일 아인가베."

작은아버지가 속을 메슥거리게 하는 그 특유의 아부를 늘어놓기 시작했다.

"아부지 사업 감각은 증말 알아줘야 합니더."

이런 상소리는 조카인 동업이 듣기에도 민망스러웠다.

"비화 고년이 암만 미친년매이로 설치싸도, 우리 동업직물하고는 상대가 안 될 낍니더. 함 두고 보이소. 땅도 사고 머도 한다꼬 장마당 쫓아댕기는 고년 가래이를 운젠가 쫙쫙 찢어삘 낍니더."

아버지도 질세라 입을 섞었다.

"우리 자슥들이 아부지 사업 수완을 몬 따라갈 끼니, 그기 머보담도 젤 죄송하고 걱정됩니더."

할아버지가 밭고랑처럼 주름이 간 손을 휘휘 내저으며 말했다.

"해랑이, 아, 아니, 니 각시 덕도 무시할 수 없제."

아버지 낯은 활짝 펴이고, 작은아버지 낯은 팍 찡그러졌다. 누가 형제 아니랄까 봐 낯에 똑같이 크고 검은 점이 있는 게 보기 싫으면서도 신기했다.

"내 한 개도 안 기시고 이약하는데 안 있나, 새 애기가 우리 집에 들오고 나서부텀 사업이 이전보담도 몇 배나 더 번창해졌다 아인가베."

가슴 뿌듯해하는 할아버지 말에 아버지가 요상한 웃음을 터뜨렸다. 그런 웃음은 아마도 집안내림이 아닐까 싶었다.

"히히히. 보리까끄래기맹캐 까끄러븐 거래처 눔들도 말입니더."

할아버지는 졸리는 사람처럼 눈을 게슴츠레 뜨고 반문했다.

"거래처 눔들이 와?"

아버지는 채신머리없이 고개를 까딱까딱하며 헤헤거렸다.

"해랑이가 떠억 가갖고 한분 만내기만 하모, 그냥 좋다, 좋다, 이겁니더. 안 된다꼬, 안 된다꼬오, 그리쌀 때는 운제고 말이지예."

할아버지는 자식, 손자 듣는 데서 막 나가는 소리까지 서슴지 않았다. 그런 것 또한 집안 내력을 알 수 있게 하는 단면이 아닐까 여겨졌다. 동업은 이날도 어딘가로 나가 있을 할머니 운산녀를 생각하면서 그 말을 들었다.

"마누래 단속 잘해라."

아버지는 뭔가 믿는 구석이 있는지는 몰라도 그런 걱정 따윈 다른 곳에 가서 알아보라는 투였다.

"에이, 지가 안 그리싸도, 해랑이는 현모양처 아입니꺼."

그런 대화를 들을 때 동업 뇌리에 곧장 떠오르는 게, 가마에서 떨어진 후유증으로 시름시름 앓다가 죽은 어머니 분녀였다. 자기에게 그렇게 진한 애정을 보여주었다.

그런데 참으로 기이하달까 묘한 일이었다. 동업은 내가 천하에 못된 자식이란 죄의식을 품으면서도 이상하게 어머니에 대한 그리움이라든지 슬픔을 그다지 느낄 수가 없었다. 왜 그런지 그로서는 참 짚을 수 없는 노릇이었다.

'여꺼정 에렵기 나와갖고 그냥 도로 집에 들가기는 싫거마.'

동업은 이제 어디로 갈까 한참 망설였다. 아직은 어린 가슴이 왠지 그렇게 공허할 수가 없었다. 그건 식구들 사이에 섞여 있을 때도 언제나 맛보는 씁쓰레한 감정 결이었다. 개밥에 도토리라더니, 나를 두고 이르는 말인가 싶었다.

'내가 모지래는 기 아모것도 없는 집 자석인데, 멤은 우째서 장마당 썽그리한고 모리것는 기라. 어른들 하는 말맹커로 호강 받치서 요강에 머하는 짓이까?'

동업은 마음이 아닌 눈에라도 무엇인가를 채우려고 하는 것처럼 주변을 둘러보았다. 드넓은 길에는 사람들이며 우마차며 가마며 많은 것들이 저마다 어디론가 분주하게 오가고 있었다. 그렇지만 그 자신이 돌아갈 곳은 결국 집밖에 없는 듯싶었다. 늘 바른길만 걷지 않고 때로는 옆길로 새 보는 것도 필요할 것 같았다. 하지만 탈선에 대한 그 순간적인 충동은 오래가지 못했다.

'돼도 안 하는 소리 늘어놓다가 꾸지람 듣지 말고, 아부지하고 새어머이가 아시기 전에 고마 퍼뜩 들가까?'

그런데 동업이 그런 작정을 하고 막 몸을 돌리려는 바로 그때였다. 저만큼 비봉산 있는 쪽으로 통하는 길목에서 맥없이 걸어오고 있던 어떤 여자 하나가, 동업을 발견하자마자 당장 비명이라도 지를 것처럼 하며 그 자리에 딱 멈춰 섰다.

'헉!'

그 여자는, 놀랍게도 동업의 친모 허나연이었다!

'아, 이, 이기?'

허나연은 현실이 아닌 듯했다. 꿈엔들 가능한 일이랴 싶었다. 너무나도 보고 싶어 그렇게 임배봉 저택 부근을 서성거렸지만, 그림자도 볼 수 없던 아들이었다. 더욱이 잡혀 죽을 각오로 그 집 안에까지 숨어들었다가 종년 언네에게 들켜버린 뒤로는, 거기 갈 엄두도 내지 못한 채 애만 바짝바짝 타들어 가는 요즘이었다.

동업을 빌미로 박재영을 협박해서 돈을 우려내는 짓도 그만둔 게 언제던가. 아니, 돈을 떠나서 너무너무 외롭고 쓸쓸했다. 하루아침에 연인과 자식을 한꺼번에 잃어버린 꼴이 돼버린 것이다. 세상천지에 나보다 불쌍하고 처량한 년이 또 어디 있겠는가 하고, 찬비 맞은 비루먹은 개처럼 이리저리 쏘다니던 참이었다.

"으으."

나연은 신음 비슷한 소리를 내면서 심하게 후들거리는 다리로 동업 쪽을 향해 가까스로 걸음을 떼놓았다. 마치 인기척을 듣고 포르르 날아가 버리는 새 가까이 다가가듯 그렇게 조심, 조심스럽게……

그러나 그때까지도 동업은 나연의 존재를 전혀 알아채지 못했다. 길에는 통행인이 무척 많았으며, 동업은 혼자 이런저런 상념에만 빠져 있는 탓이었다. 무엇보다 동학농민군과 어디서 맞닥뜨리지는 않을까 하는 것에 잔뜩 신경이 쏠려 있었다.

그러는 중에도 두 사람 간의 거리는 점점 좁혀졌다. 그런데 이제 서너 걸음가량 떨어진 그때였다. 동업이 어디 갈 곳이 떠오르기라도 했는지 갑자기 나연과 반대 방향으로 몸을 돌려세워 걸어가려고 했다. 바로 그 순간, 나연의 입에서는 자신도 모르게 이런 소리가 튀어나왔다.

"자, 잠깐!"

"……."

동업이 놀란 듯 이쪽을 바라보았다. 두 사람 눈이 정면으로 마주쳤다. 나연은 금방 숨이 멎는 느낌이었다. 땅이 흔들리고 공기가 흐름을 딱 멈추는 것 같았다.

'저, 저!'

동업의 눈, 그것은 바로 나연 자신의 눈 그것이었다. 단지 눈 하나만 그런 게 아니었다. 코며 입이며 턱이며 얼굴 전체가 그녀 판박이였다. 동업은 무척 어리둥절한 표정이었다. 생판 알지도 못하는 여자가 사람을 불러 세우는 것이다.

"지예?"

저쪽 객사 앞길에 늘어선 버드나무의 산발한 머리칼 같은 버들가지가 일제히 이편으로 쏠리는 분위기였다.

"지 말입니꺼?"

동업은 그 돌연한 상황에 입을 열지 못하는 나연에게 계속 물었다.

"아주머이, 와 그라십니꺼?"

나연은 그렇게 반갑고 기쁜 와중에도 가슴이 깡그리 녹아내리는 성싶었다. 내 아들에게 아주머니란 소리를 들어야 하다니.

나연은 목이 있는 대로 꽉 메어 더욱 아무런 말도 하지 못했다. 말은 커녕 숨조차 쉬기 힘들었다. 그러자 동업은 의아함을 넘어 약간 경계하는 눈빛이 되었다.

"지한테 하실 말씀이 있으심니꺼?"

"그, 그."

나연은 무슨 말이든지 해야 한다는 조바심이 일었다. 사람을 불러놓고 아무 소리도 하지 않으면 이상한 여자나 미친 여자로 보고 그냥 가버릴 것이다. 아아, 이대로 보내다니? 아니 될 말이다, 절대로 아니 된다.

그런데 나연이 다급한 김에 서둘러 꺼낸다는 말이었다.

"내, 내 아들하고 너, 너모 가, 가리방상하거로 새, 생기서……."

마음 같아서는 당장 '니 내 아들이다!' 하고 싶었다. 사실 지금까지는 동업을 보게 되면 이것저것 앞뒤 돌아볼 필요 없이, 내가 네 어미라고 곧바로 털어놓을 작정이었다. 아니, 저절로 그런 소리가 나올 거라고 믿었다.

한데, 그게 아니었다. 입에서는 또다시 마음과는 다른 말이 나왔다. 그녀 마음이 그녀를 배신하는 것이었다.

"똑 내 아들 겉애서……."

그러자 동업은 조금 이해가 된다는 듯 이렇게 물어왔다.

"아, 지가 아주머이 아드님하고 닮았는가베예?"

나연은 그만 '흑' 하고 울음이 터지려고 했다. 얼마나 듣고 싶었던 목소리인가? 그 핏덩이가 어느새 저렇게 장성한 모습으로 내 앞에 서 있다니.

"아주머이는예."

동업이 나연의 언동에서 무엇을 느꼈는지 또 이렇게 물었다. 그가 자꾸만 물어볼 것이 많도록 의문을 풍기는 나연의 모습이기는 했다.

"아드님하고 함께 안 계시는갑네예?"

나연은 자기 입이 아니라 남의 입을 빌려 말하는 여자 같았다.

"하, 하모."

"그래예?"

동업이 계속 물었다. 그도 얘기할 상대가 없어 외로움을 타고 있던 탓에서였는지는 모르겠다. 그렇지만 나연과 동업의 관계를 놓고 볼 때, 그런 것보다는 보이지 않는 어떤 숙명적인 기운이 작용하고 있다고나 할까, 하여튼 무언가가 있을 것이었다. 어쩌면 그건 인간이 통제할 수 있는 영역 밖에서 생성되고 있는 것일 수도 있겠다.

"아드님이 오데 가 있는데예?"

나연은 끝내 오열을 터뜨렸다.

"그, 그렇제. 같이 몬 있는 기라. 흑흑."

동업이 안됐다는 듯 물기 젖은 음성으로 말했다.

"아, 그래서 지를 보신께 아드님 생각이 나서 그라시는갑네예."

그러더니 동업은 눈을 동그랗게 뜨고 나연을 바라보았다.

"아드님이 운제 오는데예?"

나연은 하마터면 비명을 지를 뻔했다.

'아, 저, 저!'

그 표정 또한 나연 자신의 그것이었다. 나연은 속으로 울부짖었다.

'아들아이, 내 아들아이.'

그런데 이건 또 무슨 여우 두레박 쓰는 소릴까. 나연은 손등으로 콧물을 닦아내며 또 자신도 모르게 말했다. 참으로 생뚱맞았다.

"내 아들은 죽어삔 기라."

그러자 동업은 아주 놀랍기도 하고 죄스럽기도 하다는 듯 서둘러 사죄했다.

"죄, 죄송합니더, 아주머이예."

흰말이 끄는 수레가 덜커덩거리는 소리를 내며 가매못 쪽으로 방향을 틀고 있는 게 보였다.

"지가 아주머이 아푸신 데를 고만……."

"아, 아, 그, 그거는 아, 아이거마."

그들 머리 위 하늘에서는 비봉산에서 날아온 산비둘기 무리가 남쪽 성이 있는 곳으로 날갯짓을 하고 있었다. 가끔 남강에 서식하고 있는 물새가 산을 향해 날고 있는 광경도 목격되기는 했지만 흔치는 않았다.

"아입니더. 증말 머라꼬 말씀드리야 할랑가 모리것심니더."

"그, 그, 저, 저……."

나연은 엄청나게 당황했다. 어쩌다가 상황이 자꾸만 엉뚱한 데로 굴러가고 있는지 정말 모르겠다. 세상에, 어미 바로 눈앞에 멀쩡하게 살아 있는 자식이 갑자기 죽은 자식으로 둔갑해버리다니.

'내가 돌아뺏다. 악담도 우찌 이런 악담을 하고 있노.'

나연은 그때 옆에서 달구지를 끌고 지나가는 소의 뿔에 스스로 제 가슴을 찍고 그대로 죽어버리고 싶었다.

'자슥이 퍼뜩 죽으라꼬 용쓰는 기가?'

하지만 이제 그런 게 아니라고 번복할 수도 없는 노릇이었다. 더 나쁜 결과를 낳을 것이다. 그러면 분명 미친 여자나 사기꾼 여자로 보게 될 것이다.

참으로 일이 고약하게 돼버렸다. 새끼줄 꼬이듯 이상하게 배배 꼬이고 있다. 도대체 앞으로 무슨 좋지 못한 사태가 벌어지려는지 전조前兆가 너무 나쁘다.

'내사 모리것다. 내사 모리것다.'

나연이 황당하고 멍해져서 가만히 있자 동업도 더는 할 이야기가 떠오르지 않는지 그냥 묵묵히 섰다.

'아이다, 이기 모리것다고 할 일이가?'

나연은 초조함과 안타까움에 어쩔 줄 몰라 했다. 물론 지금이라도 이제까지 있었던 모든 비밀을 차근차근 상세하게 들려주면 동업도 어느 선까지는 이해할 것이며, 또한 동업을 납득시킬 자신도 있다.

'그라모 다 되는 것가, 그라모?'

그러나 그다음이 두려웠다. 두 사람이 모자지간이라는 사실이 드러나고 난 후가 불투명했다. 무서웠다. 나중에는 어떨지 모르지만, 무엇보다 우선 당장에는 동업은 그녀를 어머니로 받아들이지 못할 것이다.

모든 것을 떠나, 자신이 억호와 분녀의 업둥이로 들어갔다는 사실을 알게 되면 미쳐버릴지도 모른다. 동업이 아니더라도 그 엄청난 현실 앞에 견뎌낼 장사가 몇이나 되겠는가.

그러자 나연은 내가 자살해버리고 싶을 정도로 못 견디게 힘들고 고통스럽더라도 적당한 시기가 올 때까지는 극비로 붙여야 한다는 칼 같은 매서운 결심이 섰다. 세상에서 가장 아름답고 강한 모성애의 발동이었다.

그뿐이랴. 게다가 자칫하면 천금과도 맞바꿀 수 없는 자식을 영영 잃어버릴 수도 있다. 이제 겉모습이야 어엿한 사내가 다 된 것 같지만, 그래도 아직은 그토록 기구한 운명을 감당해내기에는 어린 나이였다.

"총각아."

이윽고 나연은 그렇게 부르며 동업을 향해 억지로 웃음을 지어 보였다. 그러고는 교방이 있는 곳으로 시선을 보내 동업과 눈이 부딪치는 것을 막았다.

"내가 무담시 바쁜 총각 붙들어 놓고 씰데없는 짓하제? 미안하거마는."

그 말을 듣자 동업 낯빛도 약간 풀렸다.

"아이라예. 지사 괘안심니더. 아주머이께서 멤이 안 좋으시것어예."

산비둘기가 사라진 허공 저 멀리로 솜털구름 몇 장이 걸려 있었다.

새가 구름으로 변한 것 같았다.

"총각이 생기기도 잘생깃고, 멤씨도 에나 곱다 아인가베."

나연은 코를 훌쩍거렸다.

"아주머이도 처녀 적에는 참 이쁘셨겠네예. 시방도 그러시지만도예."

동업이 말했다.

"내가 그리 비이나?"

"예."

"헛말이라도 기분 나쁜 소리는 아이거마는. 호호."

"하하. 진짭니더."

지나가던 행인들이 그들을 흘낏 바라보았다. 삽사리 한 마리가 두 사람 쪽으로 코를 내밀고 냄새를 맡는가 싶더니 버드나무 가로수가 서 있는 곳으로 달려갔다.

"에나?"

"예, 그리 웃으신께 더 이뻐 비이시네예."

"웃은께네 말이제."

나연은 울고 싶었다. 이렇게 웃어본 게 언제였던가. 지난날 재영과 한창 애정 도피 행각을 벌일 때도 즐겁게 웃지는 못했다. 왜 그랬는가?

사회 통념상으로 볼 때 어디까지나 박재영은 김비화라고 하는 여자의 남편이라는 자리에 있는 사내였다. 그런 사내와의 정분은 누가 뭐래도 불륜이었고, 비극적인 종말이 되리란 것도 눈에 빤히 보였다. 하지만 그런 줄을 알면서도 포기하지 못한 게 바로 사랑이라는 덫이었다. 만신창이가 되도록 빠져나오지 못하는 덫이었다.

아니, 그것도 아니다. 지금에 와서 돌이켜 보면, 그건 결코 사랑이 아니었다. 그것은 멧돼지의 맹목적인 돌진, 바로 그런 거였다. 엄청난 증오와 반감 그리고 질투심이 빚어낸, 이승에서 미리 겪는 저승의 지옥,

거기서 파생되는 온갖 악의 감정의 집합체였다.

"아주머이예."

나연이 그런 복잡다단한 상념에 사로잡혀 있을 때 동업이 약간 서두르는 모습을 보이며 말했다.

"지는 고마 가봐야것심니더."

그의 집이 있는 남쪽 방향으로 눈길을 돌렸다.

"식구들이 찾고 있을랑가도 몰라예."

나연은 그런 말은 전혀 예상치 못한 사람처럼 깜짝 놀라는 얼굴로 물었다.

"아, 갈라꼬?"

"예."

동업 답변이 무정하리만치 짧았다.

"가야, 가야⋯⋯."

나연은 슬픈 이별가의 한 소절小節을 읊조리듯 했다.

"인제 가모⋯⋯."

나연은 이대로 헤어지기가 싫었다. 정말이지 너무나도 아쉬웠다. 그 언제 다시 만날 수 있을까. 어쩌면 그럴 기회가 영영 없을지도 모른다. 나같이 지지리도 운이 없는 년이 말이다. 그런 소리가 마음속을 맴돌았다.

"총각이 상구 부럽다 아인가베."

바람은 목 관아와 객사 사이를 오가며 불고 있었다.

"예? 그기 무신 말씀이라예?"

정황이 썩 바람직하지 못할 데로 치달을 조짐이었다. 마음이 이성을 잃고 흐트러질 대로 흐트러져 버린 그녀 입에서는, 해서는 안 될 말들이 다 걸러지지도 못한 채 흘러나오기 시작했다.

"집에서 기다리는 식구들이 있는 사람은 올매나 좋을꼬?"

그러자 나연을 닮아 크고 동그란 동업의 눈이 더 커졌다.

"그라모 아주머이는 혼자 사시예?"

"……."

나연이 아무런 대답도 하지 않고 그냥 가만히 있자 동업은 안됐다는 표정을 지었다. 그리고는 더할 수 없이 조심스러운 어조로 물었다.

"아자씨도 안 계시고예?"

"아자씨?"

나연의 심장이 '쾅' 터질 것만 같았다. 그리고 터진 심장의 파편과도 같은 이런 말들이 그녀 입에서 빠져나오지 못해 안달이었다.

'니가 말하는 그 아자씨가 바로 니 아부지 아이가, 니 아부지.'

아이들 몇이 굴렁쇠를 굴리며 그들 옆을 바람같이 내닫고 있었다. 동업 입에서 나연의 심장을 딱 멈추게 하는 충격적인 소리가 나온 건, 그 아이들이 하마터면 늙은 마부가 끄는 수레에 부딪힐 뻔했다가 아슬아슬하게 피해 지나간 직후였다.

"이상해예. 에나로예. 오늘 아주머이를 첨 만냈는데, 똑 오래전부텀 아는 분 겉어예."

나연은 그만 자지러질 듯 기겁을 하였다.

"내, 내를, 낼로?"

동업은 자기 상식으로는 도저히 답할 수 없는 수수께끼를 받은 아이 같았다.

"예, 증말 알 수 없다 아입니꺼."

"그렇다 말이가?"

나연은 가슴이 갈가리 찢겨나가는 것보다 심한 통증을 느꼈다.

'아, 이런 거를 두고, 부모 자슥 사이에는 천륜天倫이 있다쿠는 기까?'

그런데 동업은 갈수록 나연을 아득한 벼랑 밑으로 사정없이 밀어버리는 것 같은 아찔한 말을 연이어 쏟아내었다.

"그라고 더 신기한 기 있어예."

나연은 온몸이 얼어붙는 중에도 눈을 둥그렇게 떴다.

"머가?"

그러자 동업이 한다는 소리가, 나연 귀에는 세상에서 가장 무서운 소리였다.

"아주머이하고 지하고 에나 한거석 닮은 거 겉어예."

"머, 머라꼬?"

나연 안색이 하얗게 변했다. 그녀는 오히려 꽁무니 빼는 말을 했다.

"그, 그런가? 가차이서 본께 안 그런 거 겉은데……."

그렇게 말끝을 흐리면서 나연은 도시 스스로를 이해할 수 없었다. 동업이 아니라고 해도 자기가 그렇다고 우겨야 할 판에 왜 자꾸만 거꾸로 가려는 것인가 말이다.

모를 일이다, 정말 모를 일이다. 아니다. 너무나도 잘 알기에 이러는 것이다. 나연의 눈앞에 나타나 보이는 거인들이 있다. 배봉가 사람들. 난공불락의 성채城砦, 동업직물.

나연의 의식 밑바닥에 깊숙이 뿌리를 내리고 있는 강한 두려움이다. 나연은 자신이 없다. 근동 최고의 막강한 가문과 맞서 싸울 용기가 없다. 그건 사마귀가 앞발을 들어 수레를 막으려는 짓이다.

언젠가는 만천하에 공포하리라 마음먹고 있었지만, 그날이 바로 내 무덤을 파는 날이 될 것이란 강박감을 지울 수 없었다. 그들은 쥐도 새도 모르게 나를 죽여 없앨 것이다. 산 채로 남강 물에 수장시켜버리거나 비봉산 자락에 땅을 파고서 묻어버릴 인간들이다.

그러나 그보다도 나연을 더 주저하고 망설이게 몰아붙이는 것은, 그 후에 동업이 어떻게 살아갈 것인가 하는 문제였다. 한 핏줄인 줄로만 알았던 그들과 동업 자신이 철저히 남남이라는 사실이 영원히 동업의 발목을 잡을 것이다. 세상을 증오하고 제 처지를 비관하면서 너무나 엇나가는 삶을 살아갈지도 모른다. 아니, 그렇게라도 해서 살아가면 그나마 다행이련만 아닐 것이다. 죽음을 택하게 될 것이다.

그렇다. 어릴 적부터 자기 집안이 나루터집과는 철천지원수 사이란 것을 귀에 못이 꽝꽝 박히도록 들어왔을 동업이다. 그런데 그 나루터집 바깥주인이 제 친부가 아닌가 말이다.

"아주머이! 뭔 생각을 그리하고 계시예?"

느닷없이 들려오는 그 소리에 나연이 화들짝 놀라 정신을 차려보니 동업이 그녀 얼굴을 뚫어지게 들여다보고 있었다. 나연의 고개가 절로 돌려졌다.

"아주머이."

동업의 부름에 나연은 한층 목을 옆으로 꺾었다.

"으응."

동업은 아무리 봐도 너무나 신기한 모양이었다. 어쩌면 신기한 그 정도가 아니라 어떤 기적을 마주하고 있는 심정일 수도 있었다. 그렇지만 그는 상상이나 하겠는가. 바로 눈앞에 서 있는 여자가 저를 낳아준 친모라는 사실이다.

'그래, 아즉은 때가 아이제.'

나연은 산산이 흩어진 이성을 그러모아 단단히 마음의 벽을 쌓아올렸다.

'우리 모자가 모도 안전하다 싶을 그때에, 우리 관계를 밝히야 하는 기라.'

아무래도 그 시기는, 지난번에 그녀가 상촌나루터 흰 바위 근처에서 위협하듯 호소하듯 재영에게 말했던 것처럼, 동업이 동업직물 최고 경영자 자리에 오른 이후가 될 것이다. 그전에 섣불리 발설했다가는 그녀 목숨이 위태로울 것은 말할 것도 없고, 동업도 후계자 서열에서 밀려날 가능성이 대단히 높다. 아니다. 그런 성질의 것이 아니라 훨씬 더 나쁜 사태를 맞이할 수도 있다. 어쩌면 신변의 위험까지도 감수해야 한다.

'그라고 우리 동업이만 있는 기 아이다.'

배봉가에는 또 다른 아들 재업도 있다. 누가 보더라도 억호를 그대로 빼다 박은 아이다. 나연도 소문 끝에 알고 있다. 재업의 친모는 억호가 부리던 여종 설단이다. 결국, 당사자인 동업과 재업만 자기들 출생 성분을 모르고 있는 셈이다.

나연은 독한 마음을 먹었다. 모자지간의 사사로운 정에 얽매이다간 모든 게 끝장날 수도 있다. 그런 어리석은 짓을 저지를 순 없다. 독하지 않으면 살아남을 수 없는 곳이 바로 여기 인간 세상이란 것을 모르지 않는다.

'하모, 맞다. 앞으로는 암만 보고 싶어도 꾹꾹 참아내야 하제. 벌로 아들 앞에 나서모 안 되는 기다.'

그런데 어렵사리 다짐하는 나연의 마음을 송두리째 뒤흔드는 소리가 들렸다.

"댁이 오데쯤 있심니꺼?"

나연은 화들짝 놀라며 반문했다.

"집?"

동업은 뭔가 결심을 세운 모습이었다.

"예."

나연은 탐색하는 눈빛으로 물었다.

"각중애 우리 집은 와?"

50

"시간 나모 가서 만내뵈고 할라꼬예."

나연은 황망한 어조로 되뇌었다.

"시간 나모 내를 만낸다꼬?"

동업은 그러잖아도 여자 같은 얼굴에 수줍은 미소를 띠며 양해를 구하듯 했다.

"그래도 괘안타꼬 하시모예."

얼핏 한량 같아 보이는 젊은이들 몇이 매우 시끄럽게 떠들어대면서 그들 옆을 지나가는 중이었다. 이번에 일어난 동학농민군 사건과는 아무 상관도 없어 보이는 자들이었다. 행인들이 못마땅한 얼굴로 그들을 노려보았다. 하나같이 행동거지가 거침이 없고 옷차림이 반지르르한 게 양반집 자식들이 틀림없었다.

'그래도 우리 동업이한테 비하모 너거들은 아모것도 아이다. 동업직물 손주다 고마.'

세상에 다시없이 든든한 울타리가 지금 내 앞에 있다고 가슴 뿌듯해하면서도 말은 어정쩡하게 나왔다.

"내만 괘안타모……."

나연은 참으로 중요한 결정을 내려야 할 숨 막히는 순간을 맞고 있었다. 친모라는 것을 밝히지 않고서도 함께 만나 많은 시간을 같이 지낼 수 있는 절호의 기회였다. 절대 놓칠 수 없었다. 그러나 마음 한쪽에선 또 다른 소리가 들렸다.

'이험한 짓인 기라. 니는 니 아들이 동업직물 갱영자가 될 그날꺼정 이 비밀을 안 밝힐 자신이 있는 기가? 아이가, 아이가! 텍도 없다. 그리는 안 될 끼다. 그전에 니 입으로 모돌띠리 탈탈 털어놓고 만다.'

그 소리는 갈수록 으름장이 심해졌다.

'그리 되모 니들 모자는 둘 다 지 맹(命)대로 몬 산다. 동업이가 먼첨

알아채지 말라쿠는 벱도 없제. 그라모 갤가는 똑걑다 아인가베.'

나연은 뼈를 깎고 살을 저미며 피를 토하는 심정으로 말했다.

"우리 집은 여 고을이 아이제."

"예?"

"상구 먼데 있는 기라."

"아, 상구 먼데예?"

동업 얼굴에 몹시 아쉬워하는 빛이 피어올랐다. 나연은 자청하여 독약을 마시는 기분이었다.

"하모, 그래서 이약해준다 캐도 몬 올 끼거마는."

"그거는 아이라예."

동업은 곱상한 외모와는 달리 끈질긴 구석이 있었다.

"아모리 멀어봤자 조선 땅 안에 안 있것심니꺼."

나연은 놓쳤던 마지막 지푸라기가 다시 물살에 떠밀려오는 것을 보았다. 그렇지만 여전히 허우적거리는 목소리였다.

"그, 그래도……."

동업은 이런 말도 꺼냈다.

"지는 할아부지 따라 부산포에도 가봤심니더."

"부산포?"

나연에게는 한양 못지않게 먼 고장이었다.

"예, 일본 상인들도 만내보고예."

동업은 사토와 무라마치를 떠올려보는 표정이 되었다.

"아, 일본 상인들도 말가?"

나연 머릿속에 또다시 '천륜'이란 글자가 또렷하게 찍혀 나왔다. 천륜이 끌어당기는 힘이 아니고서야 동업이 그녀를 이런 식으로 대할까? 강하고도 슬픈 것이 천륜인가 보다 싶어 나연은 치를 떨다가 고개를 흔들었다.

'아이다. 천륜 아이라 만륜이라 쿠더라도 아인 거는 아이다.'

나연은 정에 목마른 짐승 새끼처럼 자기를 바라보는 동업을 좀 더 모질고 잔인하게 떼놓아야 할 필요를 강하게 느꼈다. 매정하지 않으면 안 된다. 사사로운 정에 얽매이면 우리 모자 다 끝장이다. 세상에서 가장 못된 계모처럼 굴어라.

"실상대로 말하모, 내는 집이 없는 기라."

"예? 집이 없어예?"

동업은 도무지 믿을 수 없다는 기색이었다. 간혹 '집도 절도 없는' 그런 따위 말들을 들어보지 않은 건 아니지만, 실제로 그렇다는 사람을 만나니 그만 멍해지는 모양이었다. 그리고 그가 보기에 그 여자는 기품도 좀 있고 아름다운 용모여서 무숙자無宿者라고는 할 수가 없었다.

"이 고을 저 고을 정처도 없이 돌아댕김서 살아가제."

이어지는 나연의 목소리는 더 처량하게 들렸다. 거짓말이 술술 잘도 나왔다.

"남편이 아들을 데꼬 나가서 고마 행방불맹이 돼뻤다 아인가베."

동업은 말만 들어도 가슴이 아픈지 목소리에 물기가 배였다.

"아, 우짜다가?"

나연은 다른 사람이 돼가고 있었다. 그건 자아도취와는 또 다른 성질의 것이었다.

"그래 남편하고 아들 찾을라꼬, 온 시상천지 돌아댕기는 기라."

눈이 큰 사람은 눈물도 많다고 했다. 급기야 동업의 두 눈에 눈물이 핑 돌았다. 그러면서도 다행이고 반갑다는 목소리로 말했다.

"그라모 아드님이 죽은 기 아이네예."

나연은 또다시 정신이 아뜩하고 다리가 휘청거렸다. 북쪽 하늘을 배경으로 거인처럼 우뚝 서 있는 비봉산이 앞으로 팍 엎어지는 것처럼 느껴졌다. 그 밑에 깔려서 제대로 숨을 못 쉬는 그녀의 모습이 보였다.

"아, 그라모!"

동업은 문득 소망 빌 듯했다.

"오덴가 살아 있을랑가도 모린다 아입니꺼?"

나연의 콧등이 시큰해졌다. 자신도 모르게 연기가 극에 달했다.

"그, 그러까? 사, 살아 있으까?"

무엇이 그리도 다급한지 가마를 멘 가마꾼들이 씽 바람을 일으키며 달려가자 노란 흙먼지가 폭삭 일어났다.

"하모예, 아자씨도 살아 계실 끼라예."

동업은 자기감정에 겨워 눈물 글썽글썽한 눈으로 웃어 보이며 위로하였다.

"그라이 너모 슬퍼하시지 마이소."

하지만 나연 마음은 더 슬퍼지고 있었다. 그녀는 광대가 슬픈 대사 외듯 하였다.

"살아 있을 끼다."

동업은 확신에 찬 목소리였다.

"사람이 안 죽고 살아만 있으모 운젠가는 반다시 또 서로 만나거로 된다꼬, 지가 댕기는 서원에서 그리 배왔심더."

"그, 그리 이약해주이, 고, 고맙거마."

나연은 거의 무의식적으로 고개를 끄덕끄덕하면서 아직도 완전히 버리지 못하고 있는 꿈 하나를 떠올렸다. 재영과 동업 그리고 그녀, 이렇게 셋이 모여서 오순도순 살아가려는 꿈이다.

'아아아.'

그런 상상만으로도 가슴이 마구 뛰놀았다. 아니, 상상이 아니라 현실인 것 같았다. 드디어 달성한 것이다. 그들 세 식구가 가정을 이루게 된 것이다. 지금 그녀와 동업은 산책길에 나선 것이다. 재영도 곧 뒤따라 나오리라.

나연은 몸도 마음도 공중에 붕 뜨는 듯 더없이 황홀한 기분에 휩싸였다. 모든 슬픔과 고통이 한순간에 사라졌으며 그녀 자신마저 잊어버릴 지경이었다. 그렇지만 그게 돌이킬 수 없는 큰 불찰이었다. 나연은 부지불식간에 그만 이런 소리를 불쑥 입 밖으로 꺼내고 말았다.

"그 대신에 내가 총각 집 쪽으로 놀로 가게. 동업직물 가문이라쿠모 모리는 사람이 안 없……."

바로 그 찰나, 나연의 그 말이 미처 끝나기도 전이었다. 동업이 마치 귀신 소리라도 들은 사람처럼 깜짝 놀란 얼굴로 물었다.

"예에? 그, 그라모 아주머이는 우, 우리 집을 아, 알고 계신 기라예?"

"아."

나연은 그만 어쩔 줄 몰랐다. 눈앞이 온통 캄캄했다. 아무리 아들을 만나 주체하지 못할 만큼 마음이 들떠 있고 머리가 더없이 혼란스럽다고 하더라도 그런 말을 하다니. 동업이 함부로 흔들리는 목소리로 나연을 불렀다.

"아주머이! 아주머이!"

나연은 그 황망한 중에도 손까지 내저으며 강경하게 부정하기 시작했다.

"아, 그, 그기 아, 아이고."

하지만 동업은 여차하면 달려들 기세로 나왔다.

"시방 무신?"

"그기 아, 아이라……."

나연의 변명을 끝까지 듣지 않고 동업이 고함쳤다.

"아이기는 머가 아이라예?"

"초, 총각."

나연은 숫제 범죄자나 동냥아치가 애걸복걸하는 것 같은 행동으로 나왔다. 그러나 동업은 완전히 다른 사람으로 돌변했다. 그는 눈알에 힘을 넣고 이빨을 악다물며 곱씹는 어투로 말했다.

"그라고 본께……."

나연의 아들은 이미 거기 없었다. 엄청난 의혹과 공포에 질린 표정이면서도 결코 물러설 수 없다는 신념 같은 게 동업 얼굴에 서렸다. 그는 중죄인을 취조하는 관헌 같았다.

"아주머이는 눕니꺼?"

썩어도 준치라고 했다. 나이는 어려도 사내는 사내였다.

나연은 그 서슬에 철저히 위압당했다. 말은 고사하고 숨도 제대로 쉬지 못했다. 동업은 와락 달려들어 나연의 멱살이라도 틀어잡고 세게 흔들어댈 사람처럼 하면서 닦달했다.

"정체를 밝히이소, 예?"

나연은 금방이라도 길바닥에 털썩 주저앉아버릴 사람 같아 보였다.

"내를 알고 있지예?"

언제 나타났는지 또 한 무리의 아이들이 가로수 아래로 몰려가더니 팽이치기를 시작하고 있었다. 채를 맞으며 팽글팽글 돌아가는 팽이였다. 그리고 그 팽이 위에 올라앉은 것 같은 나연이었다.

"그냥 넘어갈 수 있을 끼라고 생각하모 큰 오산입니더."

새끼줄로 단단히 매듭을 한 항아리를 지게에 진 항아리 장수 부부가 그들을 힐끗 보고는 지나갔다. 무려 열 개 가까이나 되는 항아리가 땅바닥에 떨어져 깨어질 듯 위태위태해 보였다.

"아아."

나연의 입에서는 탄식이 흘러나왔다. 이제 동업은 돈과 권세를 모두 거머쥔 근동 최고 갑부 동업직물 맏손자다운 면모를 갖추었다.

"퍼뜩 말하이소!"

동업의 엄청난 다그침에 나연은 또 한 번 화들짝 놀라며 더듬거렸다.

"그, 그."

그러다가는 제 수명대로 살지도 못할 것 같은 여자의 목에 칼이라도 들이댈 것처럼 하며 동업은 바짝 죄어들어갔다.

"오데 함 해보이시더!"

그가 지금까지 성장해 오면서 집안 어른들에게서 보고 배운 게 그런 것뿐이 아닐까 싶을 정도로 야멸차고 표독스럽기까지 하였다. 근동에서 독살과 만행으로는 둘째가라면 서러워할 임배봉과 점박이 형제 그늘 밑에서 살다 보니 동업은 자연스럽게 그 집안 피를 닮아가는 것인지도 몰랐다.

"아주머이는 누라예? 누라예?"

나연은 벙어리같이 더듬거리기만 했다.

"어, 어."

동업은 이래서는 안 되겠다 싶었는지 관아 쪽을 바라보며 협박했다.

"정 사실대로 말 안 하모……."

그러나 나연은 끝까지 듣고 있지 않았다. 그녀는 마치 누가 세게 떠밀듯 급하게 달아나기 시작했다.

"거, 거 서이소!"

동업이 곧장 따라붙으며 소리쳤다.

"와 달아나예?"

나연은 달아나기 시작했다.

"헉헉."

동업은 가로수가 쓰러지고 길바닥이 놀라 벌떡 일어날 것 같은 큰소리로 외쳤다.

"서라 안 쿱니꺼?"

하지만 나연은 멈추기는커녕 한층 빠른 걸음으로 도주했다. 그녀 등에 동업의 말이 불화살이 되어 날아가 꽂혔다.

"당신이 눈고 알 거 겉심니더! 나루터집 김비화라쿠는 여자가 내를 해꼬지 하라꼬 보낸 기지예? 내 운젠가 꼭 그 집에 찾아갈 낀께 그리 전하이소!"

기다림은 형벌이어라

대사지 위쪽에 자리하고 있는 진영鎭營.

대사지로부터 불어오는 바람 끝이 농민군부대 죽창처럼 매섭다. 지난 날 점박이 형제 억호와 만호에게 당한 옥진의 한이 아직 대사지에 남아 그토록 쌀쌀한 바람을 만들어 내는 건지도 알 수 없다.

'에구구, 골이야.'

무관 3품 영장 김두산은 아직까지 극심한 숙취가 남아 있는 탓에 눈알이 빠질 것만 같고 머리통은 손도 대지 못할 만큼 지끈거렸다.

'요놈의 골통! 도끼로 콱 부숴버렸으면 좋겠다.'

머리카락도 활활 불붙는 듯하다. 그 아픈 머리를 굴려볼수록 모든 게 꿈만 같다. 그것도 그냥 꿈이 아니라 꿈속에서 꾼 꿈이다.

'도대체 어쩌다가?'

동학농민군 세상이 되다니. 우병영 근거지인 그 성이 동학농민군 수중에 금방 떨어지고, 병마절도사 민호준이 동학군 수뇌와 귓속말을 나눠가며 술잔을 부딪던 광경이 도저히 현실로 받아들여지지 않는다.

잠시 다른 세상을 다녀온 것인가? 아니, 지금 여기가 다른 세상인가?

아니면 앞으로가 진짜 세상이고, 그가 그동안 살아왔던 세상이 가짜 세상이라는 것인가?

성을 지키는 중군中軍뿐만 아니라 목牧을 방어하는 진영의 속오군束伍軍도, 칼자루 한 번 휘둘러보지도 않고 화살 한 개 날리지도 않은 채 동학농민군에게 무릎을 꿇었다는 그 사실이, 진영의 최고 통치자로서 참으로 굴욕스러운 일이었다. 아마 두고두고 역사의 비웃음거리가 될 것이다.

물론 진영의 속오군은 평상시에는 군포를 군역 대신에 바치고 유사시에만 소집되는 일종의 예비군으로서, 그나마 이른바 갑오개혁이라는 번드르르한 명목 아래 신식군대로 군제가 개편되면서 별다른 상비군이 주둔하고 있지는 않았다고 하더라도, 영장이 마음만 먹으면 군인을 모아 싸워볼 수도 있었다. 결국, 상관인 병마절도사의 명령을 따르다 보니 이 지경에까지 이르고 만 것이다.

'이래서 자고로 사내대장부는 뚝심이 있어야 한다고 했던가?'

김 영장은 동학군과 어울려 마신 술독이 빠지지 않아 속이 매스껍고 눈알이 벌겋게 돼 있으면서도 또 술 생각이 솟아났다. 술이 깨고 맨정신으로 돌아오는 게 싫고 두려웠다. 말똥말똥한 상태로는 한순간도 견디기 어려울 성싶었다.

'교방 관기들이나 불러볼거나. 기녀들 웃음소리에 폭 싸이면 이 걱정 저 근심 좀 잊을 수 있으려나.'

그런 생뚱맞고 난장 칠 생각에 잠겨 있다가 문득 강득룡 목사 얼굴이 되살아났다. 동학농민군이 들고일어나자 어디로 숨어버렸는지 좀처럼 만나볼 수가 없다. 연기나 수증기가 되어 증발해 버린 것도 아닐진대 말이다.

'관기 효원을 빨리 잡아들이지 못한다고 그렇게 채신없이 길길이 날

60

뛰더니만, 설마 저도 그 기녀처럼 달아나 버린 건 아닐 테지.'

그러자 이번에는 남달리 검무를 잘 추던 효원의 아담한 몸매와 귀여운 얼굴이 눈앞에 어른거렸다. 한양에서 내려온 고인보라는 선비가 그렇게 눈독을 들이던 아이라고 들었다. 하지만 효원이 없더라도 기녀들이야 넘쳐나고 있지 않은가. 그 생각 끝에 그는 쓴웃음을 지었다. 망발도 그런 망발이 없었다.

'동학군과 한패가 되었다는 것만 해도 중한 책임을 면치 못할 신세인데, 이런 위태로운 시국에 명색 관리라는 자가 관기들과 어울려 술판이나 벌였다는 사실이 알려지면, 내 목이 열 개라도 남아 있지 못할걸?'

그러나 그의 머리에서 그런 생각은 더 오래 머물지 못했고, 앞으로 어떻게 될지도 모를 자신의 처지가 너무나 불안하고 서글퍼서, 김 영장은 술상을 차려오게 하여 주위를 물리치고는 혼자서 걸신들린 것처럼 들이켜기 시작했다.

'허, 여자만 요물인 줄 알았더니, 술은 더 요물인 것 같구먼. 아니지. 어쩌면 남자가 훨씬 더 요물일 수도 있어.'

술 소리만 들어도 금방 토할 것 같더니만, 또 술을 마시기 시작하니 달짝지근한 맛이 입안에 찰싹 들러붙는 것이, 말 그대로 '술술' 잘도 목을 타고 넘어간다. 숟가락 가는 데 젓가락 따라간다더니 또 여자 생각이 난다.

'해랑이라는 기생은 어떻게 지내고 있는지 궁금하군.'

나라의 녹을 먹는다는 자가 그런 처지에서 떠올린다는 생각의 수준이 그러했다. 관리들이 너나없이 그따위 꼬락서니들이니 나라와 백성이 온전하기를 바란다는 게 애당초 씨알도 먹혀들지 않을 노릇이었다.

'효원이가 저 정돈데, 도대체 해랑이라는 그 기녀는 어떻게 생겼기에 모두가 그 야단들이었을까? 아직도 관기들 사이에서 전설처럼 전해지

고 있는 걸로 봐서는, 어떤 기녀도 따라올 수 없는 대단한 관기였음에는 틀림없어.'

그가 그 고을 영장으로 오기 얼마 전에, 그 관기 해랑은 기적妓籍에서 빠져나와 근동 최고 갑부 임배봉의 장남 억호에게 재취 들었다는 이야기를 들었다. 억호란 그자는 본디 성질도 포악한데다가 얼굴에 아주 크고 검은 점까지 나 있어 보기 흉측한 사내라는데 어쩌다가 그런 자에게 갔다는 거냐. 해랑과는 아무 상관도 없는 그 자신이 아까웠다.

그러나 그렇게 술과 여자 굴레에서 벗어나지 못한 채 헤매고 있는 그는, 조만간 자기 이마에 서늘하게 와 닿을 일본군 총구 끝을 무지렁이 백성들만큼도 알아차리지 못했다.

관리들이 그렇게 무기력하게 소나기 만난 들판 개미 떼같이 우왕좌왕하고 있을 때였다.

나루터집 또한 일반 서민들과 마찬가지로 크나큰 기쁨과 기대감에 꽉 차 있었다. 장사는 뒷전이었다. 우정 댁과 송원아는 서로 부둥켜안고 춤을 추다가 각자 등을 돌리고 울다가 했다.

바로 옆에 붙어 있는 밤골집도 똑같았다. 한돌재와 밤골 댁은 판석, 또술, 태용 등과 함께 술상을 두드리며 노래를 불렀다. 술꾼 손님들과도 금방 친해져 잔을 주거니 받거니 했다. 매운탕이 바닥나고 술주전자가 뒹굴었다.

얼이는 여전히 여러 날이나 모습을 나타내지 않고 있었다. 어디서 무엇을 하고 있는지 알 길은 없지만, 아마도 동학농민군 지도부들과 머리를 맞대고서 앞으로의 계획을 세우고 있을 거라고 믿었다. 그의 활약상은 나루터집의 자랑이었다.

그런데 그날 영업을 마치고 뒷정리를 하고 있을 때였다. 원아와 쉴 새 없이 무어라 귀엣말을 나누던 우정 댁이 매우 심각한 얼굴로 비화를 불렀다. 주방 아주머니들은 모두 각자의 집으로 돌아간 뒤였다.

"와예, 큰이모. 머 걱정되는 기 있어예?"

비화 물음에 우정 댁보다 원아가 먼저 입을 열었다.

"아까 낮에 안 있나."

"예, 작은이모."

원아가 잠시 망설이는 빛으로 우정 댁을 바라보자 우정 댁이 고개를 끄덕이며 어서 사실을 얘기하라는 표시를 했다. 그러자 원아가 떨리는 목소리로 하는 말이 심상치 않았다.

"저짝 방에 들왔던 손님들이 해쌌던 소리들이 암만캐도 멤에 걸리거마."

"무신 소린데예?"

비화 심장이 당장 '쿵' 하고 내려앉았다. 사실 농민군부대가 무혈입성을 하기는 했지만 언제 조정에서 군대를 보낼지 모른다는 초조와 불안감을 떨치지 못했다. 언제까지고 저 상태로 방치해 놓을 리는 없었다. 결국, 중요한 것은 그 시기가 언제쯤일까 하는 거였다. 그리고 그전에 어떻게든 무슨 대비책을 마련해 두어야 할 것이다.

"글씨, 그 사람들이 말이제."

"예에?"

그런데 원아한테 전해 듣는 이야기는 비화에게 너무나도 생소했다. 그것은 이웃 일본과 연관된 내용이었다.

"작은이모, 함 더 말씀해보이소, 퍼뜩예."

항상 초롱초롱 영리해 보이는 비화 눈이 그 순간에는 초점이 없어 보였다. 원아는 하기 싫은 일을 남에게 미루듯 우정 댁에게 말했다.

"성님이 직접 들었은게, 성님이 이약해보이소."

그러자 우정 댁은 그대로 서 있을 기력조차 없는지 주방에 딸린 방문턱에 털썩 걸터앉으며 심한 빗발에 쏠리는 나무이파리같이 흔들리는 목소리로 말했다.

　"내도 머리에 털 나고 나서 첨 들어본 말들이라서, 잘은 모리것는데 안 있나."

　숨 가쁜 소리가 이어졌다.

　"우리 농민군이 성을 빼앗아삐고, 조선 백성들하고 관리, 군인들이 잔치판을 벌잇다 안 쿠던가베?"

　비화도 들어 알고 있는 소식이었다.

　"그랬다 쿠데예. 그란데예?"

　"일이 우찌될라꼬 말이제."

　우정 댁은 아무도 없는 마당과 손님방 쪽을 바라보고 나서 더듬거렸다.

　"그거를 보고, 그거를 보고……."

　지금 시국이 아주 위중하다는 것은 소도 알고 개도 안다는 소리가 나돌고 있기는 했다. 그렇긴 해도 나루터에서 콩나물국밥을 파는 가겟집 여자 입에서 이런 이야기까지 나온다는 건 무어라고 설명해야 할지 모를 일이었다.

　"부산에 있는 머 일본공사관이라쿠는가 하는 데서, 농민군하고 같은 쪽에 선 우리 고을 뱅사를 들먹거림서……."

　비화의 눈빛이 야릇해지면서 야무지게 생긴 입술 사이로 잡귀를 쫓는 주문呪文 같은 소리가 흘러나왔다.

　"일본공사관."

　주방 안 가득 무겁고 불길한 공기가 쏴아 밀려들었다. 대나무 살강 위에 차곡차곡 가지런히 엎어 놓은 그릇들이 주방 바닥으로 와르르 굴러 내릴 것 같았다.

"시방 이 사태를 직접 해갤할 수 있는 거는 저거 일본군들밖에 없다 쿰서로⋯⋯."

계속 말끝을 마무리 짓지 못하고 고추를 부는 우정 댁이었다.

"일본군들밖에예?"

비화 음성에 작두나 비수 같은 날이 섰다.

"그런 소리 해쌌던 그 손님들이 머하는 사람들인고 해나 들어보싯어예?"

우정 댁이 고개를 내저었다.

"그거는 모린다."

"몰라예?"

"하모, 그 사람들이 그런 소리를 핸 적도 없다."

"하기사 그 사람들이 자기들 신분에 대해 이약할 턱이 없지예."

천성적으로 심약한 원아가 정체를 알 수 없는 그림자에 쫓기는 사람처럼 몹시 불안한 낯빛으로 물었다.

"준서 옴마가 볼 적에는 우떤 사람들 겉노?"

비화는 거기 아궁이 속의 재가 날릴 정도로 긴 한숨을 내뿜었다.

"지도 잘 모리것어예."

강물 기운이 담긴 바람은 점차 잦아지고, 낮고 구슬픈 밤새 울음소리가 끊어졌다 이어졌다 하고 있었다.

"알 거 겉으모, 우짜든지 함 찾아갖고⋯⋯."

그러나, 우리 얼이 신상과 직결되는 상구 중요한 일 아입니꺼? 하는 말까지는 차마 입 밖으로 꺼내지 못했다. 지금 우정댁 걱정이 어느 정도인가를 누구보다도 잘 아는 비화였다. 이번에는 우정 댁과 원아가 실망하는 빛이었다.

"여하튼 그런 사실꺼지 알 만한 자리에 앉아 있는 사람들 겉으모 더

입조심들을 안 하것심니꺼."

그렇게 말하면서 곰곰 생각하니 비화 심정이 더 바짝바짝 타들어 갔
다. 그러자 우정 댁이 그 손님들 모습을 떠올려보는 표정을 지었다.

"요새 우리 집에 오는 손님들은 각양각색인께 잘 알 수는 없지만서
도, 그냥 예사 사람들은 아이었던 기 확실타."

비화가 눈썹을 모으면서 신중한 목소리로 말했다.

"우짜모 나라에서 몰래 내리보낸 염탐꾼들인지도 모리것네예."

"머? 여, 염탐꾼?"

우정 댁은 듣지 말아야 할 소리를 들은 사람같이 상이 노래졌다.

"그, 그라모 우, 우리 얼이한테 아, 안 좋은 일이 새, 생길 끼 아이
가?"

원아가 몸을 떨며 우정 댁을 재촉했다.

"아까 전에 지한테 하싯던 말씀, 끝꺼지 더 해보이소."

그러자 우정 댁은 약간 정신이 돌아오는 모양이었다.

"참, 그기 더 중요하제."

"또 있어예?"

비화가 더욱더 긴장하는 모습을 보였다. 우정 댁은 마음의 안정을 찾
으려 애쓰며 더듬더듬 들려주기 시작했다.

"일본공사관에서 그리쿰서로, 부산포에 있는 중, 머라쿠더라? 중로
뱅……."

우정 댁은 기억이 잘 나지 않아 무척 갑갑한지 한숨까지 내쉬었다.

"후우, 에나 모리것다."

"잘 생각해보이소."

비화와 원아가 동시에 말했다. 우정 댁은 낯까지 찡그렸다.

"중로뱅…… 머라캤는데……."

비화가 초점 잃은 눈을 했다. 우정 댁은 체념한 듯 내뱉었다.

"내사 이날 이때꺼정 살아옴시로, 전에는 한 분도 몬 들어본 말이라서 기억 몬 하것다 고마."

그때 비화 두 눈이 제대로 돌아온 듯 반짝 빛나더니 급히 물었다.

"해나 중로뱅참사령부, 그리 안 쿠던가예?"

그러자 우정 댁이 방문턱에서 반쯤 몸을 일으키며 특유의 높은 목소리를 내질렀다.

"마, 맞다! 그리 캤다. 중로뱅."

그러다가 그녀는 도로 주저앉아버렸다.

"에이, 또 모리것다. 우쨌든 그 말 그대로다."

원아가 두려운 중에도 신기하다는 듯 비화에게 물었다.

"준서 옴마가 그거는 우찌 아노?"

비화 얼굴에 그늘이 졌다. 중로병참사령부라면.

"올마 전에 준서 보시로 오싯던 아부지가, 술 한잔 드시고 나더이."

"그러시더이?"

원아가 얼른 물었고, 우정 댁도 귀를 모았다.

"부산포에 중로뱅참사령부라쿠는 기 있어갖고, 일본군들이 조선 땅을 마구재비로 설치고 댕기기도 하고……."

비화는 기억을 되살리는 얼굴로 말을 이었다.

"그런 말씀하시는 거를 들었거든예."

원아가 생각에 잠기는 기색이더니 또 물었다.

"준서 외할아부지는 우찌 안다꼬 하시던고?"

강바람이 주방 문짝을 흔들어 댔다. 그 바람 소리 속에 이웃한 밤골 집에서 키우고 있는 '나비'의 '야~옹' 하는 울음소리가 섞여 들렸다. 고양이는 영물이라고, 중요한 무슨 일이 생기려고 하면 그 모습을 보이거나, 하다못해 지금처럼 소리라도 내는 게 저 나비 놈이었다.

"작은이모하고 작은이모부를 맺어주신 조언직 그 친구분한테서 들으신갑데예."

비화 대답에 원아는 아직도 처녀처럼 낯을 붉혔다.

"아, 그분."

그러자 처음에는 조상 팔아먹은 원수 대하듯 하더니만 요즘은 시도 때도 없이 조언직을 칭찬하는 우정 댁이 감탄조로 말했다.

"하모, 맞다. 그 양반이야 조선팔도 천지로 안 돌아댕기는 데가 없은께, 그 정도사 모릴 리가 없제."

그리고 나서 말했다.

"역시 사람은 한군데만 가마이 앉아 있어서는 늘푼수(늘품)가 없고, 장 돌아댕김서 짜다라 보고 한거석 들어야 하는 기라. 우리 얼이가 딱 안 그런가베?"

원아가 억지로라도 마음의 여유를 찾으려는 듯 비화에게 한쪽 눈을 약간 찡긋해 보이며 말했다.

"아, 우리 얼이가 누 자슥인데 안 그러까예? 노상 성님이 밥 묵듯기 입에 막 달고 있는 천필구 새끼 아입니꺼."

비화는 쓴웃음을 지으며 심각한 얼굴로 말했다.

"그런께 그 손님들 하던 이약을 앞뒤 끼맞차서 종합해보모, 부산포 일본공사관에서 중로뱅참사령부에 지시를 내리갖고 말입니더, 일본군을 우리 고을에 보내 농민군을 토벌할라쿤다, 그런 소리 아입니꺼?"

우정 댁도 사태의 심각성을 좀 더 깊이 깨달은 얼굴이 되었다.

"아, 조카. 내 이약 더 들어봐라."

"예, 큰이모."

나비의 울음소리는 간헐적으로 들려오고 있었다.

"그라고 본께네 말인 기라."

비화는 일이 나도 크게 난 것 같다는 직감이 들었다.

"토벌할라쿠는 기 아이고, 할라쿠는 기 아이고, 하매 그리, 그리하고 있다, 글 쿤 거도 겉고……."

우정댁이 말을 끝맺기도 전에 원아가 비명처럼 소리를 질렀다.

"예에? 일본군들이 하매 말입니꺼?"

우정댁 몸이 당장 방문턱에서 주방 바닥으로 굴러떨어질 것같이 위태로워 보였다.

"아, 어, 얼아!"

그렇게 아들의 이름을 부르는 그녀 얼굴은 사색이 돼갔다. 파들파들 경련이 이는 입술을 간신히 열어 물었다.

"그, 그라모 우, 우리 얼이는 우, 우찌 되노?"

"성님!"

원아가 두 손으로 우정댁 몸을 잡아 흔들었다. 하지만 우정댁은 미친 여자 같았다.

"우, 우찌 되는 것고, 으잉?"

비화가 두 사람에게 낮은 소리로 천천히 말했다.

"이모님들, 이라시모 안 되고 침착하시야 됩니더."

그러나 우정댁과 원아는 모두 세상 끝을 보고 있는 것처럼 온몸을 덜덜 떨어대며 어쩔 줄 몰라 했다.

"시방 우리 농민군이 저리 심센 황소매이로 기운을 쓰고 있는데, 설마 안 좋은 일이야 있으까예?"

비화는 상촌나루터 흰 바위처럼 의연한 자태를 잃지 않았다.

"뱅사하고 영장꺼정 우리 농민군하고 뜻을 같이해주고 있다 안 쿠던가예?"

그 소리에 두 여자도 손바닥으로 가슴을 쓸어내리며 말했다.

"하기사 농민군 시상이 됐는데, 누가 농민군을 벌로 건디릴 끼고? 가마이 안 있을 낀데. 안 그렇나, 조카?"

"우리가 먼첨 안 좋은 생각 마중(마중) 나갈 필요사 없제."

비화는 두 사람 얼굴을 번갈아 바라보며 안심시켰다.

"맞심니더. 그러이 얼이 걱정은 더 하지 마이소."

우정 댁이 주방문으로 눈을 주며 중얼거렸다.

"우리 얼이가 보고 시푸다."

그 모습은 완전히 넋이 나간 사람이 헛소리를 하는 것 같았다.

"운제 집에 올 기꼬?"

"낼이라도 올랑가 우찌 압니꺼, 성님."

원아가 울먹였고, 우정 댁은 꿈꾸듯 이번에도 소리를 입에 넣고 말했다.

"얼이가 오모 효원이한테 장개 들이줄 끼다, 내는."

원아가 두 눈에 눈물 내비친 얼굴로 말했다.

"참, 성님두. 그리 며누리를 쌔이 보고 싶어예?"

"그란데 참 요상한 일도 다 있다."

문득, 우정댁 얼굴에 귀기가 서려 보였다.

"요, 요상한 일예?"

원아가 질린 얼굴로 되물었고, 비화도 우정댁 얼굴을 응시했다.

"요새 들어갖고 안 있는가베."

무슨 유령을 본 이야기하듯 했다.

"아들보담도 효원이가 더 자조 꿈에 비이는 기라."

"아, 효원이가예? 에이, 성님두."

"순전히 개꿈이라예, 개꿈."

우정 댁은 손바닥으로 문지방을 두드리며 장타령 늘어놓듯 하였다.

"개꿈이라도 괘안코, 쇠꿈이라도 괘안타."

강가여서 그런지 주방 안으로 스며드는 공기 속에는 축축한 기운이 묻어났다. 어쩌면 그것은 강의 눈물기인지도 모른다.

"우리 효원이, 우리 효원이만 볼 수 있으모."

얼핏 떼를 쓰는 듯한 우정댁 말에 원아가 크게 울먹이는 목소리로 말렸다.

"에나 무신 일 나라꼬 이래예, 성님?"

우정 댁은 노망기 있는 노파처럼 굴었다.

"무신 일이라도 났으모 좋겄다."

원아는 하도 어이가 없는지 눈만 크게 떴다.

"예?"

우정 댁은 아무것도 할 수 없는 아이처럼 고개를 푹 떨구었다.

"대관절 머가 우찌 돌아가고 있는고, 너모 알 수 없어갖고……."

두 사람 이야기를 들으며 비화는 어쩐지 자꾸만 초조하고 불안해지는 마음이었다. 그리고 점점 걷잡을 수 없을 정도로 불길한 예감이 드는 바람에, 공연히 깨어질 만큼 죄도 없는 그릇을 살강 위에 '탁탁' 소리 나게 얹어 놓기 시작했다.

세상은 너무나 긴박하게 돌아가고 있었다.

한겨울 날 남강 얼음판 위에서 팽글팽글 돌아가는 팽이나 땅바닥을 막 굴러가는 굴렁쇠 따위는 견주지도 못할 듯했다. 조선 관리들이나 백성들이 상상도 하지 못할 정도였다.

김두산 영장이나 나루터집 식구들 같은 조선인들이, 막연히 장차 닥쳐올지도 모를 나쁜 사태에 불안해하면서도 어떤 뚜렷한 방안을 모색하지 못한 채로 허둥거리고 있을 그때, 외세는 어둠 너머 들판의 야생고양이처럼 은밀하고 잽싸게 움직이고 있었다.

그게 어제, 오늘 일은 아니었다. 실상을 들여다보면, 일본은 영호도호소가 하동 쪽을 점령할 무렵부터 이미 몰래 동학군의 동향을 예의 주시하면서 군대 파견을 심도 있게 고민하고 있었다. 얄미울 정도로 발 빠른 행동이었다.

동학군 세력의 뿌리를 철저히 뽑아버려야만 우리 대일본국 군대가 조선 땅에서 마음 놓고 활동을 할 수 있을 것이다.

그런 판단을 내린 부산포 일본공사관에서는, 헌병과 순사를 보내 조선 국내 정황을 깊이 정탐했을 뿐만 아니라, 심지어 병참부와 군용전선을 보호하기 위한 병력까지 보내줄 것을 본국에 요청하였다.

그리고 그런 중에도 한편으로 경상우도 중심지인 그 고을에 대한 일본 감시는 더 심했다. 영호도호소의 동학농민군이 전라도와 하동 쪽에서 맹활약을 하고 있을 당시에, 거기도 동학교인들을 중심으로 하여 작금의 잘못된 정치를 바로잡자는 움직임이 크게 펼쳐졌던 것이다.

그 고을 성에서 철수하기 시작한 동학농민군은 서부 경남 지역 여러 관아를 돌면서 군량을 비롯한 군수품을 확보하였다. 그뿐만이 아니었다. 나라의 무기를 빼앗고 감옥을 부수어 많은 죄인들을 풀어주었다. 흑심을 품은 채 기회를 보고 있던 일본으로서는 어떻게든 움직이지 않으면 안 될 것으로 간주할 만했다. 그런 핑곗거리도 없을 것이다.

그러나 무엇보다도 엄청난 것은, 농민군을 두 개 부대로 나누어 부산포로 진격하여, 그곳에 있는 일본군을 바다 건너로 쫓아버리려는 매우 야심 찬 계획이었다. 조선 땅에서 섬나라 오랑캐는 발도 붙이지 못하게 하려는 것이다.

얼이는 원채를 따라다니며 달라져 가는 세상과 만났다. 이제까지 살아오면서 상상도 할 수 없었던 놀라운 일들을 목격하였다.

"업패를 바로잡기 위해 읍내에서 모인다쿠는 기라."

"아, 읍내에서예."

읍폐를 바로잡기 위한 읍내의 모임이었다. 모두 쌍수를 치켜들고 환영할 일이었다.

"얼이 총각도 합세해야제."

"예, 당연하지예."

원채 이야기를 듣고 장시場市에 나가봤다. 그곳에는 수많은 장막들이 둘러쳐졌으며 농민군은 때때로 몰려가서 악덕 부잣집을 불태우기도 하였다. 하늘도 붉은색이고 대지도 붉은색이고 사람들 마음은 더 붉은색이었다.

"지 겉은 사람도 동헌에 멤대로 드나들 수 있다쿠는 기 아즉꺼정도 너모 안 믿깁니더, 아자씨."

얼이 말에 원채는 무슨 소리냐며 정색을 했다.

"인자는 우리가 관아 주인 아이가. 주인이 자기 집 출입하는 기 머가 이상하노. 그리 안 하는 기 도로 이상하제."

엄숙하고 단호한 표정까지 지었다.

"그라고 때가 왔을 때 안 하모, 운제 할 끼고?"

얼이는 그의 담력에 혀를 내둘렀다.

"지는 아자씨 겉은 사람은 본 적이 없심니더."

"무신?"

그러나 그런 원채도 농민군이 감옥을 부수고 죄수들을 풀어줄 때는 몹시 긴장하는 빛을 감추지 못했다. 얼이는 심장이 멎는 느낌이었다. 더욱이 자유의 몸이 되자마자 그 즉시 누군가에게 복수할 거라며 눈알이 시뻘겋게 되어 어디론가 막 달려가는 죄수들을 보면, 간담이 서늘해지고 머리칼이 꼿꼿이 곤두서지 않을 수 없었다.

그런가 하면, 양아치나 떼강도처럼 수백 명씩 무리를 지어 깃발을 앞세우고 나팔을 불어대며 온 고을을 함부로 헤집고 다니는 농민군들에게는 이미 나라도 법도 없어 보였다. 농민군이 나라이고, 농민군이 법이었다. 하늘도 농민군 발밑에 있었다.

"우찌 얻어낸 기라꼬."

그럴 때 원채 입에서는 얼이를 잔뜩 불안케 하는 말이 나왔다.

"저거는 아인데?"

원채는 꼭 실수로 자기가 가진 무언가를 놓쳐 물 위로 떠내려 보내며 발을 동동 구르는 아이 같아 보이기도 했다.

"아모래도 머신가 크기 잘못 돼가고 있는 거 겉다."

그의 말을 듣고 있으려니 얼이는 뭔가 음산한 공기가 우 몰려오는 기분이었다.

"왜눔들한테 빌미를 주모 안 된다."

왜눔들이란 말에 얼이는 온몸에 일본군 탄환이 날아와 박히는 듯한 전율을 느껴야 했다.

"승리했을 때 더 조심하고 또 다음 일을 꾀해야 한다쿠는 거를, 내는 미군들과의 전투를 통해서 깨달았다 아인가베."

"예."

얼이는 믿고 싶지 않지만, 시간이 지나갈수록 원채 또한 처음과는 많이 달라진 모습을 보였다. 평상시 그답지 않게 당장 무슨 불상사나 봉변을 당할 것처럼 자못 두려워하는 빛이었다. 얼이 또한 그와 비슷한 심정이면서도, 젊은 혈기 때문인지 그런 그가 적잖게 딱하기도 하고, 솔직히 보기도 좋지 않았다.

"작다꼬 왜눔들 아입니꺼?"

작은 고추가 맵다고 하는데 그 고추는 일본 고추가 아니고 조선 고추가 아니냐? 그러한 생각까지 드는 얼이는 본의 아니게 반발심이 발동하여 이렇게 말했다.

"비겁하거로 쪼꼬만 섬나라 오랑캐눔들 눈치 볼 끼 머가 있어예?"

그러자 원채는 의기양양하게 옆을 지나쳐 가는 농민군들 손에 들린 대나무창이며 몽둥이, 쇠스랑 등의 농기구 등을 보면서 한숨 섞어 말했다.

"요새 시상은 덩치나 기운만 갖고 싸우는 시대가 아이고, 올매나 더 신식무기를 들고 싸우는가가 승패를 가르는 시대 아인가베."

그만 입을 다물고 있는 얼이 머리 위에 이런 소리가 번복할 수 없는 무서운 선고처럼 떨어졌다.

"저런 원시적인 무기들만 갖고는 근대식 무기로 중무장한 일본군을 당할 수 없은께 그기 문젠 기라."

그 말끝이었다. 원채는 얼이가 언감생심, 마음은 있어도 입 밖에는 결코 낼 수 없는 이야기를 꺼냈다.

"효원이 처녀 만내로 가볼 으항(의향)은 없는 기가?"

"효원이를예."

얼이는 들어서는 안 될 소리를 들은 듯 목까지 움츠리며 물었다.

"운제 관군하고 일본군이 들이닥칠지 모리는 이 이험한 때에, 적을 막을 생각은 안 하고 여자를 만내보로 가라꼬예?"

그런데 원채가 하는 말이 실로 의외가 아닐 수 없었다.

"그런께 하는 소리제."

"예?"

얼이는 어안이 벙벙했다. 원채는 더욱 얼이가 알 수 없는 묘한 소리를 했다.

"자네 말맹캐 이리 이험한 땐께네."

얼이는 솔직히 말했다. 그에게는 어떤 창피한 이야기도 다 해오고 있는 터였다. 자존심 따윈 생각지 않았다.

"죄송하지만도 아자씨 말씀을 몬 알아듣것심니더."

"죄송하기는?"

그러고 나서 원채는 잠시 말이 없다가 다시 입을 열었다.

"남자 대 남자로서 말하것네."

"남자."

두 사람 눈빛이 마주쳤다.

"사내대장부가 한분 뜻을 품으모 그 뜻을 이뤄내기 위해서는, 목심을 아까버해서는 안 된다쿠는 거 알고 있것제?"

"압니더."

조금 전 그 농민군 무리는 사라지고 저만큼에서 또 다른 농민군 무리가 오고 있는 게 눈에 비쳤다. 앞서의 농민군과 똑같은 모습의 농민군이었다.

"우리 요만치도 기심 없이 이약함세."

"좋심니더."

그 순간의 원채 모습은 그의 아버지 꼽추 달보 영감처럼 느껴졌다. 하지만 그가 작심한 것은 강에서 나룻배 젓는 행위와는 비교가 되지 않는 것이었다.

"내는 이 길로 나설 때부팀 집으로 살아 돌아갈 생각은 버릿제."

"그, 그런!"

얼이 가슴 복판이 총구에 대인 듯 서늘했다. 상평에서 일본군과 싸울 그때만큼이나 두렵고 무서운 기분을 안기는 이야기가 아닐 수 없었다. 금기시 되어야 할 것 같은 내용이었다.

'내는 한 분도 그런 생각은 해본 적이 안 없나.'

그랬다. 그는 무슨 일이 있더라도 반드시 살아서 집으로 돌아가야 한다는 생각만 했다. 죽는다는, 죽을 것이라는 생각은 조금도 하지 못했다. 실상대로 털어놓자면, 죽음 그 자체부터 너무 싫고 무서워서 억지로 그의 의식에서 몰아내 오고 있었다는 것이 맞는 말일 것이다.

'내한테 원채 아자씨 겉은 생각이 있었다모, 그리 싸우지도 몬 했을 끼다. 우짜모 탈영을 해삐릴 수도 안 있나.'

그러자 한층 원채가 우러러 보였다. 죽을 수도, 아니 반드시 죽고 말거라는 생각을 하면서도 그렇게 싸울 수가 있었다니. 인간이 과연 그게 가능한 것일까? 저마다 불가능하다면서 고개를 내저을 것이다. 하지만 얼이는 그런 인간을 바로 눈앞에서 보고 있었다.

"내 목심은 예전에 미군과 싸울 때 하매 없어져삣, 그리 여긴다 아인가베."

이제 원채 목소리는 의지나 신념을 넘어 비장감마저 담아내고 있었다. 그는 그만큼 인간성이 많고 깊은 사람이기 때문일 것이다.

"집에 늙으신 부모님이 안 계싯다모, 그때 내는……."

얼이는 도저히 더 듣고 있을 수가 없었다. 그러고 있다가는 심장이 터지고 말 것만 같았다. 왈칵 피를 토하듯 그를 불렀다.

"아자씨!"

농민군들이 〈이 걸이 저 걸이 갓 걸이〉 노래를 부르면서 힘차게 행진하고 있었다. 그네들 머리 위로 연방 꽁지깃을 까딱거리며 까치들이 날아가고 있었다. 적어도 겉보기에는 그보다도 더 여유롭고 평화로운 정경은 없을 것이다.

"더 들어보게나."

원채 음성은 소름 끼치도록 낮고 차분했다.

"이거는 이 원채한테만 해당되는 이약이 아이제."

얼이는 '언가' 소리 때문에 그의 말이 잘 들리지 않는 사람같이 했다.

"예?"

원채는 칼을 상대 목젖에 대는 것처럼 차갑게 내뱉었다.

"얼이 총각한테도 그대로 해당되는 기라."

"지한테도예."

얼이 두 눈에 이글이글 불길이 타올랐다. 무엇이든 닿기만 해도 곧 불살라버릴 것 같은 강렬한 기운이었다.

"그런께 아자씨 말씀은예."

얼이는 완전무장을 하고 구보를 한 병사처럼 가쁜 숨을 몰아쉬며 물었다.

"지가, 이 얼이가, 죽기 전에 효원이를 한분 만내봐라, 그런 뜻입니꺼?"

원채 입언저리에 가을바람이나 밤비가 내는 소리 같은 소소한 기운이 묻어났다. 그는 침통한 목소리로 말했다.

"너모 그리 앞서 나가지는 마라꼬."

얼이는 그를 향했던 눈길을 허공 어딘가로 돌렸다.

"아자씨가 더……."

원채는 고개를 가슴에다 처박았다.

"불교 경전을 읽어보모, 하매 지내가삔 과거를 생각하지 말고, 아즉 오지 않은 미래를 원하지도 말라, 그런 말씀이 있더마."

"예에."

농민군들이 남기고 간 노랫소리의 여운이 아직도 귓전을 맴돌고 있었다.

"미리부텀 내한테 안 좋은 생각을 할 필요가 있겄는가?"

원채가 얼이 눈에는 선종禪宗의 법리에 통달한 법사法師 같았다.

"불행을 마종 나갈 이유가 없다, 그 말이제."

얼이 입가에도 야릇한 웃음기가 번졌다.

"종국에 가서는, 이 얼이하고 효원이는 불행해지고 말 끼다, 미래가 안 좋을 끼다, 시방 지한테 그런 말씀을 하실라쿠는 깁니꺼?"

그러자 원채는 택견으로 단련되어 쇠같이 단단한 손을 내밀어 얼이 어깨를 가볍게 두어 번 토닥거려주고 나서 말했다.

"우리 이약이 너모 심각한 쪽으로 흘러삔 거 겉네."

잔뜩 수그린 그의 등짝이 달보 영감 혹처럼 보였다. 혈연으로 맺어진 아버지와 아들은 뜬금없이 그런 유사한 모습을 드러내 보이게 되는 걸까? 그 생각 끝에 얼이는 콧잔등이 시큰해졌다. 그렇다면 돌아가신 아버지와 나는 어떠했는가? 그렇다. 내가 해 보이는 모든 말이며 행동이 이제는 고인이 되신 아버지에 대한 평가를 내리는 잣대가 될 수도 있는 것이다.

"내는 애당초 그랄 생각으로 꺼낸 소리가 아이었는데……."

원채가 말끝을 흐렸다. 만사 흐지부지 처리하는 것을 용납하지 않는 성격으로 알고 있다. 얼이는 저만큼 멀어져 간 농민군 무리를 한동안 무연히 바라보다가 문득 깨친 듯 입을 열었다.

"고맙심니더, 아자씨."

원채는 말이 없었다. 그에게서 큰 바위산 같은 기운이 전해졌다. 얼이는 다시 한번 그를 만난 게 내 일생 최고의 행운이라는 생각을 했다.

"진즉 효원이한테 가봐야 했는데, 지가 너모 무심했던 거 겉심니더."

얼이는 눈앞에 있는 효원에게 사죄하듯 했다.

"지 딴에는 그리 사랑한다꼬 자신함서도 말입니더."

원채가 농민군이 멀어지자 잠시 조용해진 주변처럼 나직한 목소리로 말했다.

"증말 깊이 사랑한께 그랬것제."

얼이는 스스로를 향한 혐오와 자책의 빛을 감추지 못했다.

"여자 혼자 숨어 지냄서 올매나 지가 오기를 기다리고 있것심니꺼. 사람한테 기약 없는 기다림만치 큰 행벌도 없을 낍니더."

원채는 또 말이 없다. 그 또한 기다리는 자의 표징인 듯했다.

"깨우쳐주시서 증말 감사합니더."

하늘에 떠 있는 조각구름이 얼이 눈동자에 잠시 머물러 있었다.

"지가 에나 무심한 인간 아입니꺼?"

그때쯤 겨우 보일락 말락 하는 농민군 꽁무니 쪽을 향했던 원채 고개가 얼이에게 돌려졌다.

"그거는 아인 기라."

농민군을 따라가는 것처럼 했던 까치들이 다시 돌아오고 있는 하늘을 올려다보며 원채가 말했다.

"얼이 총각이 무심했던 기 아이고, 누보담도 농민군 활동에 집착한 때문이라쿠는 거를, 내는 알고 있거마는."

"……."

이번에는 얼이의 침묵이었다. 사람은 어떨 때 입을 열고 어떨 때 입을 다물게 되는지 스스로 깨치게 하는 순간이었다.

"우찌 보모 시방이 효원이 처녀 만내기 딱 좋을 때거마는."

얼이가 의아한 얼굴을 했다.

"우째서예?"

원채 표정이 약간 밝아졌다.

"관아에서 잡으로 댕길 여유도 없을 낀께 안전할 끼라."

"아, 그랄 수도 있것네예?"

얼이가 들뜬 목소리로 물었다. 역시 아직은 젊고 그래서 그만큼 단순한 건지도 모른다.

"아즉꺼정은 그 오광대 합숙소에서 데꼬 나오모 안 되것지예?"

원채는 잠시 궁리한 끝에 대답했다.

"쪼꼼 더 정세를 관망한 연후에 갤정을 내리는 기 좋것거마는."

"쪼꼼 더예?"

하늘에 일식日蝕 현상이 나타난 듯 얼이 얼굴이 대번에 어두워졌다.

"어서 함께 지내고 싶은 멤이사 굴뚝겉것지만."

덩치는 나보다 크지만 아직 어리구나 싶은 생각이 드는 원채였다.

"시방은 우리 농민군이 덕새(득세)하고 있지만도, 앞으로 우찌될랑고는 아모도 모리제. 신도 잘 알지 몬할 기라."

얼이가 이번에도 고개를 세차게 흔들며 반항아처럼 말했다.

"앞으로 그리 될 값이라도 그런 상상은 안 하고 싶심니더!"

"그거는 맞는 소리거마는."

원채는 면벽하는 수도승처럼 눈을 감으며 말했다.

"아까 내가 말한 불교 경전을 보더라도 그렇고 말이네."

얼이는 부처님 전에 고하듯 진심으로 말했다.

"이 어지러븐 시대가 지내가고 난주 평화로븐 시대가 오모, 지도 불교 경전을 꼭 한분 공부하고 싶심니더."

그의 뇌리에 지난날 성을 향해 진군하는 농민군 속에서 성경책을 들고 있던 혁노 모습이 생생히 떠올랐다. 그의 등 뒤에 서 있는 사람은 전창무와 우 씨였다.

"평화로븐 시대라."

무척이나 복잡한 얼굴로 그렇게 되뇌던 원채가 말했다.

"좋은 생각을 했거마는."

바람에 약간씩 날리고 있는 그의 머리카락이 안석록 화공을 방불케 하였다. 그러고 보니 원채는 택견 고수답게 무인武人의 면모를 지녔지만, 예술가다운 풍모도 지니고 있는 것 같았다. 그 둘을 다 갖춘 사람은 흔하지 않을 것이다. 얼이는 혼자 마음속으로 고개를 끄덕였다.

'원채 아자씨가 오광대패가 되신 거도, 우연은 아인 거 겉다.'

그러자 모든 게 결국 운명의 손에 의해 결정되는 게 아닌가 싶었다. 생사도 애증도 그 밖의 모든 것들도.

그때 번쩍 눈을 뜨며 원채가 신들린 사람처럼 말했다.

"벌로 나서다가는 우떤 구신이 잡아갔는지도 모리거로 죽을 수도 있는 기라."

"……."

"사람이 잘 산다는 거는, 죽어야 할 때 죽는다는 기라고 보네."

"……."

까치 떼가 사라진 하늘가에는 까마귀와 비둘기 무리가 영역 다툼이라도 하듯 어지럽게 날고 있었다.

슬픈 살인자

바깥세상은 급변해도 효원은 여전히 둥지에서 혼자 떨어져 나온 솜털 보송보송한 어린 새처럼 지독한 외로움에 부대끼고 있었다. 이제 그 정도 되었으면 고독을 벗 삼을 경지에 이르렀을 법도 하건만 날이 갈수록 고통은 더해만 갈 뿐이었다.

그건 아무래도 그녀의 천성, 남들과 어울리길 좋아하고 쾌활하게 종 알거리기를 잘하는 데 기인한 바가 클 것이다. 그런 효원이니만큼 벙어리총각 행세를 해야 한다는 사실부터 곤욕과 불행의 연속이 아닐 수 없었다.

저 열원교 동쪽 궁남리에 있는 주옥州獄에 갇혔대도 되레 이보다는 더 나으리 싶었다. 임진년 왜놈들과의 전쟁 후 우병사 최염이 증축했다는 그 형옥 근처를 지날 때면, 옥담 출입구를 지키는 옥리獄吏들이 당장 우 달려들어 감옥 안으로 끌고 들어갈 것만 같아 무서워했었다.

도대체 지금 바깥세상은 어떻게 돌아가고 있는지 너무 갑갑해서 견딜 수 없었다. 며칠째 오광대 사람들은 코빼기도 비추지 않는다. 그들에게 맨 마지막으로 전해 들은 이야기가 드디어 동학농민군이 무혈입성했다는 믿어지지 않는 소식이었다. 그날 효원은 함부로 방망이질하는 가슴을 억누르며 벙어리 흉내를 내어 물었다.

'농민군들은 괘안심니꺼? 해나 농민군 중에 죽거나 다친 사람은 없는가예?'

꼭두쇠 이희문이 그런 효원을 가만히 바라보면서 말했다.

"효길이 총각이 농민군한테 그리키나 관심이 높은 줄 몰랐거마는. 와? 같이 농민군 하고 싶어갖고?"

그의 입에서는 효원이 두 번 다시는 떠올리기도 싫은 소리가 나왔다.

"최종완 씨 말 들으모 효길이 총각이 상구 칼을 잘 쓴단께, 농민군한테 큰 도움이 될 꺼 겉기는 한데……."

그러다가 그는 고개를 절레절레 흔들었다. 이즈음 들어와서 갑자기 어지럼증이 심해지는 바람에 목도 급하게 돌리지 않는다는 그였다.

"에이, 암만캐도 내사 몬 믿것다."

이희문은 효원 몸을 한참 눈여겨보다가 어림없다는 투로 또 말했다.

"여자 겉은 그 몸 갖고 우찌 싸운단 말고?"

중앙황제장군 최종완은 가타부타 무슨 말이 없었다. 그 침묵이 효원을 한층 힘들게 했다. 그에게서는 늘 한약 냄새가 났는데, 그 순간에는 피의 냄새를 맡았다. 효원은 속으로 말했다.

'그 피가 니눔 피인지 이 효원이 피인지는 함 두고 보모 알것제.'

그런데 지금은 그 최종완이라도 와 주었으면 했다. 내가 미쳐도 너무 미쳤다 싶으면서도 그랬다. 얼이 도령 안위까지는 물어볼 수 없어도 농민군 동태에 대해서는 어느 정도 알 수 있을지도 몰랐다. 원채 소식도 궁금했다. 제발하고 두 사람 모두 아무 일이 없어야 할 텐데. 어떤 불상사라도 생겼으면 어쩌나? 이놈의 방정맞은 생각을 저쩌나?

또 머리가 어지럽다. 음식을 입에 대지 않은 날이 얼만지 모르겠다.

그래도 허기는 전혀 느껴지지 않고 어제부터는 목에 물조차 넘기기가 힘들다. 기운을 잃으면 큰일 나는데, 그 걱정이 도리어 사람을 쇠약하게 몰아갔다.

그냥 통나무 인간처럼 가만히 누워만 있다. 머리 움직일 힘도, 손끝하나 까딱할 힘도 없다. 감영 교방에 있던 날들이 마냥 그립다. 너무 그리워 돌아버릴 것만 같다.

간혹 눈물을 뿌리고 관기 신세를 한탄하면서도 서로를 위로하면서 아픔과 설움을 나누던 곳. 춤과 노래와 악기로 한을 풀던 곳.

'해랑 언니는 잘 살고 있을까?'

그 고운 자태, 예쁜 미소가 너무너무 보고 싶다. 때론 같은 여자라도 시샘이 날 정도로 아름다운 그녀였다. 그 미모가 그녀를 더 슬프게 보이도록 하는 날도 있었다.

'그날 내가 그리 달리나오는 기 아이었는데.'

혼자 있으니 별별 생각이 짐승처럼 덤벼들었다.

'그때는 와 그리 몬 참것던고 모리것다.'

언네라는 늙은 여종 모습도 눈에 어른거린다. 남의 속은 모르겠지만 겉으로 봐서는 해랑 언니를 퍽 잘 모셔주는 것 같기는 했는데 어쩐지 기분 나쁜 느낌을 받았다. 뭔가 모를 비밀을 숨긴 채 음모를 꾸미고 있는 듯한 위험하고 음침한 인상이었다.

'해나 그 종 땜새 해랑 언니가 안 좋은 일을 당하는 거는 아이것제?'

그건 그렇고 지금 시각은 얼마나 되었는지 모르겠다. 방문에 비치고 있는 흐릿한 빛살이 여명인지 해거름 기운인지 그것도 알 수가 없다. 하도 오래 누워 있어 허리가 아픈데도 돌아눕고 싶은 마음이 없어 맥없이 눈만 떴다 감았다 했다. 살아 있어도 살았다고 할 수 없는 지경까지 이르고 말았다.

그러다 어느 사이 깜빡 잠이 들었나 보았다. 그곳 오광대 합숙소가 형옥 같다는 생각을 해서인지는 모르나 죄수가 돼 있다. 칼이며 수갑이며 족쇄며 항쇄며 할 것 없이 갖가지 형구가 목에 씌고 손발이 단단히 채워졌다. 둥근 주옥 밖 초가집에 거주하면서 죄인들을 감시하고 관리하는 옥리 얼굴이 얼핏 보였다. 그 얼굴이 그녀 얼굴 위를 향해 다가왔다 멀어졌다 하는데, 그 지독한 입 냄새라니.

'으, 몬 참것다.'

순간, 효원은 번쩍 정신이 났다. 아아, 효원은 신음소리를 내면서 전신을 뒤틀었다. 꿈이 아니다.

효원은 보았다. 뱀이 먹잇감을 감듯 그녀 몸을 감고 있는 인간 얼굴은 최종완이다. 오광대 놀음판에서 중앙황제장군 역을 하는 한약방 주인.

몸도 마음도 지칠 대로 지쳐 혼곤히 잠에 빠려든 탓에 언제 그놈이 들어왔는지도 몰랐다. 놈은 바람도 연기도 안개도 아니다. 그렇다면 유령인가? 혼만 있는 게 아니라 몸도 있는 귀신.

더 큰 문제는, 여자 힘으로는 도저히 사내 완력을 물리칠 수 없다는 사실이었다. 처음에 효원이 눈을 뜨고 몸을 뒤틀면서 두 손으로 그의 가슴팍을 밀어내려고 하자 놈은 몹시 당황하는 듯했다. 움찔, 몸을 떨기도 했다.

그러다가 저항해오는 힘이 너무나 미약하다는 것을 금세 알아챈 놈의 입가에는 회심의 미소가 떠올랐다. 덫에 걸린 노루 새끼라고 얕잡아 보는지도 모른다. 드디어 오래 벼르고 별러왔던 소원을 풀게 된 마당에 다른 것을 더 생각할 여지가 없을 수도 있다.

'아.'

꼼짝없이 당할 도리밖에 없다. 이건 선택의 문제가 아니다. 보약을 많이 챙겨 먹은 탓인지 그놈은 나이가 믿어지지 않을 정도로 기운이 억셌다. 그만큼 효원의 기력이 약해져 버린 탓이기도 하였다. 끝내 효원은 포기했다. 다른 길은 없다. 남강 물로 뛰어들리라. 비봉산 나뭇가지에 목을 매리라.

그러나 상촌나루터 흰 바위 쪽만은 절대 가지 않을 것이다. 아무리 죽어 아무것도 모르는 시신이라고 할지라도 내 몸뚱어리를 그곳에 던질 수는 없다. 그렇게 순수하고 아름다운 애정을 나누던 꿈의 흰 바위가 아닌가? 그것은 어디서나 흔히 볼 수 있는 평범한 바위가 아니라 '영원불멸의 바위'이다.

그런데 이제 다른 모든 것은 모조리 끝났다고 체념하는 그 순간이었다. 꿈, 효원은 또 꿈이라고 생각했다. 또 다른 꿈을 꾸고 있다. 꿈속의 꿈. 그 꿈에 효원은 들었다.

'퍽!'

둔탁한 소리였다. 무언가가 한방에 박살이 나는 소리였다.

'허~억!'

효원은 그 와중에도 깨달았다. 그녀 몸을 누르고 있던 놈은 머리통이 으깨어져 즉사하고 말았다는 것을. 그 소리와 동시에 놈의 몸이 아래로 굴러 내리고 있었다.

그리고, 세 번째 꿈이 효원을 찾아왔다.

"효원!"

그것은 까마득한 계곡으로부터 들려오는 메아리와도 같았다. 그 메아리가 방안 가득 울려 퍼졌다.

효원, 효원, 효원, …….

그녀 몸이 들려지고 있다. 그녀 얼굴에 뜨거운 물방울이 툭툭 떨어졌다. 오, 꿈이다. 효원은 속으로 절규했다. 꿈이라면 영원히 깨지를 말거라. 이렇게 꿈을 꾸다가 꿈속에서 죽어 가리라. 그녀 눈에서도 하염없이 눈물이 새 나왔다. 두 가지의 눈물방울들이 섞여 하나가 되어 흐른다.

"낼로 용서해주시오. 이런 꼴을 당하게 맨들다이?"

"아아."

얼마나 그리고 또 그리던 목소리인가? 오로지 이 사람 하나만을 생각하며 그 모든 공포와 고통과 설움과 지루함을 견뎌온 나날들이었다.

효원 또한 두 팔로 그의 목을 휘감았다. 세상은 오직 하나였다. 그러나 그것은 잠시였다. 얼이와 하나가 된 듯했던 효원이 별안간 소스라치듯 하며 얼이 가슴에서 빠져나오려고 발버둥을 쳤다. 놀란 얼이가 급히 물었다.

"와, 와 그라시오? 내, 내요. 얼이, 얼이요. 이 얼이를 모리것소?"

하지만 그새 얼이에게서 벗어난 효원은 손가락으로 방바닥 쪽을 가리키며 비명 지르듯 했다.

"사, 사람을 쥐잇어예! 쌔이 달아나야 해예!"

그러자 사물의 형체만 겨우 보일 정도로 흐릿한 어둠 속에서도 얼이 얼굴에 엄청난 낭패감이 떠오르는 게 보였다.

"아, 내, 내가 사람을?"

비로소 얼이는 자신이 살인자가 되었다는 사실을 깨달은 듯했다. 그의 마음속에는 오로지 효원이란 여자 하나밖에 없었기에 다른 것들은 보이지도 들리지도 않았던 것이다. 효원 외에는 모든 것이 무의미하고 무감각하게 느껴졌던 것이다.

"……."

얼이는 방바닥에 철버덕 주저앉은 채 망연자실 시체를 내려다보았다. 시신 바로 옆에는 농민군 무기인 몽둥이 하나가 피를 묻힌 채 나뒹굴고 있었다.

"되, 되련님! 되련님!"

효원은 넋 나간 듯 멍하니 앉아 있는 얼이 몸을 두 손으로 잡고 흔들며 다급한 목소리로 재촉했다.

"누, 누가 오기 전에 퍼, 퍼뜩 도, 도망쳐야 해예!"

효원은 한 번 더 각인시켜주었다.

"재, 잽히모 주, 죽어예!"

그제야 얼이가 깊은 잠에서 깨난 듯 입을 열었다.

"소용없소. 오데로 달아나것소."

효원은 그의 몸을 잡아 일으킬 것처럼 하며 말했다.

"그, 그래도예."

얼이는 땅속 깊이 뿌리를 내린 바윗덩이같이 꿈쩍도 하지 않았다.

"이 시상 우떤 곳에도 사람을 쥑인 살인자가 숨을 데는 없는 기요."

"아, 되련님."

효원은 그 절박한 순간에도 얼이 말투가 예전과는 좀 달라져 있다는 사실을 느꼈다. 젖내 풍기는 소년 말투에서 어엿한 청년 말투로 바뀌었다. 농민군 활동을 하면서 그만큼 몸도 마음도 성숙해졌다는 증거일까? 아픈 만큼 성숙해진다는 말도 있는데, 그는 아픔을 많이 겪었다는 말로 귀결될 것이다.

'가여븐 얼이 되련님.'

눈앞에 닥친 이 위기부터 벗어나지 않으면 안 된다. 천금과도 바꿀 수 없는 그를 살인자의 죄목으로 죽게 만들 순 없다. 원귀가 되어 구천을 떠돌지도 모른다.

이건 어디까지나 정당방위다. 저놈이 죽을 짓을 했다. 얼이 도령은 아무 죄가 없다. 나를 구하기 위해서 한 것이니 죽어야 한다면 이 효원이가 죽어야 마땅하다.

"안 되것어예."

관기 출신 효원은 나이가 무색하게 사려 깊고 당찬 데가 있었다. 막상 그 같은 상황에 던져지자 그녀는 되레 얼이보다 침착하고 당찼다. 새끼 기생보다 노기老妓에 가까워 보였다.

"우선에 저 시체부텀 치우시더, 되련님."

효원의 말을 들은 얼이가 금세 울음을 터뜨릴 것 같은 얼굴로 물었다.

"가, 감출 데가 이, 있소?"

효원이 곧장 대답했다.

"예, 되련님."

숨 한 번 삼킬 시간이 간 후였다.

"거, 거가 오데요?"

얼이가 또 묻자 효원이 고갯짓으로 어느 곳인가를 가리켰다.

"저어기……."

얼이는 턱을 덜덜 떨었다.

"바, 밖에 들고 나가모 바, 바로 사람들 누, 눈에 뜨일 낀데?"

방문이 저 혼자 덜컹거렸다.

"밖이 아이고 여 집 안에 있어예."

효원이 일러주었다.

"집 안에?"

그 소리는 바람벽에 부딪혀 스러졌다.

"예."

"그, 그렇다모……."

창백하기 그지없는 얼이 얼굴에 한 가닥 안도의 빛이 스쳤다. 효원이 생명을 가진 듯 움직였다가 다시 잠잠해진 방문 쪽을 보며 물었다.

"시방이 운젭니꺼?"

효원은 악몽이나 몽유병에 시달리다가 깨어난 사람이 정신을 차리려고 애쓰는 모습이었다.

"밤중인지 새벽인지 모리것어예."

사실 괴괴하기 이를 데 없는 사위였다.

"새벽, 새벽이오. 금방 날이 밝을 끼요."

얼이는 한층 몸을 떨었다.

"그라모 사람들이 모도 일어날 끼고요."

효원은 이야기를 하고 있을 틈이 없다는 것을 상기시켜주듯 했다.

"급해예, 되련님."

방문이 또 한 번 덜컹거렸고, 얼이는 그 소리에 번쩍 정신이 드는 모양이었다.

"그, 그렇소."

어디선가 새벽닭이 홰를 치는 소리가 들려올 것 같은 순간이었다.

"저 사람을 얼릉 안마당으로……."

그러면서 효원은 그야말로 겁도 없이 시신의 다리 쪽을 덥석 잡았다. 그것을 본 얼이도 엉겁결에 상체 쪽으로 손이 갔다.

"이, 이리로."

"아, 알것소."

두 사람은 최종완의 시신을 들어 안마당으로 옮기기 시작했다. 다행히 아직 세상은 캄캄했다. 개들도 깊이 잠들었는지 짖는 소리가 없었다. 모든 사물은 죽음의 늪에 잠겨 있는 것 같았다.

"여, 여게는?"

얼이는 가쁜 숨을 몰아쉬는 효원에게 떨리는 목소리로 물었다.

"오광대 사람들이 장 놀이판 연습하는 장소 아이요?"

효원은 축 늘어진 시신을 옮기느라 마지막 힘까지 다 쏟은 탓에 대답할 기운도 없는지 고개만 끄덕였다.

"사람들이 짜다라 들락거리쌌는 곳인데."

"저 안쪽에예."

효원이 눈짓으로 거기 부엌 뒷문에서 담장 쪽으로 꺾여 들어간 곳을 가리켰다.

"아모도 안 쓰는 오래된 우물이 하나 있어예."

그 말은 오래된 과거로 회귀하는 듯한 기분을 안겨주었다.

"우물?"

어둠 속에서 얼이 두 눈이 깊은 우물처럼 움푹 들어가 있었다. 지금 그 긴박한 순간의 일 때문에도 그렇겠지만 그동안 고생한 흔적이 역력해 보였다. 그렇지만 전쟁터에서 적군을 죽인 것이 아니라 동족인 민간인을 살해하고 말았으니 이제부터가 더 문제였다.

"예, 반쯤 메꾸다가 그냥 놔둔 우물예."

그러나 효원은 거기 우물 안에 시신을 집어넣고 완전히 매장해 버리자는 말까지는 꺼내지 못했다. 얼이를 구하기 위해 그렇게 대가 찬 여자처럼 행동하긴 했어도, 조금씩 정신이 돌아오면서 그들 앞에 닥친 그 엄청난 현실을 감당키 힘들었다.

어쨌든 간에 사람을 죽였다. 그들은 살인자였다. 효원이 연방 주위를 살피며 머뭇거리자 이번에는 얼이가 더 지체할 수 없다는 듯 대범하게 나왔다.

"내중에 도로 파내서 딴 데 묻더라도, 우선은 저 우물밖에 없는 거 겉소."

"그라모……."

마침 그 폐정廢井 옆쪽에는 흙더미가 많이 쌓여 있었다. 효원 말처럼 무슨 까닭인지는 모르나 조금 메우다가 그만둔 모양이었다. 고양이나 새가 들어갔다가 다시 나오지 못한 채 사체로 발견되었는지도 모른다.

어쩌면 아이가 빠져 죽었는지도 알 수 없다.

"날이 더 밝기 전에……."

"예."

그 우물 안은 그때 두 사람 심경만큼이나 깊고도 어두워 보였다. 네 개의 손이 그 어둠 너머에서 한없이 허둥대고 있었다. 그건 오광대들이 하는 어떤 놀이마당보다 더 비극적이고 무서운 연출이었다.

이윽고 은밀하고도 위험한 작업이 다 끝났을 때였다. 효원이 몸을 덜 덜 떨면서 쓰러지듯 얼이에게 안겨왔다. 효원을 안는 얼이 몸도 광풍에 뿌리째 흔들리는 나무 같았다.

그들은 격려하듯 서로를 붙들고 엎어질 듯 꼬꾸라질 듯 크게 비틀거리며 간신히 방으로 다시 돌아왔다. 세간도 거의 없는 차갑고 공허한 방이 무심한 표정으로 그들을 지켜보고 있었다.

"으으."

막상 방으로 들어왔지만 둘 다 찬바람 씽 도는 바깥에서보다도 더 심한 추위를 느꼈다. 서로의 몸을 꼭 부둥켜안았지만, 그 떨림을 멈출 수가 없었다. 방 전체가 온통 흔들리는 듯했다. 죽음의 혓바닥이 선체를 핥아대는 난파선 같았다.

남에게 발각되기 전에 우선 시체부터 치워야 한다는 그 한 가지 강박감에 쫓겨, 축 늘어진 시체가 무거운 것도, 시체를 매장하는 일이 힘든 줄도, 그 아무것도 전혀 느끼지 못하고 무서운 일을 끝내고 나니, 그제야 본격적인 공포심이 닥치기 시작한 것이다.

"내, 내가, 사, 사람을 쥐, 쥑이다이?"

얼이는 도저히 믿을 수 없다는 듯 그 소리만 되풀이했다. 열병을 앓는 사람 같았다.

"얼이 되련님."

그저 그렇게 부르기만 하는 효원이었다.

"흐, 사람을……."

어쩔 줄 몰라 하는 얼이더러 효원 또한 어쩔 줄 몰라 하며 말했다.

"되련님, 지발예."

지금 얼이는 농민군이 되어 죽창을 치켜들고 힘차게 '언가'를 부르며 용감하게 진격하던 때의 그가 아니었다. 단지 한없이 나약해 빠진 짐승 새끼에 지나지 않았다.

"아, 되련님."

효원이 오히려 얼이를 더 힘껏 껴안아 주어야 했다. 정녕 신기한 노릇이 아닐 수 없었다. 최종완에게 당하던 순간에는 손끝도 움직일 수 없던 몸 어디에 그런 기운이 들어 있는 것인지 모르겠다.

"아모도 본 사람이 없어예."

효원은 얼이 귀에 대고 속삭였다.

"그러이 되련님, 무서버하시지 마예."

그 밤에는 개들도 무섬증을 타고 있는 걸까? 쥐 죽은 듯, 아니 개 죽은 듯했다.

"아모 일도 없을 끼라예."

하지만 효원 손이 놓칠 만큼 얼이 몸은 마구 흔들렸고, 금방이라도 숨이 넘어갈 것 같은 신음소리만 내었다.

"그눔은 죽어야 마땅한 눔이라예."

그렇게 말하면서 효원은 내심 크게 후회했다. 최종완이 처음 그녀를 노리고 덤비던 날 은장도로 죽였어야 했다. 하다못해 팔다리 하나는 쓰지 못하게 만들어야 했다. 그랬다면 얼이 도령을 살인자로 만들지는 않았을 것이다.

"우리가 아이더라도 안 있어예."

효원은 어떻게든 얼이를 진정시켜 보려고 애를 썼다.

"누 손에든 꼭 죽어야 할 악마 겉은 인간이었어예."

얼이가 이빨을 딱딱 부딪치며 말했다.

"주, 죽을 줄은 모, 몰랐소."

"되련님."

효원 역시 사람 목숨이 그렇게 허무한 줄 몰랐다. 우주보다 크고 무거운 것이라고 보았는데 가랑잎 하나보다 작고 가벼웠다.

"그, 그눔이 효원에게 나, 나쁜 짓을 하는 거를 보, 본께……."

조금이라도 살인자라는 죄의식을 털어보려는 듯 그렇게 말하면서도 얼이는 방금 효원이 그랬던 것처럼 몹시 후회가 되는 걸 어쩌지 못했다.

"인자 고만예."

얼이가 힘들어할수록 효원은 더욱 견디기 어려웠다. 심지어 교방에서 탈주하여 얼이에게 달려간 자신이 저주스럽기까지 했다. 나는 액운을 가지고 다니는, 남에게 해악을 끼치는 여자라고, 온 세상에 외치고 싶었다. 진작 죽었어야 할 사람이 나였다고, 그러지 못해서 다른 사람들을 불행하게 만들었다고, 관졸들을 부르고 싶었다.

"내 눈깔이 뒤집힛던 기요."

그렇게 탄식하고 자조하는 얼이 눈에는 초점이 없었다. 사람의 혼은 눈에 있다더니, 정말 얼이는 혼이 나가고 껍데기만 남은 것 같았다.

"더 말씀하시지 마예."

효원은 손가락을 얼이 입술에 갖다 댔다.

"생각도 하시지 마예, 되련님."

애원하듯 청원하듯 하는 효원의 얼굴에 눈물자국이 번들거렸다.

"우찌, 우찌 그랄 수가?"

얼이가 머리를 있는 대로 흔들었다. 그 바람에 효원의 손가락이 얼이

입술에서 떨어졌다. 얼이는 지금 지독한 공포와 고통과 갈등에 사로잡
힌 포로였다.

"그보담도 우리가 앞으로 우찌할 낀고 그거나 고민해예."

효원의 그 말을 들은 얼이가 홀연 화난 얼굴을 했다.

"넘을 쥑이고 내는 살 궁리를 해라쿠는 소리요?"

"흐흑."

어떻게든 얼이를 진정시키기 위해 안간힘을 쏟던 효원이 울먹이기 시
작했다. 그러고는 제발 마음의 짐을 벗어던지라는 듯 이런 말도 했다.

"농민군 하다가 왜눔 하나 쥑잇다꼬 생각해예, 지발."

하지만 얼이는 그게 가당키나 한 말이냐고 머리를 흔들었다.

"그거하고 이거하고는 다리요."

얼이 눈알은 시뻘건 구슬을 방불케 했다.

"내가 쥑인 사람은 일본군도 아이고 관군도 아이고, 그냥 우리 겉은
백성, 백성인 기요."

효원의 목소리가 가파르게 높아졌다.

"일본군과 관군만큼이나 몬된 인간이었어예, 그눔은."

얼이가 한풀 꺾인 소리로 더듬거렸다.

"아, 암만 그, 그래도요."

효원의 손가락이 다시 얼이 입술을 덮쳤다. 손가락과 입술이 뜨거운
지 차가운지 둘 다 감각을 느끼지 못했다.

"더 말씀하시지 마예. 우리 아모 소리도 하지 말아예."

"……."

"그냥, 그냥 이대로 있어예."

"……."

효원은 두 팔로 얼이의 몸을 더한층 바싹 끌어당겨 안았다. 얼이는

눈을 감은 채 자는 듯 가만히 있었다. 하지만 그건 평온함에서가 아니라 자포자기 상태에서 온 행동이었다.

효원도 눈을 감았다. 이대로 숨이 멎어버린다 해도 이제는 아무러한 여한이 없었다. 얼이 도령이 관아에 붙잡혀 가면 그 앞에서 은장도로 자결할 것이다. 그리하여 한 마리 새로 환생하여 얼이 도령이 갇혀 있는 뇌옥의 나무 창살 사이로 날아 들어가리라.

'그래삐모 되는 기라, 그래삐모.'

효원의 몸을 지배하던 두려움이 연기처럼 빠져나갔다. 무슨 미련이 더 남아 있어 구차한 삶에 집착하려 하느냐? 그렇게 한 번 죽기로 작정을 하고 나니 세상에 하나도 무서울 게 없었다.

그렇다. 이제 할 일은 오로지 하나만 남았다. 사랑하는 일이다. 마지막 순간에 더욱 활활 타오르는 장작 불꽃과도 같이 그렇게 나를 태울 것이다.

홀연 효원이 매우 화난 듯 얼이 몸을 확 밀어버렸다. 그 서슬에 얼이는 뒤로 벌렁 나자빠졌다. 효원이 은장도를 날리듯 몸을 날렸다.

얼이는 효원의 몸이 새털 하나만큼이나 가볍게 느껴졌다. 그의 몸은 나뭇가지이고 효원은 새였다. 오랜 날기에 지친 새가 휴식을 취하기 위해 나뭇가지로 날아들고 있다.

얼이는 잊었다. 잊으려고 했다. 여기 살인자는 없다. 얼이도 없다. 얼이 몸속에서 얼이 빠져나가고 없으면 얼이도 없는 것이다. 아무도, 아무것도 없으니 참으로 홀가분하다. 얼이는 날개를 달기 시작했다. 더없이 가벼운 날개다. 모든 것 홀홀 떨쳐버리고 날아가리.

휴화산이 활화산이 되었다. 설혹 그 불길에 흔적도 없이 스러져 버릴 한 줌 재가 돼버린다고 할지라도 후회는 없을 것이다. 낙타의 사막은 뜨겁고 목마르다. 그렇지만 '우르릉, 쾅' 천둥이 치고 '쏴~아' 빗줄기가 쏟아지면 맑고 싱그러운 푸른 숲의 오아시스를 만난다. 찬연한 빛살이 온 누리에 가득히 내리비치는 찰나, 혹은 영겁의 시간이다.

얼이는 비로소 남자가 되고, 효원은 비로소 여자가 되었다. 천둥소리가 점차 잦아들고 빗줄기가 멎었다.

하나가 된 두 사람은 천장을 향해 몸을 반듯이 하고 나란히 누웠다. 누구도 아무도 말을 하지 않는다. 움직임도 없다. 태초의 고요 같은 정적만 감돈다.

그들에게 무슨 일이 있었던가?

"인자 우리는 우찌 되는 기라예?"

얼마나 그런 상태로 있었을까? 효원이 입을 열었다. 이슬 내린 풀잎처럼 젖은 음성이다. 얼굴은 여전히 하늘 쪽을 향한 채로다.

"인자 우리는 우찌 되는 기요?"

얼이가 똑같은 말을 했다. 하지만 그는 이내 고개를 효원에게 돌리며 말했다. 두 사람의 공통 문제에 대한 답이었다.

"우찌 되든 안 되것소."

'꼬끼오.'

어디선가 첫닭이 홰치는 소리가 난 것도 같고 나지 않은 것도 같았다.

"안 되모 고만이고."

"……."

효원은 계속 대꾸가 없다. 그곳에 관기 효원은 없고 벙어리총각 효길만 있는 듯싶다. 또다시 그들 사이에 조선종이에 번지는 먹물 같은 침묵.

"아!"

그런 순간이 얼마큼 흘렀는지 모르겠다. 문득 효원 입술 사이로 탄식, 아니 감격이 실린 소리가 새 나왔다. 그러자 얼이 입에서도 그랬다.

"아!"

창호지에 빛살이 번져 나고 있다. '검은 종이'에 '흰 먹물'이 배어드는 듯도 하다. 그래도 새날은 밝아오는가, 밝아오는가? 새롭게 열리는 시간이다. 인간들이 어둠 너머에 깊이 몸을 감추고 저지른 그 온갖 죄악과 추잡함을 넘고 넘어…….

"되련님은 또 농민군 하로 가시야 되지예?"

꼼짝도 하지 않고 가만히 누워 있던 효원이 얼이 쪽으로 돌아누우며 물었다. 그 애절한 눈빛은 보는 사람 가슴을 녹아내리게 하였다. 효원의 두 눈에 그득 눈물이 괸다. 그 눈물방울로 한 마디 한 마디 찍어내는 듯한 말소리다.

"인자 가시모 우리가 운제 또 만낼 수 있으까예?"

얼이도 효원 쪽으로 몸을 돌렸다.

"금방 다시 돌아오것소."

급기야 효원의 뺨 위로 맑은 방울이 굴러 내렸다. 그녀는 간절히 축원하듯 했다.

"금방…….'

얼이가 팔을 뻗어 언약의 손가락을 걸어올 것같이 하였다.

"그렇소. 오래 걸리지는 안 할 끼요, 효원."

그러나 그 소리가 그만 강한 최루제가 되고 말았다. 뺨으로 흘러내리는 눈물방울을 입술로 받아 삼키던 효원이, 물고기가 파닥거리듯이 갑자기 얼이 품으로 파고들며 '엉엉' 소리 내어 울기 시작한 것이다.

"효원."

그녀의 작고 둥근 어깨를 자칫 부서질세라 가만히 감싸 안는 얼이 두 눈에서도 뜨거운 눈물이 끝없이 쏟아진다.

"안 가시모, 안 가시모 안 돼예?"

"내, 내는."

방문 창호지에는 아직도 어두운 기운이 남아 서성거리고 있다.

"예에? 되련님?"

"효원."

얼이 품 안에 든 새가 울고 있다.

"농민군 가시지 말고, 우리 아모도 모리는 먼 데로 가서 살아예."

얼이는 묵묵부답이다. 하지만 그의 속에서는 '뚝' 하고 쉴 새 없이 나뭇가지들이 부러지는 소리가 나고 있었다.

"그라모 안 되까예, 되련님."

효원은 얼굴이 눈물로 뒤범벅된 채 간곡하게 애원했다. 하지만 얼이는 문득 본정신이 나는지 고개를 흔들며 타일렀다.

"그거는 안 돼요, 효원."

작은 새가 온몸으로 물어왔다.

"와 우째서 안 되는데예?"

얼이는 피가 배일 정도로 입술을 깨물었다.

"내는 가지 않으모 안 되는 기요."

효원은 포수의 총을 맞고 죽어가는 새가 내는 듯한 소리로 말했다.

"아아, 가시지 않으모……."

"미안하요, 효원."

밖에서 누가 흔드는 듯 방문이 또 '덜컹' 소리를 내었다.

"인자사 개우시(겨우) 농민군 시상이 올라쿠는데."

"되련님, 지발."

"짐승매이로 헐벗고 억압받던 백성이 진짜, 진짜 사람답거로 살 수 있는 그날이 저만치 비이는데……."

효원은 끝까지 듣고 있을 인내심이 바닥난 사람이 되어 어린아이 떼쓰듯 했다.

"되련님은 이 효원이보담도 농민군이 더 소중해예?"

"효원!"

얼이 목소리가 사방 벽을 울렸다.

"효원이는 죽어도 상관없어예?"

그 말이 얼이 가슴팍에 옹이가 되어 박혔다.

"무, 무신 그런 말을? 내 하늘에 대고 맹서하요. 무신 일이 있어도 말이오."

"아아, 안 듣고 싶어예."

이웃집 나무에선가 일찍 깬 참새들이 짹짹거리는 소리가 들려왔다.

"그, 그라지 말고……."

"다, 다 싫어예."

효원은 새의 발 같은 손으로 바윗덩이 같은 얼이 가슴을 밀어내었다. 그녀에게서는 세상 모든 것을 다 거부하겠다는 강경한 의지와, 다시는 일어설 수 없는 좌절감 같은 게 전해졌다.

"효원을 오랫동안 혼자만 있거로 내버려 두지는 않것소."

"시방꺼지 이 효원이 혼자 너모나 오래 있었어예."

새장 속에 갇혀 있던 새의 원망과 실의에 찬 소리였다.

"곧 돌아올 것이오. 그러이……."

그러나 효원은 얼이의 말을 끊고 앞날을 예언하는 무녀처럼 말했다.

"아이라예. 다시는 서로 보지 몬할 깁니더."

"내 약속하것소."

"인자 가시모 다시는 몬 돌아오실 기라예."

"와 그리 안 좋은 소리를 하는 기요?"

"자꾸 그런 생각이 들어예."

"그 이유가?"

그러잖아도 자신이 살해한 사람 시신을 암매장한 직후인지라 한층 으스스한 느낌이 드는 얼이더러 앙탈부리듯 하는 효원이었다.

"내도 몰라예. 모리것어예."

천장과 방바닥이 들러붙어 버리면서 그 가운데 끼이는 것 같은 답답함이 밀려왔다. 얼이가 일어나 앉았다. 효원도 따라 일어나 앉아 옷매무새를 고쳤다. 그녀에게서는 벙어리총각 효길의 모습은 사라지고 관기 효원의 자태만 남아 있었다.

"아, 효원 몸이!"

얼이는 그동안 그녀의 몸이 너무나도 야위었다는 것을 새삼 깨달았다. 얼마 붙어 있지도 않던 살마저 쪽 빠져버린 탓에 어깨는 헐렁하고 얼굴은 더욱 작아 보였다. 종이는 다 떨어져 나가고 앙상한 살대만 남은 연鳶을 연상케 했다.

'저, 저라다가?'

얼이는 걷잡을 수 없이 불안해졌다. 효원을 지금처럼 계속 혼자만 있게 내버려 두면 몸이 작아지고 또 작아져서 마침내 연기나 안개처럼 영영 사라져버릴 것만 같았다. 그러나 어쩔 것인가, 어쩔 것인가?

"내가 쥑일 눔이오. 으흐흐흐."

급기야 얼이는 주먹으로 방바닥을 내리치며 오열을 터뜨렸다. 효원이 얼이 팔을 붙들고 늘어지며 말했다.

"효원이도 농민군 하모 안 되까예?"

"……."

"여자 농민군."

"……."

속살이 훤히 내비칠 만큼 투명한 아침이 성큼 다가와 있었다.

어느 접주接主의 전쟁담

오광대 사람들 사이에 난리가 났다.

중앙황제장군 최종완이 하루아침에 행방불명이 된 것이다. 말 그대로 증발이었다. 그의 가족들은 그가 집을 나갈 이유가 전혀 없다며 발을 동동 굴렀다. 그의 부인은 혼절까지 했다고 한다.

오광대 합숙소에 모인 오광대패들은 곧 다가올 공연에 대비해 연습할 생각도 잊은 채 거짓말같이 갑자기 사라져 버린 동료에 대한 이야기에만 빠졌다. 하긴 사람이 없어졌는데 무슨 정신과 흥으로 놀이판을 열 수 있겠는가?

"꼭두쇠한테도 아모 말이 없었다이, 증말 구신이 곡할 노릇입니더."

소리와 장단을 가르치는 김또석하의 말이었다.

"누가 머라캐도 이거는 사곱니더, 사고."

소지주로서 무시르미 역을 맡은 강용건이었다.

"맞심니더. 안 그라고서야 사람이 사라질 수가 있심니꺼?"

소무와 옹생원, 문둥이 역할 등을 골고루 하는 동길선도 한마디 내비쳤다. 야학 글방 선생이기도 한 그는 정의파였다.

효원의 눈은 자꾸만 방바닥을 훔쳐보았다. 방바닥이 닳아 없어질 만큼 깨끗이 지운다고 지웠지만 그래도 행여 희미한 핏자국이라도 남아 있지나 않을까 더없이 조마조마했다. 최종완의 시신을 더 멀리 치우지 못하고 바로 이집 안 폐정 속에 숨겨 놓은 게 후회가 되기도 하고 너무나 불안하고 초조했다.

"무서버도 쪼끔만 참고 기다리모, 내가 와갖고⋯⋯."

그날 얼이는 둘이 헤어질 때, 다음에 오면 좀 더 안전한 곳으로 옮기겠다고 말을 했지만, 그 '다음'이 언제가 될지 지금 형편으로서는 너무나 막막할뿐더러, 언젠가는 반드시 탄로 날 것이란 우려에 돌아버릴 것만 같았다.

그뿐만이 아니었다. 오광대 사람들이 더없이 침통하고 심각한 얼굴로 주고받는 이야기들은 갈수록 효원의 간담을 서늘케 했다. 심지어 전말을 다 알고 있으면서도 일부러 모르는 척 시치미를 떼고 저러는 게 아닐까 싶은 의구심마저 들었다.

"해나 죽은 거는 아일까예?"

탈을 썩 잘 만드는 김용의 말에, 상인으로서 제법 돈도 모았다는 어딩이 박상수가 공감의 뜻을 표했다.

"맞소, 누가 쥑인 거 겉다는 생각도 드요."

그러자 상좌 역의 함또순이 펄쩍 뛰었다.

"머요? 누가 쥑이요? 허어, 우찌 그런 막말을?"

정미업을 하는 그는 대단히 순박한 사람이었다.

"아, 가만있어 보소!"

재담에 뛰어난 서물상이 박상수의 말에 동조했다.

"상수 씨 그 말 듣고 본께 그랄 수도 있것다 시푸요. 살아 있다모 이리 안 나타날 리가 없다 아이요."

잠시 선학산 공동묘지 같은 침묵이 흘렀다.

"으, 무서버라. 그라모 누가 머 땜새 최종완 그 사람을?"

문광시였다. 장구와 꽹과리에도 남달리 능숙한 악사인 그는, 신장과 양반 역을 매우 잘 소화해내었다. 맨 처음에 말을 꺼냈던 김융이 물었다.

"해나 돈을 노린 강도가 아일까예?"

무시르미 강용건이 온몸에 경련을 일으키듯 하였다.

"그, 그런 것 겉소. 황제장군은 돈이 쌔삣다 아인가베."

그렇게 중구난방인 가운데 꼭두쇠 이희문이 결론짓듯 말했다.

"관가에 신고해 놓았은께 올매 안 가서 모돌띠리 안 밝히지것소. 답답하지만도 우리가 우짜것소. 시간을 놓고 기다리보는 수밖에요."

효원 가슴이 '콰당' 하는 소리를 내며 무너졌다. 포졸들이 이곳에도 올 가능성이 높다. 최종완은 한약방이 딸린 집과 여기만 시계추처럼 오간다는 것을 모두 알고 있다.

금방이라도 육모방망이를 든 포졸들이 대문을 박차고 집 안으로 뛰어들 것만 같다. 범죄 수사는 언제나 피해자 가까이 있는 사람들부터 우선 대상으로 삼는다. 관기로 있을 때 관리들을 모신 자리에서 효원이 귀동냥한 지식이다.

지금 여기에 있는 오광대 사람들부터 하나씩 소환 조사할지도 모른다. 만약 그렇게 되면 그녀가 여자라는 사실이 밝혀지는 것은 그야말로 시간문제다. 어디 그뿐일까? 그녀를 조사하는 과정에서 얼이 도령의 존재가 드러나고 말 것이다.

특히 우물에 유기한 시신이 발견될 경우, 수사 초점은 당연히 그 집에 혼자 머물고 있는 효원에게로 맞춰질 것이고, 여자 혼자 힘으로 건장한 사내를 살해한다는 것은 불가능할 것이라고 보아, 얼이 도령을 지목하지 않을 수 없을 것이다.

효원이 그때까지 미처 모르고 있었던 사실 하나가 그들 입으로부터 흘러나온 건 그런 와중에서였다.

"원채 그 사람이 농민군에 앞장설 줄은 에나 몰랐다 아이요."

동길선의 말에 효원은 귀를 의심했다. 그가 농민군 앞장을 섰다고?

"그 사람이 미군들하고도 싸운 전력이 안 있소."

김또석하의 말은 언제 들어도 그 내용과는 상관없이 무슨 장단 가락 같이 들렸다.

"······."

효원은 극히 순간적이나마 저 최종완 사건을 잊었다. 그러고는 고슴도치 터럭 세우듯이 신경을 있는 대로 바짝 곤두세웠다. 더 거론할 필요도 없이 원채에 관한 이야기는 곧 얼이 신상과 연결되는 것이다.

"그란데 더 놀랠 일은, 미군 포로 생활도 했다쿠는 기라요."

"······."

문광시 말에 너나없이 잔뜩 질려버린 눈으로 말없이 서로의 얼굴만 바라보았다. 포로와 범죄자를 혼동하고 있는 건지도 모른다. 하지만 그 따윈 아무것도 아니다. 효원은 제 귀로 똑똑히 들었음에도 불구하고 그 사실을 인정할 수 없었다.

'저, 저기 무신 말고?'

효원은 아무리 애를 써도 도저히 정신을 차릴 재간이 없었다. 세상에, 농민군 앞장을 선 그런 원채더러 얼이 도령이 농민군 하는 것을 막아 달라고 부탁을 했다니.

'우찌 이, 이랄 수가!'

그런데 그건 약과였다. 그다음 소리는 효원을 기절 직전에까지 몰아갔다.

"원채 그 사람, 저 임술년에 맹활약을 했던 천필구 아들하고 둘이 어깨를 나란히 해갖고 싸우고 있담서요?"

박상수가 무슨 흥정 붙이듯 얘기했다.

효원은 머릿속이 하얗게 비는 듯하고 도시 숨을 쉴 수가 없었다. 두 사람이 어깨를 나란히 하고 농민군 활동을 했다.

"그라고예."

끝내 효원 입에서 비명이 터져 나올 소리가 나왔다.

"천필구 아들 이름이 얼이라 카데예, 천얼이."

강용건이 말하자 서물상이 재담 늘어놓듯 했다.

"시방 온 고을 사람들 사이에는, 그 젊은이 이약이 꽃을 피우고 있지예. 오죽하모 그를 모리모 첩자라쿠는 말꺼정 나오것소."

함또순이 한숨을 내쉬듯 말했다.

"부전자전, 그 말이 딱 맞아떨어진다꼬요."

김또석하가 유독 큰 목소리로 다른 사람들을 둘러보며 말했다.

"아니, 선친보담도 더 큰 활약을 한다쿠는 소리도 들리더마요."

오광대 사람들은 놀음판 연습은 아예 팽개쳐버린 채 동학농민군 활약과 최종완 실종에 대한 이야기를 번갈아가며 하기에 여념이 없어 보였다.

'아아.'

효원은 한없이 정신이 가물가물해지고 온몸의 힘이 빠져나가면서 그대로 방바닥에 엎어지고 말 것 같았다. 귀가 고장이라도 일으켰는지 '웡웡' 소리가 나면서 눈앞이 놀놀하여 아무것도 보이지 않았다.

"어?"

그런데 효원의 그 모습을 언제 보았을까? 반신불수인 어딩이 역을 하는 상인 박상수가 무척 당황한 목소리로 물었다.

"효, 효길이 총각! 자네 각중애 와 그라는가, 으응? 오데 아푼가?"

핏기라곤 찾아보기 어려운 효원의 창백한 얼굴 위로 땀방울이 줄줄 흘러내리고 있었다. 저마다 더없이 경악하는 표정들이 되었다.

"에나 그렇네? 안색이 노오랗다 아이가. 아모래도 어지럼뱅이 있는갑다."

야학 글방 선생 동길선이 아주 걱정스러운 얼굴로 말했다.

"안 되것소. 우선에 방바닥에 좀 눕히야것소."

그러면서 정미업자 함또순이 길게 손을 뻗어 효원의 몸에 갖다 대려고 하였다. 그것을 본 효원은 정신이 아뜩한 중에도 손짓 발짓 다해 가며 막았다.

'아, 아입니더! 괘안심니더, 괘안아예. 엊저녁에 묵은 기 쪼매 잘몬됐는가, 그기 고마 콱 얹히갖고 이랍니더.'

김용이 탈의 눈을 통해 바라보듯 효원의 안색을 유심히 살피며 아쉽다는 투로 말했다.

"이럴 때 최종완이 있다모 참 좋을 낀데. 우쨌든 오데 다린 한약방에 가서라도 약 한 첩 지이묵어야것다. 한창 나이에 하매 몸이 그리카나 부실해갖고 앞으로 무신 일을 하것노. 쯧쯧."

효원은 당장 눈앞에 닥친 위기는 넘겼다 싶어 억지웃음과 함께 계속해서 이제는 거의 습관화된 수화手話로 응했다.

'예, 약 한 첩만 달여 묵으모 낫을 낍니더.'

하지만 문광시는 효원의 이마를 짚을 것처럼 했다.

"머리 열은 없는 기가? 사내 이마빼기가 똑 기집애매이로 하얗기는."

'씨이, 또…….'

효원이 계집애 같다는 말에 잔뜩 화난 표정을 짓자 꼭두쇠가 말했다.

"효길이 총각이 여자 겉은 줄 인자사 알았소?"

김용이 말했다.

"남자가 여자 탈을 둘러쓴 것 같다 아이요."

그러자 박상수가 하는 말이다.

"내 볼 적엔 여자가 남자 탈을 쓴 거 겉거마는."

효원은 어디 좀 보자며 그들이 자기 얼굴에 손을 갖다 댈 것만 같아 심장이 얼어붙는 듯했다. 꽃 같고 나비 같은 관기들 가운데서도 해랑 다음으로 피부가 곱고 부드러웠던 그녀였다. 그런데 남들이 몹시 부러워했던 그게 오히려 약점이 되어 결정적인 치명타로 작용할 위험성이 너무 큰 것이다.

"그거는 마, 그렇고 말이오."

그때 이희문이 다행스럽게 다른 말을 꺼냈다.

"이거 에나 큰일인 기오. 야단 아인가베. 놀이판 펼칠 날짜는 저만치 끄덕끄덕 다가오고 있는데 황제장군은 없고. 후~우."

동길선은 한숨을 길게 내쉬며 푸념하듯 했다.

"오데 가서 아모라도 하나 데꼬 와서 시킬 수만 있다모 좋겄소."

잠시 답답하고 안타까운 시간에 잠기다가 이희문이 꼭두쇠답게 모두를 이끌었다.

"안 되겄소. 우리끼리라도 안마당에 나가 연습을 시작합시더. 자아, 퍼뜩 나갑시더, 안마당으로."

효원은 고함을 내지르고 귀를 틀어막고 싶었다. 안마당.

그들은 안마당으로 들어서자마자 곧 우물로 달려갈 것만 같았다. 그러고는 누군가 우물을 완전히 메워버렸다는 사실을 알고는, 아무래도 너무 수상쩍다는 생각에 즉시 흙더미를 파헤치기 시작할지도 모른다.

'우, 우짜노?'

그야말로 눈에서 딱정벌레가 왔다 갔다 하고 피가 거꾸로 도는 듯했다. 잘못해도 크게 잘못했다. 아무리 다급하고 당황하긴 했어도 그곳을 택하다니. 어쨌든 우선 당장 남들 눈에 띄지 않아야 한다는 그 한 가지 생각에만 사로잡힌 나머지 '눈 가리고 아웅' 하는 짓을 하였다니. '눈을 떠야 별을 본다'는 말도 있지 않은가 말이다. 하지만 이제 와서 골백번 후회해도 소용없는 일이었다. 그저 오광대패들이 모르게 해 달라고 하늘에 비는 수밖에 없었다.

오광대 사람들은 최종완의 돌연한 실종에 대한 궁금증과 불안감을 떨쳐버리기 위해서인지 소리도 요란하게 우르르 밖으로 몰려나갔다. 놀이판 연습이라도 해야 견딜 수 있을 사람들 같았다. 신발 끄는 소리도 평소보다 요란했다.

이제 방에는 효원 혼자만 남았다. 몸이 좀 안 좋아 연습을 하지 않고 그냥 쉬고 싶다고, 지금은 익숙해진 수화로 대강 둘러댔다. 도저히 그들과 함께 안마당에 있을 수 없었다. 언제부터인가 효원 마음에 안마당은 최종완의 무덤으로 자리를 잡기 시작한 것이다.

그런데 그들이 안마당으로 나간 지 얼마 지나지 않았을 때였다. 강용건이 마치 무서운 마마신이 방문하듯 소리 소문도 없이 와서 방문을 빠끔 열고 선 채 물었다.

"효길이 총각! 각중애 우물이 와 저렇노?"

"……."

효원은 정말이지 아까와는 비교가 아니게 간담이 덜컥 내려앉고 말았다. 그 소리를 듣는 순간 절명해버리지 않은 것이 이상할 정도였다. 드디어 올 것이 오고야 말았구나! 싶었다. 실로 미련스럽게 가만히 앉아서 고스란히 당할 때를 기다리고 있었다니. 하지만 효원은 할 수 있는 데까지는 해 보자고 자신을 다독이며 최대한 아무렇지 않은 것처럼 가장하여 이런 표정을 지어 보였다.

'우물이 우떻는데예?'

"우물이 싹 다 메꿔져 있다 아이가."

강용건은 자기가 땅을 준 소작인에게 소작료를 독촉하듯 했다.

"효길이 총각이 그랬제?"

"흐."

효원은 숨이 턱 막혔다. 지금 그 우물에 암매장 되어 있는 것은 최종완의 시신이 아니라 산 채로 묻혀 있는 자신인 것처럼. 그렇지만 마음을 억지로 가라앉혔다. 그러고는 갑자기 하품이 나는 듯 일부러 입을 크게 벌리고 손바닥으로 막는 시늉을 하면서 고개를 끄덕였다.

'예, 지가 그랬심니더.'

삼척동자라도 예측할 수 있는 당연한 질문이 나왔다.

"와? 와 그랬는데?"

효원은 싫고 무섭다는 빛을 띤 얼굴로 가장했다.

'보기가 싫어서예. 반쯤 메꿔 논께 구녕 뚫린 거맹캐 해갖고, 똑 머가 튀어나올 거 겉다 아입니꺼.'

그런데 강용건은 그들의 보금자리를 기분 나쁘게 말하는 것이 마음에 들지 않는지 약간 퉁명스러운 어조로 나왔다.

"나오기는 머시 나온단 말고?"

효원은 별것도 아닌 일로 사람을 성가시게 군다는 기색을 드러내었다. 그러고는 심드렁한 표정까지 해 보이면서 응했다.

'그라모 메꾼 거 도로 파놓지예 머. 시방 가서 그리하까예?'

그러자 다른 오광대 사람들과 마찬가지로 이제는 어느 정도 효원의 그 벙어리 말을 잘 알아듣는 강용건이 그만 쓴웃음을 지으며 혼잣말처럼 중얼거렸다.

"성깔 하나 불이다, 부울."

'그런 줄 인자사 알았심니꺼?'

효원은 한술 더 떠서 두 손으로 불이 활활 타오르는 장면을 만들어 보였다. 그러고 나서 잔뜩 새침한 얼굴을 했다.

"그냥 한분 물어본 거 갖고, 기집애맹캐 틀어지기는!"

강용건은 혓바닥을 쏙 내밀며 놀리듯 말했다.

"그런께 자꾸 기집애 겉다 소리 듣제."

효원은 더한층 토라진 얼굴로 꾸몄다.

'넘이 혼자서 고생고생 해논 일을, 니 에나 잘했다, 칭찬은 안 해주고 자꾸자꾸 그리싼께 그라지예.'

"허, 애먼 사람 무담시 누맹 씌우지 마라. 내는 딱 한 분밖에 말 안 했다."

강용건은 누명을 써서 억울하다는 표정이 되었다.

"자꾸자꾸 그리쌌기는, 누가 자꾸자꾸 그리쌌는다꼬?"

'하여튼 알것심니더.'

효원은 조금 화가 풀리는 빛을 해 보였다. 꼬리가 길면 밟힌다고, 그를 어서 다른 사람들 있는 데로 보내야 했다.

'시방은 내가 몸이 쪼매 안 좋아서 안 되것고, 몸이 낫으모 당장 본래대로 해놓을 낀께 걱정하지 마이소.'

효원의 그런 손짓 말에 강용건은 방문을 도로 닫을 것처럼 하며 말했다.

"누가 본래대로 해놔라 쿠나?"

'그라모예?'

"솔직히 이약하모 말이제, 내도 그 우물이 딱 보기 싫었던 기라. 아까 효길이 총각이 핸 말맹캐 머가 나올 꺼 겉기도 하고 말이제."

강용건의 맨얼굴이 무시르미탈같이 비쳤다.

"그래 효길이 총각이 잘했다꼬 말해 줄라 캤던 기다."

효원은 벙어리 선머슴 흉내를 톡톡히 냈다.

'누라도 내한테 한 분만 더 그런 소리 해싸모, 내가 팍팍 파뻘 끼라 쿤다꼬, 가서 그리 전하이소.'

"하이고! 지발 고만해라. 효길이 총각한테 또 그리쌀 사람 하나도 없다."

강용건 말에 효원은, 여자들이 우물가에서 하는 '우물가 공론'은 그만하잔 수화를 하면서 공치사 늘어놓듯 했다.

'내가 그 일 한다꼬 밤새거로 잠도 몬 자고…….'

"알것다, 알았다쿤께?"

그 소리를 끝으로 강용건은 서둘러 방문을 도로 닫고는 도망치듯이 안마당 쪽을 향해 달려가 버렸다.

'후~우.'

효원은 온몸에서 일시에 기운이 쫙 빠져나감을 느끼며 폭풍우에 토담 허물어지듯이 방바닥에 드러누웠다. 사방 벽이 기울어지고 천장이 내려앉을 것 같았다. 방이 빙빙 돌아가는 듯했다. 백 년은 감수했다.

일단은 위기를 넘겼다. 하지만 끝까지 무사할 수는 없을 것이다. 그렇다. 민간인 신분인 오광대 사람들은 어떻게 속여 넘길 수 있을지 몰라도, 범죄수사를 전문으로 하는 관아 장졸들은 필시 무슨 냄새를 맡을 것이다. 아니다. 벌써 전모를 알아낸 그들이 방문을 벌컥 열어젖히고 최종완의 시신을 보이면서 호통을 내지를 것이다.

'너를 최종완 살인범으로 체포한다!'

그러고는 붉고 굵은 오랏줄로 그녀 몸을 꽁꽁 묶을 것만 같았다. 관아로 끌고 가서 동헌 뜰에서 형틀에 묶어놓고 어서 공범자를 대라고 온갖 고문을 가해올 것이다. 그리하여 그 모진 과정에서 효길은 효원이란 사실이 그대로 드러나고 말 것이다. 남장 여인이란 사실을 알면 모두 놀라면서도 더욱 호기심을 가지고 심문하려 들 것이다.

그러나 좋다. 어디 해 볼 테면 해 보라지. 나는 절대 얼이 도령 이름을 입 밖에 내지 않을 것이다. 주리를 틀어서 혼절하면 내 몸에 찬물을 확 끼얹어 다시 정신을 차리게 하고는, 벌겋게 달군 인두로 살점을 지질 것이다. 그러면 살이 타들어 가는 냄새와 함께 나는 어떤 고통도 슬픔도 없는 영원한 세상으로 떠나게 되리라.

그게 아니다. 혼백이 되어 얼이 도령이 농민군 활동하는 것을 가까이서 지켜보면서 그를 언제까지고 보호해주리라. 되련님은 다시 태어나도 반드시 농민군 하라고, 효원이도 농민군 한다고 얘기하리라. 영혼 혼례를 올려 낳은 우리 자식도 농민군 시킬 거라고 할 테다. 그 자식의 자식도……

동학농민군과 다시 합세한 얼이는 농민군 활동을 펼칠 생각은 하지도 않고 그저 멍하니 앉아 있기만 했다. 그런 얼이를 깊은 눈길로 유심히 살펴보면서 한참을 망설이던 원채가 이윽고 조심스럽게 입을 열었다.

"우째서 효원이 처녀 이약은 한 분도 안 하노?"

그러자 얼이 표정이 더없이 복잡하고 착잡해졌다. 그는 아무 말도 하지 않았다.

"만내보기는 만내본 긴가 모리것네."

원채는 점점 이상한 기분이 드는 모양이었다. 노골적으로 물었다.

"뭔 일이 있었는감?"

한데도 얼이는 잠자코 고개만 내저을 뿐이었다. 심지어 고개를 흔드는 동작마저도 귀찮다는 기색이었다. 원채는 더 묻지는 못하고 속으로 애만 탔다.

'암만캐도 안 좋은 일이 있었는갑다.'

어쩐지 불길한 예감이 자꾸만 덤벼들었다.

'해나 둘이 싸운 거는 아이까?'

얼이가 해 보이는 심상찮은 모습에 견주어 그래도 최대한 좋은 쪽으로의 생각 끝에 원채는 머리를 가로저었다.

'그랄 리는 없제. 둘이 죽고 몬 사는 사인데.'

하지만 얼이 얼굴은 살아 있는 사람 얼굴 같지 않았다.

'그라모 와 저라노?'

나뭇가지 끝에 부는 바람이 일정한 방향도 없이 이리저리 부는 것도 신경을 건드렸다.

'엄청시리 큰 충객을 받은 거는 확실타.'

그때 동학농민군 지도부 사람들의 긴밀한 회의가 있으니 즉시 본부로 오라는 전갈이 왔다. 원채는 그곳으로 가면서 말했다.

"돌아와서 이약하자꼬."

원채는 그대로 가려다 돌아섰다.

"내 말 몬 들은 긴가?"

두 번이나 말을 던지는 원채였다. 어지간해선 그러지 않는 걸 얼이도 잘 안다. 하지만 이번에는 입을 열기는커녕 고개조차 움직이지 않는다. 얼이 머릿속은 오만 가지 생각들로 왕왕 들끓고 있었다.

'효원이 혼자만 거게 놔놓고 오는 기 아이었는데. 밤이 되모 올매나 무섭것노. 해나 그자 시체가 발각이라도 되모 끝장 아이가.'

문득, 기습처럼 이런 마음이 들기도 했다.

'효원이가 노상 바래는 대로 둘이서 오데 먼데로 도망쳐삘 거를 그랬나? 그라모 참말로 행복하거로 살 수가 있을 끼다.'

그러다 스스로를 크게 꾸짖었다.

'시방 무신 돼도 안 하는 생각하고 있노?'

아무래도 내가 미쳐도 단단히 미쳤지 싶었다.

'인자사 개우시 아부지 웬수 갚을 기회가 생깃는데, 복수는 안 하고 여자하고 달아날 궁리나 해쌌고 있는 기라?'

부끄러웠다. 너무나 부끄러웠다.

'니가 천필구 아들 맞나? 그라고 어머이는?'

그러나 시간이 지날수록 한층 더 불안하고 초조해졌다. 그 우물이 있는 안마당은 오광대 사람들이 연습하는 장소라는 사실이 내내 머릿속을 맴돌았다. 범의 아가리 바로 앞쪽에 방치해 놓고 온 격이 아니고 무엇이랴.

그렇다고 해서 뭘 어쩌겠는가? 우물을 완전히 메운 일에 대해서는 효원이 기지와 재치를 발휘해서 오광대패들을 속일 수 있다 했으니 믿을 밖에.

하지만 오광대 근거지가 관아 수사기관 용의선상에 오르게 되면 그 우물부터 파볼 수도 있다. 벌써 그 집을 지목하여 철저히 감시하고 있는지도 모른다. 최종완이 살아생전에 가장 많이 들락거린 곳이 거기였다.

'아모래도 가마이 있어갖고는 안 되것다.'

얼이는 다급한 심경에 곧장 효원이 있는 곳으로 달려갈 태세를 취했다.

'효원이를 다린 장소로 데리가야것다. 오데가 좋으꼬?'

그렇지만 아무리 머리를 굴려 봐도 마땅한 곳이 떠오르지를 않는다. 그래도 지금 있는 그 은신처가 가장 안전할 것 같다. 효원을 숨겨줄 사람을 찾기도 힘들뿐더러, 설사 있다고 해도 그를 납득시킬 자신이 없다.

'그런 데가 이리 없나? 아, 해나?'

그래, 혁노라면 어떨까? 그는 까닭도 묻지 않고 무작정 내 부탁을 들어줄 것이다. 가만, 그렇게 되면 효원은 당분간 천주학 신자가 되어야 할 것이다. 목숨이 걸려 있는데 그 정도야 못 할까?

혁노가 먹고 자고 하는 소촌역 쪽이 그중 나을 성싶다. 그렇지만 읍내에서 한참 떨어져 있는 그곳까지 몰래 가는 일도 쉽지가 않다. 가는 도중에 발각돼 버릴 수도 있다. 효원이 관졸들에게 붙잡히면 모든 게 끝이다. 다시는 효원을 볼 수가 없을 것이다.

얼이는 소촌역도 포기해버렸다. 어쨌거나 집 밖으로 나온다는 건 너무 위험천만한 일이다. 아무리 지금은 동학농민군 세상이 되어 있다고는 할지라도 관아는 여전히 건재해 있고, 따라서 죄인을 붙잡는 일은 계속되고 있지 않겠는가? 물론 달아나 버린 관리들이 적지 않아 제대로 업무수행이 되지는 않겠지만 그래도 긴장의 끈을 늦춰서는 안 된다.

얼이가 결국 아무런 대안도 얻어내지 못한 채 깊은 고민과 절망에 사로잡혀 있을 때였다. 숨을 헐떡거리면서 돌아온 원채 입에서 하늘이 무너져 내리는 듯한 소리가 나왔다.

"얼이 총각! 일이 화급하게 됐거마는."

"예에?"

"얼이 총각 짐작이 딱 맞았는 기라."

"그, 그라모?"

"시방 연고지별로 흩어졌던 동학군들이 속속 무너지고 있다쿠는 소식이라네."

"아, 우짭니꺼? 이 일을 우짜모 좋심니꺼?"

두 사람은 망연자실, 서로 얼굴만 바라보았다. 결국, 올 것이 오고야 말았다. 몸도 마음도 오랏줄로 결박당해버린 기분이었다. 세상 끝자락이 보였다. 그것에 거꾸로 매달린 채 버둥거리는 그들이었다.

전 씨 성을 가진 접주 한 사람이 혼자만 간신히 살아 돌아온 것은 그런 속에서였다. 모두 관청 대청과 마당에 모여서 그를 에워싸고 그가 들려주는 엄청난 이야기를 듣기 시작했다.

"우리 동학군은 덕천강을 사이에 두고 일본군과 대치했심니더."

"아, 일본군하고?"

그들은 하나같이 지금 성 밖에 일본군이 몰려와 있다는 말을 듣는 것처럼 경악하며 몸을 떨었다. 전 접주는 짙은 피로와 공포에 싸인 얼굴로 말을 이어갔다.

"우리가 북방리 들판과 고승당산 일대에 진을 치고 있다쿠는 정보를 입수한 그눔들이 덕천강 동쪽에 당도했던 깁니더."

"······."

농민군들 사이에서는 작은 기침 소리 하나 나오지 않았다. 얼이와 원채도 숨을 죽인 채 귀를 기울였다.

"일본군은 아츰부텀 강을 건너오기 시작했심니더."

"그눔들이!"

누군가가 저주의 이빨을 뿌드득 갈았다. 전 접주 목소리가 한층 흥분되기 시작했다.

"그래 앞에 나가 있던 동학군이 선제공격의 포문을 열어 전투가 벌어졌지예."

누군가가 침통한 목소리로 말했다.

"아군 무기가 왜눔 군대에 비하모 텍도 없이 모지랬을 낀데예."

마당 가 키 큰 느티나무에서 까마귀들이 울고 있었다. 그 나무 꼭대기에 걸려 있는 구름 한 장이 오도 가도 못한 채 잡혀 있는 포로 같았다.

"예, 그랬지예."

전 접주 대답을 들은 또 누군가가 물었다.

"탈영자는 없었심니꺼?"

"탈영자."

전 접주 얼굴에 저녁놀 같은 쓸쓸한 기운이 묻어났다.

'아, 마이 도망쳐삣구마.'

얼이가 그런 생각을 하고 있는데 전 접주 입에서는 다른 말이 나왔다.

"그런 사람이 좀 많이 나왔으모 도로 더 좋았을 낀데, 아모도 비겁하거로 달아나지 않고 끝꺼지 저항을 했심더."

원채가 택견으로 단련된 강한 두 주먹을 꽉 쥐고 물었다.

"우리한테 대포는 몇 문™이나 있었심니꺼?"

전 접주가 원채 얼굴을 유심히 바라보면서 대답했다.

"다 합치서 2문밖에 없었심더."

모두가 한숨을 쉬었다. 느티나무 가지 사이를 지나는 바람도 한숨 소리같이 들렸다.

"2문밖에……."

"그래갖고는……."

농민군들이 탈기하자 전 접주가 울음 섞인 목소리로 말했다.

"하지만도 우짜것심니꺼? 그 대포 2문 갖고 놈들을 공격할 수밖에요."

이번에는 얼이가 숨 가쁜 소리로 물었다.

"그래서 왜눔들을 좀 쥑이심니꺼?"

전 접주가 심히 안타깝고 분하다는 얼굴로 대답했다.

"부끄러븐 말이지만, 소리만 요란했지 아모 성과도 없었소."

일본군은 동학군과는 비교도 할 수 없는 신식무기를 앞세우고 마치 폭풍 노도와도 같이 맹렬하게 반격해 왔다고 했다. 그 광경을 머릿속에 그려보는 농민군들 얼굴은 각각 달라도 그 얼굴에 나타나는 빛은 똑같았다.

"결국 동학군은 후퇴할 수밖에 없었고요."

전 접주는 관청 지붕 위로 지친 듯 내려앉아 있는 하늘을 쳐다보았다.

"주력부대가 있는 고승당산에 모잇지예."

"아, 거게!"

몸이 호리호리하고 볼이 홀쭉한 지도부 사람 하나가 수긍이 간다는 표시로 고개를 끄덕이며 말했다.

"그 고승당산은 해발이 올매 안 되는 야산이지만도, 삼면이 전부 들판이고 서쪽만 낮은 능선하고 연결돼 있지예."

이번에는 모두 그 지도부 사람 얼굴을 바라보았다. 아마도 그는 고승당산이 있는 지역 출신이거나 아니면 그곳에서 살았던 적이 있는 것 같았다.

"산 정상에는 자연적으로 맨들어진 암석이 성곽맹커로 삥 둘러싸이서, 말 그대로 천연의 요새를 이루고 있다 아입니꺼."

그러자 전 접주 음성이 점점 격해졌다.

"그 정상을 놓고 두 시간 동안이나 치열한 공방전이 벌어졌심니더. 산에 있는 나모나 바구도 성해날 것이 없을 정도였지예."

몇 사람이 거의 동시에 되뇌었다.

"두 시간."

전 접주는 방어하는 몸짓을 만들어 보였다.

"우리는 거게 정상에다가 1백 보 정도의 둘레에 돌성을 쌓아서 은폐물을 맹글어 놓고, 개미 떼겉이 기어 올라오는 일본군을 완강하게 저지했심니더."

얼이 목에서 꿀꺽 마른침 삼키는 소리가 났고, 전 접주는 그 당시를 회상하니 가슴이 저미는지 다시 울먹이기 시작했다.

"우리는 그 고지를 왜눔들한테 절대로 내주지 않을라꼬 사수死守했고, 그 바람에 고마 더 많은 전사자가 생기고 말았심니더."

일본군에게 쫓긴 전 접주는 전신이 피투성이가 된 상태로 폭포수가 떨어지는 절벽 사이에 몸을 숨기고 있었다고 했다.

'우찌 그런?'

얼이 머릿속에 그 장면들이 그려졌다. 벌겋게 물든 폭포 물이 계곡을 따라 흐르고, 그 물에 살고 있는 생명체들도 붉게 변해가고 있었다.

"한참 그라고 있었는데……."

그러다가 그는 아직 새파란 어떤 소년 동학군의 도움을 받아 서 아무개라는 사람 집으로 가게 됐는데, 그곳에는 이빨 다 빠진 노파 한 사람만 있었다.

"우쨌든 그 집에서 피 묻은 옷을 새 옷으로 바꿔 입고 사흘 동안 치료했지예."

전 접주 눈에는 그때 그가 흘린 핏물이 스며들어 있는 듯 핏발이 서 있었다.

"그런저런 사연 끝에 이 사람은 구차한 목심을 보전할 수 있었심니더마는."

전 접주는 그 기억 때문에 더 이상 말을 잇지 못하는 듯했다.

"다린 동지들은 그만 모도……."

"……."

한순간 천 길 땅속과도 같은 침묵이 흘렀다.

얼이가 홀연 자리를 박차고 밖으로 뛰쳐나간 것은 그때였다. 상처 입은 맹수가 포효하듯 큰소리를 내질렀다.

"으아아아!"

"헉!"

농민군들이 기겁을 했다. 개중에는 비명을 지르는 자도 있었지만, 눈물을 흘리기 시작하는 자도 있었다.

"어?"

깜짝 놀란 원채가 급히 얼이를 부르며 뒤를 따랐다. 하지만 얼이는 미치광이 짓을 하던 혁노와 다를 바가 없어 보였다.

"어, 얼이 총각."

하늘빛은 눈이 시릴 만큼 푸르렀다. 무슨 억하심정의 발로인가, 그냥 구정물이라도 확 끼얹어버리고 싶을 정도로 맑고 깨끗한 허공이었다.

걸려 있던 구름이 사라진 느티나무 맨 꼭대기에 올라앉은 시커먼 까마귀란 놈이 더없이 기분 나쁜 모습으로 아래를 내려다보고 있었다. 그러다가 무슨 저주나 비난 퍼붓듯 불길한 울음소리를 사람들 머리 위로 토해내기 시작했다.

'까~악, 까~악.'

함성이 남은 자리

동학군은 관군과 일본군에게 쫓기면서도 부단히 이곳저곳에서 산발적이고 파상적인 전투를 벌였다.

그러나 대세는 이미 서산에 기울어진 해와 같았다. 날씨는 춥고 옷이 얇아 순라를 돌고 보초를 서는 일이 고통스러웠던 관군이었다. 하지만 그보다도 몇 곱절 힘든 싸움을 해온 이들이 동학군이었다.

어쨌거나 거인과 난쟁이의 대결이라고 해도 크게 틀린 소리가 아닌 그 전투에서, 그래도 동학군이 그만큼이나 버텨온 데는 동학군 지도부 역할이 컸다. 특히 원채가 들려준 이야기는 그나마 얼이 마음을 달래주고 뿌듯하게 하였다.

"지난번 영호도회소의 대접주 김배인이 성에 들어올 때 함께 왔던 추범걸이라쿠는 사람 기억나제?"

"예, 그 당시 사람들은 모도 기억납니더. 영원히 몬 잊을 깁니더."

얼이로서는 그렇게 감격스러운 순간이 없었기에 그들이 아직도 머릿속에 생생하게 남아 있었다.

"내하고 같이 미군 포로가 돼 있다가 풀려난 사람인데 말일세."

그런 새로운 사실을 들려주는 원채 표정이 무척 야릇했다.

"아, 그랬어예?"

얼이는 적잖게 놀랐다. 추범걸이 그런 인물이었다니.

"고향이 섬진강 저짝에 있는 전라도 광양인 걸로 알고 있네."

원채는 그의 활약상에 관해 손바닥 들여다보듯이 소상히 알고 있었다.

"여게 오기 전, 그런께네 하동에 쳐들어갈라꼬 섬진강이 있는 섬나루에 진을 쳤을 적에, 당시 김 대접주하고 수접주 유덕하가 이끄는 동학농민군이 만 맹이 넘었다 쿠더마."

그는 가슴을 진정시키기 위한 듯 잠깐 숨을 몰아쉬었다가 말을 계속했다.

"여하튼 간에 그때 하동 관군을 비롯한 민포군하고 맞서 있을 시긴데, 상대 방어가 근분 엄중해서 강을 건널 엄두를 몬 내고 있었다데."

"아! 그런?"

얼이는 원채 이야기에 정신없이 빨려 들어갔다. 다른 때도 그랬지만 지금 그 순간에는 더 그랬다.

"그란데 김 대접주가 우쨌는고 하모……."

김 대접주는 농민을 시켜 수탉 한 마리를 가져오게 했다. 그러고는 언제 그랬는지 그의 품에서 부적符籍 한 장을 꺼내 보였다. 원채가 거기까지 이야기했을 때였다.

"수탉하고 부적예?"

얼이는 이해가 되지 않는다는 얼굴을 했다. 원채는 조급증 내는 얼이를 타일렀다.

"더 들어봐라꼬. 다린 사람들도 똑 안 겉었것나."

농민군들도 멍한 얼굴로 그를 지켜보더라는 것이다. 수탉과 부적. 도대체 그것으로 무얼 하려는지.

"김 대접주가 우쨌는고 하모 말일세."

그는 의아해하는 사람들을 한번 바라보고 나서 수탉 앞으로 다가갔다. 잔뜩 겁을 집어먹은 수탉도 영문을 모르겠다는 건지 눈알만 뒤룩뒤룩 굴리고 있었다.

"그란데 안 있는가베."

이야기를 들려주는 원채 자신도 갈수록 흥분하는 빛이었다.

"시상에, 그 수탉한테……."

그는 한 손으로 수탉을 잡더니 남은 손으로 수탉 가슴에 그 부적을 붙였다. 부적을 붙인 닭은 모두가 처음 보았을 것이다. 야릇한 글자를 붉은 글씨로 그려 붙인 그 종이와 붉은 닭 볏이 묘한 조화를 이루어내고 있었다.

"부적도 핏빛이고, 닭 배실도 핏빛이고……."

김 대접주는 수탉을 안더니만 백 보를 걸어가서 그곳에 수탉을 내려놓았다. 그런 다음에 그는 자신의 심복 부하를 부르더니, 백 보 떨어진 거리에서 그 수탉을 향해 총을 쏠 준비를 하라고 명했다.

"내가 시키는 그대로 하도록!"

그러면서 그는 농민군들을 보고 큰 소리로 말했다.

"저 닭은 절대로 총알을 맞지 않을 것이외다."

사람들은 더더욱 알 수 없다는 듯 서로의 얼굴만 마주 보았다. 그때 그들 귀에 이런 소리가 들렸다.

"특히 여러 접장들께서는 더 제 말씀을 잘 들으십시오."

가슴에 부적이 붙은 수탉은 여전히 눈알만 굴릴 뿐 가만히 웅크린 채로 있었다. 어쩌면 놈도 살기를 포기한 것 같았다.

"저의 부적을 믿으십시오."

이윽고 그는 명령이 떨어지기만을 기다리며 사격 자세를 취하고 있는 자기 심복 부하에게 말했다.

"저 닭을 향해 세 번을 쏘아라. 세 번이다. 알겠느냐?"

"잘 알겠습니다."

나는 새도 한 방에 쏘아 떨어뜨릴 만큼 총 솜씨가 뛰어난 심복 부하는 아주 자신감 넘치는 큰소리로 대답했다. 그 정도 거리에서 그런 표적물은 두 눈을 감고서도 맞힐 수 있는 그였다. 김 대접주는 손가락 총으로 쏘듯 닭을 가리키며 명했다.

"어서 총을 발사하라."

"옛!"

농민군 중에는 고개를 돌려버리는 이도 있었다. 제아무리 말을 못 하는 짐승이지만 총을 맞고 피를 쏟으며 죽어가는 모습을 차마 지켜볼 수가 없었다. 더군다나 닭은 농민들에게는 소나 개 못지않게 가깝고 사랑스러운 한 가족과도 같은 동물이었다. 특히 새벽같이 일어나서 '꼬끼오' 홰치는 소리를 내면, 밤중에 설치던 온갖 귀신들이 소리를 지르며 부랴부랴 달아난다고 하였다.

김 대접주가 저렇게 잔인한 사람인 줄은 몰랐다. 아무 죄도 없는 산 짐승을 총으로 쏘아 죽이라니. 마침내 세 발의 총성이 울렸다.

'탕! 탕! 탕!'

일순, 모두는 그만 반사적으로 질끈 눈들을 감고 말았다.

"아."

자그마치 세 발이나 되는 총알을 맞고 피를 철철 흘리며 처참하게 널브러진 닭의 주검을 어찌 보겠는가 말이다. 어쩌면 산산이 찢겨 나가 그 형체마저 남아 있지 못할지도 모른다.

그때 추범걸은 이런 생각이 머리를 때렸다고 한다. 저렇게 심약한 이들이 어떻게 사람을 죽이는 전쟁터에 나올 수 있었을까. 닭 한 마리 죽는 것도 보지 못하는 저 순박해 빠진 농민들에게 손에 무기를 들도록 만든 이 나라 조정과 일본을 겨냥한 분기와 적개심이 부글부글 차올랐다.

"예, 그런……."

거기까지 이야기를 듣던 얼이는 지울 수 없는 어떤 기억에 가슴팍이 콱 막혀왔다. 짐승 모가지를 비틀어 대던 어린 시절의 자기 모습이 보였다.

정말이지 지금 와서 돌이켜 봐도 왜 그렇게 했는지 도무지 까닭을 모르겠다. 아니, 한 가지는 아주 분명하다. 성문 밖 공터에서 망나니가 휘두르는 칼에 의해 뎅겅 잘려나가던 아버지 천필구의 목에 대한 악몽 때문이라는 것이다.

그런데 세 번의 총성이 지나간 후에 그 자리에 있던 농민군들은 기적을 보았다. 아니다. 부적의 효험이었다.

"아, 닭이 안 죽고 살아 있다!"

"하나도 안 맞았거마는, 하나도 안 맞았어!"

"우리 대접주님의 놀라우신 능력이 눈앞에 나타난 기라!"

"이 사실을 온 시상에 알립시다아!"

농민군들은 환호성을 질렀다. 경악할 부적의 힘을 보았다.

"우리에게도 부적을 주십시오."

한 농민군이 말했다.

"그렇십니더. 저런 부적만 있으모 시상천지에 무서불 끼 없십니더."

또 한 농민군이 말했다.

"관군눔들, 왜눔들, 올라모 오이라. 인자 아모도 겁 안 난다."

그들은 저마다 앞을 다투어가며 부적을 옷에 붙였다. 그러고는 경주하듯이 강을 건너가기 시작했다. 물도 그 기세에 눌려 얼른 갈라서는 것 같았다. 한땐 그렇게 세상을 휘어잡던 동학농민군이었다는 것이다.

그러나 얼이는 그 무엇보다도, 장기전으로 들어간 동학농민군이 그토록 집요하게 추격해온 일본군과 무려 수십 차례의 큰 접전을 벌인 끝에, 훗날 죽은 원혼이 고시랑거리는 소리가 들린다는 저 '고시랑산'에서 억울하게 전사할 때, 정작 그 자신은 효원과 함께 있었던 일이 못내 부끄럽고 아쉬웠다. 게다가 그 후론 변변한 전투가 없어 시간만 죽여 가고 있었다.

하루는, 금오산 전투에서도 불사조같이 살아남은 원채가 얼이를 성곽 북동쪽으로 파여 있는 해자垓字 대사지 쪽으로 데리고 갔다. 대사지는 얼어붙은 탓에 연꽃도 잘 보이지 않았다.

얼이는 혹시라도 효원의 소식을 전해주려는 게 아닐까 하고 기대에 찬 얼굴로 원채를 바라보았다. 그런데 그의 입에서는 예상과는 전혀 다른 이야기가 나왔다.

"삼가三嘉에서 패배한 대접주가 시방 저짝 전라도 순천 땅으로 돌아가 있다쿠는 정보를 입수했거마는."

얼이는 선뜻 이해가 되지 않았다.

"삼가에서 순천으로예?"

원채가 확인시켜주었다.

"하모, 광양하고 가까븐 데 있는 곳이라네."

연꽃은 보이지 않지만 어디선가 연꽃 향기가 풍겨오는 듯했다.

"순천은 와 갔다 쿱니꺼?"

몸집이 아주 커다란 재두루미 한 쌍이 대사지 위를 유유히 날아다니고 있었다. 그 정경은 평화롭고 아름답게만 보였다.

"갱상우도 지역을 도로 찾을 계획을 세우고 있다쿠는 기라."

원채가 자못 심각한 얼굴로 대답했다.

"그라모 거서?"

조심스럽게 떨리는 얼이 말에 원채는 강인하게 생긴 입술을 꾹 깨물었다.

"그렇제. 거서 농민군을 모아갖고 다시 활동할 계획이라네."

"다시 활동을예."

얼이는 심한 자괴감에 부대껴야 했다. 자신은 대체 어디서부터 다시 시작해야 할지 몰라 우왕좌왕하고 있는 사이에 그는 벌써 새로운 일을 꾀하고 있다.

"그래서 하는 소린데……."

얼이를 한층 경악과 긴장으로 몰아넣는 말이 원채에게서 나왔다.

"내는 순천으로 갈 작정이거마는."

얼이는 자신도 모르게 큰소리로 물었다.

"예에? 원채 아자씨가 순천에 가시것다고예?"

다시 바라본 원채 얼굴이 무서울 만큼 단호하고 비장했다. 그는 스스로에게 다짐해 보이듯 했다.

"하모, 가서 심을 보태야제."

"심."

얼이는 가슴이 벅차올라 말이 제대로 되지 않았다. 말이 필요 없는지도 모른다.

"시방은 한 사람이라도 더 모이주는 기 중요하제."

그런 소리와 함께 자기를 바라보는 원채 눈길을 얼이는 차마 맞받을 수 없었다. 그 눈은 말하고 있었다.

'얼이 총각도 내랑 같이 가자꼬.'

얼이는 숨쉬기조차 힘들었다. 어머니와 효원 그리고 정든 이들이 있는 고향을 떠나, 태어나서 한 번도 가보지 않은, 아무도 아는 사람이 없는 그 낯선 곳으로 간다.

그러나 쏘는 듯한 원채 눈빛은 끊임없이 강요하고 있다.

'아, 우째야 되는 기고?'

얼이는 남강에 무리를 지어 떠 있는 고니를 닮은 하얀 구름 뒤편에 펼쳐진 하늘을 올려다보며 속으로 말했다.

'아부지, 말씀 좀 해주이소.'

그렇게 한동안 허둥거리던 얼이는 어느 순간 감지했다. 제 손이 제목을 쓰다듬고 있었다. 어느 누가 부인할 수 있겠는가? 지금 대접주가 있는 곳으로 가겠다는 것은, 곧 하나뿐인 내 목을 내놓겠다는 소리라는 것이다.

얼이 스스로 헤아려 봐도 경상우도 땅을 회복한다는 일은 불가능했다. 혹시나 하는 기대 또한 허용하지 않으려는 게 그 무렵의 추세였다. 하루가 멀게 도처에서 날아드는 동학농민군 패배 소식들.

동학군이 승리했다는 낭보는 이제 어느 곳에서도 들려오지 않았다. 오직 낙엽 떨어지는 것 같은 소리들만 들려올 따름이었다. 최신식 무기로 무장한 일본군은 천하무적이었다. 더욱이 관군과 합세한 그들 세력은 천하에 거칠 것이 없어 보였다. 영도자領導者 혼자 아무리 뛰어나도 비정규군으로는 불가항력일 것이다.

"얼이 총각."

얼이 입에서 먼저 무슨 소리가 나오기만을 기다리고 있다가 실망하고 지쳐버렸는지 원채가 단도직입적으로 말했다.

"시간이 없는 기라."

공성攻城하는 외적外敵처럼 대사지를 넘어 성내로 불어대던 바람이 그 진로를 바꾸어 읍내장터 쪽으로 불기 시작했다. 하루 벌어 하루 먹고 사는 그곳 장돌뱅이들이 참 부럽다는 생각이 드는 얼이였다.

"퍼뜩 멤을 정해야 안 하나."

재두루미들은 모두 어디로 날아가 버렸을까? 설마 그놈들 세계에도 전쟁이 있어 수컷이 싸우러 가고 혼자 남은 암컷은 외로움을 이기지 못해 냉기가 차오르는 대지에 부리를 처박고 피눈물을 뿌리고 있지는 않겠지.

"이런 거는 빠르모 빠를수록 좋거마는."

꽁꽁 얼어붙은 대사지 못물처럼 얼이 입도 얼어붙은 것 같았다. 얼이는 얼음판이 쩌억 갈라지듯 그렇게 마음을 갈라놓는 두 가지 소리를 들었다.

ー니가 천필구 새끼 맞나?

아버지 목소리다.

ー안 된다, 이눔아. 거 가모 죽는다는 거를 잘 암시롱 갈라쿠는 기가, 으응?

어머니 목소리 그리고 다시 효원의 목소리였다.

ー가실라모 내 심통(숨통)부텀 탁 끊어놓고 가이소.

원채도 그 순간을 견디기가 무척 힘든 모양이었다. 연방 헛기침만 해댔다. 마침내 얼이 입에서 말이 떨어졌다.

"지도 같이 데꼬 가 주이소."

"얼이 총각!"

원채가 얼이를 와락 껴안았다. 얼이는 탄탄한 원채 어깨너머로 매정하리만치 쌀쌀한 기운이 감도는 대사지를 보면서 생각했다.

아, 연꽃이 피려면 얼마나 더 기다려야 할까. 피기는 필 것인지.

"집에 가서 어머이 얼골 한분 보고 가는 기 좋것제?"

원채 말에 얼이는 고개만 끄덕였다. 입을 열면 말보다도 눈물이 먼저 쏟아져 나올 것만 같아서였다.

"효원이 처녀도……."

원채도 얼이도 말끝을 맺지 못했다.

"효원도……."

원채의 그 제안은 사랑하는 이들과 이승에서의 마지막 작별인사를 나누라는 뜻이란 것을 얼이는 모르지 않았다. 급기야 가까스로 참았던 눈물이 뺨을 타고 주르르 흘러내렸다. 그것은 순식간에 옷 앞섶을 적셨다.

원채가 뜨거운 물방울을 피하듯 얼른 얼이 몸을 놓았다. 그러고는 황급히 고개를 돌리는 그의 눈에도 물기가 번지는 것을 얼이는 놓치지 않았다. 세상에는 보지 말았어야 할 것들이 왜 이리도 많은지 모르겠다.

그에게도 노부모가 있다. 그것도 이제 세상 볼 날이 얼마 남지도 않은, 게다가 신체도 정상적이지 못한 꼽추 아버지와 언청이 어머니다.

'그의 아내는?'

문득, 얼이 뇌리를 후려치는 물음이었다. 그것은 일컫자면 깊숙이 감추어 둔 칼, 아니면 솜뭉치 같았다.

'무신 일 땜새 객지에 나가 있는고는 모리것지만도, 우짜다가 한 분씩만 집에 오고 안 오는 그의 아내는 오데서 머하고 있는 기꼬?'

오래전부터 얼이가 품어오고 있는 강한 의문이었다. 언젠가 얼핏 지나가는 말처럼 하던 원채 얘기로는, 그들 자식 문제 때문에 그런다고 했는데, 무슨 피치 못할 사연이 있든지 간에 얼이로서는 좀체 이해가 닿질 않는 일이었다.

'운젠가는 알기 되는 날이 오것제. 우짜모 내가 농민군 하다가 일쩍 죽는 바람에 영영 모릴 수도 있것고.'

폭풍우를 몰아오는 먹장구름이 악귀의 검은 그림자처럼 덮이는 황량한 들판에 혼자 떠도는 외로운 들개와도 같은 막막함이 얼이를 겨냥해 밀려들었다. 그는 자신에게 그런 가혹한 운명을 준 하늘에게 신경질이라도 부리는 사람같이 굴었다.

"방금 시간이 없다 안 캤심니꺼?"

얼이 말에 원채 몸이 움찔했다. 그는 평소 그답잖게 구차한 변명이나 자기 비호라도 하듯 했다.

"그, 그랬디제."

얼이는 언제나 본보기로 삼고 싶은 원채의 그런 모습이 보기 싫었다. 짙은 실망감이랄까, 여하튼 그만은 비가 오나 눈이 오나 피하지 않고 마을 동구 밖에 서 있는 정자나무처럼 마지막까지 꿋꿋하기를 바라고픈 심정이었다. 그렇지만 그도 역시 같은 인간이기에 어쩔 수가 없는 것인가 싶기도 했다.

"어머이하고 효원이는 내중에 만내보기로 하고예."

얼이는 제 목소리가 제 목소리 같지 않았다. 원채 음성도 원채 음성 같지 않았다.

"그랄라모 그라고."

어머니와 효원이는 나중에 만나보기로 한다. 그 말이 무엇을 뜻하겠는가? 반드시 살아서 돌아오겠다는 자기암시 내지는 자신의 그 결심이 흔들리지 않게 단단히 박는 쐐기와도 같은 것이다.

"이왕 말이 나왔으이 일단은 쌔이 순천으로 가이시더."

얼이는 심한 말로, 소나 염소를 몰이하듯 원채를 독촉하였다. 하지만 그것은 바로 얼이 자신의 마음에 대고 하는 것임을 원채는 알고 있었다.

'그는 그의 선친 겉은 죽음을 간절하거로 원함시로도, 또 다린 한쪽으로는 그런 죽음이 너모 두려븐 기라.'

이런 생각도 들었다.

'그는 아즉 에릴 적에 죽음의 실체하고 맞닥뜨린 갱험이 안 있나? 도로 아모것도 모리모 그래도 덜 무서블 긴데, 다 알고 있으이 더 겁이 날

수밖에 없것제.'

그러자 원채 가슴 한복판이 칼이나 창에 찔린 것보다 아려왔고 콧등이 얻어맞은 듯 시큰거렸다. 그는 흐르는 눈물을 얼이에게 굳이 감추려 들지 않았다. 어린아이처럼 주먹으로 눈물을 쓱 닦아내며 말했다.

"그 심정 이해하거마는."

"예."

"물론 이해가 아모 도움도 몬 될 때가 있고, 시방이 바로 그런 때라는 거를 내 모리는 바는 아이지만도, 그래도 이런 이약밖에는……."

얼이는 아무 대꾸도 없이 시선을 공중 어딘가로 돌려버렸다. 마음은 그 텅 빈 허공과도 같았다. 원채 말이 끊어질 듯 이어졌다.

"내도…… 부모님 안 만내고 그냥 갈 생각이었으니께."

그런데 그 말이 떨어지자마자 얼이는 누가 끌어당기기라도 한 것처럼 그의 옆에 나란히 서며 활기찬 목소리를 지어내어 말했다.

"아자씨하고 같이 간께 에나 좋심더."

원채는 서글픔이 묻어나는 목소리로 말했다.

"내하고 간께?"

외적을 방어하기 위해 파놓은 해자인 대사지의 공기 속에는 어쩐지 군사들이 내지르는 함성이 섞여 있는 것 같았다.

"예, 상구 멋있는 여행이 안 되것심니꺼."

"여행, 여행."

그렇게 되뇌는 원채 얼굴에 희미한 미소가 피어났다.

"내도 그렇거마는. 얼이 총각하고 함께 있은께, 용기도 더 나는 거 겉고."

구름이 점점 엷어지더니 나중에는 하늘의 푸른 기운 속으로 빨려 들어간 듯 그 흔적마저 보이지 않았다.

"솔직히 아자씨가 안 계시모……."

얼이는 단숨에 털어놓아 버렸다.

"지 혼자서는 갈 엄두도 몬 낼 깁니더."

원채는 골똘히 사념에 잠기는 모습으로 대사지 어딘가에 눈을 둔 채 입을 열었다.

"연꽃은 다 져도 저 대사지는 그대로 안 남아 있는가베."

얼이 가슴도 메었다. 슬픈 노랫말을 읊조리듯 했다.

"연꽃은 져도 대사지는 남는다."

원채 말이 얼이 말을 덮었다. 거기 대사지를 덮고 온 세상을 덮었다.

"우리가 죽더라도 말이네."

원채 어깨가 들썩거렸다. 얼이는 외면했다.

"우리가 죽더라도, 우리가 한 일은 영원히 살아서……."

그는 그때 대사지로부터 불어오는 바람을 폐부 깊숙이 들이마시고 나서 꿈꾸는 목소리로 말했다.

"그래서 해마당 다시 피어나는 연꽃맹캐 될 끼라."

그 말을 끝으로 원채는 훈련을 잘 받은 병사처럼 날렵하게 몸을 돌려 세웠다.

"내가 가서 정보를 쪼꼼 더 알아보것네."

금방 다른 사람 같아 보였다.

"시간이 없거마는."

그는 어느새 늠름한 농민군 모습으로 돌아가 있었다.

"우짜모 대접주가 이끄는 농민군이 하매 활동을 개시했을랑가도 모린다 아인가베. 만약 그렇다쿠모 우리도 더 얼릉……."

말을 끝내기도 전에 벌써 걸음을 옮기고 있는 그의 등 뒤에서 얼이가 짐짓 밝은 목소리로 말했다.

"아자씨! 후딱 댕기오시이소."

그러자 돌아보면서 씩 웃는 그의 이빨이 참 가지런하고 희다는 사실을 새삼스럽게 느끼는 얼이였다.

"길을 잊아삐모 안 된께네 내가 돌아올 때꺼정 아모 데도 가지 말고 거 딱 기다리고 있으라꼬. 알것는가?"

"예!"

원채가 간 후 얼이는 대사지 위를 가로지르고 있는 대사교를 혼자서 한동안 거닐었다. 그의 옆을 사람들과 소, 말, 개 등이 쉴 새 없이 오고 갔다. 좀 전까지는 한산했는데 어디 숨어 있다가 한꺼번에 나온 게 아닌가 여겨질 정도였다.

어른들만 있는 게 아니라 아이들도 많이 눈에 띄었다. 참새 새끼같이 조잘거리는 아이들의 목소리가 이상하게 가슴을 울렸다. 나에게도 저런 때가 있었는지 모든 게 그저 가물가물할 뿐이었다.

대사교에 대한 정감이 갈수록 깊어갔다. 정월 대보름날 밤이면 성 안팎 남녀노소가 한 해 동안 무슨 재앙이 없기만을 빌며 '다리밟기'를 하는 흙다리였다. 효원도 다른 기생들과 함께 그곳에 와서 자기를 데려갈 '임'을 그려보기도 했다고 한다.

'효원이 걸었던 다리다, 이 다리가.'

뗏장 위에 얹힌 흙 어딘가에 아직 남아 있을지도 모를 효원의 발자취 위에 제 발자취를 덮어씌우기 위한 듯, 얼이는 오랫동안 대사교를 떠나지 않았다.

어쩌면, 어쩌면 마지막으로 밟아보는 대사교였다.

원채 짐작이 들어맞았다. 김 대접주가 이끄는 수천 명의 동학농민군이 이미 하동을 향해 오고 있다는 것이다.

그들은 곧바로 출발했다. 날씨는 상당히 추웠으며, 산이며 길가의 나무들은 얼마 남지도 않은 잎사귀를 무심히 떨어뜨리고 있었다. 나무는 기온이 낮고 수분이 부족한 겨울날에 자기가 살기 위해 여러 달 동안 같이 지내던 잎들을 떠나보낸다는 것을 서당에서 배운 얼이었다. 자기가 살기 위해, 그 말이 가슴을 깎아내렸던 얼이었다.

"요리로 가모 더 빠를 끼거마는."

"예, 쌔이 가이시더."

"어? 요 길이 아인가?"

"지는 하나도 모리것심니더."

원채는 지름길을 잘 알고 있었다. 그 길은 비록 좁고 험했지만 두 사람 모두 걷는 데는 남들보다 훨씬 뛰어났기 때문에, 길은 마치 요술이라도 부리듯이 금방금방 줄어들었다. 그렇지만 목적지까지 가려면 아직도 한참이나 남았다.

"아, 우리 농민군이!"

가는 도중에 여기저기서 귀동냥으로 들으니, 지금 동학농민군은 둘로 나누어서 행동하고 있다고 했다. 한 부대는 섬거역에 진을 치고, 또 한 부대는 섬진강을 향해 진군하고 있다는 것이다. 농민군은 예상보다 몇 배 빨리 움직이고 있는 듯했다.

"사태가 우리 생각보담도 상구 더 심각한 거 겉거마는."

"그런께 말입니더."

산을 넘고 들을 지나고 물을 건너고 나면 또 산이고 들이고 물이었다.

"축지법이라도 쓸 수 있으모 좋것다 아인가베."

"지는 시방 저 하늘 우에서 날고 있는 저런 새가 됐으모 싶거마예."

그처럼 그들 마음도 급해졌다. 얼마간 더 바삐 가다가 황톳길이 뱀의 몸통처럼 구불구불 이어지고 있는 지점에서 원채가 의구심에 찬 얼굴로 말했다.

"그란데 김 대접주 부대의 이동 경로가 너모 노출돼 있는 거 같다."

"노출이 돼삐모?"

얼이 낯빛이 거기 땅 빛처럼 노래졌다. 원채는 남이 들을세라 염려하
듯 혼잣말처럼 낮게 중얼거렸다.

"관군과 일본군 귀에도 들가 있을 낀데 우짜노."

원채는 걱정스럽게 자기를 바라보는 얼이 눈을 의식한 듯 짧게 말해
주었다.

"이험타 아인가베."

위험하다는 그 말을 들은 얼이는 무의식중에 그만 다리를 삐끗하였다.

"아, 우짭니꺼?"

원채는 머리를 세게 흔들었다.

"방금 전에도 내가 이약했지만도, 암만캐도 이동 경로가 그리키나 짜
다라 드러나 있다는 기 멤에 걸리네."

원채의 우려가 적중하고 말았다. 타는 목을 축이기 위해 잠깐 사하촌
근처에 있는 한 주막에 들었을 때였다. 그들은 일시에 온몸에서 기력이
좌악 빠지고 말았다. 김 대접주 부대의 참패 소식이었다. 허옇게 서리가
내려앉은 머리칼이지만 숱은 젊은이 못지않게 풍성한 촌로가 술잔을 앞
에 놓고 꺼내는 말이었다.

"김 대접주 으도를 미리 알아채삔 토포사 지영석이, 왜놈들과 함께
군사를 매복시키갖고, 농민군 후방을 막고 포위한 담에 급습한 기라
요."

원채는 신분이 드러나지 않게 그저 지나가는 투로 물었다.

"어르신께서 우찌 그리 잘 아십니꺼?"

그러자 촌로는 진작 누가 그렇게 물어주기를 바라고 있었다는 듯 얼

른 말했다.

"아, 내가 산에 나모할라꼬 갔다가, 김 대접주 그 사람을 직접 만냈다 안 쿠요."

얼이와 원채는 똑같이 놀랐다.

"예에? 눌로 만냈다꼬예?"

그런데 아무리 짚어 봐도 엉터리 같은 그 말을 하고 난 촌로는, 갑자기 얼굴이 벌겋게 변하며 성난 멧돼지같이 씩씩거렸다.

"영감님예."

얼이가 왜 그러시냐고 묻자, 촌로는 두 사람이 오기 전에 자기 이야기를 듣고 있던 사람들을 턱짓으로 가리키며 잔뜩 못마땅한 얼굴로 말했다.

"이 손님들이 사람 말을 영 안 믿을라쿤께 그렇제. 농민군 이약 자체를 거짓말인 거맹캐 받아들이고 있으이."

촌로의 말을 듣고 난 후 얼이가 보기에도 그들은 한 번도 농민군을 했다거나 본 적이 없는 사람들 같았다. 사실 농민군을 해 보지 않은 사람이라면, 설혹 해 보았다 하더라도, 그 촌로 이야기가 기정사실로 받아들여지지 않을 공산이 더 컸다.

"우째갖고 김 대접주를 봤는고 하모 말이제."

얼이와 원채도 그 촌로가 저 유명한 김 대접주를 만났다는 얘기를 도무지 믿기 어려웠다. 나이가 들어 정신이 혼미해진 탓에 헛소리를 늘어놓고 있는 게 아닐까도 싶었다. 그런데 들을수록 구체적이고 실감이 나는 게 어쩌면 거짓이 아닌 듯했다.

"날은 마, 어둑어둑해지는데, 비꺼정 크기 내릿다 아인가베."

원채가 얼이 얼굴을 한번 보고 나서 장단 넣듯 했다.

"아, 예에."

촌로 얼굴은 빗물에 젖은 갈색 낙엽처럼 비쳤다. 그것은 그가 살아온 지난날들이 순탄치 않았다는 것을 간접적으로 일러주는 것 같기도 했다.

"그래 쪼매 무섭기도 하고, 또 추버서 몸도 덜덜 다 떨리데."

그는 깡마른 체구를 오싹 떨어 보이기까지 하였다. 아닌 게 아니라, 좀 더 이야기를 잘 들어보니 섬뜩한 기분이 들기도 했다.

"맨 첨에는 움푹 팬 곳에 머신가 딱 엎디리서 있는 기, 작은 바우거나 무신 짐승인 줄 알았디제."

촌로는 술잔을 집어 들고 입술에 대는가 싶더니만, 나무 탁자 위에 내려놓고는 세상 최고의 기밀을 알려주듯 했다.

"그란데 사람인 기라, 사람!"

"......."

얼이와 원채 눈이 마주쳤다. 다른 술꾼들은 미친 영감 헛소리거니 여기는지, 이제 별로 귀담아듣지도 않고 저희끼리 무슨 말을 주고받으며 술만 들이켜고 있었다.

"그 사람이 김 대접주였다, 그 말씀입니꺼?"

그러나 촌로는 원채 물음은 들은 척도 하지 않고 제 할 소리만 늘어놓았다. 어떻게 보면 전형적인 완고한 시골 노인네였다.

"소나모 가지를 짤라갖고, 얼골을 요리 가리고 있더마."

그러면서 자기 낯을 가려 보이는 촌로의 손이 소나무 삭정이를 방불케 했다. 그는 소싯적에 나무꾼 장수가 아니었을까 싶었다. 지금은 노쇠하여 그것에서 손을 뗐을 수도 있었다.

"그 사람이 아즉도 거 있심니꺼?"

얼이가 기대를 담은 목소리로 묻자 촌로는 한참 멍청한 소리라고 여기는지 얼이를 노려보기까지 하며 대답했다.

"아, 하매 가도 열 분은 더 가뼛제 그대로 있것는감?"

"아, 예."

"가마이 있거라, 그때가 인정人定쯤 됐을 끼다. 하모, 인정이 맞을 끼거마."

어쩌면 촌로는 시간 감각이 약간 둔한 사람인 듯도 싶었다. 밤에 통행을 금하기 위해 종을 치는 그 시각이라면.

"비를 맞음서 맨발로 막 달아나데?"

촌로는 입맛을 '쩝쩝' 소리 나게 다셨다. 원채가 얼이를 향해 얼굴을 크게 찡그려 보였다. 김 대접주의 그런 모습은 상상조차 싫다는 표정 같았다.

"끙!"

이윽고 촌로가 용쓰는 소리를 내며 자리에서 일어섰다. 원채가 물었다.

"가실라꼬예?"

그러자 촌로는 사람들이 자기 말을 통 믿어주지 않는 게 몹시 화가 치민다는 듯 완전히 시비조로 쏘아붙였다.

"가야제. 안 가고 여 살 끼가?"

주막 안을 둘러보는 그의 눈동자는 잿빛에 가까웠다. 그의 의복도 비슷한 색이었다.

"어르신 말씀 고맙심더."

원채가 엉덩이를 약간 치켜들고 고개를 숙이며 말했다.

"술값은 우리가 내드릴 낀께, 그냥 가시이소."

그 말에 촌로는 귀가 번쩍 틔는 듯 금세 낯빛과 음성이 달라졌다.

"그기 참말가? 진짜로 술값 대신 내줄랑가?"

"예, 영감님."

얼이가 호주머니에서 돈을 꺼내 보였다.

"그라모 내는 이대로 가네."

촌로는 상대방 마음이 바뀌기 전에 어서 그 자리를 떠나야겠다고 작정했는지, 자칫 엎어질 듯 꼬꾸라질 듯 서둘러 주막을 나가기 시작했다.

"고마 돌아가야것네."

촌로의 구부정한 등을 보고 있던 원채가 말했다.

"헛걸음질할 거 겉은께."

얼이가 놀라 물었다.

"저 영감님 이약을 믿으십니꺼?"

원채가 알 수 없는 말을 했다.

"내도 안 믿었는데, 굽은 그의 등짝을 보고 믿기 됐거마는."

"예?"

얼이는 백치도 그런 백치가 없을 만큼 멍한 눈으로 원채를 바라보았다. 믿지 않았는데 무엇을 보고 믿게 됐다고?

"내가 시방꺼정 살아옴서 말이제."

원채는 촌로가 사라져 간 곳에서 눈을 거두지 못하는 눈치였다.

"울 아부지가 거짓말하시는 거를 본 적이 없거마."

술꾼들이 이제 막 나간 그 촌로를 안주 삼아 떠들어대고 있었다. 그 영감탕구, 저승사자 만낼 날도 올매 안 남아갖고 말인 기라. 젊으나 늙으나 간에 돈이라쿠모 그냥 사죽을 몬 쓴다쿤께네?

"달보 영감님은 그리하싯을 끼라예."

얼이는 진심으로 말했다. 그런데 원채가 한다는 소리가 또 묘했다.

"그 영감님도 등이 굽었으이, 거짓말을 할 사람은 아인 기라."

"아자씨?"

얼이는 또다시 어이없다는 표정을 지우지 못했다. 어떻게 저런 말을 하나.

'설마?'

그는 실성한 듯한 노인네의 헛소리 같은 그 말을 핑계 삼아, 사지死地로 들어가는 길에서 빠져나오려는 게 아닌가 여겨지기도 했다. 얼이는 홀연 걷잡을 수 없는 조급증과 혼란에 사로잡혔다. 그는 속으로 울부짖듯 했다.

안 된다, 그건. 미치광이 같은 늙은이 하나 때문에 여기서 돌아선다는 건 있을 수 없는 일이다. 나중에 두고두고 가슴을 치면서 후회하게 될 것이다.

"그 영감 말은 모돌띠리 가짭니더."

'영감님'에서 '님'을 빼버린 얼이 그 말에 원채가 짧게 반문했다.

"가짜?"

얼이는 단언했다.

"하모예, 진짜 아입니더."

"그런가."

잠시 생각에 잠기는 원채에게 퉁명스레 얘기했다.

"우찌 그런 일이 있을 수 있심니꺼? 꿈 이약을 했는지도 모리지예. 아이모 늙어서 노망……."

그런데 원채는 완강하게 고개를 내저으며 물었다.

"자네, 그 노인 눈빛을 함 봤는가?"

"눈빛예?"

얼이는 알 수 없다는 눈빛을 했다. 원채는 내 모든 것을 걸고 말한다는 투였다.

"그건 절대 광인의 눈빛이 아이었네."

"그라모?"

얼이는 졸지에 뒤통수를 한방 얻어맞은 기분이었다. 아직 자기들 두 사람이 사물을 보는 안목이 이렇게 서로 어긋난 적은 없었다.

"노망 든 사람의 그것도 아이었네."

원채 목소리가 어쩐지 원시인들이 살던 동굴 속에서처럼 '웅웅' 울렸다.

"애기맹캐 맑은 눈이었제. 얼핏 봤을 적에는 흐린 거 겉애도 실제로는 반대였어."

목만 좀 축일 요량으로 들어온 주막인지라 별로 술을 마시지 않았는데도 술기운이 오른 사람이 원채인지 얼이인지 모르겠다.

"애기맹캐 맑은 눈."

얼이는 최면에 걸린 사람같이 원채 말을 따라 했다. 그런데 갈수록 어리벙벙해졌다.

"눈은, 진실 그 자체인 기라."

"진실."

얼이는 사람들이 하도 흔하게 써서 오히려 평범하게까지 느껴지는 그 말이, 지금 그 순간에는 그렇게 생소하고 어설프게 받아들여질 수가 없었다. 현재 그들이 처해 있는 이런 위중한 상황에서 맑은 아기 눈이니 진실이니 하는 따위 말들은 너무나 어울리지를 않는 것이다.

"지는예, 아자씨."

얼이가 띵한 머리로 입을 열려는데 원채가 또 말했다.

"눈은 거짓말을 안 하제."

촌로를 비웃는 듯 술꾼들이 킥킥거렸다. 어쩌면 두 사람 대화를 듣고서 그러는 건지도 모를 일이었다. 하지만 술꾼들을 상대할 겨를도 마음도 없는 그들이었다.

"죄송시러븐 말씀입니더마는, 서당 스승님 가르침이, 모든 거는 상식적인 선에서 판단해야 된다는 거였심니더."

"지나치거로 상식이라쿠는 잣대에만 기대다 보모, 큰 실수를 할 때도 있거마는."

그때 다른 술자리에서 술을 더 시키는 소리가 났다.

"주모!"

마흔 줄에 갓 들어서 보이는 술어미는 아담한 체구에 걸맞게 작은 머리에 매단 붉은 천 조각을 달랑거리며 술 나르기에 바쁘다. 분주한 만큼 신도 났다. 그 여자는 몸보다도 소리가 먼저 간다.

"예, 예, 갑니더."

얼이는 원채 얼굴을 빤히 바라보면서 결론을 내자는 듯 물었다.

"그라모 꼭 여서 고마 돌아가시것다, 그 말씀입니꺼?"

원채는 그 말에는 대꾸도 없이 입속으로 중얼거렸다.

"앞날이 문젠 기라, 앞날이."

얼이 눈앞에 앞날이 보이는 듯했다. 하지만 캄캄한 미래였다.

"김 대접주마저 무너지고 있다쿠모…….'"

원채 목소리는 통곡처럼 들렸다.

"우리 농민군은 영 가망이 없다 아인가베."

얼이는 그러잖아도 음습한 그 주막 안이 한층 더 견디기 힘들었다. 아마도 그 집이 보고 앉은 방향이 북서쪽이어서 햇빛도 인색하고 통풍마저 잘되지 않아 그런 모양이었다. 주막 앞에 운치 있게 선 노송이 있기에 그나마 다행이었다. 얼이는 가쁜 숨을 몰아쉬면서 말했다.

"가, 가망이?"

이번에는 다른 술자리에서 소리가 들렸다.

"여게 안주도 쪼끔 더 주고!"

술어미는 안주 나르기에도 정신이 없다.

"예, 예, 갑니더."

술손님들과 술어미를 건성으로 바라보고 있던 원채가 탈기하듯 했다.

"우짜모 좋노?"

"꼭 도로 돌아가야것다는 말씀인가베예."

얼이는 심한 배신감을 느끼는 얼굴로 말했다.

"아자씨가 그리하시이 우짜것십니꺼? 돌아가는 수밖에예."

"음."

돌아가자는 원채는 그대로 앉아 있는데, 돌아가지 말자는 얼이는 자리에서 벌떡 일어나 있었다.

"알것심니더, 돌아가이시더."

결국, 그 주막이 반환점이 되고 말았다. 반쯤 실성한 것 같은 촌 늙은이 하나 때문이었다. 아무런 성과도 없이 그대로 털레털레 되돌아오는 길은 지루하고도 허탈하기 그지없었다. 길섶에서 들리는 산새 울음소리도, 산등성이 쪽에서 아주 가끔 들려오는 노루 소리도, 그 밖의 모든 소리도 맥이 빠져 있는 듯했다.

비상한 각오를 다지며 가던 길을 힘없이 되짚어 다시 오면서 얼이는 원채를 만난 후 처음으로 그를 의심하기 시작했다. 나중에는 비겁하다는 기분마저 맛보았다.

'저 사람을 끝꺼지 믿고 따라야 하까?'

아무래도 내가 사람을 잘못 보았지, 이건 아니잖아? 별의별 생각이 다 들었다.

'앞으로는 안 만내는 기 안 좋을까?'

그러나 얼이의 그런 속내를 아는지 모르는지 원채는 뭔가 깊은 상념에 잠겨 내내 말이 없었다. 가끔 걸음을 멈추고 서서 하늘에 떠 있는 구름장을 멍하니 올려다보기도 했고, 길가 나무등치에 등을 기댄 채 한참 동안 눈을 꼭 감고 있을 때도 있었다. 동행은 없고 자기 혼자인 것 같았다. 얼이는 속으로 약간의 반감 품듯 중얼거렸다.

'그도 돌아가는 기 잘못된 판단이라꼬 뉘우치고 있는지도 모리것거마.'

그 촌로 이야기가 사실이었다는 것을 알게 된 것은 꽤 여러 날이 흘러 간 후였다.

김 대접주 부대가 패배한 것은 토포사 지영석의 전술 때문이었다. 본 대를 지휘한 그는 망덕 바깥 바다를 건너 농민군의 귀로를 막고는, 수십 명에 달하는 일본군에게 하동부 공관을 공격토록 했다. 총에 맞고 강에 빠져 죽은 농민군이 부지기수였다. 그 원혼들이 어디를 떠돌고 있을지 천만 번 가슴을 쳐도 시원치 않을 일이었다.

어쨌거나 그 일을 겪은 이후로 원채를 향한 얼이의 신뢰감은 비 온 뒤 땅바닥같이 한층 굳어졌다. 그것은 두 번 다시는 떠올리기도 싫은 비극적인 전투였지만, 얼이로 하여금 성급했던 자신의 속 얕음을 뉘우치고 모든 일에 보다 신중할 것을 가르쳐 준 의미 있는 사건이기도 했다.

의병은 반드시 일어난다

조선과 일본이 임진년을 시작으로 무려 7년간이나 치열한 전투를 치른 후 우병영 주둔지가 된 성안은 지금 실로 괴괴하기 그지없었다. 달도 낡은 창호지에 그려놓은 것처럼 흐릿하기만 하다.

'허, 정녕 보면 볼수록 놀라운 곳인 게야.'

병마절도사 민호준은 새삼스레 그곳 우병영이 참으로 군사적인 구조로 잘 배치되어 있다는 생각을 했다. 이제 얼마 있지 않아 거길 떠나야 한다는 아쉬움 탓만은 아닐 것이다. 그는 영원히 자기 눈에 담아두려는 듯 천천히 우병영을 둘러보고 있었다.

병사 집무 관아인 관덕당과 공진당, 군기고와 화약고, 군사가 있는 중영. 그 모든 건물 위로 흐느끼는 듯한 달빛이 내린다. 어쩌면 위로하는 손길 같다.

그의 발걸음은 멈출 줄 모른다. 내성에 있는 남장대(촉석루)와 서장대(회룡루)와 북장대(진남루)에 오른다. 외성 장대인 동장대(대변루)에도 올라본다. 그 누각들은 모두 하나같이 웅장하면서도 운치가 넘친다.

남쪽에는 깊고 푸른 남강이 에둘러 흐르고, 서쪽에는 높은 절벽과 나

불천이 있고, 동북쪽에는 해자인 대사지가 있어, 누구 눈에도 천혜의 요새로 보이는 우병영이다.

하지만 그날 밤 그가 혼자서 그곳을 둘러보고 있었다는 사실을 아는 이는 없었다. 오직 하늘에 뜬 달과 별만 지켜보았다. 그렇게 우병영의 밤은 퇴각하는 군대처럼 물러가고 있었다. 새로운 날에게 자리를 물려주기 위해서였다.

세상은 또다시 바뀌었다. 좋게 바뀌든 나쁘게 바뀌든 항상 변하는 것이 세상이다. 동학농민군은 거의 진압되었다. 임술년 농민항쟁이 그랬었다.

민호준은 병사에서 쫓겨났다. 우병영 자체가 없어졌다. 당연히 후임 병사는 없었다. 관제 개편으로 관찰사가 부임해올 것이라 했다.

"우리 민 뱅사는 우찌 되셨을꼬?"

"글씨, 아모도 아는 사람이 없으이."

"부대 살아는 계시야 할 낀데."

"설마 돌아가시지는 안 했을 기라꼬 믿고는 있지만도, 또 안 모리나."

"내는 안다. 니 믿고 있는 그대로다."

고을 백성들은 그의 행적을 자못 궁금해하면서 눈시울을 붉게 적셨다. 저 임술년 당시 썩어빠진 벼슬아치 우병사 박신낙과는 비교가 아니게, 힘없는 백성들 편에 섰던 그 고을 마지막 병마절도사 민호준이었다.

그의 행적은 역사에서 완전히 사라졌다. 안개처럼 스러지고 연기인 양 증발되었다. 마치 애초부터 존재하지 않았던 것 같았다.

아니었다. 차라리 그랬으면 한결 더 나았으련만. 참으로 슬프고도 분한 노릇이지만, 그는 일본제국주의가 편찬한 『고종실록』에 이렇게 형편없는 관리로 기록돼 있다.

—그는 헛되이 어리석고 무서운 마음을 먹고서 비류非類들을 후히 대접했으며, 또 하동부로부터 상황이 매우 긴박하다는 연락을 받고도 단한 명의 포졸도 보내지 아니했으니, 잡아다가 문초하여 중죄로써 다스릴 것이다.

얼이가 스승 권학을 모시고 성내에 나타난 것은 그런 와중에서였다.

"어쨌든 얼이 네가 무사해서 천만 다행이다."

권학은 벌써 그런 말을 몇 번이나 했는지 모른다. 특히 이런 소리를 할 때는 목이 꽉 메어 있었다.

"동학농민군 중에 살아남은 이가 과연 몇이나 될꼬?"

얼이 목이 자라목같이 움츠러들었다. 뜻을 함께하고 활동하던 동지들은 적잖게 죽어갔는데 그는 비겁하게 살아서 돌아왔다는 자책감 때문이었다.

"하늘도 땅도 다 무심하시다."

스승이 비관론자처럼 보여 얼이 심경이 씁쓸했다. 권학은 저만큼 사당문과 기초석 등이 있는 곳으로 눈길을 주었다. 그것들은 얼이 마음에 각별하게 와 닿았다.

"저것들마저 사라지게 되면, 후세 사람들은 저 자리가 충민사 터였다는 사실조차도 모를 게야."

얼이 눈에 스승이 수백 년 전 사람으로 비쳤다. 어쩌면 수백 년 후의 사람으로 보였다. 그는 말을 마디마디 끊었다.

"언제부터, 왜, 무엇 때문에, 우리 조선이 이렇게 돼버렸을꼬?"

저 서슬 퍼렇던 흥선 대원군의 서원 철폐령에 의해 헐리고 만 그 충민사에 모셔져 있던 충무공 김시민 장군 위패를 창렬사로 옮긴 게 어언 몇해 전이던가. 벌써 기억에서 먼 산의 아지랑이같이 가물가물한 권학이었다.

"생사를 나누기로 하고 함께 싸왔던 동지들은 죽었는데, 지는 이리 살아 있다쿠는 기 너모 부끄럽심니더."

얼이의 기어들어 가는 말에 권학이 홀연 벌겋게 달아오른 얼굴로 무섭게 화를 냈다.

"이런 천하에 둘도 없이 못난 놈!"

그의 턱이 덜덜 떨리고 있었다. 심하게 다그치는 소리가 이어졌다.

"그러면 넌 모든 게 다 끝났다고 생각한단 말이더냐?"

바로 옆에 우뚝 선 굴참나무 그림자가 스승의 발등을 이불처럼 덮고 있었다. 그는 심히 한탄하듯 중얼거렸다.

"그렇다면 내가 많은 다른 제자들 다 놔두고, 너 혼자만 데리고 여기에 온 그 연유도 모르겠구나."

얼이는 다리가 후들거려 서 있기조차 힘들었다. 어쩌면 관군과 일본군을 상대로 싸우던 그때보다도 더했다. 권학도 그것을 알아챈 것일까?

"허, 이제 보니 지지리도 형편없는 졸장부로다!"

그의 혀 차는 소리에 얼이 가슴이 와르르 무너져 내리는 듯했다. 곧장 스승에게서 달아나고 싶은 심정이었다.

"내 눈이 삐었구나, 내 눈이 완전히 삐었어."

권학은 가슴을 칠 것같이 했다. 얼이가 울먹였다.

"스, 스승님."

그러나 권학은 끝까지 듣지도 않고 삭정이 같은 팔을 휘두르며 소리질렀다.

"어허! 꼴도 보기 싫다!"

"헉."

충민사 터에 겨우 남아 있는 사당문과 기초석이 두 사람을 물끄러미 바라보고 있었다. 그 위에서 날고 있는 비둘기들 울음소리도 왠지 모르게 거부하는 느낌을 던져주고 있었다.

"어여 내 눈앞에서 썩 사라지거라!"

"스승님."

얼이는 정말이지 제 몸이 사라질 수만 있다면 당장이라도 어떤 후회나 미련도 남기지 않고 사라져버리고 싶었다. 그저 모든 게 싫고 귀찮을 따름이었다.

"차라리 치마 두른 아낙과 세상을 논하는 게 훨씬 나을 것이거늘."

스승 말씀이 얼이 가슴에 옹이로 박혔다.

"아아."

얼이 얼굴은 그야말로 막 가지에서 떨어지는 홍시가 돼 버렸다. 일찍이 저토록 크게 진노한 스승 모습을 뵌 적이 있었던가? 언제나 대지 깊숙이 뿌리를 내린 바위처럼 요동도 하지 않는 당신이었다. 그런 그가 즉시 두루마기 자락을 뒤로 휙 밀치며 횅하니 혼자 그곳을 떠나갈 것만 같아 얼이 가슴이 조마조마했다.

"지가……."

얼이는 그만 맨바닥에 털썩 무릎을 꿇고 넙죽 엎드렸다.

"스, 스승님! 지가, 지가 잘몬했심니더. 하, 한 분만 용서해주시이소."

그러고 나서 머리를 조아리며 분부 내리시기만 기다리고 있는데 아무 말씀이 없다. 여간 심기가 불편하신 게 아닌 모양이었다. 하지만 천만다행으로 그가 몸을 움직이는 기척은 전해지지 않았다.

얼이는 중죄인처럼 땅에 고개를 쿡 처박은 채 스승을 저토록 화나게 했던 자신의 말을 되새겨보았다. 뜻을 함께하고 싸우던 동지들은 죽었는데 자기 혼자만 살아 있다는 것이 부끄럽다고 고했었다. 그 소리가 스승 귀에는 그렇게 거슬렸을까?

'그렇다모?'

죽비로 내리치듯 하던 스승의 일갈을 또다시 떠올렸다. 그 순간, 얼이는 피가 머리에 모이고 가슴이 풀쩍 뛰었다. 턱, 숨까지 막혀왔다.

'그러면 넌 모든 게 다 끝났다고 생각한단 말이더냐?'

분명 스승은 그렇게 말씀했다. 그렇다면? 그렇다면 아직 모든 게 끝난 건 아니라는 뜻이 아니냐? 끝난 게 아니라면 또 그다음이 있다는 뜻이 아닌가?

'그뿐이 아이다.'

스승은 또 탄식했다. 그렇다면 많은 다른 제자들 다 놔두고 네 혼자만 데리고 여기 온 연유도 모르겠다고. 그래, 스승은 지금 내게 새로운 무언가를 일깨워주시려 하는 것이다. 죽음으로도 얻을 수 없을 만큼 진정 귀중하고 참다운 깨우침을 말이다.

그것은, 농민군은 결코 끝나지 않았다는 것, 바로 그것이리라.

"스승님!"

얼이는 고개를 번쩍 치켜들며 거기 굴참나무가 소스라칠 정도로 소리쳤다.

"스승님 뜻을 인자사 알았심더. 그것은 아즉 농민군이……."

그런데 그 말이 미처 끝나기도 전이었다. 권학이 황급히 집게손가락을 자기 입술에 갖다 대며 어서 입 다물라는 표시를 했다. 그러고 나서 얼른 주변을 살피고 있는 그의 눈빛이 그렇게 날카롭고 매서울 수 없었다.

"……."

얼이 또한 반사적으로 주위를 훑어보았다. 다행히 근처에는 굴참나무와 소나무를 비롯한 몇 그루 나무만 서서, 우리는 아무 소리도 듣지 못했다는 듯이 시치미를 똑 떼고 있을 뿐이었다.

"누구를 원망할꼬. 이 모든 게 가르치는 내가 부족한 탓인 것을!"

스승의 그 자탄은 어떤 호된 꾸지람보다도 제자의 가슴을 강렬하게 찔렀다. 얼이는 그 자탄의 칼에 찔린 심장의 피가 몸 밖으로 콸콸 쏟아져 나오는 느낌이었다.

"죄, 죄송합니더."

"흠."

잠시 후, 그들 가까이 아무도 없다는 것을 확인한 권학이 침통한 얼굴로 명했다.

"고마 일나라, 이 얼빠진 늠아!"

이번에는 그 지역 방언이었다. 그가 저런 말투일 때는……. 그래도 얼이는 엎드린 몸을 선뜻 일으키지 못했다. 권학은 한심하다는 듯 또 혀를 찼다.

"쯧쯧. 그래서 니 이름이 얼인갑다, 얼이."

몸에 스미는 땅바닥 냉기도 느낄 수 없는 얼이였다.

"지발하고 얼 좀 채리라꼬, 니 부모님이 지이주신 모냥이다."

그 말끝에 권학은 더한층 소리를 높였다.

"고마 일나라 안 쿠나? 니늠 그리 딱 엎디리 있는 기, 똑 거북이나 고슴도치 겉애서 보기 싫다 고마!"

"예, 스승님."

그제야 얼이는 몸을 일으켜 세웠다. 스승 말씨가 다시 이 지역 말씨로 바뀌었다는 것은, 그가 모든 것을 용서한다는 의미인 것이다.

"저, 저 해 있는 꼬라지하고는!"

권학은 자기보다 머리통 하나는 더 키가 높은 얼이 무릎을 파리하고 깡마른 손가락으로 가리키며 말했다.

"그 흙부텀 퍼뜩 몬 털어삐나, 인석아."

권학은 허리를 꼿꼿이 세우며 한숨을 길게 내쉬고 나서 일침을 가했다.

"명색 사내대장부가 그리 쉽게 물팍을 꿇어서야, 원."

그러나 얼이는 옷에 묻은 흙을 털어낼 생각은 하지 않고 스승에게 달려들 것같이 하며 물었다.

"스승님께서는 넘들이 모리는 사실을 알고 계시지예?"

그런데 권학 입에서는 엉뚱한 말만 나왔다. 그것도 또 한양 말씨로 둔갑했다.

"충민사가 있던 저 자리는, 임진전쟁 당시 봉기대를 세운 지휘본부였다는 이야기가 있다. 원래부터 일본과 깊은 관계가 있던 자리라는 얘기니라."

한마디 놓치지 않은 채 듣고 있던 얼이는 그만 감정이 격해져서 왈칵 울음을 터뜨리며 말했다.

"그 왜눔들한테 우리 동학군이 당하고 말았심더."

권학이 들썩거리는 얼이 어깻죽지를 회초리로 내리치듯 했다.

"뚝 그치거라. 눈물을 흘릴 시간이 있는 줄 아는 게야?"

"예."

얼이는 손등으로 눈물을 쓱 훔쳤다. 흐려 보이던 사물들이 맑게 비쳤다.

"정말 큰 문제는 이제부터니라."

권학 음성은 너무나 근엄하여 엄청난 바윗덩이로 누르는 느낌마저 주었다.

"일본은 우리 조정에 엄청난 압력을 가해올 것이야."

얼이는 창졸간에 물었다.

"무신 맹목(명목)으로 지눔들이 우리한테 그리한다쿠는 깁니꺼?"

"아직 모르겠느냐?"

얼이가 그 까닭을 생각해보려는데 권학은 그럴 시간마저도 허용할 수 없다는 듯 울분에 찬 목소리로 일러주었다.

"동학군을 진압해준 빚을 갚으라고 말이니라."

얼이는 뭔가 먹을 것이라도 떨어져 있는지 거기 굴참나무 아래로 모여들고 있는 개미들을 내려다보며 곱씹었다.

"빚."

권학이 발을 옮겨놓기 시작했다. 땅이 그의 발에 이끌리는 듯했다.

"가자."

얼이도 부리나케 그의 뒤를 따르며 씩씩하게 말했다.

"예, 스승님."

스승의 뒷모습은 여전히 대꼬챙이처럼 꼿꼿했다. 예전의 비어사 진무 스님을 보는 기분이었다.

그들은 경상우도 병마절도영의 문루 쪽으로 갔다. 저만큼 떨어져 '망미루'란 글씨가 쓰인 현판이 보였다. 광해군 당시 이 고을 병사였던 남이흥이 2층 문루로 신축한 게 바로 저 망미루라고 들었다. 현판 글씨는 서영보가 썼다고 한다.

얼이는 스승의 깊은 눈길이 망미루 앞에 서 있는 하마비下馬碑에 가 멈춰 있다는 것을 알았다. 거기 문을 통과하려면 수령급 이하는 반드시 말에서 내려야 한다는 비였다. '대소인원개하마大小人員皆下馬', 혹은 '하마비下馬碑'라는 글을 새겨 넣어서 똑바르게 세워놓는 돌비석이었다.

저 멀리 경사지게 올려다보이는 그곳 출입문 양쪽에 서 있는 두 사람이 눈에 들어왔다. 그 문을 여닫고 통행인을 검속하는 병졸인 수문군守門軍이었다.

그들과는 다소 거리가 있었지만 알 수 있었다. 한 군사는 굉장히 크고 긴 칼을 들었으며, 다른 한 군사는 끝이 세 갈래로 갈라진, 당파창이라고도 불리는 삼지창을 들고 있었다.

"여기서 더 가지 말고 잠깐 서자."

권학은 이번에도 좀 전 충민사 터에서와 마찬가지로, 망미루와 멀찌 감치 떨어져 서 있는 큰 개잎갈나무 아래에서 걸음을 멈추었다. 잠시 후 그의 입에서는 장탄식이 흘러나오기 시작했다.

"세상은 바뀌어도 건물은 그대로구나!"

그 음성이 너무나도 절절하여 얼이는 말은커녕 숨조차 제대로 쉴 수가 없었다. 가슴을 녹아내리게 하는 소리가 이어졌다.

"허나, 나라 안팎으로 돌아가는 급박한 정세를 보면, 저 망미루의 운명도 알 수가 없는 일이다."

권학은 천 길 낭떠러지 위에 서서 까마득한 밑을 내려다보는 사람 같았다.

"얼아, 지금 우리는 참으로 힘든 난세를 살아가고 있지를 않으냐?"

"예."

권학 말끝에서는 울음과 분노 그리고 회한의 기운이 동시에 전해졌다. 얼이는 웅장한 자태의 망미루를 바라보며 고했다.

"하지만도 영웅은 난세에 태어난다꼬, 스승님께서 말씀하싯다 아입니꺼?"

"내가 그랬던가?"

권학은 일부러 지나간 것들에 대한 기억들을 잊어버린 사람처럼 행세하는 듯했다. 그건 오직 장차 다가올 것들에만 신경을 쏟겠다는 이중적인 의미로도 받아들여지는 얼이였다.

"예, 그라시면서……."

"난세와 영웅이라."

사제 간의 대화는 굳이 끝까지 다 들어보지 않아도 잘 통했다.

"그래서 난세도 잘 타고 나모……."

"아, 그 영웅이 누구더냐, 누구."

권학은 높직한 망미루 기와지붕 위쪽에 훌쩍 날아와 앉고 있는 까치 두 마리를 올려다보며 말했다.

"그건 사람들이 하도 많이 인용하여 이제는 다 낡아빠진 소리가 돼버렸다만, 만일 그런 기대감마저 사라진다면 이 어지러운 세상에서 단 하루도 버텨낼 수가 없겠지."

"예, 스승님."

그 말을 듣고 반짝이는 얼이 눈동자에 망미루 누각을 떠받치고 있는 거인의 다리같이 실하고 우람한 나무 기둥들이 들어왔다. 바로 저렇게 버텨야 하리라. 얼이는 소리를 죽여 조심스럽게 물었다.

"농민군을 다시 일으킬 영웅이 누까예?"

권학 음성 또한 아주 낮았다.

"농민군이 또 일어나기는 쉽지 않을 게다."

얼이는 금방 기가 팍 꺾였다.

"그, 그라모 우짭니꺼?"

권학은 그윽한 눈길로 허공 어딘가를 가만히 응시하였다.

"그 대신 다른 세력이……."

"예?"

얼이는 쉬 이해가 되지 않았다. 농민군 대신에 봉기할 다른 세력? 그러면 도대체 그게 어떤 세력일까? 되새겨볼수록 머리가 어지럽고 막막하기만 했다.

"너무 어렵게 생각할 필요가 없느니라."

망미루 나무 기둥들이 뚜벅뚜벅 걸어오는 소리같이 말했다.

"세상사 모두가 쉽다고 보면 또 그렇게 쉬울 수도 있느니."

알 수 없다는 표정을 짓는 얼이에게 권학이 계속해서 한양말로 물었다.

"지금 조선 백성이 싸워야 할 상대가 누구라고 보느냐?"

그는 얼이가 무어라 입을 열기도 전에 금방 또 물었다.

"아직도 관군이라고 생각하느냐?"

얼이는 얼른 고개를 내저었다.

"아입니더, 스승님. 왜눔들이라쿠는 거는 삼척동자도 알 낍니더."

"바로 말했다. 일본군이다."

권학 얼굴에 비상한 기운이 감돌기 시작했다. 얼이는 내심 짚이는 게 있었다. 그래서 한층 조심스레 물었다.

"그라모 일본군에 대항할 군대가?"

그러나 그 순간까지도 얼이는 스승 입에서 그런 말이 나올 줄은 짐작조차 하지 못했다.

"의병이니라."

얼이가 아주 놀라 확인하듯 물었다.

"으, 으뱅예?"

권학이 똑똑히 각인시켜주듯 대답했다.

"그렇다, 항일의병."

"하, 항일으뱅!"

얼이는 엄동설한에 찬물을 끼얹힌 사람 같아 보였다.

"그런께 일본에 항거하는 으뱅."

망미루 지붕에 올라앉아 긴 꽁지깃을 까딱까딱하고 있던 까치들이 일제히 촉석루가 있는 동편 하늘가로 날아오르고 있었다. 학처럼 목을 길게 빼고 그것을 한참 올려다보고 있던 권학이 말했다.

"저 까치들 날갯짓처럼 힘차게 떨치고 일어날 의병이 가장 필요할 때가 왔느니라."

"힘차게 떨치고 일어날……."

비장한 얼굴로 스승 말씀을 되뇌는 얼이 가슴속에 '의병'이란 두 글자가 또렷하게 찍혀 나왔다.

하지만 얼이로서는 자신 있게 말해 보일 수 없었다. 시종 먹먹할 따름이었다. 농민군과 의병이 어떻게 다른지 모르겠다. 농민군 했던 사람이 의병도 할 수 있는지, 혹시 농민군과 의병이 서로 칼끝을 겨눌 일은 없는지.

"그 으뱅대장이 누가 될랑고, 스승님께서는 알고 계심니꺼?"

얼이의 조심스러운 물음보다 더 조심스러운 대답이 나왔다.

"짐작 가는 사람이 하나 있긴 한데, 글쎄다, 솔직히 나도 자신은 없다."

"예."

남쪽 성가퀴 아래로 흐르고 있는 남강에서 물새 우는 소리가 아련하게 들려왔다.

"과연 그가 장차 의병을 이끌 사람이 될는지."

권학의 그림자가 충민사 터졌던 곳에서 보았던 그림자보다도 많이 길어져 있다. 그 대신 검정빛은 옅어져서 진회색을 띠어 보였다.

"하긴 내가 확실히 알 수 있다면 그건 위험한 일이지."

권학은 자신의 그 말에 스스로 동의하듯 이런 소리도 했다.

"극비에 붙여야 할 일이거늘."

얼이는 궁금하기 이를 데 없었다. 대체 스승님께서 말씀하시는 그 사람이 누굴까? 나는 모르는 사람일까? 나도 아는 사람일까?

그렇지만 권학은 더 이상은 입을 열지 않고 성 밖으로 몸을 돌렸다. 얼이도 다시 그의 그림자처럼 뒤따랐다. 권학은 뒤에서 따라붙는 얼이를 돌아보며 말했다.

"쪼매 천천히 가자, 이눔아. 내가 다리 빠지삐컷다, 이눔아."

얼마나 걸었는지 모르겠다. 대사지 위쪽에 있는 진영鎭營이 나타났다. 공교롭게도 구름이 진영 위쪽 하늘에만 몰려 있었다.

두 사람이 막 거쳐 온 우병영에는 성을 지키는 중군中軍 등이 있고, 거기 진영은 그곳 목牧의 수비부대인 속오군束伍軍이 주둔하고 있는 진지다.

그러나 평소에는 군포를 군역 대신 바치고 일단 유사시에만 소집되는 일종의 예비군인 속오군은, 지난번 동학농민군이 봉기했을 때 그다지 큰 역할을 하지 못했다. 거기에다가 신식 군대로 군제가 개편되면서 그 상비군마저 두지 않았다.

"장차 의병이 일어나게 되면, 성안에 있는 우병영과 성 바깥에 있는 저 진영부터 먼저 점령하려고 하겠지."

그러면서 몸을 부르르 떠는 권학이었다.

"으뱅이 우뱅영하고 진영을 점령할라쿤다꼬예."

얼이는 스승이 병서兵書도 많이 읽으셨지 않나 싶은 생각이 강하게 들었다. 평상시 남명 조식을 흠앙하는 그였다. 임진전쟁 당시 제자들이 왜군들과 싸우는 의병이 되도록 키워냈던 실천궁행의 선비라고 했다.

그는 언제나 허리춤에 '성성자惺惺子'라고 하는 소리 나는 방울을 차고 다니면서, 비록 한순간일지라도 방심하지 않으며 수양에 매진했다고 배웠다.

"당신은 '칼을 찬 선비'라는 일컬음을 받기도 하셨느니라."

그는 '안으로 마음을 밝히는 것은 경이요, 밖으로 일을 처단할 때는 의다'라고 하는 문구가 새겨진 경의검敬義劍을 찼기에 그런 이름을 얻었다는 거였다.

얼이는 조식이 남긴 작품 중에서 스승이 가장 마음에 들어 하시는 한

시 한 수가 떠올랐다.

온몸에 쌓인 사십 년간의 허물,
천 섬 맑은 물에 죄다 씻어버리네.
만일 티끌이 오장에 생긴다면,
즉시 배를 갈라 흐르는 물에 부치리.

그런데 얼이가 마음속으로 그 시구를 가만가만 읊조리고 있을 때였다. 보기에도 겁날 정도로 굉장히 으리으리한 웬 가마 하나가 그들 눈앞을 휙 지나쳐 갔다. 가마꾼이 무려 넷이나 되는 사인교四人轎다.

"버러지 같은 놈!"

문득 들려오는 그 소리에 얼이는 번쩍 정신이 났다.

"아, 스승님."

얼이는 권학의 얼굴을 보자 간담이 덜컥 내려앉을 정도였다. 평소 한번 노기가 서리면 누구라도 가슴을 떨리게 하는 그의 얼굴이었다.

"지지리도 명줄이 긴 인간말짜가 저놈이다."

권학이 침이라도 탁 뱉을 것처럼 하며 가마를 매섭게 노려보았다.

"그라모 저 가매에 타고 있는 자가?"

하지만 얼이가 끝까지 묻기도 전에 권학이 저주 퍼붓듯 했다.

"그것도 왜놈들 때문이다."

북받치는 감정을 억누르는 눈빛으로 하늘을 올려다보며 말했다.

"그놈들한테 신경 쓰는 바람에, 저런 악덕 부자들을 크게 벌주지 못한 채 동학군이 흩어지고 말았던 것이야."

"예."

얼이는 또 극심한 부끄러움을 느꼈다. 임술년에 활약한 아버지 천필구는 앞장서서 악덕 부자들과 부패 관리들을 크게 처단했다고 들었다. 그 결과, 그 명성은 아직도 살아 있는 하나의 전설이 되어 사람들 입에 오르내리고 있다.

'올 아부지는 그리하싯다.'

그러나 얼이 자신은 그러지를 못했다. 만약 원채가 없었다면 그 정도의 활동마저도 하지 못했을 것이다. 세상에는 형만 한 아우가 없다더니, 아버지만 한 아들 또한 없는 것인가 보다 싶었다. 쥐구멍이나 개구멍이라도 보이면 무작정 그 속으로 기어들고 싶었다.

"앞으로예, 스승님."

얼이는 점점 멀어져 가는 가마를 향해 냅다 달려갈 것같이 하며 말했다.

"으뱅이 일어나모 저런 눔들을 다시 처벌할 수 안 있것심니꺼?"

"후~우."

권학이 깊고도 긴 한숨을 내쉬었다. 저만큼 서 있는 산수유나무 잎사귀가 바람결에 떨렸다. 얼이가 느끼기에는 스승의 한숨이 그렇게 만든 것 같았다.

"그게 생각하고 바라는 것처럼 쉽지 않을 게다."

자신 없어 하는 스승 말에 얼이는 얼핏 반항조로 물었다.

"우째서예?"

권학은 안타깝고 화난 얼굴로 대답했다.

"저런 눔들은 일본에 빌붙어 더 세도를 부릴 것이기 때문이다."

"예에."

얼이 등골이 차가운 물체에 닿은 듯이 서늘해졌다. 임배봉과 점박이 형제, 민치목과 맹쭐, 그런 악인들 뒤에 일본이라는 세력이 버티게 되면 어찌 될 것인가.

'누야, 울 누야를 우짜꼬?'

우선 당장 걱정되는 게 비화 누이다. 나루터집이 동업직물에 당할 수 있다. 이제 믿을 수 있는 건 스승이 말한 의병뿐이다. 무력한 나라는 백성들 울타리가 되지 못한다.

그러자 또다시 궁금해 미칠 것 같았다. 농민군 대신 일어날 의병을 이끌 지도자가 과연 누구일까? 김 대접주는 죽었다. 충경대도소도 무너졌다. 그렇다면 과연 누가? 만약 그런 자가 영영 나타나지 않는다면?

그들은 가마가 간 반대쪽 길을 따라 걸어갔다. 그런데 또 아는 사람을 만났다.

"문대 아부지 아이십니꺼? 잘 지내셨어예?"

도목수 서봉우다. 얼이는, 누구신가 하고 서봉우를 쳐다보는 스승께 고했다.

"문대 아부지십니더, 문대 아부지예."

권학보다 서봉우가 얼른 먼저 허리를 깊숙이 꺾으며 인사했다.

"우리 문대 갈카주시는 훈장님이시지예?"

그는 진심으로 미안해하는 모습이었다. 몸 앞쪽으로 두 손을 공손히 모으고 말했다.

"가서 인사도 몬 드리고 에나 죄송합니더. 진즉 찾아가갖고 뵈야 하는 기 자슥 맽기 논 부모 도린데, 증말 머라꼬 말씀드리야 할랑고 모리 것심니더."

권학이 얼굴 가득 웃음을 띠며 부드러운 목소리로 말했다.

"문대 어머니께서 떡과 술, 철따라 나는 신선한 과일, 그런 좋은 음식들을 많이 가지고 서당에 오십니다."

서 목수가 더욱 황감해하는 표정을 지었다.

"그 정도 갖고 스승님의 높고 크신 은덕을 우찌 입에 올릴 수 있것심니꺼? 그라모 벌 받지예."

권학이 겸연쩍은 듯 얼이에게 고개를 돌렸다.

"무슨 말씀을. 허허허."

서 목수 또한 얼이를 한번 보고 나서 말했다.

"아입니더. 우리 문대 그눔이 우찌나 스승님 자랑을 해쌌는고 모립니
더."

그의 뒷말은 때마침 근처를 바삐 지나는 수레가 내는 요란한 바퀴 소
리에 묻혀 잘 들리지 않았다.

"부끄럽습니다. 문대 같은 제자를 둔 덕분에 제가 더 행복하지요."

덕담은 그 끝을 보이지 않았다.

"훈장님 겉으신 분이 계신께 우리 고을 젊은이들 앞날이 창창 안 하
것심니꺼."

그러나 얼이는 두 사람의 그런 대화보다도 운산녀와 민치목에게 더
생각이 미쳤다. 서 목수가 거래한다는 목재상을 하는 그들이었다.

그 목재상이 상촌나루터 어느 구석에 박혀 있는지는 여전히 모르고
있다. 그렇지만 그 모든 것들에 앞서 가장 얼이를 화나고 흥분케 몰아가
는 건, 치목과 맹쭐 부자가 자기를 죽이려고 했던 일이다.

지금이라도 곧바로 달려가서 복수하고 싶다. 하지만 증거가 없다. 섣
불리 나섰다간 되레 역습 당할 공산이 크다. 무고죄나 명예훼손죄를 뒤
집어쓰고 오랏줄을 받게 될지도 모른다. 무엇보다 교활하고 사악하기
짝이 없는 저들이, 이쪽은 부자가 모두 농민군 출신이라는 치명적인 약
점을 치고 들어오면 막을 대책이 없다.

'하지만도 그런 기 무섭다꼬 가마이 있는 거는 사나이가 아이다.'

이제는 덩치나 완력으로 하면 절대로 밀리지 않을 자신이 있다. 그동
안 틈틈이 원채에게 배운 택견으로 놈들을 제압할 실력도 갖추었다. 돈

도 필요할 만큼 갖고 있다. 그러면 무엇이 나를 주저하게 만드는가? 용기를 꺾어버리는가?

얼이는 피맺히게 실감한다. 결국, 지금이 어떤 시대이냐가 최대 관건이다. 그게 결정적인 작용을 할 것이다. 날이 갈수록 세상은 작은 개인 간의 싸움보다 큰 집단 간의 투쟁으로 확대될 것이 뻔하다. 그리고 작금의 시대 상황은 얼이 자신에게 너무나 불리하다. 뜻을 같이하던 동지들은 죽거나 흩어지고, 동학농민군 조직은 거의 괴멸되고 말았다. 앞뒤며 좌우를 다 둘러봐도 우군友軍은 없고 적들만 득실거릴 뿐이다.

'그래도 으뱅이 일어나모 사정은 또 달라질 끼다.'

그때 문득 들려온 권학 말에 얼이는 퍼뜩 정신이 났다.

"허, 인사도 안 드리고 뭘 하는고? 친구 아버님이 가시겠다는데."

얼이가 얼른 바라본 곳에는 약간 햇볕에 탄 건장한 서 목수가 빙그레 웃고 있다. 그 웃음 뒤에 문대가 있다. 남열과 철국도 보인다.

물론 그 벗들은 얼이 자신처럼 목숨을 걸고서까지 뛰어들지는 않았다. 하지만 농민 집안 출신이 아님에도 그날 너우니에 와 주었다는 사실이 얼이를 감격케 하였다. 의병에는 어떤 계층 사람들이 지원해 줄까, 그런 기대와 의문이 솟아났다.

"문대 아버님이 보통분이 아니시구먼."

권학의 음성이 얼이 이마에 부딪쳤다.

"예? 예, 그렇심니더."

얼이는 까닭 없이 허둥거렸다.

"이름난 도목수라고 하더니, 그 계통에서 유명한 사람은 뭐가 달라도 달라."

산수유나무가 자라고 있는 방향을 향해 큰 걸음으로 성큼성큼 걸어가고 있는 서 목수를 눈여겨보며 권학이 말했다. 운산녀와 치목, 맹쭐을 생각하느라고 얼이는 제대로 듣지를 못했는데, 몇 마디 얘기를 나눈 끝에 스승은 벌써 사람을 알아본 모양이었다.

"저런 아버지를 둔 문대도 나중에 큰 인물이 될 게야."

얼이도 벗이 자랑스럽다는 얼굴로 말했다.

"지도 그리 봅니더."

권학은 약간 흥분하고 고무된 빛이었다.

"의병은 반드시 일어난다."

"예."

봄이면 노란 꽃이 잎보다 먼저 피어나는 산수유나무 위로 갈색 참새들이 날아든다. 흔히 볼 수 있는 새들이지만 언제 어디서 봐도 깜찍하고 정겹다.

"같은 핏줄을 향한 봉기가 아니라 우리를 넘보는 외세를 몰아내기 위한 거사인 만큼, 농민군보다도 훨씬 처절하고 강한 군대가 될 것이다."

권학의 눈은 나무와 새를 보면서 입으로는 계속 얼이에게 말했다.

"얼이 너 또한 각오를 더욱 단단히 해야 마땅할 것이야."

"예, 스승님."

얼이는 기뻤다. 이대로 모든 게 끝난 줄로만 알았다. 엄청난 낙담과 좌절에서 헤어나지 못했다. 아버지 천필구도, 얼이 자신도, 결국 실패로 끝나 버린 거사였다.

원채도 모든 걸 포기한 모습을 보였다. 힘없는 그의 모습 위로 무장해제를 당한 채 감금된 한 미군 포로의 모습이 보였다. 관군과 일본군 총칼에 죽어간 동학농민군 모습도 겹쳐 보였다.

그러나 아직도 희망은 있다. 희미하고 가느다랗기는 하지만 길이 보인다. 더군다나 다음 봉기는 외세로부터 조선의 종묘사직을 지킨다는, 나라를 상대로 맞선 그 농민항쟁보다도 훨씬 크나큰 대의명분이 있다.

의병, 의병, 의병…….

나라를 위하여 스스로 일어난 군사. 의군義軍, 정의로운 군대다. 그 용사들이 달려가는 곳에는 오로지 영광의 빛만이 비칠 것이다.

특히 이번은 왜놈들이 대상이다. 아주 무식하고 잔혹하게 아무 데서나 닛뽄도를 마구 휘두르는 가증스러운 섬나라 오랑캐들이다. 비화 누이 집안과 철천지원수인 임배봉 집안이 국제 거래를 하는 일본국이다.

왜놈들도 때려잡고 배봉이 식솔도 치목이 부자도 모조리 때려잡는다. 그리고 난 다음에 효원을 저렇게 만든 탐관오리들도 응징할 것이다. 모조리 쓰레기통에 쓸어 담아라.

동학농민군으로 활동했던 전쟁 경험을 살려 다음에는 훌륭한 전투를 치를 것이다. 원채 아저씨 못지않게, 아니 그가 감탄할 만큼, 그렇게 온몸을 던져 눈부신 맹활약을 보여줄 것이다. 역사에 길이 남을 멋진 전사戰士가 되리라. 농민군에서 의병으로의 대변신이다.

'아아, 으뱅! 으뱅!'

얼이는 속으로 스승의 그 말씀을 여러 번이나 그대로 되새겨본다.

'의병은 반드시 일어난다. 의병은 반드시…….'

그때 권학이 문득 하늘가를 올려다보았다. 얼이 시선도 스승을 뒤쫓았다. 그러고는 다음 순간, 얼이는 여태 구경하지 못했던 신기한 무언가를 처음 본 어린아이같이 소리를 지를 뻔했다.

조금 전에 날아갔던 까치들이 높고 푸른 하늘을 배경으로 다시 돌아오고 있다. 그것들은 이렇게 지저귀고 있다.

−의병은 반드시 일어난다.

록주, 그 이름

해가 바뀌었다.

겨우내 꽁꽁 얼어붙었던 상촌나루터 남강물도 풀렸다.

읍내장터에 진출한 나루터집 제1호 분점은 상촌나루터에 자리 잡은 나루터집 본점 못지않게 번성했다. 비화의 뛰어난 경영 수완을 바탕으로 송이 엄마의 장삿술도 큰 몫을 톡톡히 한 결과였다. 여러 주방 아주머니들의 가족애적인 분위기도 뒷받침이 되었음은 불문가지였다. 역시 한 개보다는 두 개, 두 개보다는 세 개의 힘이 더 컸다.

그러나 새해 들어서서 맞이한 최고의 큰 경사라면 아무래도 송원아의 출산이 아닐 수 없었다. 예쁜 딸이었다. 아직은 핏덩이지만 부모의 좋은 점만을 골고루 물려받은 것 같았다. 그건 모두가 바라지만 쉽지는 않은 축복이었다.

"여보, 수고했소. 고맙거마는."

안석록이 좋아하는 모습은 이루 말로써 표현하기 어려웠다. 그는 평상시 덤덤한 그답지 않게 산모 옆에 붙어 앉아 연방 수고했다는 말을 되풀이했다.

"우리한테 여동상이 생깄다 아이가, 준서야."

"그래, 새이야. 에나 좋다."

얼이와 준서도 없던 여동생이 새로 생겼다는 기쁨에 어쩔 줄 몰라 했다. 남달리 철이 일찍 들기 시작한 준서는 자신이 빡보라는 사실마저 잊은 듯했다. 그것은 더없이 반가운 일이면서도 어쩐지 보는 사람 마음을 아슬아슬하게 만들었다. 그게 무엇을 의미하는 것인지 제대로 알지 못하는 상태에서 그랬다.

그런데 그 고을에 있는 유명한 작명소를 찾아가 보라는 비화의 완곡한 거절에도 불구하고, 그들 부부는 꼭 비화가 아이 이름을 지어주길 간청했다. 준서라는 이름도 아버지 호한이 붙여주신 거라고 해도 무작정고집을 부렸다. 나루터집 식구들에게 비화는 세상 모든 것의 시작이자 끝이었다.

"그래야 잘살 거 겉은 기라."

"우리 부부가 몇 분을 고민하고 으논한 끝에 내린 갤정인지라……."

원아뿐만 아니라 안 화공까지 그렇게 나오는 데는 달리 비켜갈 재간이 없었다.

"정 그러시다모 알것심니더."

비화는 그렇다면 아버지와 한번 상의해보겠노라고 한발 물러섰다. 집에서 기르는 가축 이름도 신경을 써서 붙이는데, 하물며 사람이 한평생달고 살아갈 이름이기에 섣불리 지을 순 없다는 게 비화의 지론이었다.

"아부지."

"그래?"

성 밖 친정집으로 찾아온 비화에게서 자초지종을 들은 호한은, 대뜸원아의 죽은 연인 이름이 무엇이었느냐고 물었다. 그도 예전에 듣기는들었는데 지금은 기억이 좀 아슴푸레하다는 말과 함께였다.

"그거는 와예, 아부지."

비화는 이해가 잘되지 않았지만 '한화주'였다고 알려주었다. 그러자 호한이 즉각 하는 소리였다.

"그라모 록주가 우떨꼬?"

"예?"

너무나 빨리 나오는 이름인 데다가 바로 짚이는 게 있는 비화는 그만 어리둥절한 얼굴이 되었다. 그러자 호한은 또렷한 어조로 딱딱 끊어 말했다.

"안 록 주."

비화는 옆에 앉은 어머니 윤 씨 얼굴을 한번 보고 나서 물었다.

"안석록의 록, 한화주의 주, 그 두 글자를 붙인 이름 아입니꺼, 아부지?"

호한은 그 자신은 이미 그것으로 결정했다는 품새였다.

"그렇제, 바로 알아맞힛다. 하하."

윤 씨가 퍽 조심스럽게 입을 열었다.

"그들 부부가 그런 이름인 줄 알모?"

방문에 발라진 창호지를 투과한 햇살이 노란 장판지 위에 일렁거렸다.

"그래예, 아부지."

비화도 어머니와 같은 생각이라고 사실대로 고했다. 원아 이모는 더 말할 것도 없고, 안 화공도 정말 기억해내기 싫은 과거가 아니겠냐고.

"그러이 아부지, 다린 이름……."

한데 호한은 고개를 내저었다.

"애비 생각은 쪼매 다리다."

"……."

비화와 윤 씨는 적잖게 난감한 빛으로 얼굴을 마주 보았다. 하지만 호한은 여전히 똑같은 억양으로 이야기했다.

"우쨌든 가서 함 말해 봐라."

비화는 몹시 곤란해하는 얼굴로 호한을 보았다.

"아부지."

호한이 담뱃대를 찾아 입에 물었다.

"와?"

비화는 고개를 약간 모로 돌려 아버지 시선을 피했다. 그러자 빛은 좀 누르나 줄진 결이 똑똑한 방문 한지가 그녀 눈에 들어왔다.

'문종이 한 장 바릴 때도 신갱이 쓰이는데…….'

비화가 지금까지 보아오기에, 남편 뜻이라면 거의 한 번도 거역하지 않는 윤 씨도 이건 아니라는 표정이었다.

"여보, 한 분 더 생각해보시는 기 우떨꼬예."

하지만 호한은 담배 연기를 훅 내뿜으며 비화에게 이렇게만 말했다.

"그라고 그들이 비이는 반응을 꼭 내한테 알리 도."

"아부지!"

호한은 자기를 부르는 비화에게 더 이상 무슨 소리는 하지 말라고 못을 박는 투로 다짐받았다.

"알것제?"

"예."

비화는 어쩔 도리 없이 그대로 자리에서 일어섰다. 준서를 뱄을 때처럼 어지럼증이 와락 덤벼들었다. 뒷골이 찡하고 속까지 매슥거렸다.

"우짜모 좋것노? 저 양반 고집이…….'

"지도 압니더."

대문간에 나와 서서 딸을 배웅하는 윤 씨 얼굴에도 우려하는 기색이 가득했다. 비화가 그런 어머니에게 할 수 있는 말은 하나밖에 없었다.

"너모 걱정하시지 마이소, 어머이."

그렇지만 윤 씨는 아무래도 마음이 너무 그렇다는 듯 고개를 흔들었다.

"이기 우찌 걱정 안 될 일이고?"

"그래도예."

대문짝에 가로 대고 못을 박은 네모진 대문띠가 금세 풀려 내릴 것처럼 위태로워 보였다. 모녀가 그러고 있다가 나중에는 어머니가 딸더러 제발 정신 차리라고 경각심을 심어주는 목소리로 말했다.

"니 그런 소리 나오나?"

"괘안을 기라예."

비화는 억지로 윤 씨를 안심시켰다.

"지발 이 이름 땜새 무신 일이 없어야 할 낀데."

윤 씨가 마지막으로 소원 빌듯 던진 그 말이 내내 비화 뇌리에서 떠나지 않았다. 두 다리가 실타래 엉키듯 자꾸 뒤엉켰다.

상촌나루터의 그 많은 나룻배가 하나도 눈에 들어오지 않았다.

"좋은 이름 지이주시더나?"

"우떤 이름이고?"

"너모너모 궁금해갖고 미치것다야."

친정에 갔던 비화가 돌아오자 목을 뺀 채 기다리고 있던 나루터집 식구들이 모두 그녀를 에워싸고 어서 말해주기를 바랐다. 눈들이 하나같이 빛났다.

"저, 그기, 그기 안 있어예."

하지만 비화는 그 소리 외에는 좀처럼 입술이 떨어지지 않았다. 자칫하면 겨우 행복을 찾은 그들 가정에 평지풍파를 일으킬 위험도 있다. 그럴 공산이 너무 크다.

'아, 우찌 낼로 이리 심들거로 하시노.'

끝내 아버지가 원망스럽기까지 했다. 그건 이날 이때까지 단 한 번도 없었던 일이었다. 아버지 고뿔보다 내 죽음을 택하리라, 그런 마음으로 살아왔다. 무남독녀였기에 더 그랬을 것이다.

여하튼 당신 속내를 도무지 짚어낼 수가 없었다. 하고많은 이름들 가운데 하필이면 그런 이름이라니. 서당 문턱을 넘어보지 못한 까막눈이라도 이러진 않을진대 문무를 겸비한 사람으로 알려진 그가 아닌가 말이다.

"이라다가 저 핏덩이가 환갑 될 때꺼정 기다리것다."

우정 댁이 예전보다 살이 좀 더 붙은 엉덩이를 들썩이며 말했다.

"머가 그리 에렵노?"

비화 표정이 한층 어둡고 딱딱해졌다.

"준서 외할아부지가 고만 가라 쿠시더나?"

우정 댁은 투덜거리기까지 했다.

"어머이?"

얼이가 부르자 우정 댁은 시비 걸 대상을 찾은 양 했다.

"와? 낼로 불러서 머를 얻을 기 있는데?"

얼이가 손을 들어 어머니 무릎을 '탁' 치며 제발 좀 참고 기다리라는 눈짓을 보냈다. 누구보다도 웅숭깊은 비화 누이가 저러는 데는 그만한 까닭이 있기 때문이 아니겠냐고 일깨워주는 거였다.

그렇지만 원아도 안달 나 하는 빛을 감추지 못했다. 기실 우정 댁보다 더욱 가슴이 탈 사람이 그녀일 것이다. 지금 야외에 그림 그리러 나간 안 화공이 그 자리에 있어도 그럴 것이다. 아니, 방바닥에 누워 있는 핏덩이도 그런 심정일 성싶었다.

"작은이모, 실은예."

비화 눈길이 유난히 하얀 원아 이마에 가서 멎었다. 백설같이 느껴지는 그 이마는 원아의 최고 매혹이었다. 생전의 한화주도 그렇게 보았을 것이다. 마침내 그녀 입술이 꽃봉오리 열리듯 조금 열렸다.

"준서 옴마."

비화는 마음을 꼭 다잡았다. 어쨌거나 이야기를 해주지 않으면 안 되었다. 비화는 여느 때와 다름없이 원아 눈빛을 심상하게 맞받는 것처럼 하면서 물었다.

"작은이모, 구실(구슬) 좋아하시예?"

"구, 구실?"

뜬금없는 그 소리에 저마다 어리둥절한 표정이 되었다. 여러 말들이 말 그대로 난마亂麻처럼 방안을 어지럽혔다.

"참말로 얄궂어라! 각중애 그기 뭔 구신 씻나락 깨묵는 소리고?"

"……."

"쌔이 해라쿠는 말은 하지도 안 하고, 엉?"

"……."

아까부터 혼자서 제일 말을 많이 쏟아내는 우정 댁이 졸지에 달리는 수레에 크게 부딪힌 사람 같은 얼굴을 했다.

"조카 하는 말을 들어보이……."

천천히 그러고 나서 원아가 구슬처럼 맑고 둥근 눈을 반짝이며 한층 조심스럽게 물었다.

"구실이라쿠는 뜻이 들어가는 이름인갑네?"

비화는 난처한 일일수록 빙빙 돌려 말하면 더 힘들어진다는 사실을 안다. 지난날 남강 백사장에서 천룡과 해귀가 갑종 결승전을 치르던 기억을 가지고 있다. 그 쇠뿔처럼 바로 치고 나갈 일이다.

"딱 알아맞히시는 거 본께, 구실을 좋아하시는갑네예."

비화는 정확하게 알려주었다.

"맞아예. 초록구실이라예. 한자로 쓰모, 록주."

원아는 입속으로 귀중한 구슬을 굴리듯 그 이름을 되뇌었다.

"록 주."

"예."

비화는 바싹 긴장한 채 입을 꾹 다물고 원아 표정을 살폈다. 한데, 원아보다도 우정 댁이 냅떠서 반응을 나타냈는데, 그것은 비화가 우려했던 그대로였다.

"해필 와 그런 이름이고?"

우정 댁은 대뜸 그렇게 소리쳤던 것이다.

"내 겉은 돌대가리도 당장 떠오린다 고마!"

이번에는 얼이도 우정 댁을 만류하지 못했다. 아니, 어머니와 거의 비슷한 낯빛을 지었다. 우정 댁이 또 외쳤다.

"시상에, 죽은 사람 이름자가 머꼬 말이다!"

"……."

그 소리에 모두는 죽은 사람처럼 가만히 있었다. 방 안이 흡사 무덤 속 같았다. 계속해서 입을 여는 사람은 우정댁 한 사람뿐이었다.

"준서 외할배가 에나 이상하거마는."

그 말에 비화 안색이 약간 파리해졌다. 아무리 친이모처럼 지내는 우정 댁이 하는 소리라도, 여간 듣기 거북스러운 이야기가 아닐 수 없었다. 차마 내놓고 다른 말은 하지 못하고 이상하다고 했지만, 그 이상하다는 말이 어떤 의미로 사용되고 있는가를 아는 것은 별로 어렵지 않았다.

"그리 안 봤는데, 인자 본께 영 생각이 없는 사람 아이가?"

나중에는 더 심한 소리까지 나왔다.

"성님."

급기야 원아가 비화 눈치를 보아가며 우정 댁을 불렀다. 하지만 누가 그런다고 입을 다물 우정 댁이 아니었다. 그녀는 오히려 더 흥분한 얼굴로 변해갔다.

"말살에 쇠살이라쿠디이, 이거는 안 있나."

말살에 쇠살, 전혀 동닿지 않음을 일컫는 말이었다.

"또?"

얼이가 큰소리로 우정댁 말을 가로막고 나섰다.

"가마이 좀 계시이소, 지발!"

그 서슬이 너무나도 시퍼런 탓에 방안공기가 금세 써늘해지고 있었다. 얼이는 계속해서 어머니에게 따지는 투로 말했다.

"옴마가 와 나서갖고 야단이라예, 야단은?"

이래저래 화가 난 우정 댁은 입술을 덜덜 떨었다.

"저, 저, 저눔이?"

얼이는 방 천장이 내려앉을 것 같은 고성을 질렀다.

"저눔이고 머고 좀 그냥 있어 봐라 안 쿱니꺼?"

모자간 다툼에 마음이 편하지 못한 쪽은 따로 있었다.

"어이쿠! 저눔이 인자는야?"

우정 댁은 하나 있다는 아들이 눈알을 있는 대로 부라리고 덤벼들자 그만 억장이 무너져 내리는 모양이었다. 손으로 가슴을 움켜쥐고 가쁜 숨만 몰아쉬었다.

비화와 원아는 더할 나위 없이 난감해진 낯빛으로 그들 모자를 바라보았다. 사실 그건 자식이 부모에게 해 보일 태도는 아니었다. 평상시 얼이가 우정 댁에게 하는 언동을 놓고 볼 때 더더욱 그랬다. 비록 지금 그 안 분위기가 다른 때와는 비교가 아니게 예사롭지 않기는 했지만 그래도 아니었다.

"무담시 돼도 안 한 엉터리로 연관을 지이갖고 그리싸예?"

얼이는 자신이 총대를 메기로 작심한 것 같았다. 비화는 이내 그것을 알았다. 거기 다른 사람이 어머니를 어떻게 하기 전에 자기가 먼저 나서기로 한 것이다.

'덩치만 컸제 아즉 에린 아안 줄 알았더이 얼이가 마음꺼지 다 컸거마. 인자 오데 가나 완전 어른이 된 기라.'

비화는 그 당혹스러운 와중에도 마음 한쪽이 무척 흐뭇했다. 얼이는 역시 효자다. 우정댁 혼자 키운 보람이 있다. 아버지 천필구도 하늘에서 내려다보며 흡족해할 것이다.

"내 눈에는 옴마가 더 이상하고 생각이 없는 사람 겉심니더, 옴마가."

얼이가 다른 사람들 눈치를 보며 말했다. 그러나 본디 말 삼키기를 잘 못 하는 우정 댁은 그냥 가만히 있지 못했다.

"엉터리? 엉터리라꼬?"

"예!"

"예에?"

"예! 예!"

"내가 더 이상하다꼬오? 내가 더 생각이 없다꼬오?"

"하모예!"

비화와 원아가 끼어들 틈새도 주지 않았다.

"하모예에? 아, 이, 이 새끼가?"

"엉터리지예. 이상하지예. 제가 본께 그렇거마예. 생각이 없는 사람 이지예."

얼이는 여전히 눈에 들어 있는 기운을 빼지는 않았지만 그래도 목소리는 처음보다 많이 누그러졌다.

"이눔아! 동네방네 사람들 싹 다 모다놓고 함 물어보까?"

우정 댁은 방문을 박차고 밖으로 달려나가 동네방네 사람들을 전부 불러 모을 기세였다. 그런데 얼이는 한술 더 떴다.

"동네방네 사람들만 갖고는 모지란께예, 우리나라 팔도 사람들 모돌 띠리 모다 보이시더."

동네에서 죄진 사람을 조리돌림시키듯, 아들을 그렇게 할 것처럼 굴던 우정 댁은 신세 타령조로 나왔다.

"허, 요노무 새끼가 대갈빼이 쪼매 굵어졌다꼬 지 에미한테 몬 하는 소리가 없다 아이가."

그러더니 화를 참지 못하겠는지 그녀는 냅다 고함쳤다.

"이 호로자슥아! 니가 더 이상타, 니가 더 엉터리다, 이눔아!"

비화가 난감해 어쩔 줄 몰라 하는데 원아가 조용히 입을 열었다.

"지 보기에는 아모도 안 이상합니더. 엉터리 아입니더. 생각도 있고예."

비화는 조심스럽게 원아에게 물었다.

"작은이모 멤에 안 드시모, 지가 친정집에 도로 가갖고 아부지한테……."

원아가 고개를 저었다. 그러고는 이렇게 말했다.

"내사 멤에 딱 든다."

"저, 저?"

우정 댁이 무어라 하려 하자, 얼이가 또 급히 눈짓을 보내 그것을 막았다. 그러고들 있는 사이에 원아 목소리가 다시 들렸다.

"뜻도 좋고 부리기도 좋거마는."

말을 빙빙 돌리는 사람처럼 했다.

"똑 안 좋은 거 찾아라쿠모, 안 좋은 기 한 개도 없다쿠는 그긴 기라."

그런 후에 원아는 소리 내어 되뇌었다.

"록주, 록주, 록주."

그러자 우정 댁이 얼이에게 향했던 화살을 원아에게 돌렸다.

"안 화공 생각은 안 하나?"

"……."

입을 다무는 원아였다.

"눈꼽만치도 안 하는가베?"

벌게진 낯으로 내뱉었다.

"그 머라쿠노? 참말로 이기적이거마는!"

그러나 원아는 그 말을 듣지 못한 것같이 했다. 우정 댁이 씨부렁거리듯 했다.

"내라도 기분 나쁫것다."

비화 고개가 좀 더 숙여졌고 준서가 그것을 보고 있었다. 그리고 보니 아까부터 그 자리에 있었던 준서는 투명인간이었다.

"아이제. 너모 나빠갖고 죽어삐것다."

얼핏 우정 댁은 그녀 가슴속에 켜켜이 쌓여 있는 응어리를 풀어낼 기회를 얻어낸 사람 같아 보였다.

"성님."

원아가 고운 입술에 배시시 웃음을 깨물었다. 달빛 아래 피어난 배꽃을 연상시키는 미소였다.

"웃지 마라! 누가 내 보고 웃어라 쿠데?"

화가 머리끝까지 치민 우정 댁에게 하는 원아 말이 참으로 기이했다.

"지보담도 그 사람이 더 좋아할 깁니더, 성님."

"머라꼬?"

"예?"

순간, 비화와 우정댁 눈이 마주쳤다.

"어?"

얼이는 말 그대로 얼이 빠진 표정이 되었다. 준서는 어른들 얼굴만 보았다.

"시방 동상이 에나 이험한 생각하고 있다."

우정 댁이 굉장히 당황한 얼굴로 말했다.

"이거는 감상에 젖어갖고 정할 일이 아인 기라."

뒷마당 감나무에서 새가 울었고, 앞쪽 가게 평상에서 사람들이 웃었다.

"내 이약 무신 뜻인고 모리것나?"

비화와 얼이 눈이 마주쳤다.

"아인 거는 아인 기라."

우정 댁이 못을 박았다.

"감상예?"

그뿐 원아는 더 말이 없었다.

"까딱하모 동상하고 안 화공 사이가……."

"까딱 안 해도예."

마음속에 들어 있는 것이야 어쩔 수 없겠지만 결코 입 밖으로 꺼내서는 안 될 우정댁 말을 그런 식으로 끊고, 얼이가 누구에게랄 것도 없이 제안하듯이 이렇게 나왔다. 그가 어린 나이에 치러내었던 전투 경험이 그를 무섭게 성장시킨 것임은 틀림없었다.

"급한 거는 아인께네, 천천히 이약해보입시더, 우리."

비화는 도대체 뭐라고 해야 할지, 끝 간 데를 알 수 없다는 중국의 광대한 벌판에 선 것처럼 막막했다. 갑자기 조선말을 잊어버린 기분이었다. 지금 그 방에 있는 모두가 수수께끼에 나오는 인물들 같았다. 그녀 자신마저도 그랬다.

'아부지가 모리실 분이 아인데.'

평소 아버지 속이 남강만큼이나 넓고 깊은 줄 잘 안다. 우정 댁이 크게 염려하고 있는 점을 알지 못할 리 없다. 그럼에도 그런 이름을 지어주었다면, 여기에는 보통 사람들이 헤아릴 수 없는 뭔가가 분명히 감춰져 있을 것이다.

당장 원아만 보더라도 그렇다. 비화가 알고 있는 상식대로라면, 그녀는 우정 댁보다 훨씬 더 흥분한 모습을 보여야 당연했다. 하지만 그렇지를 않다. 비록 보는 사람 가슴이 녹아내리게 할 정도로 쓸쓸한 웃음을 띠었지만, 비화가 판단하기에 그녀는 끝까지 그 이름을 고집할 것 같았다. 문제는, 우정댁 걱정처럼 안 화공이었다.

"안 되것심니더."

그때 얼이가 자리에서 벌떡 일어서며 단호하게 말했다.

"지가 나가서 이모부 함 만내보것심니더."

그러자 우정 댁이 허겁지겁 두 손으로 얼이 옷자락을 붙들고 늘어지며 야단쳤다.

"이눔아! 그라다가 무신 꼴 당할라꼬?"

방에 된서리가 치는 듯했다.

"이 손 놓으소, 어머이."

얼이는 우정 댁에게 옷자락을 틀어 잡힌 그 모습 그대로 선 채 말했다. 우정 댁이 얼이 몸을 있는 대로 흔들며 울부짖었다.

"안 화공이 이 이약 듣고 가마이 있것나, 응?"

희고 민무늬인 방 도배지가 너무 수수하고 단조롭지 않을까, 비화는 참으로 뜬금없는 그런 생각을 했다.

"사람이, 니 내 입장 한분 돼 봐라꼬……."

강가 쪽으로부터 물새 울음소리가 파문처럼 길게 울려 퍼졌다. 대문 앞을 지나며 외치는 신기료장수 소리가 장단 맞추듯이 나왔다. 헌 신을 깁는 일을 업으로 하는 저 사람처럼, 잘못되고 있는 이 일에 조각을 대고 꿰맬 수는 없을까, 비화는 얼핏 그런 생각도 했다.

"다 알고 있심니더."

얼이 입에서 볼멘소리가 나왔다.

"알고 있음서 그란다꼬?"

우정댁 음성은 숫제 통곡에 가까웠다.

"텍도 없다. 누라도 쥑이고 싶을 끼다."

이번에는 아이들이 떠드는 소리와 그 뒤를 따라가면서 내는 것 같은 개 짖는 소리가 동시에 들렸다.

"쥑이모 죽어야지예."

천하 불효자식 같은 형편없는 말을 하면서 얼이도 울상을 지었다.

"그라모 우짤 낍니꺼?"

"머라?"

자기 얼굴을 빤히 바라보고 있는 준서에게도 궁리해보라는 듯 이렇게 말했다.

"다린 무신 방도가 있으모 함 말씀해보이소."

별다른 장식품이 없는 방은 단출한 분위기를 자아내고 있었다. 사람 마음이나 세상 물건이나 꼭 필요한 것만 있는 게 가장 좋은 건지도 모른다.

"그, 그거는."

얼이 그 말에는 우정 댁도 바로 입을 열지 못했다. 얼이가 사정조로 나왔다.

"난주 이모부가 집에 들와갖고 온 집안이 상구 시끄러버지는 거보담도 말입니더, 도로 밖에서 좀 누그러지거로 해야 안 되것어예?"

그러던 얼이는 고개를 숙이며 작은 소리로 이렇게 덧붙였다.

"솔직히 지도 겁은 납니더."

"후~우."

우정 댁은 손바닥으로 가슴을 두드리며 방바닥이 꺼져라 한숨을 내쉬었다.

'우리 얼이가 어른이 다 됐구마.'

비화는 그 경황 중에도 얼이의 깊은 속내에 감탄했다. 안 화공이 원아와 마주하기 전에, 행여 폭발할지도 모를 그의 분노를 미리 조금이라도 줄여보려는 뜻일 게다.

"지 할라쿠는 대로 한분 놔 놔보이소."

끝내 얼이는 우정댁 손을 뿌리치고 밖으로 달려 나가버렸다. 가게와 살림집을 경계 짓는 동백나무에 앉은 참새들이 쉴 새 없이 짹짹거렸다. 요즘 들어 부쩍 그 숫자가 불어나고 있었다. 번식력이 좋은 조류였다.

얼이가 안 화공을 먼저 만나보겠다며 집을 나간 후, 나루터집 식구들은 모두 일이 손에 잡히지 않았다. 비화는 매우 불안한 중에도 얼이가 더없이 고마웠다. 얼이가 아니었다면 그 곤경에서 어떻게 빠져나왔을지 모른다.

동학농민군으로 활약한 이후로 훌쩍 장성한 얼이다. 얼이 말에 의하면, 달보 영감 아들 원채가 없었으면 자기는 아무것도 할 수 없었을 거라고 했지만, 일단은 얼이에게 기댈 도리밖에 없다. 비화는 아직도 안 화공에게 직접 그 얘기를 끄집어낼 자신이 없었다. 나중에야 무슨 불벼락을 맞든 우선 당장은 한숨을 돌렸다.

그런데 기묘한 게 우정 댁과 원아 표정이었다. 비화는 크게 헷갈렸다. 완전히 뒤바뀐 두 사람이었다. 물론 얼이에 대한 걱정 탓이기는 하겠지만 시간이 흘러갈수록 우정 댁은 지켜보기도 딱할 만치 전전긍긍해

하는 빛이었고, 원아는 너무나도 얄미울 정도로 평온한 빛이었다. 그게 그녀 자신과는 아무런 상관도 없는 일인 것 같았다. 그런 원아가 비화 눈에는 무섭기까지 하였다. 인간이 저럴 수가 있을까 싶었다.

'아모리 작은이모 저런 부분이 그리키도 사랑하던 한화주 그분의 죽음에서 비롯된 기라 쿠더라도…….'

그때 우정 댁이 무슨 소리를 했는지는 몰라도 원아가 이런 말을 하는 게 비화 귀에 얼핏 들렸다.

"성님, 지는 그 사람을 믿심니더."

'쨍그랑!'

급기야 비화는 그릇을 한 개도 아니고 두 개나 깨뜨리고 말았다. 여간해서는 그런 실수를 저지르지 않는 그녀였다. 숟가락이나 젓가락 한 짝도 바닥에 떨어뜨리는 적이 드물었다. 하지만 지금은 신경이 무딘 늙은이같이 손에 아무런 감각이 없었다.

'아모 일이 없을까? 지발 없어야 할 낀데.'

지금쯤 얼이는 어디선가 안 화공을 만나고 있을 것이다. 조바심이 일고 초조했다. 어쩌면 안 화공은 자기 성에 받친 나머지 화폭을 갈가리 찢어버릴지도 모른다. 화구를 죄다 부숴버리지는 않을까. 미친 듯이 고함을 쳐댈 수도 있다.

얼이에게 손찌검을 할 가능성도 다분히 있다. 얼이도 참다 참다 못해 젊은 혈기에 대들지도 모르겠다. 두 사람이 엉겨 붙어 전신이 피투성이가 된 채 땅바닥을 데굴데굴 구르고 있을 수도 있다. 애꿎은 짐승 모가지나 꽃대를 비틀어 대던 어릴 적 얼이 모습이 뒷걸음질을 쳐서 비화 눈을 찔렀다.

'우짜다가 그런?'

비화는 또다시 아버지가 원망스러워졌다. 아니, 그보다도 그녀 스스로가 몇 배 더 원망스러웠다. 덜렁 아버지에게 가는 게 아니었다. 아무리 짚어 봐도 이번에는 아버지께서 잘못하신 것 같다. 원아 이모가 이제 겨우 한화주라는 사람의 굴레에서 벗어나고 있는데.

원아 이모 역시도 그렇다. 아까 우정 댁도 그 비슷한 이야기를 내비쳤지만, 그녀는 지금 너무나 위험천만한 패를 던지고 있다. 그녀를 향한 안 화공 사랑을 시험해 보려고 하는 짓이라고밖에 볼 수 없다. 사랑이 그녀를 눈멀게 이끈 것인가. 어떤 사랑일까. 한화주 사랑? 안석록 사랑? 송원아 사랑?

'아모리 이 시상은 사랑을 덮을 만한 기 없다쿠지만도 이거는 안 그렇나.'

어쨌거나 아버지가 잘못 지으신 이름 하나가 그들 부부에게 어떤 불행을 몰아올지 모른다. 최악의 경우 서로 갈라서지 말란 법도 없다. 그렇게 된다면 안 화공뿐만 아니라 원아마저도 나루터집에 더 있을 수가 없을 것이다. 어쩌면 우정 댁과 얼이조차도 그렇다. 나루터집은 산산조각이 나는 것이다.

'우짜꼬? 우짜꼬?'

비화 마음속에는 봄날 밤 소쩍새 우는 것 같은 소리가 난다. 시간이 참 더디게도 흐르는 것 같다. 한겨울 남강처럼 얼어붙었는가 싶다. 차라리 딱 멈춰버렸으면 더 좋겠다. 얼이는 그때까지도 여전히 돌아오지 않고 있다. 두 사람이 만나도 열 번은 더 만났을 시간이다.

"얼이 이눔이 큰일 날 짓을 한 기라. 아모것도 모리는 칠푸이 겉은 기 말이다."

우정 댁은 아무것도 들어 있지 않은 빈 그릇을 손에 들었다 놓았다 하면서 철저히 정신 나간 여자처럼 혼자 중얼중얼했다.

"어른들이 풀어갈 일을, 아이제, 어른들도 우짜기 심든 거를, 건방지거로 텍도 아인 지가 나서서 맡아갖고……."

원아는 여전히 아무 대꾸가 없었다. 보통 때 같으면 나서서 말할 비화도 그때만은 입을 열지 못하고 그저 어깨를 움츠리고 고개만 숙였다.

"시방꺼정 안 돌아오는 거 본께, 일이 나도 크기 나고 만 기다."

갈수록 우정 댁은 안절부절못했다. 어떤 그을음이나 연기가 맺힌대도 그때 그네들 가슴을 태워서 된 검댕보다는 덜 검을 것이다.

"우짜모 좋노, 우짜모 좋노?"

우정 댁은 가게 밖을 열 번은 더 나갔다가 들어왔다 했다. 잡귀 들린 사람이 따로 없었다. 하도 익숙해져서 이제는 눈을 감고도 넘을 수 있는 주방 문턱에 발이 걸려 엎어지기까지 했다. 사람이란 그가 처하는 상황이 급박해지면 자신이 먹은 나이나 경험 따위는 아무런 역할이나 구실도 하지 못하는 성싶었다.

비화는 또 사기대접 하나를 주방 바닥에 떨어뜨리고 말았다. 어느 순간 '퍽' 하고 그릇 깨어지는 소리가 그녀 마음에 파편이 되어 날아와 박혔다. 그리고 그 파편에 찔려 시뻘건 피를 철철 흘리고 있는 사람이 있다.

"아!"

그러나 비화를 더 미쳐나게 만든 건, 드디어 원아도 그릇을 깨고 말았다는 사실이었다. 그렇다. 그녀는 가장하고 있었다. 허깨비로 있다. 비화 자신이나 우정 댁과는 비교도 안 될 정도로 애간장을 태우면서도 짐짓 아무렇지도 않은 체하고 있다.

"이기 오데 넘의 일이가? 우찌 그리 아무치도 않은 척할 수 있노? 그리한다꼬 여게 오데 모릴 사람이 있는 줄 아는가베?"

그렇게 원아에게 심한 타박 주듯 하던 우정 댁도 그때쯤은 원아 눈치만 보기 시작했다. 더 입을 열지도 못했다. 대신 뒷간 출입만 잦았다.

가게 안은 폭탄이 터지기 직전과도 같은 아슬아슬한 공기만 감돌았다.

연 씨, 장 씨 아주머니와 제 씨 처녀 등 주방 여자들도 상세한 내막은 모르지만 지금 그 분위기에 압도당한 듯, 하나같이 화가 잔뜩 치민 사람들같이 입을 굳게 다물고 그저 기계처럼 일만 했다.

'아모것도 모리는 갸가 안 부럽나.'

비화는 방에 누워 잠을 자고 있을 핏덩이를 떠올렸다. 아마도 지금 준서는 그 아이 옆에 앉거나 방바닥에 배를 깔고 엎드려서 책을 보고 있을 것이다. 서당에서 공부를 마치고 돌아와 책보를 던져놓기 바쁘게 아기 얼굴부터 보려고 하는 준서다. 마음 붙일 데가 있어 준서에게 정말 다행이란 생각도 드는 비화다.

'눌로 닮아서 아아가 그리 순하꼬? 하기사 아부지하고 어머이가 모도 그렇제.'

아기는 쌔근쌔근 잘도 자는 모양이다. 혹시 선잠을 깨서 울거나 배가 고픈 것 같아 보이면 바로 알리라고 시켜놓았는데 준서는 올 낌새가 없다.

"고마 방에 들가서 쉬라 캐도? 산모는 우짜든지 산후 조리를 푹 잘해야 내중에 나이 들어갖고도 탈이 없는 벱이다. 안 그라모 전신만신 골뱅이 든다 고마."

우정 댁이 원아가 바닥에 깨뜨린 그릇 조각을 비로 쓰레받기에 싹싹 쓸어 담으며 말했다. 주방 밖으로부터 얼이와 안 화공의 목소리가 들려온 것은 바로 그때였다. 그 찰나, 우정 댁과 원아의 안색이 똑같은 흙빛으로 바뀌었다.

'아, 왔는갑다!'

비화 또한 온몸의 피란 피는 죄다 머리로 몰리는 느낌이었다. 최악의 사태들만 눈앞에 어른거렸다. 그렇게 될 공산이 거의 확실시 되고, 그런 경우가 생긴다 해도 속수무책일 것이다.

너무나 늦게 나타난 두 사람이다. 그뿐만 아니라 하나같이 술에 취해 있는 목소리다. 얼이는 이따금 원채와 만나 술을 마시고 들어올 때가 없지는 않다. 자기 말로는 술이 아니고 물이며, 그것도 원채 아저씨가 억지로 권하는 바람에 단 한 모금 받아먹었다고 공연히 혼자서 우기곤 하였다. 남강물이 전부 술이 되더라도 한 방울 남기지 않고 깡그리 들이켤 달보 영감님의 아들이 원채 아저씨 아니냐면서 그랬다.

그렇지만 안 화공이 술에 취한 모습은 좀처럼 보기 어려웠다. 언제나 그림에 취해 있는 모습일 뿐이다. 또한 아버지 호한의 친구 조언직이 찾아와 강제로 옆에 붙은 밤골집으로 끌고 가서 술을 먹이는 경우가 종종 있기는 해도, 안 화공은 여느 예술가들과는 달리 술을 즐기는 편이 아니었다. 혼례 치르기 전에는 아주 드물게 만취한 적이 몇 번인가 있었다는 이야기는 들었지만, 여전히 세상에서 그를 취하게 하는 건 단 하나, 그림이었다.

하지만 지금은 앞뒤 사정이 달라도 한참 다르다. 그림에 미쳐 살아가는 그가, 그 그림에 소홀해질 정도로 마음을 빼앗기고 있는 아기 이름에 관계되는 일이다. 아내의 옛 연인 한화주를 기억의 수면 위로 떠올리게 하는 더없이 위험하고 불길한 사건이다. 그런데 술을 마시고 들어왔다면?

그러나 비화 생각은 거기서 더 나아가지 못하고 끊겨야 했다. 주방 문짝이 드르륵 소리 나게 열리면서 얼이 얼굴이 불쑥 나타난 것이다. 쓰러질 듯 주방 안으로 들어서는 그는 한눈에 봐도 술을 엄청 많이 마신 모습이다.

"어? 이노무 새끼가?"

우정 댁이 손님들이나 주방 아주머니들은 아랑곳하지 않고 소리를 질렀다.

"이 망할 눔아! 나간 기 운젠데 인자사 끄떡끄떡 들오는 기고, 으잉?"

그녀는 얼이를 향해 물건이라도 냅다 던질 사람 같았다.

"거다가 술꺼정 억수로 처묵고 말이다."

그러자 얼이가 잔뜩 혀 꼬부라진 소리로 한다는 말이 이랬다.

"이모부하고 둘이서 한잔 했심더."

우정 댁은 부엌을 기웃거리는 동냥치 박대하듯 했다. 그 결과를 알기가 너무나 두려운 나머지 그럴 것이다.

"한잔? 이눔아, 그기 한잔 한 기가? 우떤 술집인고 몰라도 그 집 술독 바닥이 나도 다 났것다."

어머니 꾸중에도 얼이는 건달패처럼 어깨를 건들건들하며 지껄였다.

"바닥? 하모, 바닥 났지예."

우정 댁은 눈에 불을 켰다.

"머라?"

"안 났으모 이리 안 돌아왔지예."

얼이는 몸까지 크게 휘청거리면서 이번에는 똑같은 소리를 되풀이했다. 주정뱅이도 그런 주정뱅이가 다시없었다.

"싸나이 기분으로 말입니더. 싸나이 기분 모립니꺼, 싸나이 기분."

'얼이가?'

너무나 어이없기는 비화도 마찬가지였다. 대체 이게 어찌 된 노릇인가? 그것은 그녀가 생각해본 몇 가지 가능성 중에는 전혀 들어 있지 않았던 돌발 상황이었다.

'그, 그렇다모?'

그 순간 비화는 그만 전신에 찬물을 확 끼얹힌 느낌이었다.

'아!'

원아와 안 화공, 그 두 사람 눈이 마주치고 있는 것을 보았다. 그들 눈이 부딪쳐 내는 빛이 하도 강렬하여 비화에게도 고스란히 전해지는 느낌이었다. 담대한 비화였지만 사지가 덜덜 떨리고 이빨이 딱딱 소리를 내었다.

'으, 무시라.'

안 화공 얼굴은, 얼이는 저리 가라 할 만큼 붉었다. 빨간 물감을 그대로 흠뻑 둘러쓴 것 같았다. 그냥 키만 수숫대나 장승같이 컸지 몸이 허약한데다 술까지 약한 그는, 한창 젊은 나이에 맛도 모르고 마구 '벌술'을 먹는 얼이보다 더 만취해 있을 것이다.

"머하고 섰노? 얼릉 안채로 안 들가 보고."

우정 댁이 원아에게 말했다. 그래도 원아가 아무 반응이 없자 다시 말했다.

"우쨌든 안 화공하고 이약은 해봐야 안 하나."

다른 주방 여자들은 아무것도 보이거나 들리지 않는 것처럼 외면한 채 일만 했다.

"잡아맨 매디(매듭)는 풀어야 하는 기다."

우정 댁은 코를 훌쩍이고 나서 말했다.

"그대로 놔두모 얽히갖고 난주 되모 누도 감당 몬 한다 고마."

우정 댁이 하는 말에 비화 고개도 절로 끄덕여졌다. 매도 먼저 맞는 게 낫다는 말도 있고, 피하지 못할 바에는 정면으로 부딪치는 것이 상수 上手라는 말도 있는 것이다.

"준서 옴마하고 내도 눈치 봐서 곧 따라 들갈 낀께……."

그러면서 우정 댁은 두 손으로 원아 등을 밀었다.

"내 말 안 들리나?"

마당 쪽을 훔쳐보듯 하며 채근했다.

"안 화공이 머라쿠기 전에 퍼뜩! 내 시키는 대로 하모 손해 볼 끼 없을 끼다."

"……."

"일이 날 때꺼정 기다리고 있을라모 그라든지."

우정댁 말이 들리는지 안 들리는지 그저 멍청하게 서 있는 원아가 완전히 다른 사람 같아 보였다. 모든 정황을 놓고 볼 때 아무래도 먼저 움직여야 할 사람이 그녀였다.

그런데 원아보다도 먼저 안채 쪽으로 걸음을 옮기기 시작한 사람은 안 화공이었다. 술에 취해 비틀거리는 그의 뒷모습이 그렇게 처량하고 불안정하게 비칠 수 없었다. 하여간 일이 벌어져도 크게 벌어질 조짐이 엿보였다.

"이 때갈(잡혀갈) 눔아!"

이윽고 원아가 안 화공 뒤를 따르는 것을 본 우정 댁이, 소매를 걷어붙일 것같이 해가며 얼이를 다그치기 시작했다.

"우찌 됐는고 째이 말 몬 하것나? 이 쎄(혀)가 만 발이나 빠지 뒤질 눔아! 천필구 새끼 아이라쿨까 싶어서 아즉 대갈빼이 피도 안 마린 기 술은 고래가 돼갖고."

그때쯤 주방 여자들은 방과 평상에 음식을 나르느라 밖으로 나가고 그곳에 다른 사람은 없었다. 그들 모자 말고는 비화뿐이었다. 어쩌면 모두가 일부러 자리를 피해준 게 아닐까 싶었다.

"씨이, 또 눔. 옴마가 딸 안 놓기 에나 다행이제. 그랬다쿠모 노다지 년, 년, 할 끼거마."

그렇게 혼자 투덜거리는 얼이는, 아직도 술기운이 남아 있는 탓인지 아니면 무슨 또 다른 의도에선지 어머니에게 반말이었다.

"우찌 되기는 머시 우찌 돼?"

대사지에서 유춘계 아저씨와 함께 있던 천필구가 다시 살아 돌아와, 그의 아내에게 무어라 얘기하고 있는 것 같은 착각이 드는 비화였다.

"그 소리 듣고 안 화공이 우짜데?"

원아와 안 화공이 완전히 안채로 사라진 듯하자 우정 댁은 한층 얼이를 닦달했다. 비화도 더할 수 없이 긴장된 눈으로 얼이를 보았다.

그런데 얼이 하는 태도가 또 야릇했다. 우정 댁이 묻는 말에는 대답할 생각은 하지 않고 눈만 멀뚱멀뚱하는 게 영락없는 바보 천치였다.

"야, 이눔아! 에미 말이 말 겉잖나?"

우정 댁은 그대로 주방 바닥에 철버덕 주저앉을 태세였다.

"불안해갖고 내가 미치삐것다. 니는 에미가 돌아삐모 좋것나? 미친년이 돼갖고 동네방네 쏘댕기는 꼬라지 보고 싶나 그 말이다!"

막 안으로 들어오려던 주방 여자들이 저희끼리 슬쩍 눈짓해가면서 서둘러 다시 돌아나가고 있었다.

"안 화공이 성을 내고 소리 지리고 야단 난리 부리쌌제?"

그래도 얼이는 어떤 대답도 없다. 참으로 답답할 노릇이었다. 그렇다고 하든지 아니면 다른 짓을 하더라고 하든지, 무슨 말이라도 해야 마땅하지 않겠는가 말이다.

"얼아."

인내심을 가지고 그들 모자를 무연히 바라보고 있던 비화가 마침내 얼이를 불렀다.

"우리 주방 안에서 계속 이런 식으로 하고 있지 말고 안채에 들가서 이약하까? 주방 아주머이들도 자꾸 들락거리쌌고."

그런데 얼이는 당장 고개부터 내저었다.

"그냥 여서 이약하이시더, 누야."

비화는 얼이가 피해가려는 게 아닌가 싶어 그건 아니라는 투로 반문했다.

"여서?"

우정 댁은 내 말이 씨가 먹혀들지 않으니 비화에게 맡기는 게 낫겠다고 판단했는지 이제 입을 다물고 얼이 얼굴만 바라보았다.

"예, 방에 앉으모 말만 짜다라 늘어날 끼고예."

얼이 말에 비화는 그러면 너 좋을 대로 하라는 식으로 했다.

"그렇나?"

그러고 보니 얼이는 가능하면 이야기를 짧게 끝내고 싶은 모양이었다. 손님들에 대한 신경을 쓰지 않아도 될 살림방에 들어가 앉으면 아무래도 이야기가 더 길어질 것은 빤한 이치였다. 비화는 얼이가 술김에 이번 일을 너무 가볍게 보는 것이 아닐까 해서 이렇게 말했다.

"얼아, 이거는 그냥 예사 문제가 아이다."

"······."

얼이가 흠칫하며 비화를 바라보았다. 약간 술이 깨는 얼굴 같기도 했다.

"그러이 얼릉 사실대로 말해줘야 하는 기라."

비화가 나선 다음부터 우정 댁은 숨만 몰아쉬며 계속 가만히 듣고만 있었다.

"정 안채에 안 들가고 싶으모 여서 째이 이약해주고 나가라. 주방 아주머이들 들오기 전에 안 있나."

비화는 심각하고 간곡한 목소리지만 빠르게 얘기했다.

"그래야 무신 대책이라도 세우제."

어머니에 이어서 누이도 그런 식으로 말해오자, 얼이 자신도 이래서는 안 되겠다 싶은 모양이었다. 그는 잠자코 무언가 헤아려보는 기색이었다.

그러나 그것도 잠시였다. 느닷없이 얼이는 자기도 너무너무 답답해 미치겠다는 듯 주먹으로 제 복장을 탕탕 쳤다. 그러면서 한다는 소리가 기가 찼다.

"내도 모리것심니더! 내도 모리것어예!"

흡사 발작하는 사람처럼 굴었다. 그 바람에 찬탁자에 얹어 둔 반찬거리가 와르르 밑으로 굴러 내릴 것같이 위태로워 보였다.

"그러이 안채에 들가도 할 이약도 없고예!"

그 소리 듣고 나서 비화가 다시 짚어 보니, 얼이는 해주고 싶지 않아서가 아니라 들려줄 이야기 자체가 없어서 대화를 거부하고 있는 것 같았다. 그렇다면? 지금과 같은 이러한 상황에서 들려줄 이야기가 없다는 것은?

비화는 예상했던 것보다 훨씬 더 사태가 심상치 않다는 것을 깨달았다. 어쩌면 아버지가 지어준 아이 이름 하나가, 지금까지 살붙이처럼 지내오던 나루터집 사람들이 다 등을 돌리고 뿔뿔이 흩어지게 만들어 버릴지도 알 수 없었다. 머리가 띵하고 가슴이 벌름거렸다. 어쨌든 우선 좀 더 상세히 알 필요가 있었다.

"밖에서 있었던 그대로를 함 이약해 봐라."

비화는 될 수 있는 한 흔들리는 감정을 숨기고 침착해지려고 애쓰면서 말했다.

"알것제?"

이웃한 밤골집에서 키우는 암고양이 '나비'란 놈이 또 언제 왔는지 '야옹야옹' 소리 내며 주방문 밖에서 안을 들여다보고 있었다.

"보태지도 빼지도 말고."

비화 타이름에도 얼이는 그저 이렇게 말했다.

"보탤 것도 뺄 것도 없고예."

그러잖아도 술독으로 인해 머리가 곧 빠개질 듯이 아픈 얼이였다. 그는 너무나 복잡하여 아무것도 모르겠다는, 어떻게 보면 수수방관하는 것 같은 모습을 보였다.

"둘이서 그냥 내드리(내내) 술만 마싯심니더."

잠시 지켜보고만 있던 우정 댁이 또 참지 못하고 너무나 어처구니없고 한심하다는 얼굴로 물었다.

"그라모 술만 진탕 퍼마시고 그 이약은 몬 했다, 그 말이가?"

비화 역시 황당했다. 그러려면 만날 하등의 이유도 없었다. 그런데 얼이 대답이 또 애매모호하기 짝이 없었다.

"내가 몇 차례나 묻기는 했지예."

"묻기는?"

비화와 우정댁 눈이 마주쳤다. 우정 댁이 또 물었다.

"그런께 그 소리를 몬 한 거는 아이네?"

그러자 얼이는 네모진 눈을 하며 억울하다는 목소리로 말했다.

"몬 하기는 누가 몬 해예?"

할금할금 사람들 눈치를 살피며 주방으로 들어오려는 나비를 보며 시무룩한 얼굴로 말했다.

"어머이는 머를 잘 알지도 모리심서?"

우정 댁은 그게 중요한 게 아니란 듯 재촉했다.

"안 화공한테 우찌 이약했는고 그거나 쌔이 말해 봐라."

그건 비화가 묻고 싶었던 말이었다.

"물어봤지예."

얼이는 이제 전혀 술기운이 느껴지지 않는 목소리였다.

"록주라쿠는 이름이 이모부는 우떻느냐꼬 말입니더."

"그, 그랬더이?"

비화와 우정댁 입에서 거의 동시에 튀어나온 소리였다. 그런데 얼이에게서 나오는 답변은 참으로 맥이 탁 풀리는 말이 아닐 수 없었다.

"그랬는데도 아모 말씀도 안 하심서……."

"아모 말도 안 하고……."

비화와 우정 댁은 더없이 실망한 눈빛으로 얼이 얼굴만 목이 아프게 쳐다보았다. 얼이는 두 사람을 내려다보며 변명하듯 했다.

"그라심서 자꾸 술만 묵자꼬 한께, 내가 우짤 낍니꺼?"

"자꾸 술만 묵자 캤다."

들으면 들을수록 더욱 불안해지는 소리였다. 안 화공이 받았을 충격을 짐작하고도 남을 만했다.

"암만캐도 안 되것어예."

비화가 얼굴 가득 근심스러운 빛을 띠며 우정 댁에게 말했다.

"안채에 들가봐야것십니더."

밤골집 고양이는 그새 가버렸는지 보이지 않았다.

"하이고, 일 났다, 일 났어!"

우정 댁이 진저리를 쳤다. 얼굴에 핏기가 없었다.

"내사 겁이 나서 몬 가보것다."

그러고 나서 다시 고개를 절레절레 흔들었다.

"안 화공 성질 안 아나."

비화는 망연히 듣고만 있었다. 귀에서 윙윙 소리가 났다. 우정댁 말이 가물가물하게 들렸다.

"팽소에는 양걸이 순하다가도 지 멤에 한분 이기 아이다 그리 싶으모, 마 물이고 불이고 눈에 비이는 기 없는 사람 아인가베?"

비화는 큰 한숨을 내쉰 끝에 말했다.

"압니더."

그건 조금도 틀린 소리가 아니었다. 임배봉이 하판도 목사에게 상납하기 위해 안 화공 그림을 사려고 했을 때의 일이 아직도 기억에 뚜렷하다. 정말이지 예술가는 다 그런 건지 어디 가서 돈 놓고 물어보고 싶었었다.

배봉은 결국 하 목사까지 데리고 와서야 그림을 살 수 있었다. 그것도 엄청난 그림값을 지불하고서였다. 횡포 부린 대가를 톡톡히 치른 격이었다.

"누야 혼자 가기 좀 그라모, 내도 같이 가까예?"

얼이가 술기운에서 빠져나오는 듯한 소리로 물었다.

"얼이 니가?"

비화는 얼이도 사태의 심각성을 조금 깨닫기는 한 모양이구나 싶었다. 그러나 사실로 보자면, 얼이 마음에는 이번 일이 다른 식구들에게 비하면 크게 와 닿지 않았다. 이보다 몇 배 더한 일이라도 그럴 것이다.

'내가 누고? 우떤 짓을 했노 말이다!'

나루터집 식구들 누구도 모르고 있지만 얼이는 살인자였다. 그런 얼이에게는 다른 사람들이 발을 동동 구르거나 힘든 일도 뭐 까짓것 싶었다. 언제 갑자기 관졸들이 들이닥칠지 모른다는 초조감과 불안감에 늘 쫓기는 신세였다. 열 번 무사해도 한번 잘못되면…….

'이 얼이 인생은 한순간에 박살나삐는 기라.'

어떨 땐 너무나도 고통스러워 물에 빠져 죽기로 작심하고 흰 바위 있는 곳에 가기도 했다. 하지만 막상 남강에 뛰어들려고 하면 반드시 들리는 게 효원의 목소리였다. 강물 위에 생생히 비치는 게 아버지 천필구 모습이었다. 그리고 얼이를 휘어잡는 사람이 어머니 우정 댁이었다.

'내 몸이, 내 몸이 아이라.'

얼이는 내가 아무리 힘들어도, 아무리 죄를 지은 몸이라도, 꼭 살아야 할, 죽어서는 안 되게 하는, 그런 소중한 사람들이 내 주변에 참으로 많다는 생각을 했다. 이래서 사람은 제 목숨이지만 마음대로 죽지도 못하는구나 싶었다.

"내하고 들갑시다."

"아, 당신이!"

결국, 비화와 함께 안채로 들어간 사람은 재영이었다. 나루터집 여러 식구 중에서 안 화공이 가장 손 아파하는 사람이 재영이기도 했다.

그런데 그들이 막 원아 부부 방문 앞에까지 이르렀을 때였다. 방문이 열리면서 준서가 마루로 나왔다. 비화는 반사적으로 거기 방안으로 눈이 갔다. 아기를 가운데 눕혀두고 부부가 마주 앉아 있었다.

그리고 다음 순간, 비화는 그만 가슴이 뭉클했다. 부부는 손을 맞잡고 있었는데, 두 사람 모두 울고 있는 게 확실해 보였다.

"아부지, 어머이예."

그때 준서가 얼른 방문을 닫고 가까이 오며 작은 소리로 말했다.

"고마 가이시더."

"……."

비화와 재영 눈이 마주쳤다. 한꺼번에 물었다.

"준서야?"

"그기 뭔 소리고?"

그러자 준서가 이번에도 애 영감처럼 했다.

"방에 안 들가시는 기 좋것심니더."

재영이 준서에게 급히 물었다.

"아모 일 없은 기가?"

준서는 닫힌 방문만 돌아보았다. 이번에는 비화가 물었다.

"화내고 안 싸우시더나?"

준서가 그 특유의 어른 같은 웃음을 씨익 지으며 대답했다.

"애기 이름을 록주라 부리기로 했심니더."

"머? 록주로 하기로?"

"예."

"아……."

비화는 당장 긴장이 풀리면서 그 자리에 털썩 주저앉을 뻔했다.

"여보!"

깜짝 놀란 재영이 얼른 팔을 뻗어 비화 몸을 잡아주었다.

'아부지!'

그 즉시 비화 머릿속에 떠오르는 게 바로 아버지 호한의 얼굴이었다. 원아와 안 화공의 속내를 아직 완전히 알았다고는 할 수 없지만, 나는 언제쯤이나 아버지의 경지에 다다를 수 있을까 괜히 몸이 오싹해졌다.

"자, 우리 식구는 우리 방으로 가야제."

재영이 몸을 돌려세우며 말했다. 비화의 두 눈에 눈물이 글썽거렸다.

"지 먼첨 갑니더!"

그렇게 소리 높여 말하며 자기 방을 향해 기운차게 가고 있는 준서에 게서 '빡보'는 더 이상 발견할 수 없었다.

관찰사 집무실에서

그로부터 여러 날이 흘렀다.

"객사가 머가 돼?"

"재판소."

"재판소라쿠는 기 머신데?"

"내가 우찌 알 끼고? 고종황제 칙령에 의해 그런 기 맨들어진다쿠는 소리만 들었제. 우쨌든 재판소라모 재판하는 그런 데 아이까이?"

"맞거마는. 싸우거나 죄 지은 사람들 판갤하거나 벌을 주는 관청……."

"그라모 인자 관아 수령은 우찌 될 기꼬?"

"우찌 되기는 머가 우찌 돼? 판갤이야 그런 사람이 계속 안 하까이."

"하기사! 그런께네 뱅사가, 아, 인자는 뱅사가 아이고 관찰사로 배꿧제. 관찰사가 최종 갤정은 내릴 끼거마는."

"복잡하거로 생각해쌀 필요 한 개도 없다."

"한 개도 없제. 머 내가 죄만 안 지으모 아모 상관없는 기라. 재판소가 되든가, 삼판소가 되든가."

"하여튼 선학산 공동묘지에 가 봐도, 말 못 하고 죽은 구신은 없다더 이."

얼이는 마당가 평상에서 그칠 줄 모르고 들려오는 손님들 이야기에 잔뜩 귀를 기울이고 있었다. 이날도 재영이 강가에 바람 쐬러 나간 사이에 계산대에 잠시 와 앉은 얼이였다.

'저기 무신 소리들이고?'

지금처럼 종종 그 자리를 지킬 때가 있어도, 이제까지는 손님들끼리 서로 나누는 대화를 건성으로 들어왔던 게 사실이었다. 남의 비밀을 엿듣는 나쁜 행위인 것만 같아 의도적으로 그쪽에는 귀를 열지 않았다.

그런가 하면, 음식 먹는 자리에서 흘러나오는 이야기는 거의 일상적이거나 쓰잘데없는 것들이 대부분이었다. 먹는 자리에서까지 신경 써야 할 소리 따윈 안 하고 싶을 것이다. 하지만 때론 오늘같이 새롭고도 긴요한 것들인 경우도 없지는 않았다.

그러나 그 순간은 신경이 예리한 송곳 끝처럼 곤두서 있었다. 물론 그 순간만 그런 것은 아니었다. 살인자의 시간은 언제나 불안과 초조와 공포로 얼룩진 도피의 세월이기 마련이었다. 제아무리 정당방위라고 할지라도, 그래서 무죄 판결을 받게 될지라도, 우선 당장 쫓기는 긴박한 심정만은 어쩔 수가 없는 것이다.

'재판소라 캤제.'

중앙황제장군 최종완을 죽인 살인범으로 체포되면 그 재판소라고 하는 기관에서 사형 판결을 받게 될 것이다. 이렇게 미련스럽게 앉아서 잡혀 죽을 날만 기다리고 있을 것이 아니라, 오광대 합숙소에 은신시킨 효원을 데리고 나와 어디론가 빨리 도망쳐야 한다. 아무래도 한번 잡혀가면 무죄로 그냥 풀려날 것 같지 않다. 정상이 참작되어 다행히 사형수는 면하더라도 무기수로서 평생을 뇌옥에서 썩어야 할지도 모른다.

'그리 살모, 죽은 목심하고 머가 다리것노.'

하지만 그저 막막하기만 했다. 자신이 할 수 있는 건 아무것도 없었다. 무엇보다도 하나뿐인 자식이 없어지면 홀어머니는 어떻게 살아갈까. 오로지 이 지지리도 못난 놈 하나만을 바라보며 살아가시는 어머니가 아닌가 말이다.

그때 손님들 좌석에서 또 이런 소리가 들려와 얼이 귀를 확 잡아당겼다.

"목사라쿠는 관직맹도 없어져삐고, 대신 군수로 됐담서?"

"군수?"

"하모. 핸감(현감)이나 핸넝(현령)들도 그 지역 군수로 통일해서 부리기로 했다데."

"벨 요시랑방정 다 떤다 아이가."

"와?"

"와가 아이고 안 그렇나?"

"내 생각도 가리방상하거마. 목사든 군수든 백성만 잘 다스리모 되제, 그깟 관직 이름이 머가 그리 중요하다꼬."

"맞다, 그거는."

"아이라. 직접 배실사는 그것들은 그런 기 중요할 수도 있을 끼다."

"닭 배실보담도 몬한 거."

얼이 머릿속에 곧 떠오르는 얼굴이 목사 강득룡이었다. 이제 그를 강득룡 군수라고 해야겠다. 하긴 대다수 손님들 말마따나 관직명 따윈 아무 의미도 없었다.

고을이 동학농민군 수중에 떨어졌을 때 얼이는 남모르게 강 목사를 찾아 헤맸다. 잡기만 하면 무슨 수를 쓰든지 간에 꼭 효원의 복수를 하고 싶었다. 그러나 그의 행방은 안개나 연기처럼 묘연하기만 했다. 동학군이 성을 향해 진군한다는 소리를 듣자마자 곧바로 어딘가에 숨어버린 것이다. 생쥐 같은 인간이었다.

'내가 밤골집 나비가 돼서라도 고 쥐를 잡아내야 했는데.'

얼이가 내심 억울하다는 생각을 접지 못하고 있을 때였다. 술 냄새를 폴폴 풍기며 사내 몇이 가게 문간을 들어섰다. 어딘가 좀 으스대는 것 같은 태도가 그다지 호감이 가지 않았다. 옆에 붙은 밤골집 대문 가까이 있는 큰 봉놋방에서 술을 마신 뒤 속 풀이를 하려고 왔을 것이다.

그리고 보니, 밤골댁 아주머니와 한돌재 아저씨를 못 본 지도 꽤 되었다. 그들도 실망이 이만저만 아닐 것이다. 모든 위험을 무릅쓰고 그들 골방을 나광이나 판석, 또술, 태용 같은 농민군에게 내주기도 했었다.

사내들은 딱 한 자리 비어 있는 평상으로 갔다. 그런데 자리에 앉자마자 큰소리가 곧바로 터져 나왔다.

"어이! 앞으로 잘 부탁하겄네. 안면 싹 닦으모 안 되네."

그 말을 한 사내는 물수건으로 평상 위를 싹싹 닦아내고 있는 얌전한 제 씨 처녀를 향해 알은체하고 나서 일행에게 물었다.

"그란데 갱무관이모 올매나 높은 자린고?"

그러자 상대적으로 낮은 목소리가 들렸다.

"내도 잘 모리겄거마."

"아, 자네가 모리모 우짜 낀데?"

"그런 거 말고도 알아야 할 끼 천지삐가리 아인가베."

"무신 이약인고 내 알것다. 히힛."

궁둥이가 오리 궁둥이같이 예쁘다고 주방 아주머니들이 시샘 섞어가며 부러워하는 제 씨 처녀가 돌아서고 있었다. 그녀는 단지 궁둥이만 예쁜 게 아니고 얼굴 또한 제법 곱상한 편에 속해서, 술 먹고 들어온 손님들에게 시달림을 당할 때도 간혹 있었다.

"관찰부에 속해 있는 배실이라쿠는 거만 알고……."

높은 목소리가 말했다.

"한 행재가 그런 큰 관직을 얻었는데, 그리 관심이 없어서 되나?"

낮은 목소리가 말했다.

"관찰부에는 갱무관 외에도 관찰사 밑으로 해서, 그 머꼬, 참사관, 주사, 갱무관보, 총순 등이 줄줄이 있다쿠는데, 내가 무신 재조로 다 알끼고."

높은 목소리가 말했다.

"그래도 내 겉으모 다 안다."

아마도 음성이 여자같이 작고 여린 사람의 형제가 관찰부 경무관이 된 모양이었다. 어쩌면 어깨에 힘을 주느라고 일부러 목소리를 거만하게 밑으로 착 내리깔고 있는 것도 같았다. 내가 높은 벼슬에 있는 아무개 형제니 친척이니 하면서 무슨 이권 개입도 하여 사회적으로 물의를 일으키는 경우도 적지 않은 게 현실이었다.

그런데 잠시 후 그의 입에서 놀라운 소리가 나왔다.

"목사가 군수로 됨시롱, 우리 고을 목사도 배낄 수 있다데."

"머라꼬?"

그는 흥미를 나타내는 일행들에게 대단한 소식을 알리듯 했다.

"강 목사가 동학농민군 사태에 책임을 지고 쫓기난다쿠는 말도 있고……."

얼이는 자신도 모르게 그들 가까이 다가가서 물었다.

"시방 그 말씀이 사실입니꺼?"

남들 대화를 끊어버린 얼이 입에서는 연이어 이런 말이 나왔다.

"강 목사가 쫓기난다쿠는 거 말입니더."

그 평상에 앉아 있던 사람들 눈길이 일제히 얼이를 향했다. 보통 장삿집 같으면, 장사꾼이 장사나 잘하지 정치에는 웬 관심? 하고 업신여길 수도 있었다.

그러나 나루터집은 평범한 음식점이 아니었다. 비단업체 동업직물을 따라가고 있는 근동 최고 장삿집으로 알려져 있으며, 읍내장터 최고 요지에 분점까지 떡억 거느리고 있는 일종의 대기업체였다. 지역 경제계의 큰손이었다.

그래선지 손님들도 나루터집 종업원들을 함부로 막 대하지 못했다. 음식을 주문할 때도 나름대로 예의를 갖추었으며, 밥값을 지불하거나 가게를 나갈 때도 정중하게 인사를 했다.

지금은 '사농공상士農工商'이라고 하여 제일 밑자리에 놓는 상업이지만, 세월이 더 흘러 금전이 큰 힘을 발휘하게 되는 언젠가는 도리어 '상공농사'로 위계질서가 달라질지도 모른다.

"사실일 끼라요."

목소리 작은 사내가 대답했다.

"요분에 관찰사로 부임해올 조 관찰사 입에서 나온 말이라쿤께네요."

이번에는 컬컬한 다른 목소리가 낮은 목소리에게 물었다.

"새로 오는 관찰사 성이 조 씬갑네?"

제 씨 처녀가 콩나물국밥을 가져왔다. 모두 구미가 당기는지 코를 벌름거렸다. 보기 좋은 떡이 맛도 좋다는 말이 있지만, 나루터집 국밥은 보기도 좋고 맛도 좋고 또 냄새도 좋았다.

"하모, 조 씨."

그는 막 돌아서는 제 씨 처녀 궁둥이에서 눈을 떼지 못했다.

"그라모 자네 행재간 이름은 우찌 되는데?"

작은 목소리가 자랑스럽게 얘기했다.

"김진세라 하거마는."

얼이 귀에 이상하리만치 그 이름자가 딱 들러붙었다.

밤골집으로부터 또 술꾼들 싸우는 소리가 들려왔다. 그 소리 사이에는 밤골 댁과 순산집 목소리도 간혹 섞여 있었다. 돌재는 강에 물고기 잡으러 갔든지, 주막에 있어도 나서지 않든지, 그 둘 중 하나일 것이다.

"김진세?"

높은 목소리가 기억해두려는 심산인지 되뇌었다. 낮은 목소리 사내가 얼이 얼굴을 힐끗 쳐다보고 나서 말했다.

"우리 행재는 '진' 자 돌림 아인가베."

조 관찰사, 김 경무관.

그러나 그 순간까지도 얼이는 까마득히 몰랐다. 그로부터 얼마 후에 나루터집이 그들과 지독한 악연을 맺게 되리란 것을 알지 못했다.

어쨌거나 그때 얼이는 하늘을 날아갈 것같이 기뻤다. 강 목사가 쫓겨가면 효원은 더 이상 숨어 있을 필요가 없지 않을까 해서였다. 단걸음에 효원에게 달려가 이런 사실을 알려주고 싶었다. 그러다가 얼이는 마음의 손으로 뺨을 때렸다.

'내가 시방 무신 요량이고? 증신 채리라, 얼아.'

절대 경거망동해선 안 되었다. 자신은 살인자다. 영원한 살인자다. 아무리 세상이 바뀐다고 해도 살인자의 명에를 벗어던질 수는 없다.

완전히 안심하는 것도 큰 방심이다. 효원은 관아 문서나 기적妓籍 같은 데, 교방에서 도망친 관기로 기록돼 있을 수도 있는 것이다. 그렇게 본다면 다른 목사, 아니 군수가 부임한 후에도 효원을 잡아들이라고 할 가능성이 높다.

또 한 가지, 아직도 다 마무리하지 못한 중차대한 일이 있다. 오광대 합숙소 우물 속에 임시 매장한 최종완의 시신을 보다 안전한 곳에다 숨겨야 한다. 지리산 깊은 골짜기에 파묻거나, 큰 돌을 매달아 남강 밑에 깊이 수장해버리거나, 화장을 하여 가루로 만들어 뿌려버리거나, 하여튼 세상에서 그의 흔적을 완전히 없애버려야 한다. 그의 자취가 남아 있는 한 안전이 보장될 수는 없다.

그러나 그런 궁리를 하면 얼이는 그대로 미쳐날 것 같았다. 아무리 효원에게 나쁜 짓을 하려고 했고, 또 죽일 마음까지는 없었다 하더라도, 사람을 살해했다는 사실이 얼이를 너무나 못 견디게 했다.

민간인을 죽인다는 것, 그것은 전쟁터에서 적의 군인을 죽이는 것과는 그 성질이 다른 것이다. 효원도 밤마다 눈을 감으면 악몽에 시달릴 것이다. 눈을 뜨고 있는 낮에도 그럴 것이다.

오광대 합숙소 안마당의 부엌 뒷문 담장 쪽에 있는 그 우물에 혼자 가 있었다. 서편으로 막 기울어지는 태양이 지우는 건물 그림자가 우물을 절반가량 뒤덮고 있었다. 그래선지 우물은 왠지 모르게 굉장히 괴기스러워 보였다. 얼굴 반쪽은 희고 반쪽은 검은 괴물 같았다.

그는 물을 긷기 위해 이상할 정도로 힘겹게 두레박을 끌어 올리는데, 아, 두레박에 담겨 있는 건 우물물이 아니라 혓바닥을 쑥 내밀고 있는, 죽은 최종완의 머리였다.

깜짝 놀라 엉겁결에 두레박줄을 탁 놓아버리고 우물 속을 들여다본 그는 또다시 비명을 질렀다. 우물물이 시뻘겋다. 핏물이었다.

번쩍 눈을 떴다. 온몸이며 이부자리가 식은땀에 젖어 흥건했다. 흡사 물구덩이에 빠져 허우적거리다가 온 사람 같았다. 흰 땀이 붉은 피처럼 느껴졌다.

그 악몽이 현실보다 더 선연히 되살아난 얼이가, 다리를 저는 장애인 같이 비틀걸음으로 계산대 쪽으로 돌아왔을 때였다.

"처남!"

밖에 나갔던 재영이 허겁지겁 가게 문간을 들어서더니 급히 얼이에게 다가와 귀에 대고 말했다.

"크, 큰일 났다. 민 뱅사가 해임됐다 안 쿠나!"

얼이 입에서 놀란 소리가 터져 나왔다.

"예에? 민 뱅사가예?"

그 지방의 병마兵馬를 지휘하는 종2품 무관인 병마절도사가 해임되었다니. 재영은 가쁜 숨을 몰아쉬며 말했다.

"그 소문 듣고 시방 밖에서는 난리가 난 기라."

얼이는 말도 안 되는 소리란 듯 물었다.

"민 뱅사가 와 쫓기나예? 우째서예?"

"쉬! 조용해라꼬, 처남."

재영은 또 얼이 귀에 대고 낮게 속삭였다.

"처남이 농민군 했다쿠는 거 넘들이 알모, 좋을 끼 하나도 없는 기라."

얼이는 그만 입을 다물었다. 재영은 평상 손님들을 훔쳐보며 말했다.

"알고 있는 사람은 우짤 수 없지만도."

얼이는 거부할 수 없는 운명의 소리를 들은 사람같이 말했다.

"예, 알것심니더."

그것은 조금도 틀린 소리가 아니었다. 너무나도 억울하고 분한 노릇이지만 현재 세상은 또다시 동학농민군 봉기 이전으로 회귀하고 있다. 조만간 새로운 거사가 시작되리라는 희망 섞인 소문이 가끔 나돌고 있지만, 지금은 나라에서 기선을 제압하고 있는 상태다. 그것도 실로 가증스럽고 분통이 터지게 외부 세력인 일본의 힘을 등에 업고서였다. 그로 말미암아 훗날 치러야 할 엄청난 대가 따윈 안중에도 없어 보였다.

"민호준 뱅마절도사가 와 자리에서 물러났다 쿠는데예?"

얼이도 재영만 들을 정도로 목소리를 낮췄다. 처음부터 찬찬히 알아볼 필요가 있었다. 재영이 턱으로 가게 바깥을 가리키며 대답했다.

"밖에 나가서 들은께, 그가 지난번 동학농민군한테 핸 일 땜새 그리됐다 쿠더마는. 나라 입장에서 보모 이해가 될 거 겉기는 하고. 그라고 또 우리……."

듣고 있던 얼이가 얼른 손가락을 제 입술에 갖다 대며 낮은 소리로 재빨리 말했다.

"매행, 쉿!"

손님 몇이 밥값을 치르기 위해 계산대 쪽으로 오고 있었다.

"그때 핸 일 땜에……."

손님이 돈을 내고 나가자 혼자 그렇게 중얼거리며 얼이는 고개를 끄덕거렸다. 재영 얘기처럼 충분히 그럴 만한 일이다. 더군다나 그게 어디 보통 심각한 사건이었던가 말이다.

그날 대접주와 무어라 귀엣말을 나누던 민 병사 모습이 되살아났다. 힘없는 백성들 편에 서 주었던 관리였다. 그런 목민관을 만나기도 쉽지 않을 것이다.

"그라모 그는 오데로 갔다쿠는데예?"

얼이 목소리가 이슬 내린 새벽 풀밭처럼 젖어 있다. 그는 울고 싶은 것을 억지로 참고 있었다.

"그거는 아모도 모리는갑더라."

재영 음성도 눅눅했다.

"에나 안됐거마는."

'끼룩, 끼루루.'

남강 쪽에서 물새 우는 소리가 났다. 재영의 목소리도 그것과 닮아 있다.

"동학군을 따뜻이 맞아갖고 잔치꺼지 열어준 사람 아이었나."

얼이는 자꾸만 높아지려는 음성을 간신히 낮추었다.

"흥! 진짜 관리 겉은 관린께네 후차냈것지예."

재영이 급히 또 평상 쪽을 보면서 주의를 주었다.

"누 들을라."

얼이는 이렇게 말하고 싶었다.

'이런 이약은 듣는 사람이 많아야 하는 기라예! 그래야 시상이 배뀔 거 아입니꺼?'

재영이 돌아왔으므로 얼이는 안채로 들어갔다. 준서가 막 방문을 열고 밖으로 나오는 중이었다.

"아, 얼이 성!"

"어, 준서네?"

준서 옆구리에는 언제나 그렇듯 두툼한 서책이 끼여 있다. 준서 저놈 학문 실력이 저 정도로 일취월장하면 훈장 자리 빼앗기겠다고, 꼭 농담으로만 들리지는 않는 말을 하던 스승이 생각났다. 그런 준서만은 농민군 되는 걸 꼭 막고 싶은 얼이다.

"준서 니한테 궁금한 기 하나 있다."

얼이 말에 준서는 광채 나는 눈으로 얼이 표정을 훑어보며 물었다.

"머시고?"

"록주가 더 좋나, 책이 더 좋나?"

툇마루에 나란히 걸터앉으면서 얼이가 막걸리 한 잔 걸친 것 같은 텁텁한 목소리로 물었다. 준서는 아무 대답도 하지 않고 있더니 이렇게 되물었다.

"얼이 새이는 여자보담도 농민군이 더 좋제?"

얼이는 솥뚜껑 같은 손바닥으로 준서 등을 탁 쳤다.

"이 자슥아, 그거 두 개는 서로 비교할 성질이 아이다. 똑똑한 줄 알았더이?"

그러자 준서도 손가락으로 얼이 어깨를 툭 건드리며 말했다.

"록주하고 책도 그렇거마."

얼이는 그만 싱겁게 웃고 말았다.

"니한테는 앞발 뒷발 다 들었다 고마."

준서가 엉뚱한 소릴 했다.

"새이 니 발 좀 비이쥐라."

"내 발?"

"하모."

"각중애 발은 와?"

"우떤 기 앞발이고 우떤 기 뒷발인고 함 보거로."

준서의 야무진 대꾸에 얼이는 목을 길게 빼고 하늘을 올려다보며 말했다.

"말해봤자 본전도 몬 찾을 끼, 와 씰데없이 씨부리쌌는고 내가 빙신이제."

하지만 준서는 농담이라고는 전혀 찾을 수 없는 심각하고 침통한 얼굴이 되었다. 그 어린 나이에 마마를 앓은 후유증으로 곰보가 된 아이지만, 천재적인 두뇌는 때때로 다른 사람들에게 경탄을 넘어 아찔한 무섬증까지 품게 하는 그였다.

"스승님 말씀대로라모 우리나라가 큰일 아이가."

얼이는 그 순간 새 한 마리 날고 있지 않은 공허한 하늘에 그대로 눈길을 둔 채 말했다.

"설마 왜눔들이 우리를 잡아묵것나."

그러자 준서는 싫어도 상기시켜줄 수밖에 없다는 듯 말했다.

"새이 니는 동학농민군 뒤끝을 봐놓고도 그런 소리 해쌌나?"

실제 자기 나이보다도 갑절은 더 먹은 듯 지나치리만치 조숙한 준서는 마치 신의 눈을 가진 것처럼 보고 있었다. 얼이 몸 뒤편에 어른거리는 사람 그림자 하나를. 바로 얼이 아버지 천필구였다. 그것도 망나니가 휘두르는 큰 칼에 의해 목이 뎅겅 달아나고 있는 섬뜩한 모습이었다.

"그, 그거는."

얼이가 허점이나 아픈 데를 정통으로 찔린 사람처럼 더듬거렸다. 자기보다 나이가 밑인 준서 앞에서 곧잘 그런 식이었다. 준서는 하늘이 푸른 물이라면 내 머리를 말끔히 헹굴 수 있을 것 같다는 엉뚱한 생각을 했다.

'넘들은 낼로 보고 신동神童이라 글 쿠지만도, 내는 너모 생각이 많아갖고 머리가 아풀 때가 마이 있다 아이가. 우짜다가 머를 한분 들으모 그기 가슴에 남아서 도통 안 없어지고 말이다.'

준서는 혁노 몸 뒤에서도 발견하곤 했다. 혁노 아버지 전창무였다. 목 윗부분이 없는 몸뚱이만 있었다. 파헤쳐진 무두묘에서 일어나 밖으로 걸어 나오고 있었다.

"누보담도 농민군 활동 짜다라 해놓고 그라모 되나?"

준서는 그 나이 또래 아이 목소리라고는 할 수 없을 만큼 퍽 차분한 말투였지만 상대방을 옥죄는 힘이 실려 있었다. 나루터집과는 원수 집안인 동업직물 입장에서 봤을 때 준서는 '어린 악마'라고 할 수도 있었다.

"그, 그거는."

얼이는 또 그랬을 뿐 도무지 할 말이 없었다. 사실 요즘은 어떤 일도 제대로 판단이 안 섰다. 사는 게 아니라 뭐라고 할까, 그냥 시간을 보낸다, 저절로 시간이 흘러간다고나 해야 할 것이다. 살인자라는 죄책감과 공포심에서 영영 헤어나지 못한 채 끝없이 방황을 거듭하다가 어느 날 예고도 없이 닥치는 죽음을 맞아야 할 운명이었다.

"내는 고마 내 방에 간다."

얼이는 엉덩이를 들고 늙은이처럼 '끙' 하고 두 다리에 힘을 주면서 일어섰다. 요즘은 어머니 우정 댁과도 얼굴을 마주 대하는 게 너무나도 힘들고 괴롭기만 했다. 나루터집 식구들은 부쩍 변해버린 얼이 모습이 농민군 실패에서 비롯된 것이라고만 믿었다. 물론 그게 전적으로 잘못된 판단은 아니었다. 그러나 얼이가 살인자라고 어느 뉘 상상이나 하겠는가?

"성!"

"와?"

"또 멤이 안 좋나?"

"안 좋기는?"

"그라모 와 그리 퍼뜩 일나는데?"

"좋은 거는 아이다."

"새이가……."

준서와 혁노는 얼이더러 '성'과 '새이'라는 호칭을 번갈아 썼다.

"이리 무사히 살아 돌아온 거만 해도 올매나 다행이고?"

준서는 집안 어른들이 얼이에게 하는 소리를 그대로 했다. 그렇지만 위로한다고 하는 그 소리가, 준서가 하니 얼이 마음에는 한층 무겁게 다가왔다. 얼이는 세례를 받은 혁노가 천주님이나 사제司祭에게 고백성사를 하는 모습처럼 보였다.

"콱 안 죽어삐고 내 혼자만 살아……."

준서가 얼이 말을 서둘러 잘랐다.

"식구들 모도 그리 생각하고 있다."

"내사 그리 생각 안 한다 고마!"

얼이는 돌아선 채로 벌컥 고함쳤다.

214

"그래도 식구들이 얼이 새이를 안 있나."

준서가 얼이 등에 대고 계속 말했다. 그러자 얼이가 홱 돌아서며 벌겋게 달아오른 얼굴로 소리를 질렀다.

"식구들이 머를 알아서?"

그 고함소리에 살림채 서까래가 내려앉을 것 같았다.

"성아?"

놀라는 준서 얼굴에서 곰보딱지가 좀 더 두드러져 보였다. 그것을 힐끗 보는 얼이 목청이 관졸들이 들고 다니는 삼지창처럼 날카로워졌다.

"하나도 모림서, 준서 니도 벌로 말하지 마라 고마!"

툇마루 밑에서 막 기어 나오고 있던 쥐 한 마리가 놀라서 도로 안으로 달아났다. 밤골집에서 자주 그곳으로 놀러오는 '나비' 덕분에 한동안 보이지 않았는데 언제 또 생겼는지 모를 쥐였다.

"그기 진짜로 내를 위해주는 기다."

살벌하게까지 느껴지는 얼이 말을 들은 준서 안색이 하얘졌다. 엄청난 분노로 이글이글 타오르는 얼이의 두 눈은 보기에도 섬쩍지근했다.

그것은 바로 살인자의 눈빛이었다.

경상도 낙동강 서부 전 지역을 총괄하는 육상방어기구였던 우병영 운주헌(관덕당). 병마절도사가 병무를 보던 집무청이다.

지금 와서는 직제개편으로 우병영이 관찰부로 불리면서 운주헌의 명칭도 새로 바뀌었다. 그것이 바로 선화당宣化堂이다.

그 관찰부청 정문 영남포정사 앞에 임배봉과 억호가 잔뜩 긴장된 얼굴을 하고 나타났다. 그동안 이 고을을 거쳐 간 몇몇 목사들과는 목적성 친교를 나눠가며 목牧 관아에는 자주 들락거렸지만 병사 집무실 출입은 하지 못했다.

그들을 한층 더 주눅 들게 한 것은, 우병영이 폐지되고 민호준 병사가 해임된 후 병사 대신 막강한 힘을 가진 관찰사가 그 고을에 새로 부임해 왔기 때문이었다. 북장대 남쪽 아래 팔작지붕도 아주 웅장하게 서 있는 선화당 대기실에서 기다리는 동안 억호가 배봉을 보고 살짝 물었다.

"새로 온 관찰사가 와 우리를 보자꼬 한 기까예?"

"글씨다."

배봉이 살찐 고개를 갸웃하며 역시 낮은 소리로 말했다.

"그 이유를 모린께 이리 불안타 아이가?"

억호가 관찰사 집무실 출입문 쪽을 훔쳐보며 말했다.

"우쨌든 퍼뜩 만내보모 좋것심니더."

"내도."

조금 있다가 또 말했다.

"답답해서 몬 살것심니더."

"그래도 살아야제 몬 살모 되나."

배봉이 잠시 궁리한 끝에 억호에게만 들릴 소리로 입을 열었다.

"해나 시방꺼지 우리가 역대 목사들한테 뇌물을 갖다 바치고, 특해를 상구 마이 누릿던 내미를 맡은 거는 아인가 모리것다."

"예에?"

억호 안색이 대번에 파래졌다. 오른쪽 눈 밑의 크고 검은 점도 떨리는 것 같았다. 특혜를 빌미로 감아쳐 온다면 도저히 피해 갈 길이 없다.

"그, 그라모 우, 우리가 감옥 사는 거는 아입니꺼?"

농민군들을 잡아 가두었던 뇌옥이 억호 눈앞에 어른거렸다. 좁고 어둡고 습기 차오르는 그곳은 상상만 해도 진저리가 쳐졌다.

"고 주디이 딱 몬 닥치것나?"

배봉이 주먹으로 콱 쥐어박을 것같이 하며 억지로 목청을 죽였다.

"오데서 방충맞은 소리를 벌로 씨부리고 있노."

억호는 겁을 집어먹은 자라처럼 목을 움츠렸다.

"지, 지 생각을……."

배봉은 대단히 사무적이면서 어쩐지 싸늘한 공기가 감도는 대기실을 유심히 둘러보며 말했다.

"그런 소리 할라모 입 봉창하고 있어라 고마."

억호는 의자에 몸을 구겨 넣듯이 하며 말했다.

"예, 인자부텀 그라것심더."

배봉의 신경이 칼날과도 같이 날카로워져 있는 것은, 강득룡 목사가 끝내 삭탈관직 당하고 말았기 때문이었다. 병사와 목사 목이 낫에 베이는 잡초처럼 줄줄이 달아났다. 고을 민심은 더없이 흉흉해졌다.

"역시 우려했던 대로 그눔들이……."

"머라?"

더욱이 종묘사직이 위태로울 만큼 기세등등했던 동학군을 진압해준 공을 들먹이며, 일본이 노골적으로 이 땅에다 발을 들여놓고 있다는 이야기는, 조선 백성을 견디기 힘든 불안과 분노로 몰아넣기에 충분했다.

한참이나 지난 후에야 그곳 근무자가 어슬렁어슬렁 그 모습을 드러내었다. 그자는 그들을 힐끔 바라다보더니만 아무 말도 하지 않고 안으로 들어가라는 손짓만 했다. 예의라고는 정말 파리 뭐만큼도 없어 보이는 위인이었다. 쪽 찢어진 눈매와 깡마른 체구가 무척이나 신경질적으로 생겨 먹었다. 두 번 다시는 만나고 싶지 않은 더럽게 기분 나쁜 상판대기였다. 기다림에 지치기도 하고 부아통도 치민 두 사람이 그자에게 느낀 공통된 인상이었다.

"예, 예."

그렇지만 배봉과 억호는 그자에게 필요 이상으로 허리를 굽실거려 보이고 나서 관찰사 집무실로 들어섰다. 얼핏 보아서는 목사 집무실과 큰 차이가 없는 것 같은 구조였지만 왠지 모르게 좀 더 큰 위압감을 던져주었다.

"기다리고 있었소."

커다란 책상 앞 푹신한 의자에 상체를 깊숙이 파묻고 있던 조 관찰사가 벌떡 일어서면서 말했다.

그들로서는 전혀 예상하지 못했던 일이었다. 최고 권력자가 자기들을 보고 앉은 자리에서 일어난 것이다. 더군다나 조 관찰사는 만면에 환한 미소까지 띠면서 두 사람을 아주 반갑게 맞이했다.

"어서들 오시오."

"예? 아, 아이고, 예."

그들이 그 상황에 미처 익숙해지기도 전에 조 관찰사는 계속 말을 던졌다. 그의 음성은 높낮이가 거의 느껴지지 않았다.

"사업하시느라 바쁘실 텐데, 이렇게 오시라고 해서 미안하오. 허허허."

"……."

배봉과 억호는 자신들도 모르게 얼굴을 마주 보았다. 그러고는 다음 순간, 둘은 당장 바닥에 넙죽 엎드릴 것같이 황감해하다가 배봉이 입을 열었다.

"아, 아, 아이옵니더! 이, 이리 부, 불러주신께 저, 저희는 모, 몸 둘, 둘 고, 곳을 모, 모르것사옵니더."

억호도 너무나 감격하여 울음을 터뜨릴 것 같았다.

"이, 으, 은덕, 배, 백골난망이옵니더!"

조 관찰사는 논에서 참새 쫓는 농부처럼 팔을 크게 휘저었다.

"아아, 그만, 그만들 하시오."

218

그들 부자는 고개를 있는 대로 수그렸다.

"아, 예."

조 관찰사는 책상 앞에서 나와 집무실 한쪽에 놓인 방문객 접대용 의자 쪽으로 손수 그들을 안내했다. 그런 다음 안쪽 커다란 의자에 앉더니만, 양쪽으로 길게 마주 보도록 놓인 의자를 손으로 가리키며 말했다.

"그 자리에……."

하지만 그들은 감히 의자에 엉덩이를 내려놓지 못하고 완전 뭐 마려운 개처럼 엉거주춤 선 자세로 머뭇거리기만 했다. 의자에 앉으면 엉덩이가 가시에 찔리거나 불타버릴 것처럼 하는 모습이었다.

"허어, 앉으시오들, 어서!"

조 관찰사는 너털웃음을 터뜨리며 재차 앉기를 권했다. 한데 거기까지는 좋았는데 곧이어 한다는 소리가 예사롭지 않았다.

"그 자리가 형틀이오, 어디?"

그러자 그들 부자 머릿속에 불쑥 들어앉는 아찔한 생각들이 있었다.

'행털? 와 해필이모 그런 말을 끌어다가 쓰노?'

'죄인을 때림시로 캐묻는 행구를 들고 나오는 으도가 머꼬?'

배봉이 억호더러 앉자고 눈짓했다. 어서 앉으라고 했는데 그러지 않는다고 당장 형틀에 묶을 위인이 아니라고 누가 보장하겠는가 말이다. 지금까지 배봉이 겪어온 높은 인간들은 순리나 상식 따위 개털도 아닌 것으로 아는 족속들이었다. 어쨌거나 세 사람이 동석했다.

"흠."

조 관찰사는 가벼운 헛기침을 하고 나서 한동안 말없이 부자를 바라보기만 하였다. 처음에는 채신머리없고 수다스러워 보일 정도로 사람을 맞이하던 그였다. 그러던 그가 어느 순간 또 갑자기 그렇게 변하는 것이다. 목을 옥죄어오는 것 같은 그 침묵이 너무나 답답하고 두려워 그들은 숨이 가빠왔다.

그건 그렇고, 도대체 부른 까닭이 무엇인가? 지금까지 그가 하는 언동만 보아서는 벌을 주려고 하는 것은 아닌 것 같다. 하지만 정말 그러한지 그건 모른다. 고위직에 있는 자들의 묘한 생태生態는 실로 파악하기 힘들었다. 천변지이天變地異와도 같은 변화의 무궁무진함을 지니고 있었다.

'저리쌌다가 각중애 화를 덜렁 냄시로 호통을 막 쳐대는 기 높은 자리 앉아 있는 것들 아이가.'

그 계통에 더 밝은 배봉이 억호보다 불안하고 초조했다. 그러나 종2품 지방장관인 관찰사에게 감히 물어볼 수도 없었다. 멋모르고 입을 열면 당장 주둥이를 잘라버릴 것도 같았다.

'와 요기도 관찰사라쿠는 기 생기갖고.'

배봉은 주제넘게 나라의 관직 제도에 대한 불만까지 품었다. 지나간 날들이 좋았다. 그는 속으로 한탄했다.

'그냥 이전매이로 목사가 다스리모 될 낀데.'

지금까지 경상도 관찰사는 달성 등지에만 있었다. 그러다가 경상도가 남북으로 갈라지면서 그 고을에도 새로 생겼던 것으로, 그전까지는 각 도에 한 명씩만 두었을 정도니, 아무튼 그것만 보더라도 그 세도를 짐작하기는 그다지 어렵지 않은 일이었다.

"에, 내가 미리 좀 해둘 말이 있소."

이윽고 조 관찰사가 입을 열었는데, 그 말이 또 한참 생뚱맞았다. 이건 처음부터 상대방 정신을 쏙 빼놓고 시작하려는 고도의 작전과 다름없었다.

"본관은 관찰사라는 말보다 감사라는 말이 더 좋소이다."

관찰사觀察使, 아니 감사監司의 입이 계속 말을 뱉어냈다.

"그러니 두 사람도 앞으로 나를 부를 때 감사라고 하시오."

"예, 예."

"가, 감사하옵니더."

부자는 불편하게 앉아 있는 의자가 크게 들썩거릴 정도로 그저 허리만 굽실거렸다. 그런 그들에게 또 뜬금없이 이런 질문이 떨어졌다.

"감사의 권력이 어느 정도라고 보시오?"

"가, 감사의 권력……."

배봉은 등골이 송연했다. 아직은 이런 계통에 어두운 억호는 그렇게 묻는 의중을 몰랐지만 배봉은 익히 알았다.

'으, 이거 에나 악질한테 걸린 기라.'

그건 권력자들이 자기의 힘을 과시해 보이고자 할 때 속된 말로, 이렇게 막강한 나의 권세를 알고 기어라, 만일 그렇게 하지 않으면 지옥을 구경하게 될 것이다, 하는 의미다. 그리고 그 뒤에는 반드시 엄청난 요구가 뒤따르기 마련이다. 돈이든 토지든 여자든 그 어떤 것이든, 어지간한 재력가가 아니면 감당하기 힘든 요구다.

'가마이 있거라, 조 관찰사가 요런 인간이라모?'

배봉 마음속에 희비가 엇갈렸다. 아까운 돈을 듬뿍 상납해야 한다는 아까운 마음보다, 이번은 목사보다도 지체 높은 관찰사이니 잘만하면 이제까지 보다도 훨씬 더 큰 힘을 가질 수 있다는 기쁨도 있었다.

'우쨌든 한 시름 났다 아인가베.'

여하튼 간에 조 관찰사가 홍우병 목사나 정석현 목사같이 청백리인 척하지 않는 관리라는 게 우선 다행이었다. 어떻게 보면 하판도 목사나 강득룡 목사보다도 더 통이 크고 시원시원한 성질 같아서 구워삶기가 수월하겠다 싶었다. 한 시름이 아니라 두 시름, 세 시름을 놓아도 될 성부르다.

"감사 영감 나리."

배봉은 우선 비굴한 웃음부터 지었는데 너무너무 자연스러워 보여서 전혀 허위나 가식이 아닌 것처럼 비쳤다. 이런 일에는 이골이 날 대로 난 그였다.

"소인이 고해 올리것사옵니더."

집무실 창가에 구름 그림자가 스치고 지나가는 것일까, 실내가 아주 잠깐 어두워졌다가 밝아졌다.

"그래요? 어디 말해보시오."

조 관찰사는 상체를 뒤로 비스듬히 눕히며 두 눈을 거의 감다시피 하였다. 배봉은 자기를 걱정스럽게 바라보는 억호를 한번 보고 나서 입을 열었다.

"자고로 관찰사, 아니 감사라쿠는 그 자리는, 팽안감사도 지 하기 싫으모 고만이다, 그런 소리가 있을 만치 높고 좋은 자리가 아이것심니꺼?"

조 관찰사는 자세를 조금도 바꾸지 않고 배봉 그 말을 곱씹었다.

"평안감사도 제 하기 싫으면 그만이다."

그러더니 그는 홀연 절간 사천왕상같이 눈을 치뜨며 기습처럼 물어왔다.

"그러면 경상감사는 어떻소?"

"예?"

가만히 있던 창문이 갑자기 '덜컹' 소리를 한 번 내고는 다시 조용해졌다. 그곳은 지대가 높은 곳에 있는 탓도 있겠지만 바람이 갈수록 드세어지고 있는 모양이었다.

"경상감사 말이오."

배봉이 좀 어리벙벙한 반응을 보이자 약간 짜증 섞인 목소리로 조 관찰사가 주입하듯 다시 말했다.

"개, 갱상감사라 하옵심은?"

아직 이런 자리에는 초보인 억호는 말할 것도 없고, 닳고 또 닳은 배봉도 그 물음 속에 담긴 의도를 즉시 헤아리지 못했다. 그곳 벽면에 붙어 있는 게시물의 글자들이 눈을 어지럽혔다.

"으~흠!"

조 관찰사 입에서 거기 집무실이 흔들릴 만큼 큰기침 소리가 나왔다. 그는 지금까지와는 달리 별안간 매우 강압적이고 험한 태도를 보였다. 아마도 그게 그의 본모습일 것이다. 가면을 벗은 그는 매섭게 번득이는 눈빛으로 부자를 똑같이 노려보듯 하였다.

"경상감사도 제 하기 싫으면 안 할 수도 있다, 그런 뜻이냐고 물었소."

"예, 저, 저."

억호가 입을 달싹거렸다. 바싹바싹 타들어 가는 그의 마음속에서는 이런 소리가 맴돌았다.

'그야 똑같지 않것사옵니꺼.'

그런데 곧 나온 배봉의 말은 그게 아니었다.

"아이옵니더. 갱상감사는 다리옵니더."

조 관찰사가 자못 흥미롭다는 표정으로 또 물었다.

"어떻게 다르다는 거요?"

그러자 배봉이 고하는 소리가 억호에게는 골치가 띵할 지경이었다.

"갱상감사라쿠는 그 자리는 하기 싫을 수가 없다쿠는 것이옵니더."

경상감사라는 자리는 하기 싫을 수가 없다. 그렇다면 평안감사 자리는 하기 싫을 수가 있고?

"그건 왜?"

조 관찰사가 단칼로 베듯 짧게 물었다. 그만큼 더 큰 어떤 기대와 재미를 느끼고 있다는 증거였다. 이윽고 나온 배봉 답변이 이러했다.

"팽안감사보담도 상구 더 좋은 자리이온지라……."

"무어라?"

조 관찰사 낯빛이 확 변했지만 배봉은 말도 없고 표정 변화도 없었다. 어떻게 보면, 날 잡아먹으슈, 하고 딴청을 부리거나 배를 탱탱 내미는 모양새였다.

"……."

잠시 동안 숨을 막히게 하는 침묵이 가로놓였다. 억호는 무슨 불상사가 닥칠지 몰라 쿵쿵 뛰는 가슴을 가까스로 부여잡고 있었다.

"으하하핫!"

조 관찰사가 느닷없이 집무실이 떠나가라 높은 웃음소리를 터뜨리기 시작했다. 그 바람에 책상이며 의자며 벽면에 걸려 있는 액자 같은 것들이 함부로 흔들리고 떨어져 내릴 것 같았다.

억호는 그가 돌변한 영문을 몰라 눈만 휘둥그레 떴다. 입에서 침이라도 튈 것 같은 그의 웃음은 그칠 줄을 몰랐다.

"하하하! 으하하핫!"

그런데 한참 만에 웃음을 그친 조 관찰사는 배봉의 손이라도 덥석 잡을 것처럼 하며 이렇게 말했다.

"됐소, 되었소. 우리는 서로 말이 통할 것 같소이다."

그 말이 끝나기가 무섭게 배봉이 퉁기듯이 의자에서 벌떡 일어났다. 그리고는 즉시 거기 맨바닥에 넙죽 엎드리며 큰절을 올렸다.

"소인, 감사님께 죽을 때꺼정 이 몸과 이 멤을 다 바치것사옵니더."

억호는 여전히 상황 파악에 어두워 눈만 끔벅끔벅하며 앉아만 있었다.

"아, 무슨 그런?"

조 관찰사도 의자에서 빠져나왔다. 그런 다음 마치 거북이나 두꺼비처럼 너부죽이 엎드려 있는 배봉의 몸을 손수 잡아 일으켜 주며 그렇게 다정다감할 수 없는 목소리로 말했다.

"그만 일어나시오, 그만."

그래도 배봉은 누 안전이라고 감히 고집스럽게 나왔다.

"아이옵니더."

조 관찰사는 느꺼워하는 모습을 보였다.

"우리는 형제가 되었으니, 이런 모습일랑 더 이상 보이지 마시오."

"어이쿠! 백골난망."

배봉은 끝내 눈물을 흘렸다. 집안이 망하려면 맏며느리가 수염이 난다는데, 배봉과 조 관찰사의 수염 중 어느 쪽이 더 맏며느리 그것에 가까운지 모르겠다.

"자, 자, 어서 본래 자리대로 앉읍시다, 우리."

억호가 멍청해 있는 사이에 두 사람은 다시 자리에 앉았다. 그러더니 두 사람은 또 무슨 얘기인가를 한참이나 주고받았다. 그러다가 무슨 말 끝에 배봉이 이렇게 말했다.

"목사, 아, 인자는 군수지예."

그러자 조 관찰사는 그따위 사족蛇足은 붙이지 말라는 투로 말했다.

"에이, 목사로 부르든 군수로 부르든 그게 무슨 상관이 있소?"

조 관찰사는 목사든 군수든 그깟 관직은 길거리에 흔히 굴러다니는 쇠똥이나 말똥같이 취급한다는 빛이었다. 자기보다 하위직에 관해 이야기하는 그 자체부터 자존심 상하는 일이라고 보는 눈치였다. 하지만 배봉은 무슨 속셈인지 그 이야기를 멈추지 않았다.

"현감과 현령도 그 지역 군수로 부르기로 됐다고 들었사옵니다."

참으로 야릇하고 기묘했다. 그때부터 갑자기 배봉 말은 그 지역 말씨에서 벗어나 있었다. 현감과 현령이란 말도 상당히 한양 말에 가깝게 늘렸다. 말끄트머리도 '더'가 아닌 '다'였다.

'아부지가야? 높은 사람들 짜다라 만내고 댕기더이, 인자 말도!'

억호는 한양에서 내려온 벼슬아치들에게 업신여김을 당하지 않으려면 아버지처럼 한양 말씨를 써야 한다는 새로운 사실 하나를 깨쳤다. 그렇다. 지금까지는 습관이 되어 우선 당장에야 어렵겠지만 앞으로 나도 사투리 대신 한양 말을 배워야겠구나 싶었다. 아니다. 말만 그럴 게 아니라 모든 것을 그렇게 해야 마땅할 것이다. 조선 도읍지에 사는 한양 사람으로 변신할 것이다.

"허어, 그 얘긴 그만두라지 않소?"

"소인 말씀은, 관찰사, 아니 감사야말로 그렇게 많은 군수들을 발밑에 떠억 거느리는 벼슬인 만큼⋯⋯."

"아, 그야 뭐."

"그러이 상감이 부럽것사옵니까, 누가 부럽것사옵니까?"

하루아침에 다 달라질 수는 없는 법, 노력해도 어쩔 수 없이 지역 말과 한양 말이 뒤섞여 나오는 배봉이었다. 어쨌거나 억호는 달라진 아버지와 함께 달라진 세상에 와 있는 듯한 야릇한 기분에 부단히 허우적거렸다.

관찰사 집무실에서 내다보이는 하늘은 다른 곳에서 보는 하늘과는 어쩐지 좀 달라 보였다. 창에 와 부딪는 바람도 예사 바람이 아닌 것 같았다. 간간이 들리는 까치와 참새 소리도 아주 조심스럽게 나오는 성싶었다.

"에이, 참."

"더 나아가 감사께서는⋯⋯."

그런데 조 관찰사는 여간 단수가 높은 게 아니었다. 그 소리에 혹해

쉬 넘어가지를 않는 것이다. 아니, 되레 역공으로 나오기도 했다.

"본관이 가장 부러워하는 사람들이 있소."

"예에? 감사 나리께서 부러버하시는 사람들이 있다는 것이옵니까?"

배봉과 억호는 서로 얼굴을 마주 보면서 도저히 믿을 수 없다는 기색을 지었다. 그런데 조 관찰사가 하는 말이 그들 귀에는 참으로 엉뚱스러웠다.

"바로 임 사장처럼 돈 많은 갑부들이오."

"어이쿠! 무, 무, 무신 마, 말씀을 그, 그리하시옵니꺼? 테, 텍도 아인 수, 수, 수리지끼 겉은?"

다급해지니 말더듬이 같은 배봉 말은 또 금세 지독한 지역 방언으로 바뀌었다.

"소, 소인들은 요 앉은 자리서 고, 고마 탁 배락 맞아갖고 주, 죽사옵니더."

그러자 조 관찰사는 그냥 입에 발린 소리가 아니라 가슴으로 하는 진정한 말이라는 듯 상체를 배봉 쪽으로 내밀며 말했다.

"벼락이라니? 그 무슨 말씀을?"

배봉은 벼락 맞은 고목같이 온몸을 떨었다.

"그, 그저 쥐, 쥑이 주, 주……."

조 관찰사는 헐벗고 굶주리는 백성을 안타까워하는 어진 관리의 표본인 양 했다.

"가난은 나라님도 구할 수 없다지만, 우리 임 사장 같은 사람은 그렇게 할 수 있을 거라 믿소."

하지만 조 관찰사가 그렇게 나올수록 억호 눈에는 배봉이 거의 필사적으로 비칠 만큼 매우 완강하게 부인했다.

"아, 아이옵니더! 아이옵니더!"

조 관찰사는 그곳 관찰부청 정문 영남포정사가 있는 쪽으로 눈길을 주며 말했다.

"아니기는!"

그러고 나서 더 먼 어딘가로 시선을 옮기는가 했더니 이런 소리까지 하였다.

"저 바다 건너 일본에 비단까지 수출할 정도니 굳이 무얼 더 들어가며 얘기할 필요가 있겠소이까?"

"예? 일본 비단 수출……."

일순, 배봉 안색이 싹 달라졌다. 그렇다면? 아니나 다를까, 조 관찰사는 감추어 둔 발톱 드러내듯 서서히 그 본색을 드러내기 시작했다.

"일본돈 냄새는 어떠한지 나도 맡아보고 싶소이다."

배봉 손이 또 그의 이마를 더듬었다. 철저히 뒷조사를 한 모양이었다. 도저히 빠져나갈 수 없는 덫에 걸렸음을 알았다. 돈 냄새를 맡게 해 달라는 얘기다.

"임 사장도 누구보다 더 잘 알고는 있겠지만 말이오."

일단 운을 떼자 조 관찰사는 곧장 치고 들어왔다.

"감사는 못 할 게 없소."

"……."

"죄인을 잡아들여 벌을 줄 수 있는 것은 말할 것도 없고, 임 사장처럼 사업하는 사람들에게 세금을 매기는 것도 감사 권한이오."

"……."

배봉과 억호는 입에 자물쇠를 채운 듯 아무 말도 하지 못하고 그저 듣고만 있었다. 조 관찰사 말이 사시사철 멈춤이 없는 강물처럼 이어졌다.

"아, 또 있소. 고을에 마음에 드는 처녀가 있으면 첩으로 삼아도 그만이오."

그 소리에는 배봉보다도 억호 고개가 더 깊숙이 수그러들었다. 꼭 자기를 빗대어 말하는 것 같아서였다.

"자아, 그러니 이 사람과 거래를 틔운다면 손해 볼 게 있겠소이까?"

숫제 시시콜콜 이해득실 따지는 장사치처럼 구는 조 관찰사였다.

'조런 인간이 요 자리에 앉을 정도모, 내는 삼정승 육판서 돌아감시로 다 해묵것다.'

억호는 속으로 욕을 하며 투덜거렸다.

'거래? 거래 좋아해쌌다가 통시에 빠지것거마. 지가 장사꾼도 아임시로.'

여하튼 그렇게 한참 주절거리고 난 조 관찰사는 마지막으로 으름장 놓듯 했다.

"내가 동업직물을 첫 번째로 선택한 것을 영광으로 아시오."

그런데 세상 모든 일이 반드시 부전자전은 아닌 모양이었다. 조 관찰사 그 말이 떨어지기 무섭게 배봉은 억호와는 달리 그 커다란 머리통을 연방 조아리며 온갖 아부를 늘어놓기 시작했다.

"참으로 광영, 광영, 또 광영이옵니더. 감사 나리의 이 은덕은 두고두고 소인들 가문의 최고 가보매이로……."

그러면서 배봉은 억호더러 너도 어서 무슨 말이든지 고하라고 자꾸 눈짓을 보냈다. 그래 억호가 무슨 말을 해야 할까 궁리하고 있는데 조 관찰사 입이 먼저 열렸다. 그런데 그 소리 또한 보통이 아니었다. 이마에 시퍼런 칼날이 대인 듯 번쩍 정신이 나는 말이었다.

"두 번째로는 상촌나루터에 있는 나루터집을 생각하고 있소."

"나, 나루터집."

배봉은 몹시 의외란 듯 무연히 억호를 바라보았다. 억호 역시 우리 동업직물뿐만 아니라 나루터집도 생각하고 있다는 조 관찰사 이야기가 썩 내키지 않는다는 빛을 내보였다.

"거기 김비화라는 여주인도 곧 불러서 만나볼 예정이오."

조 관찰사는 흡사 자기 부하들끼리 경쟁을 붙게 하여 더 상관에게 충성을 다하도록 하는 영악스러운 우두머리 같았다.

"대단한 여장부야. 땅을 굉장히 많이 가지고 있다더구먼, 땅을."

서권향을 맡은 티가 묻어나는 어조로 말했다.

"대저 땅의 가치를 알고 있다는 것은 범상한 일이 아니지."

그러더니 그는 느닷없이 오묘하고 야릇한 웃음을 지으면서 억호더러 가슴이 철렁 내려앉을 소리를 했다.

"부인이 그렇게 미인이라고 들었네."

"예? 미, 미인."

억호 못지않게 배봉도 잔뜩 경계하는 빛을 늦추지 못했다.

"왜 그렇게 놀라지?"

조 관찰사는 억호 오른쪽 눈 밑에 나 있는 크고 검은 점을 유심히 보면서 그저 지나가는 투로 말을 이어갔다.

"내가 특별히 놀랄 소리를 한 것도 아니라고 보는데?"

억호는 왼손을 들어 그 점을 숨기듯이 하면서 말했다.

"아, 아이옵니더! 미인은 무신?"

그러나 조 관찰사는 딱 잡아떼는 네 속셈 다 안다는 듯 단도직입적으로 물어왔다.

"해랑이라고, 이 고을 교방 관기 출신이라고 하던데 그게 사실이오?"

"……."

그것은 해랑을 제 첩으로 삼을 수도 있다는 협박 내지는 경고성 섞인 소리였다.

어디로 가야 하나

　비어사 동자승이 진무 스님 서찰을 들고 나루터집을 찾았다. 작은 얼굴이 동그랗고 두 눈이 무척 맑은 어린 중이었다.

　"스님께서는 팽온(평온)하신지?"

　비화는 진무 스님을 만난 것같이 기뻐했다. 조심스럽게 안부를 묻는 음성이 가늘게 떨려 나왔다.

　"해나 다린 일은?"

　동자승은 별다른 일은 없다는 듯 고개를 내저으며 손에 든 것을 내밀었다. 비화 입에서 자신도 모르게 이런 말이 나왔다.

　"아, 스님께서 무탈하시다이 증말 감사합니더, 부처님."

　하지만 서찰을 읽어본 비화 두 눈에 금방 눈물방울이 맺혔다.

　"낼 모레 글피가 염 부인께서 돌아가신 날이구마."

　세월의 무상감이 비수처럼 비화 가슴팍에 와 꽂혔다. 또한, 그날의 기억이 염 부인이 저 비어사 대웅전 뒤편 고목에 목을 매단 명주 끈같이 목을 크게 죄어와 숨을 쉬기조차 힘들었다.

　"인자 진무 스님도 진짜로 늙으셨는갑다."

비화는 동자승을 앞에 앉혀놓고 제 감정에 겨워 계속 혼자 중얼거렸다.

"장 혼자서 재齋를 지내시더이, 요분에는 기운이 딸려서 안 되것다꼬, 내도 와서 같이 맹복(명복)을 비는 불공을 드리자꼬 하시는 거 본께."

급기야 비화 눈에서 눈물방울이 옷 앞섶으로 굴러 내렸다. 그걸 본 동자승이 코를 훌쩍이며 고개를 모로 꺾었다.

"이런 연락 안 하시도, 내가 가봐야 하는 기 사람 도린데."

"……."

"저승에 계시는 염 부인께서는 또 올매나……."

동자승은 아직은 어려도 진무 스님을 모시는 시자侍者답게 아무 말이나 허투루 하지 않고 의젓해 보였다.

"그동안 장사가 바뿌다는 핑개로 몬 가본 내가 죄가 많거마는. 사람은 지가 에려블 때 받은 도움을 잊아삐리모 안 되제."

비화는 동자승 바랑에 시주 돈을 듬뿍 넣어주며 말했다.

"그날 꼭 재에 참석하것다꼬 스님께 전해주소."

"예, 그리 말씀 올리것심니더."

동자승은 임무를 수행한 사람이 뿌듯함을 맛보는 듯한 얼굴로 말했다.

"큰스님께서도 증말 기뻐하실 깁니더."

비화는 소맷자락으로 눈물을 닦았다.

"살피 가소."

"그라모 그날……."

동자승이 돌아간 후 비화는 방에 혼자 누워 눈알이 빨개지도록 베갯머리를 적셨다. 지난날 남편 재영이 허나연에게 미쳐서 집을 나가고 없을 때, 염 부인이 준 안골 백 부잣집 일감이 아니었다면 오늘의 비화도 나루터집도 없을 것이다.

'이누움! 악귀가 우짜다가 사람 탈바가치를 둘러쓰고 나와갖고?'

이런저런 상념의 뒤끝을 물고 배봉을 향한 분노와 증오가 부글부글 끓어올랐다. 그날, 여우와 멧돼지 같은 산짐승이 곧잘 출몰하여 사람을 놀라게 하는 학지암 가는 캄캄한 숲속에서 그놈에게 능욕 당하던 염 부인 모습과, 그 얼마 후에 비어사 대웅전 뒤편 고목에 명주 끈으로 목을 매달아 죽어 있던 염 부인 모습이, 바로 어제인 양 또렷이 되살아났다. 그것은 안 화공이 그린 그 고을 풍경만큼이나 비화 가슴에 영원히 남아 있을 것이다.

'내 몬났다, 에나 몬났다. 이리키나 몬날 수가?'

부모님과 염 부인에 대한 복수가 이렇게까지 힘이 들고 어려운 줄 몰랐다. 이제 놈에게 겨우 다가갔다 싶은데 어느새 놈은 또 저만큼 훌쩍 앞서 있다. 마치 넌 절대로 나에게 안 돼, 하고 놀리기라도 하는 듯했다. 어쩌면 배봉가는 난공불락의 성채인지도 모른다. 그뿐만 아니라 이제는 해랑까지 합쳐졌다.

그때 방문 두드리는 소리와 함께 원아 목소리가 들렸다.

"준서 옴마 시방 안에 있나?"

"예, 작은이모."

비화는 서둘러 눈물을 훔쳐내며 일어나 앉았다. 원아는 록주에게 젖을 물리기 위해 잠깐 안채에 왔다가 댓돌에 얹힌 비화 신발을 발견한 것 같았다.

"그날 내도 같이 가모 안 되까?"

아마 그녀는 동자승에게 방문 목적을 들은 듯했다.

"우리 록주, 부처님께 얼골 한분 비이드리거로."

"에나 안 믿기예."

비화는 원아 품안에서 잠시도 쉬지 않고 방실방실 웃고 있는 록주의 작고 발그레한 뺨을 손가락으로 살짝 꼬집으며 물었다.

"록주가 증말 작은이모 부부 자슥 맞아예?"

원아의 크고 둥근 눈이 물었다.

'와?'

"부모는 백날 가도 안 웃는데, 우찌 저리 잘 웃는고."

그 소리 끝에 비화는 문득 가슴 복판이 쓰리고 아파왔다. 한화주 그 분은 어땠을까 하는 생각이 일었던 것이다.

"같이 가 주시모, 진무 스님께서 상구 기뻐하시것지예."

그러다 부지불식간에 이런 말도 나왔다.

"염 부인도 반기실 기고예."

그러나 원아는 마음이 퍽 아픈지 그 말에는 일절 대꾸도 없이 조심스럽게 꺼내는 얘기가 심상찮았다.

"실은 안 있나, 내가 쪼매 들은 소리가 있어갖고."

강에서 놀고 울어야 마땅할 물새란 놈이 또 인가 지붕에까지 날아온 모양이었다. 살림채 지붕 위에서 물총새 소리가 들려오고 있었다.

"그래 준서 옴마한테 해줄라꼬."

"머신데예?"

비화는 록주 얼굴에 가 있던 눈을 들어 원아를 바라보았다. 그녀 표정이 예사롭지 않아 뭔가 느낌이 좋지 못했다.

"안 화공이 성내 북장대 쪽에 있는 '이광악나모' 그릴라꼬 갔다가……."

거기서 원아는 조금 망설이는 눈치였으나 이왕지사 이야기하기로 마음먹었으니 숨김없이 다 털어놓아야겠다는 듯 말하고는 잔뜩 긴장하는 빛을 보였다.

"영남포정사에서 막 나오는 배봉이하고 억호를 먼발치서 봤다쿠는 기라."

"배봉이하고 억호가 영남포정사에서예?"

"하모."

비화 안색이 순식간에 바뀌었다. 어떤 불길한 예감이 번개같이 머리를 스쳐갔다. 비화 음성이 사뭇 흔들려 나왔다.

"영남포정사에서 나왔다모, 그거는 관찰사 집무실이 있는 선화당에 갔다쿠는 그 소리가 아입니꺼?"

"와 아일 끼고."

원아도 여간 우려하는 기색이 아니었다. 록주를 추슬러 안았다.

"그것들이 관찰사를 만냈던 기라."

비화는 더없이 무겁고 어두운 얼굴로 곱씹었다.

"관찰사를 만냈다쿠모?"

그때였다. 지금까지 예쁘게 잘 웃고 있던 록주가 갑자기 경기 든 아이처럼 자지러지는 울음을 터뜨렸다.

"으아앙~."

"어이구, 우리 록주! 록주가 각중애 와 이라노?"

원아가 얼른 일어서서 록주를 둥개둥개 해주면서 달래는 동안, 비화는 그대로 앉은 채 멍하니 깊은 상념에 잠겼다.

'조 관찰사가 부임한 지 아즉 올매 돼도 안 했는데.'

느낌이 너무너무 나쁘다. 목사를 매수하여 나루터집에 특별세무조사까지 나오게 만든 배봉이다. 관찰사를 구워삶으면 그보다 훨씬 더 심한 횡포를 가해올 수도 있다. 얼이가 몹시 억울하다는 듯 분개하며 하던 말이 떠올랐다.

"배봉이하고 점벡이 행재 고것들 집하고 사람하고 모도 불태우고 쥑이삘라 캤는데, 그리 몬 한 기 에나 한이 됩니더, 누야."

얼이는 주먹을 죽창이나 몽둥이같이 흔들면서 또 말했다.

"요분에는 왜눔들하고 싸우는 일이 상구 더 급하고 중요해갖고예, 악덕 부자하고 몬된 탐관오리를 한거석 처단 몬 했다 아입니꺼?"

어쩌면 임술년 농민항쟁 당시 호되게 당한 기억이 남아 있어, 악덕 부자나 탐관오리들이 이번에는 미리부터 철저히 방어해놓고 있었는지도 모르겠다. 그런 면에서는 얼마나 약삭빠르고 철두철미한 인간들인가 말이다.

"어, 록주가?"

"그런께 아아라 안 쿠나."

그런 소리가 나올 만했다. 잠시 후 록주는 내가 언제 그랬냐 싶게 새근새근 잠이 들었다. 한번 깊이 잠들면 옆에서 누가 굿을 해도 모르고 자는 게 또 록주다. 젖먹이일 때부터 효녀 심청이다.

"우리도 무신 방도를 취해 놔야 안 되까?"

그러면서 록주를 품에 안은 채 다시 비화 옆에 그림자같이 조용히 와 앉는 원아도, 안 화공 그림 사건과 특별세무조사가 떠오르는 모양이었다. 그런데 고개를 반짝 치켜든 비화는 엉뚱한 소리를 내비치기 시작했다.

"이광악나모 그릴라꼬 가싯다꼬예? 작은이모도 아시지예? 이광악나모 말입디더."

원아는 록주가 깰세라 소리를 낮추었다.

"시방 나모가 중요한 기 아이제."

쌍꺼풀이 예쁜 원아 눈에 안개 같은 기운이 뿌옇게 서렸다. 언제나 카랑카랑한 음성도 소금에 절인 배추 이파리처럼 축 늘어진 기운을 담고 있었다.

"배봉이하고 억호가 관찰사 만나서 또 무신 몬된 수작 부릴랑고 안 모리나."

원아는 비화가 현재 상황에 지나칠 정도로 안이하게 대처하고 있는 것이 아닌가 하고 염려하는 것이었다. 그것은 단순한 노파심에서만은 아닐 것이다. 그녀는 이런 말도 했다.

"지난분 남강 백사장에서 열릿던 소싸움 때 해귀가 천룡이한테 몬 이긴 기 성나갖고, 해귀를 도살장에 보낼라캤다는 소문도 그새 잊아삔 기가?"

비화 눈앞에 그때 당시 소싸움 광경이 되살아났다. 참으로 애태웠던 순간이었다. 그것은 단순한 소싸움이 아니라 공개적으로 두 집안 알력과 투쟁을 보인 일이기도 하였다.

"억호 심복 양득이가 사정사정해갖고 개우시 막았다 쿠데."

그 말끝에 원아는 몸까지 떨어 보였다. 혼례를 치르고 자식까지 생겼지만, 아직도 심약한 것은 처녀 시절과 마찬가지였다.

"그런 인간이 배봉인 기라. 점벡이들은 또······."

비화 눈이 방 한쪽에 갔다. 그곳에는 그녀가 시댁 마을인 새덕리에서 독수공방할 때 가지고 있었던 아주 작고 낡은 농짝 하나가 놓여 있었다.

"하이고! 고거를 아즉도 안 내삐리고?"

언젠가 밤골 댁이 놀러 왔다가 그 농짝을 보고 기절할 사람처럼 굴었었다.

"내중에 골동품 가게에 내다팔모 큰돈 되것다, 큰돈 되것어!"

그때 함께 있던 우정 댁이 밤골 댁더러 핀잔주듯 말했다.

"뱁새가 황새의 깊은 뜻을 우찌 알리요."

그러자 밤골 댁이 맞받아쳤다.

"내사 가래이 찢어져도 황새 따라갈라쿠는 뱁새가 상구 더 좋소. 첨부텀 싹 다 포기하고 아모것도 안 할라쿠는 뱁새는 다리몽디이를 탁 분질러갖고 부지깽이로나 쓰는 기 제격인 기라요."

비화가 괴롭거나 힘들 때면 그 농짝을 보면서 마음을 다진다는 사실을 알지 못하는 밤골 댁은 아니었다. 하지만 이제 그만큼 성공했으니 지난 시절의 침침한 기억들은 전부 치워버리라고 종용하고 싶은 게 밤골 댁 심정이었다. 그리고 그건 밤골댁 자신에게도 해당되는 이야기였던 것이다.

그때 다시 들려온 원아 말이 비화 정신을 돌려놓았다.

"내보담도 준서 옴마가 더 잘 암시롱……."

그러나 농짝에서 눈을 돌린 비화는 한층 삐딱한 여자같이 나왔다.

"이광악나모 그리놓으모 에나 멋질 기라예. 안 그래예?"

"시방 나모가 중요한 기 아이라 캐도?"

원아가 약간 화난 목소리로 말했지만 비화는 더 엇나가는 이야기를 했다.

"작은이모부 보고예, 그 그림 다 완성되모 딴 데 넘기지 말고 꼭 지한테 파시라꼬 해주이소."

비화는 허공 어딘가에 대고 무슨 주문 외듯 계속 말했다.

"돈은 달라쿠는 대로 다 드린다꼬예."

원아는 어이없다는 표정을 풀지 못했다.

"우리 사이에 돈 이약할 끼가?"

그에 대한 비화 응답이었다.

"돈 이약 안 하모 그냥 되는 일이 한 가지라도 있던가예?"

"그리쌌지 마라."

원아 얼굴 가득 서운하다는 빛이 서렸다.

"조카가 멤에 들어하모 그냥 줘도 그냥 줄 사람이다, 안 화공이."

비화는 더더욱 그녀답지 않게 나왔다.

"작은이모부 그림이 오데 얼라가 항칠한 깁니꺼, 공짜로 주거로."

원아는 한심하다는 어조로 나왔다.

"준서 옴마가 원하기만 원하모, 내가 부탁해서라도 그 이광악나모 열 점, 아니 백 점도 공짜로 그리줘라 쿠께. 인자 됐나?"

그렇지만 비화는 아직 안 된 모양이다. 갈수록 딴청을 부린다.

"그 이광악나모에 얽혀 있는 역사를 새기보모……."

원아가 비화 말을 끝까지 듣지 않고 싹둑 잘랐다. 어지간히 마음이 상해 있지 않고서는 그런 짓을 할 그녀가 아니었다.

"시방 내하고 역사 공부 할라쿠는 기가?"

잘 자다가 그 소리에 깜짝 놀랐는지 록주가 잠결에 크게 한 번 몸을 뒤채고 나서 다시 잠잠해졌다. 그런데 비화는 정말 역사 공부를 하려는 사람 같았다.

"수성장守城將 목사 김시민 장군이 이마에 왜늠 조총을 맞아 죽 자……."

이번에도 원아는 듣고 있을 인내심을 잃은 사람처럼 했다.

"인자 배봉이하고 점벡이 행재 고것들 이약갖고는 모지래서 왜늠들 이약꺼정 하고 싶은 모냥이제?"

하지만 지난날 어린 그녀에게 그 고을에 얽혀 있는 이런저런 이야기 들을 들려주곤 하던 아버지 호한을 고스란히 빼 박은 듯한 비화였다. 만 약 얼이가 옆에 있었다면 스승 권학을 떠올렸을 것이다.

"당시 곤양군수로 있던 이광악이 김시민 대신 조선 군사를 지휘했다 지예."

원아는 비녀가 빠져 달아날 만큼 아주 신경질적으로 머리를 세게 내 저었다.

"모리것다, 모리것다."

비화는 잠든 록주 얼굴을 응시했다.

"머시든지 알아놓으모 나뿔 거는 없지예."

원아는 자리에서 일어날 자세까지 취하며 덩달아 삐딱한 여자처럼 했다.

"내사 그런 거 관심도 없고, 또 아는 거도 없은께, 내 앞에서 그런 이약 더 하지 마라, 조카."

아는 것은 없을지 몰라도 관심이 없는 것은 아닐 것이다. 그 고을 사람치고, 아니 조선 사람이라면 누구라도 그냥 흘려듣지 않을 것이다.

"우리 록주도 들으모 좋것심니더."

그러면서 비화도 조금 전 원아처럼 고개를 함부로 흔들어댔다. 그러고는 남에게 말해준다는 것보다도 스스로에게 각인시키듯 말했다.

"그때 이광악 장수가 기대서 싸우던 큰 느티나모가 이광악나모 아입니꺼?"

원아도 그런 사실에 대해서는 들은 적이 있다. 안 화공 역시 애틋하면서도 자랑스러운 그 역사적 사연을 잘 알기에 그 나무를 화폭에 담으려고 한 것이다.

"그래갖고 왜적을 완전히 물리쳐서 성을 지키냈고예."

그런데 거기서 비화는 더 말을 잇지 못했다. 베개에 얼굴을 파묻더니 어깨를 마구 들썩이며 울기 시작했다.

"주, 준서 옴마."

원아는 그제야 비화가 해 보인 반응을 이해할 수 있었다. 비화는 '이광악나무' 같은 힘을 간절히 원하고 있다. 그 느티나무 이야기를 통해 배봉 집안과 싸울 용기와 힘을 얻고자 하는 것이다.

그러나 그 순간까지도 그들은 까마득히 몰랐다. 배봉과 억호를 만난 조 관찰사가 이번에는 비화더러 관찰부 선화당으로 오라고 하는 전갈을 보내올 줄이야. 더 난감하고도 혼란스러운 것이, 하필이면 출두하라는 그날이, 비화가 동자승을 통해 진무 스님에게 꼭 가겠다고 굳게 약속한 염 부인 재齋를 올리는 바로 그날이었다.

나루터집은 크나큰 불안과 근심에 싸였다. 장사는 아예 저 뒷전으로 물러나고 너나없이 한입으로 말했다.

"우짜노? 와 준서 옴마를 부리는 기꼬?"

"그런께 말입니더. 안 갈 수도 없고 우째야 할랑고."

우정 댁과 원아는 물론이고 다른 주방 아주머니들도 모두 일이 손에 잡히지를 않는 듯했다.

"조 관찰사에 대한 고을 백성들 팽(평)을 들어보모, 머를 잘해줄라꼬 부리는 거는 절대 아인 거 매이다."

나루터집 사람들은 주인이니 고용인이니 하는 개념 자체부터가 없었다. 모두 하나의 콩나물 독 안에서 같이 물을 먹으며 함께 자라는 콩나물들이었다.

"암만캐도 예감이 너모 안 좋소. 안 가도 될 방법이 없것소?"

재영은 자신의 능력에 한계를 느끼는 사람의 자조와 걱정에서 헤어나지를 못하고 그런 소리만 했다. 비화가 난삽한 표정을 지으며 가만히 말했다.

"세도가 보통이 아인께네예."

조 관찰사가 배봉 부자에게 말하듯이 그 당시 관찰사 권한은 참으로 막강했다. 극히 중요한 정사政事가 아니면 조정 명령에 따를 필요가 없었다. 입법, 사법, 행정 등 모든 것을 한 손에 거머쥔 절대 권력자였다.

그런 조 관찰사가 이미 배봉과 한통속이 돼 있을 것이다. 배봉의 밀고를 받고 불렀든 조 관찰사 혼자 계산으로 불렀든 간에, 너무나 힘겨울 어떤 일이 기다리고 있을 것이다. 조 관찰사는 그곳에 부임한 지 얼마

지나지 않았는데도 벌써 고을 백성들 사이에 원성이 자자했다. 선화당 쪽을 향해 발길질 하거나 침을 뱉는 자도 있었다. 오죽하면 개들도 그 쪽으로 오줌을 갈기고 새들도 거기로 배설물을 뿌린다는 소리까지 나올까?

시간은 무심한 남강 물처럼 흘러 비화가 출두해야 할 날이 하루 앞으로 다가왔다. 바로 내일이었다. 모두 비화가 어떤 결정을 내릴 것인지 더할 수 없이 안타깝고 걱정스러운 눈빛으로 지켜들 보았다. 하지만 정작 당사자인 비화는 아직도 마음을 정하지 못했다.

관찰부나 비어사, 그 어느 한 곳도 소홀히 대할 수 없다. 고을 최고 권력자 명령을 따르지 않았다가 당할 후환을 감안하면 선화당에 출두해야 하고, 인간적으로 보면 응당 염 부인 재齋에 가야 한다. 무엇보다 진무 스님이 각별히 동자승을 시켜 서찰까지 보내 참석하라는 불공 자리가 아닌가?

"내 열두 분도 넘거로 궁리해 보고 궁리해 봤는데, 암만캐도 관찰사 분부를 따라야 할 꺼 겉소. 안 그랬다가는 무신 화를 당할지 모리요."

재영이 깊은 고민 끝에 내린 의견이었다. 그런데 준서 생각은 다른 것 같았다.

"아모것도 모리는 에린 지가 감히 드릴 말씀은 아입니더마는."

"준서, 니……."

재영이 입을 열려다가 그만두었다. 준서도 더 말을 잇지 못했다.

"괘안타. 함 말해 봐라."

비화 재촉에 준서는 어머니를 닮아 아주 웅숭깊어 보이는 눈을 빛내며 얘기했다.

"똑 진무 스님 말씀이 아이더라도, 장 옴마가 팽생 은인이라꼬 이약하시는 염 부인 재가 아입니꺼?"

"그래서?"

비화보다 재영이 먼저 물었다. 준서는 이렇게 대답했다.

"머보담도 옴마는 부처님께 약속하신 깁니더."

비화 가슴이 지난날 염 부인에게 일감을 받아 바느질하다 실수로 바늘에 찔렸던 것처럼 뜨끔했다. 부처님과의 약속.

'준서가 저리 이약하는데…….'

마음의 갈피를 잡지 못하고 있는 비화 눈치를 살피던 재영이 음식을 급히 먹다가 사레들린 사람같이 계속 딸꾹질을 해댔다.

밝은 낮이 지나고 절망을 묻힌 밤이 왔다. 그날 장사를 파하고 각자 자기들 처소로 갔던 나루터집 식구들이 비화 가족이 모여 있는 방으로 몰려왔다.

"우리 모도 잠이 안 와서 왔다."

모두를 대표해 그렇게 말하는 우정댁 얼굴이 부황 난 사람처럼 아주 부석부석해 보였다. 재영이 지푸라기라도 잡는 심정으로 말했다.

"잘들 오싯심니더. 안 그래도 아즉꺼정 판단을 몬 내리서 고민하고 있는 중입니더."

"준서 옴마!"

록주를 안은 원아가 준서 옆에 앉으며 말했다.

"천재 하나보담도 반피(바보) 둘이 낫다꼬 안 하나."

원아는 이마를 덮은 록주의 머리카락을 손가락으로 쓸어주며 말했다.

"우리 여럿이서 머리를 짜내 보모, 쪼꼼이라도 더 안 낫것나 시푸다."

재영 가까이 자리한 얼이가 분에 찬 목소리로 말했다.

"선화당에 출두하라쿤께, 더 성이 막 납니더."

하루가 다르게 장성해가는 얼이에게는 누구도 막지 못할 것 같은 위험한 기운이 풍겨 나오고 있었다.

"함 생각해보이소. 임술년에 울 아부지가 농민군 하실 적에도 점령했고, 지난분에 우리 동학농민군도 점령했던 데가 선화당 아입니꺼?"

누군가가 퍽 아쉽다는 목소리로 말했다.

"그랬디제."

얼이는 허공에 대고 주먹질을 하며 억울해했다.

"그때 거를 고마 확 없애삐야 했다 아입니꺼."

우정 댁이 얼이 말을 잘랐다.

"시방 과거사 꺼낼 때가 아이다."

치맛자락 끝을 들어 몸에 홱 돌려 감으면서 말을 계속했다.

"내일 당장 우짤 낀고, 그기 더 급한 기라. 발 불 말이다."

그 말에 모두 목을 움츠렸다. 내일. 말이 내일이지 지금이 밤이니 이제는 시간도 얼마 남지 않았다. 실로 뼈를 삭게 하고 피를 마르게 하는 순간이었다.

"후~우."

누군가의 긴 한숨에 호롱 불꽃이 까무룩 꺼지려 했다가 간신히 살아났다. 바람 앞의 등불이 거기 있었다.

"준서 옴마, 우짤래?"

아무도 과녁을 찾지 못하고 빙빙 맴돌던 화살촉은 결국 당사자인 비화에게 날아갔다. 우정 댁은 손바닥으로 가슴팍을 꾹꾹 누르고 인상을 찌푸리며 얘기했다.

"내 속이 아궁지보담도 더 시커멓기 탔을 끼다."

또다시 바닷속같이 깊고 긴 침묵이 흘렀다.

"지가 한 가지만 물어봤으모 합니더."

이윽고 비화가 좌중을 둘러보며 천천히 입을 뗐다.

"부처님하고 관찰사가 한꺼분에 부리모, 누한테 가는 기 맞것심니꺼?"

그러자 모두들 갑자기 웬 부처님? 하는 얼굴이더니, 누군가 '부처님' 했다.

"임금님하고 부처님이 그리해도 똑같이 답하것다."

우정댁 그 말을 받아 비화가 말했다.

"갤론 냈심더. 비어사에 갑니더."

그때 그 방에 들어온 후로 시종 입을 다물고 있던 안 화공이 반란군 소리 지르듯 했다.

"관찰사한테 잽히가서 죽을 수도 있심니더!"

"죽을 수도……."

모두 몸을 움찔했다. 최악의 경우까지를 일깨워주는 말이었다.

"모도 알지예?"

'비화의 역사'인 작고 낡은 농짝이 삐거덕거리는 소리를 내는 듯했다. 지난날 염 부인이 준 일감을 넣어두기도 했던 농짝이었다.

"모리는 기 아이다 아입니꺼?"

알고 있으면서도 수긍하고 싶지 않은 이야기까지 나왔다.

"이거는 관찰사가 오라꼬 부리는 기 아이고, 배봉이가 부린다쿠는 거 말입니더!"

방안 가득히 묘지와도 같은 고요만 물살처럼 차오르고 있다. 누구도 더 말이 없다. 호롱불만 저 혼자 화르르 타오르다간 깜빡깜빡 했다.

나루터집 식구들은 뜬눈으로 밤을 지새웠다.

하지만 록주만은 그렇지 않았다. 보통 땐 자다가 서너 차례는 잠을 깨곤 하는데, 그날 밤은 꼭 거짓말같이 한 번도 일어나지 않았다. 원아에게 그 얘기를 들은 비화가 홍조 띤 얼굴로 말했다.

"우리 록주가 부처님입니더, 작은이모."

"나무관세음보살."

원아는 두 손 모아서 부처님께 기도를 드렸고, 비화는 소리 없이 빙그레 웃기만 하였다. 그 모습이 원아 눈에 세상에 다시없이 그렇게 평온해 보일 수가 없었다. 이미 모든 걸 운명의 손에 맡기기로 한 비화였다.

"오늘은 이상하거로 안 가고 싶거마."

원아가 어제와는 다른 소리를 했다. 평소 그런 사람이 아니었다.

"같이 가것다꼬 하시더이?"

의아해하는 비화 말에 원아는 벌써 마음을 굳힌 듯했다.

"내는 담에 가 보기로 하고, 요분에는 준서 옴마 혼자만 가라이."

록주를 부처님께 보이고 싶다던 원아는 그렇게 말했다. 아무래도 분위기가 너무나 뒤숭숭하니 집 안에 눌러앉아 있기로 작정한 모양이었다.

"댕기오것심니더."

비화는 흡사 전쟁터에 나가는 병사처럼 비장한 얼굴로 모두에게 말했다. 저 관찰부 일은 무시하고 잊어버리기로 다짐했다. 이왕 패는 던져졌다.

집을 나오니 발걸음이 바람에 실려 가는 듯이 빨라졌다. 아마도 부처님께 의지하고 싶은 마음이 그렇게 행동으로 나타나는 것인지도 몰랐다. 언제 봐도 더없이 정겨운 나룻배들이 둥둥 떠 있는 상촌나루터가 금방 뒤로 물러나고 읍내가 저만큼서 달려왔다.

"아, 예전 그대로네!"

비화는 감회에 젖어 자신도 모르게 입을 열었다. 사실은 예전도 아니지만 요 며칠간을 지낸 게 몇 해는 더 보낸 것 같아서였다.

"안 변하는 기 있은께 좋다 아입니꺼."

준서가 팔순 노인처럼 말했다. 모든 걸 잊으려는 비화는 아들 머리라도 쥐어박을 것같이 하였다.

"알것다, 요 아 영감아."

지금 어머니 심정이 어떠할지를 익히 알고 있는 준서 또한 짐짓 장난기 담은 목소리로 응했다.

"영감이모 영감이지 아 영감은 머라예?"

"머?"

준서는 마침 지팡이를 짚고 그들 옆을 지나가는 허리 굽은 노파를 보면서 말했다.

"그라모 '아 할매'라쿠는 말도 있어야 하는데예."

그 순간 비화가 얼핏 느끼기에는, 준서는 '빡보 준서'는 없다는 것을 어머니에게, 아니 그 자신에게 각인시키려는 아이 같았다.

"아 할매라쿠는 소리는 아모도 안 한다 아입니꺼?"

"와 아모도 안 해? 방금 니가 했다 아이가?"

"옴마는 장군의 딸……."

고을 북쪽 골짜기에 자리하고 있는 비어사는 변함이 없었다. 아마 천년 세월이 흘러가도 마찬가지일 듯했다. 눈이 녹지 않아도 춥지는 않다는 비밀의 사찰. 그 절집이 그들의 나루터집만큼이나 포근하게 다가왔다. 오늘은 서당에 나가지 않고 꼭 절에 따라가겠다고 고집 피운 준서가 그렇게 대견하고 믿음직스러울 수 없었다.

"아!"

절집 마당에 들어섰을 때 가장 먼저 그들 모자를 맞은 것은, 진무 스님도 동자승도 또 다른 불제자도 아닌 진돗개 '보리'였다.

'컹!'

보리는 놀랍게도 준서를 알아보았다. 속세의 몇 년 세월이 불가佛家의 시간으로는 단 며칠밖에 되지 않는지도 모른다.

"보리야, 우리 보리. 잘 살았나?"

준서가 두 팔로 보리 목을 얼싸안았다.

'컹컹.'

보리가 내는 소리가 준서 옷에 가 닿았다가 정갈한 마당 가로 흩어지는 게 눈에 보이는 듯했다. 보리는 붉은 혀를 내밀어 준서 흰 손등을 핥아댔다.

"……."

그 모습을 지켜보는 비화 가슴이 찢어질 듯이 아파왔다. 마마신의 저주로 곰보가 돼버린 이후로 준서는 사람보다 자연에 관심이 높았고, 짐승이나 물건 같은 것을 더 좋아했다.

'아모래도 그기 정상이 아일 수도 있다 아이가.'

문대 아버지 서봉우 도목수가 지은 법당 별채를 바라보던 비화는 대웅전 뒤로 눈이 갔다. 금세 그 눈에 눈물이 피잉 돈다. 하늘에서 하얀 명주 끈이 내려오는 것 같았다. 안 화공 우려처럼 관찰부에 잡혀가서 죽는 한이 있더라도 잘 왔다는 생각이 들었다.

그들 모자가 잠시 그러고 있을 때였다. 성내 북장대에 있는 '이광악나무'를 방불케 하는 느티나무가 우뚝 서 있는 저쪽에서 사흘 전 나루터집에 왔던 그 동자승이 반가운 얼굴로 뛰어오고 있는 게 보였다. 그는 두 사람을 향해 합장부터 한 후 입을 열었다.

"얼릉 오시이소. 큰스님은 새벽겉이 대웅전에 들어가시갖고 여지껏 한 분도 밖으로 안 나오심니더."

비화도 얼른 두 손바닥을 모았다.

"아, 예에."

나이는 준서와 엇비슷해 보이는데, 그 하는 말이나 행동은 준서도 못 따라갈 만큼 완전 늙은이다. 저 동자승 부모는 누구일까? 행여나 죽지는 않았을까? 살아 있다면 어디에? 비화는 짠한 마음으로 잠깐 그런 생각을 했다.

"스님! 비화가 왔심니더. 준서도 같이 왔심니더."

법당 밖에서 비화가 큰소리로 고했다. 안에서는 대답 대신 기침 소리가 새 나왔다.

"쿨럭, 쿨럭."

동자승이 연꽃 모양 창살이 약간 자수처럼 놓인 격자무늬 법당 문짝을 살짝 열자 거기 부처님 앞에 정좌하고 있는 진무 스님의 굽은 등부터 보였다. 어쩐지 상촌나루터 터줏대감 달보 영감을 연상시켰다. 동자승, 비화, 준서의 순서대로 들어갔다. 진무 스님은 두 눈을 감은 채 고개도 돌리지 않았다.

비화는 경건한 마음으로 법당 안을 둘러보았다. 그녀가 도착하면 곧바로 재를 올릴 수 있도록 모든 준비가 다 돼 있었다. 시간에 쫓기는 그녀를 위한 진무 스님 배려에 저절로 고개가 숙여졌다.

백색과 황색 초 몇 개가 불을 밝혀주고 있는 대웅전은 엄숙하면서도 아늑했다. 저 향불 냄새는 염 부인도 맡고 있을 것이다. 언젠가 진무 스님께서 일러주신 말이 있다. 영혼은 음식을 냄새로 먹는다고. 산 자와 죽은 자가 냄새로 대화를 나눌 수 있었으면 좋겠다는 생각이 들었다.

"마님, 염 부인 마님."

비화는 지극정성으로 재를 올리는 내내 흐느끼기만 했다. 피맺히게 우는 새처럼 온몸을 흔들며 울었다. 진무 스님도 불경을 외다가 목이 메는지 한참을 멈추기도 했다. 그러면 법당 안의 공기도 흐름이 멎는 듯했다.

준서는 고개를 똑바로 들고 부처님을 올려다보았다. 부처님은 따스한 손길로 내 얼굴에 난 곰보딱지를 어루만져주고 계실지도 모른다고 생각했다. 그러자 자꾸만 눈물이 나려고 해서 준서는 혼이 났다.

'부처님, 저희를 보호해주이소.'

준서는 준서대로 기도했다.

'시방쯤 관찰사가 장졸들을 보내갖고, 집안에 난리가 벌어지고 있을지도 모립니더.'

그런 광경이 눈앞에 어른거려 준서는 더욱더 간절하게 빌었다. 자기 또래 동자승을 본 후로 한층 어른스러워지는 그였다.

'지발 지발 아모 일이 없거로 지키주시이소, 부처님.'

준서의 그 간곡한 기도에 대한 부처님의 응답일까? 아까부터 대웅전 안을 향해서 보리가 자꾸 짖어대고 있다. 진무 스님 음성만큼이나 늙고 목쉰 소리다. 사람이나 짐승이나 나이가 들면 좋은 게 없는 성싶었다.

'컹! 컹컹!'

보리는 전생에 무엇이었을까? 어쩌면 소복을 입은 채로 깊은 한을 품고서 죽어간 여인이었을지도 모른다. 저 눈 시리고 슬플 정도로 새하얀 털을 보면.

다음 세상에서는 어떤 모습으로 환생하려나. 저 보리도 조금 더 세월이 가면 코가 아니라 영혼으로 준서 냄새를 맡게 되겠지, 하는 생각을 하다 비화는 지금 거기 피어오르는 촛불처럼 파르르 몸을 떨었다. 관찰사 명을 거역한 죄로 죽임을 당하면 나도 영혼으로만 존재할 것이다. 하지만 후회는 하지 않을 것이다. 염 부인 영혼과 반갑게 만나 서로 기뻐할 거야. 이별이 없는 그런 영원한 세상에서.

"수고했다."

재齋가 끝났다. 진무 스님이 말했다.

"비화, 비화를 불러주이소. 이번에도 재를 올릴 날짜가 다가오자, 염 부인이 꿈에 나타나 그 말씀을 하시더구나."

"……"

250

준서가 놀란 눈빛으로 비화를 바라보았다. 하지만 사려 깊은 그는 아무것도 묻지 않았다. 진무 스님이 건조한 목소리로 말했다.

"그전에도 늘 그러셨지만, 난 널 부르지 않았다."

준서를 부르는 듯 보리는 연이어 컹컹대고 있었다. 진무 스님은 대사지 못 가를 스치는 바람 소리 같은 한숨을 내쉬고 나서 말을 이었다.

"비화 넌 할 일이 많은 몸 아니냐."

비화가 어깨를 들썩이며 크게 울먹였다.

"염 부인께서 지를 한거석 서분해하실 깁니더, 스님."

진무 스님은 조용히 고개를 가로저었다.

"아니야. 모두 이해하고 계실게야."

그에게서는 여전히 '바스락' 하고 마른 나뭇잎 소리가 났다.

"그분이 살아 계실 때 얼마나 속이 너르고 자상하신 분이었는지 네가 누구보다도 더 잘 알고 있지를 않으냐."

"흑."

비화는 또다시 오열을 터뜨리고 말았다. 진무 스님은 비화의 눈물을 말리지 않았다. 그 대신 이렇게 말했다.

"하지만 내가 죽기 전에 꼭 한 번은 염 부인 부탁대로 해드려야겠다고 결심했다."

바로 그때였다. 비화가 부처님 뒤쪽에 나타난 염 부인을 본 것은. 그런데 이게 웬일인가? 염 부인은 쌓아놓은 기왓장을 위태롭게 딛고 올라서서 명주 끈으로 고목에 목을 매고 있는 모습이었다. 심지어 부처님 몸이 고목으로 보이기까지 했다.

"염 부인 마님!"

비화 눈에서 더욱 세찬 눈물이 쏟아져 내렸다. 대체 사람의 몸속에는 얼마나 많은 양의 눈물이 들어 있는 것일까?

'컹!'

이제 보리는 간헐적으로 짖고 있었다. 준서가 고개를 옆으로 꺾어 울음을 멈추지 못하고 있는 어머니를 억지로 외면했다. 그러나 진무 스님은 무심하다는 생각이 들 만큼 비화가 우는 모습을 지켜보면서 말했다.

"이제는 이 늙은 인생도 마음 편히 떠날 수가 있겠구나. 바람같이, 구름같이 그렇게 말이니라."

"스님."

진무 스님 그 말이 흡사 그의 유언인 양 들려 비화는 더할 수 없이 슬펐다. 언제나 마른 나뭇잎 소리가 스쳐 나오는 듯한 그를 볼 수 없게 된다면, 세상의 기둥 하나를 잃어버린 것 같은 절망과 고통에 빠지게 될 것이다.

'스님이 안 계시는 시상은 증말 상상도 하기 싫은 기라.'

진무 스님은 진무 스님이었다. 다행히 준서 얼굴에 관한 이야기는 조금도 없었다. 혹시 준서가 마마신에 걸려 빡보가 돼버린 것은 '업보'라고 말씀하실까 봐 얼마나 가슴을 크게 졸였는지 모른다. 그 소리를 들은 준서 심정이 어떠할지는 불문가지였다. 비화는 이런 기도도 올렸다.

'부처님! 부모가 잘못한 죄로 저리 돼뻔 저희 준서를 살펴주시이소.'

그러나 막상 염 부인 재를 다 올리고 나자, 억지로 마음 밑바닥에 꾹꾹 눌러두었던 조 관찰사 명이 온통 머릿속을 채우면서, 내가 혹시 잘못 결정한 것이 아닌가 하는 후회가 걷잡을 수 없는 파도 더미처럼 덮쳐오기 시작했다.

'앞으로 우찌 감당해야 할꼬?'

부처님과의 약속을 어기더라도 반드시 선화당에 출두했어야 마땅하지 않았을까? 지금쯤 관찰사는 길길이 날뛰고 있을 것이다. 벌써 관졸들이 출동했을지도 모른다. 그런 생각을 하니 머리털이 뭉텅뭉텅 빠져

나가는 기분이었다.

"비화 네가 재를 올려드렸으니, 이제 염 부인 영혼은 한결 평온해지셨을 게다."

조 관찰사와 얽혀 있는 일을 알지 못하는 진무 스님은 퍽 흡족해하는 얼굴이었다. 만약 그에게 상의했다면 어떻게 하라고 했을는지.

"그리만 될 수 있다모 올매나 좋것심니꺼."

비화는 기도하듯 말했다.

"아니야. 틀림없다. 그러니 굳은 얼굴 풀거라."

아무것도 모르는 진무 스님은 비화가 염 부인 생각에만 너무 깊이 빠져 있는 탓에 안색이 어둡다고 여기는 듯했다. 그런데 절을 떠나려고 할 때 진무 스님이 이런 알 수 없는 소리를 했다.

"사람이 선한 일을 한 끝에는 불행이 따르지 않고, 악한 일을 한 끝에 복이 없다 했지만, 본디 인간 세상이 고통의 바다라 그런지, 선인이 아파할 때도 있고 악인이 더 누리는 날도 있느니."

비화 가슴이 예리한 쇠붙이 끝에 찔리는 느낌이었다. 내 결정이 그릇되지 않았나 하고 후회하고 있는 것에 일침을 놓는 것 같았던 것이다.

"혹여 그런 일이 닥치더라도 성급하게 낙담에 빠지거나 부처님을 원망해서는 결코 아니 되느니라."

진무 스님은 부처님의 눈으로 세상을 보고 있는 것 같았다. 비화는 흔들리는 중심을 잡으려는 단호한 어조로 말했다.

"예, 스님. 지 멤에 새기놓것심니더."

진무 스님 입가에 쓸쓸한 미소가 산마을을 덮는 저녁 안개처럼 감돌았다. 어쩐지 엷은 보랏빛이 묻어나는 듯한 미소였다.

"왠지 너에게 이 이야기를 해주고 싶구나."

보리와의 이별이 너무 아쉬운 듯 보리를 끌어안고 떨어질 줄 모르던 준서가, 진무 스님 그 말을 들었는지 고개를 들어 비화를 쳐다보는데 눈빛이 복잡했다. 비화는 나이에 비해 지나치게 조숙한 준서가 또 마음에 걸렸다. 저것 또한 비정상일 수도 있는 것이다.

그렇다. 나무 하나도 움이 트고 잎이 돋아나고 꽃을 피운 다음에야 비로소 열매를 맺는 법인데, 하물며 제대로 된 인간이 되기 위해 반드시 거쳐야만 할 성숙 단계는 그 얼마나 지난至難하고 길 것인가 말이다.

옥리의 도움

상촌나루터로 돌아오는 내내 모자는 아무 말이 없었다.

준서는 어머니 몸에 죽은 염 부인 혼령이 붙어서 따라오는 게 아닐까 싶기도 했다. 준서가 그 정도로 느껴야 할 만큼 그때 비화에게는 괴기스럽기까지 한 기운이 뻗치고 있었다.

무슨 일인가가 벌써 벌어지고 있다는 예감. 그것도 그저 막연하게만 느껴지는 것이 아니었다. 마음보다도 몸에 더 전해지는, 손에 잡을 수 있고 눈에 보이는 물체로서 다가오는 그 무엇과 거미줄처럼 휘감기는 께름칙한 그 기운.

마침내 저만큼 나루터집이 나타났을 때, 비화는 온통 집을 덮어 누르고 있는 시커먼 기운을 만났다. 악마의 손짓을 보았으며, 마귀의 숨소리를 들었다.

"오, 옴마! 저, 저기 무신 소리라예? 우, 울고 있는 소, 소리 아입니꺼?"

준서가 깜짝 놀란 목소리로 물었다.

"우는 소리!"

비화는 급기야 현실로 닥쳐온, 그 불길했던 예감의 실체와 지금부터 맞닥뜨리고 있음을 깨닫고는, 그만 하늘이 노래지면서 땅이 꺼지는 것 같았다.

그렇다. 울음소리다. 귀에 익은 통곡소리.

비화보다 준서가 먼저 가게 안으로 뛰어 들어갔다. 마당가 평상에 앉아 저희끼리 무어라 한참 쑥덕거리고 있던 손님들 눈이 일제히 이쪽으로 쏠렸다.

그런데 나루터집 식구들은 단 한 사람도 없었다. 주방 안에도 계산대에도 그 밖의 어떤 곳에도. 준서는 울음소리가 들리는 안채로 내달렸다. 비화도 숨이 차도록 뛰었다.

"아!"

그들은 보았다, 대청마루에 모여 앉아 대성통곡하고 있는 나루터집 식구들을. 모두 거기에 있었다. 우정댁 울부짖는 소리가 치맛자락 끝을 밟아가며 허둥지둥 준서 뒤를 따라오고 있는 비화 귀에 똑똑히 들렸다.

"아이고오! 준서 아부지이, 준서 아부지가 잽히갔다아!"

뇌옥은 좁고 어둡고 추웠다.

오늘 아침 아내가 아이를 데리고 비어사로 출발할 때부터 우리가 결코 무사하지는 못할 거라는 짐작은 했었다. 그렇지만 다짜고짜 포승줄로 사람을 포박하여 뇌옥에 처넣어버릴 줄은 몰랐다. 산짐승을 생포하는 것과 진배없었다.

나를 이렇게 잡아 가두는 죄목이 도대체 뭐냐고 옥리에게 강하게 항의했지만, 돌아오는 건 하루라도 더 살고 싶으면 입 다물고 그냥 가만히 있으라는 으름장이었다. 한 번만 더 겁 없이 떠들면 당장 형틀에 묶어 물고를 내겠다는 경고였다.

한참이나 멍이 들도록 가슴을 쳐가며 분통을 터뜨리다가 어느 순간부터 가만히 짚어보니 잘못했다는 후회도 되었다. 무모한 짓이었다. 어쨌거나 결과적으로는 목사보다 높은 관찰사에게 항명한 셈이다. 그러고서도 무사할 줄 알았다면 머리가 달려 있지 못한 사람이리라.

'우리가 시상을 너모 무리거로(무르게) 본 기라.'

남편이란 자기가 너무나 물러 터졌다. 윽박질러서라도 아내 고집을 꺾어야 했다. 아니 할 말로, 다리를 부러뜨려서라도 눌러 앉혀야만 했다. 짐승에게 하듯이 코뚜레라도 꿰어 질질 끌고 관찰부로 데려갔어야만 했다. 그게 아내와 자식도 살게 하고 그 자신도 살아남는 길이었다. 이제 나루터집이 무너지면 우리 식구들뿐만 아니라 우정 댁과 원아 등 많은 식솔들도 길거리에 솥을 걸어야 할 것이다.

'이리키나 행핀없는 관리라쿠는 거를 우찌 몰랐노?'

그랬다. 무엇보다 조 관찰사를 제대로 알지 못한 대가가 컸다. 명색 높은 벼슬을 산다는 자가 이리도 무분별한 처사를 할 줄이야. 일단 일이 터진 마당에는 상식이니 양심이니 법이니 하는 것들이 모조리 무용지물임을 절실하게 깨달았다. 오로지 절대 권력만이 있을 뿐이다. 절대 권력에 순종해야 할 일만 남았을 뿐이다.

"퍼뜩 나가자."

옥리가 뇌옥 나무문을 따고 재영을 밖으로 끌어냈다. 하지만 그때까지도 관찰사가 친문親問까지 할 줄은 정말 몰랐다. 그렇긴 해도 바로 형틀에 묶이지 않고 관찰사 집무실인 선화당으로 불려간 것은 그나마 다행이었다.

"흠. 데리고 왔느냐?"

조 관찰사는 적어도 겉보기로는 표독스럽다거나 간악하게 생긴 편은 아니었다. 또한, 고급 관리의 분위기도 아니어서 만일 관복을 벗고 일상복으로 갈아입으면 차라리 평범한 백성으로 비칠 것 같은 인상을 풍겼다.

"모두 잠시 나가들 있도록 하라!"

그는 점잖으면서도 엄한 목소리로 일단 주위부터 물리쳤다. 여하튼 절대 권력과 단둘만 마주하고 있으니, 아마도 임금과 독대獨對하는 기분이 이렇겠거니 싶기도 하였다. 재영은 지금껏 살아오면서 이 정도로 지체 높은 사람은 만난 적이 없었다.

"이 봐라, 들거라."

조 관찰사 음성은 낮았지만 그래서 더 위압감을 주었다. 한마디라도 놓쳐서는 안 된다고, 한층 귀를 기울이게 만드는 것이었다.

"너희가 지은 죄를 알렷다?"

"……."

재영은 심장이 멎어버리는 느낌이었다. 그의 몸 안에 다른 사람이 들어와 있는 것 같았다. 목소리도 자기 목소리가 아니었고, 생각도 자기 생각이 아니었다. 누군가가 그의 입을 빌려 말하고 있었다.

"예, 예. 그, 그저 죽을죄를 지, 지었사옵니더. 과, 관찰사 나으리."

그렇게 고하는 그를 지켜보는 또 다른 그가 꾸짖었다.

'죽을죄를 지었다이? 니가 뭔 죄를 지었는데?'

그렇지만 그 소리는 조 관찰사 말에 묻혀버렸다.

"그 죄상을 말해 보라!"

몸조차 제대로 떨지 못하며 그대로 숨이 끊어질 사람같이 하는 재영의 머리 위로 또다시 이런 말이 떨어졌다.

"죽음을 자초하겠다, 이거지? 좋다, 그렇다면 소원대로 해주마."

그러고 나더니 조 관찰사는 갑자기 목에 이상이라도 생겼는지 출입문 바깥쪽을 향해 이해되지 않을 만큼 너무나 작고 낮은 소리로 명했다.

"여봐라! 당장 이리로 들어와서 본관의 명을 따르라."

재영은 바로 옆에 벼락이 떨어지는 것을 본 사람처럼 비명을 질렀다.

"어이쿠!"

조 관찰사가 여전히 저음이어서 더 공포심을 갖게 하는 목소리로 보다 구체적이고 확실한 최후의 경고장을 보내듯 했다.

"불문곡직하고 죄인의 목을 베어 상자에 넣어 그의 집으로 돌려보내도록 하라!"

"나리!"

급기야 두 손을 뒤로 젖혀 매인 채 그곳 집무실 바닥에 무릎꿇림을 당하고 있는 재영은 또 낯선 음성을 들었다. 괴물이 그의 몸을 점령하고 있었다. 틀림없었다. 만일 그게 그의 목소리라면 그렇게 나올 리가 없었다.

"가, 감히 과, 관찰사 나리 분부를 거, 거역하고 저, 절에 간 죄, 고, 골백분 죽어 마, 마땅하옵고……."

순간, 조 관찰사 목소리에 예리한 날이 서면서 가파르게 확 높아졌다.

"절? 그러니까 네 여편네는 절에 갔단 말이지?"

별안간 그의 눈이 악마나 광인처럼 번득였다. 오랫동안 피에 굶주린 맹수 같아 보이기도 했다. 그는 더할 수 없이 좋은 빌미나 약점을 잡았다는 얼굴이었다.

"본관이 오라고 했는데도 절에 갔다, 절에."

"헉!"

재영은 그 경황 중에도 번쩍 정신이 났다. 내가 미쳤다. 아니다. 내 몸속에 들어와 있는 자가 내뱉는 말을 내가 어쩌란 것이냐?

"그래, 좋다."

조 관찰사는 이빨을 가는 듯한 목소리로 말했다.

"너희는 관찰사보다도 중놈이 더 무섭단 말이지?"

"흐."

재영은 한층 입이 딱 들러붙어 버렸다. 그의 머릿속도 거기 집무실 안에 놓인, 몇 개의 의자처럼 하얗게 비었다.

"이곳 관찰부보다도 절집이 더 높은 곳이다, 그런 소리렷다?"

조 관찰사 목소리는 분노와 질책으로 마구 흔들렸다.

"그, 그기 아, 아이옵니더."

재영은 한 번 더 정신을 놓쳐버렸다. 오금이 저릿저릿하였다. 그 또한 자기 입으로 하는 소리가 아니었다.

"시, 실은 언해를 이, 입은 사람 재齋를 오, 올린다꼬……."

뒷말이 나올 때까지 기다리지도 않았다.

"은혜? 재?"

조 관찰사는 그렇게 되뇌며 잠시 제 귀를 의심하는 것처럼 보였다.

"명복을 비는 불공?"

그러다가 그는 손바닥으로 무릎이라도 칠 것같이 했다.

"허, 이제 알겠다."

창가에 드리워져 있는 것이 구름 그림자인지 나무 그림자인지 제대로 분간이 되지를 않았다.

"나, 나리."

재영은 지난날 흰 바위 부근에서 나연에게 당하던 때와는 비교도 될 수 없을 만큼 얼굴이 사색이 돼갔다. 그의 몸이 사시나무였다.

"부처구나, 부처!"

조 관찰사는 엄청난 비밀을 알아낸 사람처럼 들떠 보이기까지 했다. 그의 입에서는 강 물살에 자갈돌 구르는 것 같은 소리가 났다.

"아암, 부처님이야 관찰사 따위와는 비교도 할 수 없는 지존至尊이시지."

집무실 벽면에 걸어놓은 것들이 금방이라도 바닥으로 떨어져 내릴 것

같이 위태위태해 보였다.

"인간은 언제나 더 강하다고 생각되는 쪽에 가서 붙기 마련인 법, 그렇다면 나는 약하다, 그런 결론이 되겠구먼."

잠시 그렇게 혼잣말로 중얼거리던 그는, 어느 순간 갑자기 출입문이 떨어져 나가랴 그쪽에 대고 버럭 소리 질렀다.

"여봐라! 게 누구 없느냐?"

그 소리가 떨어지기 무섭게 장졸 몇이 우르르 그 안으로 뛰어들었다.

"예, 여기 대령했사옵니다, 감사 나으리!"

조 관찰사는 부들부들 떨리는 손으로 바닥에 쓰러져 있다시피 한 재영을 가리키며 엄명을 내렸다.

"즉시 이놈을 끌어다가 형틀에 묶도록 하라!"

"예, 나리."

무지막지한 손들이 재영의 목부터 틀어쥐었다. 밖으로 질질 끌려나가는 재영을 매섭게 노려보며 조 관찰사가 노기에 찬 목소리로 또 말했다.

"본관이 직접 그 죄를 다스릴 것이다."

제아무리 담대한 사람일지라도 형틀에 묶이면 고양이 앞의 쥐가 된다. 그게 인간의 가장 진솔한 면모일 것이다.

그러잖아도 심약한 재영이 그대로 숨이 넘어가지 않은 것만도 기적이었다. 하지만 그런 기적이 얼마나 오래 갈지는 아무도 모른다.

"어이쿠! 쿠쿠!"

엉덩이에 곤장이 단 한 번 떨어지는 그 순간부터 재영은 이미 이 세상 사람이 아니었다. 버드나무로 넓적하고 길게 만든 그 몽둥이에 견뎌낼 수 있는 건 아무것도 없을 것이었다. 내 죄가 무엇이냐고 묻기는 고사하고, 제발 한 번만 살려 달라는 소리마저 입 밖으로 나오지 못했다.

"저놈을 매우 쳐라!"

얼굴이 벌겋게 달아오른 조 관찰사는 붉은 악귀를 방불케 했다. 그의 몸에서는 엄청난 살기가 뿜어져 나오는 듯했다.

"으윽!"

곤장은 계속 끝없이 떨어져 내렸다. 마치 타작마당의 도리깨질 같았다. 얼마 가지 않아 살점이 묻어나고 핏물이 튀었다.

"억!"

재영은 혼절하였다가 찬물을 확 끼얹으면 다시 깨어나기를 몇 차례나 반복했는지 모른다. 이승과 저승을 수도 없이 오갔다.

"으, 천하에 괘씸한!"

조 관찰사는 제대로 된 신문 한 번 하지 않았다. 그저 미친 인간처럼 '쳐라! 저놈을 매우 쳐라!' 하는 명만 되풀이했다. 재영 귀에는 그 소리가 머나먼 바닷가 방죽을 때리는 파도 소리처럼 가물거리더니 나중에는 아예 아무 소리도 들리지 않았다.

"에잇!"

동헌 마당을 울리는 소리들. 그때마다 몸을 떠는 마당 가 나무들. 하늘에서는 구름장도 그곳을 비켜 급하게 어디론가 달아나는 것같이 보였다.

"일곱이오!"

형리는 손바닥에 침을 '퉤퉤' 뱉어가며 곤장을 내리친다.

"열이오!"

추상같은 조 관찰사 명을 받은 자가 소리쳤다.

"더 크게 치랍신다아!"

"예~이!"

잠시도 쉴 틈을 주지 않고 외쳤다.

"더 매우 크게 치랍신다아!"

"악!"

사람이 친다. 하늘이 치고 땅이 친다. 하늘 끝과 땅끝이 보이다가 사라진다. 나중에는 맞는 사람과 때리는 사람도 없어진다. 끝도 시작도 없는 시공간이다.

도대체 곤장 몇 대가 가해졌는지 맞는 사람은 물론이고 때리는 사람, 그리고 그 외에도 거기 있는 사람 누구도 알지 못했다.

"으으으."

재영이 어느 순간 문득 눈을 떠 보니 다시 좁고 깜깜하고 싸늘한 뇌옥 안이었다. 전신만신 쑤시고 결리지 않은 구석이 어디 한군데가 없다. 아니, 그 정도가 아니다. 온몸에 칼과 창을 꽂아 놓은 듯한 지독한 통증이다. 신음조차 할 기력도 남아 있지 못하다. 그래도 숨은 쉬고 있다는 게 믿어지지 않는다.

'아아, 여게가 오디고?'

재영은 너덜너덜한 거죽대기처럼 한기 가득 차오르는 바닥에 쓰러져 누운 채 가까스로 눈동자를 굴려 그 안을 둘러보았다. 혹시 죽어 저승에 와 있는 게 아닐까? 지금 시간이 얼마나 되었는지 모르겠다. 저승에도 시간은 있는 걸까? 하긴 그게 무슨 상관인가? 아무 의미도 없는 것을.

정신이 붙어 있는지 없는지 모를 혼미한 중에도 제일 먼저 떠오르는 게, 바로 얼마 전에 임배봉과 억호 부자가 조 관찰사를 만났다는 사실이었다. 그날 그들 사이에 무슨 밀담이 오갔는지는 모르지만, 나루터집 이야기도 나왔음이 틀림없었다. 그러지 않고서야 어찌 이런 짓을 할 수가 있을까? 대체 조 관찰사가 원하는 게 무엇이란 말인가?

그때다. 새로 교대해 들어온 어떤 옥리가 나무 창살 안을 들여다보면서 작은 소리로 재영을 불렀다.

"이보소, 이보소."

그 소리는 뇌옥 안을 아주 잠깐 울리고는 이내 스러졌다.

재영은 대답은 하지 못하고 신음소리만 내었다. 그것도 거의 무의식이나 혼절 상태에서 저절로 흘러나오는 것이다.

"증신이 든 기요? 내 말 들리요?"

옥리 목소리가 까마득히 깊고 먼 땅끝에서처럼 들려왔다.

"누, 누."

재영은 억지로 고개를 치켜들고 소리 나는 쪽을 간신히 바라보았다. 하지만 여전히 입을 열 기운은 남아 있지 못했다.

"아, 인자……."

그 옥리는 체구는 작지만 다부지고 날렵해 보였다.

"증신이 들었으모 말은 안 해도 된께, 그냥 내 이약만 들으소."

"……."

그 음성이 무척 친근하여 재영은 혹시 내가 아는 사람이 아닐까 하고 좀 더 그를 자세히 보았다. 그렇지만 그 안이 어두운 탓도 있지만 아무래도 낯선 얼굴이다.

"아이요."

고개를 내저으며 그렇게 말하던 옥리는 한 번 더 재영에게 각인시켜 주었다.

"아는 사람 아이요."

그곳 근무자로서 거기 어둠에 익숙한 옥리는 이쪽 표정을 읽은 듯했다.

"내는 당신이 오늘 첨 보는 사람 맞소."

재영이 가까스로 고개를 아주 조금 들고, '그라모 무신 이약을?' 하고 묻는 눈으로 올려다보니 옥리는 서두르는 모습을 보였다.

"넘들 몬 들을 때 퍼뜩 말하것소."

그런데 눈에서 딱정벌레가 왔다 갔다 하는 재영의 머리에 떨어지는 말이었다.

"내는 이전에 당신 부인께 큰 은덕을 입었던 사람이오."

"그, 그."

재영은 곤장을 하도 많이 맞은 나머지 내 귀가 그만 잘못된 게 아닌가 싶었다. 옥리가 아내에게 은덕을 입었다니. 도대체 아귀가 맞지 않는 소리였다.

"내도 안 믿기요만……."

옥리도 대단히 뜻밖이란 듯 다소 흥분된 말투로 서둘러가면서 꽤 긴 이야기를 꺼내기 시작했다.

"내가 한때 너모 살기가 에려버서 상구 방황할 적에, 당신 부인께 가서 우짜모 좋겄는고 물어봤던 적이 있소."

옥리는 힘들었던 당시 기억이 떠오르는지 얼굴을 찌푸린 채 얘기를 계속했다.

"사람들이 짜다라 당신 부인을 찾아가서 조언을 구했다쿠는 거는 당신도 알 끼요."

옥리가 하는 말처럼 그런 사실은 재영뿐만 아니라 많은 이들이 알고 있다. 재영 자신이 허나연과 미쳐 집과 아내를 내팽개쳐놓고 밖으로 나돌 때도, 비화는 소위 부자가 되는 비법을 알고 있는 신통한 여자로 소문이 나서, 그 옥리 같은 사람들의 방문을 숱하게 받았다고 했다.

"내는 농사를 지으모 우떨는고 물었는데, 당신 부인은 장사를 해봐라 캤소."

옥리 음성이 눅눅했다. 지금 그 안에 습기가 차 있어 그런 것은 아닐 것이다.

"장사."

재영은 차라리 죽어버리고 싶을 만큼 몸이 아픈 것도 잠시 잊고 옥리의 말에 빨려들었다. 아내의 진면목을 알 수 있게 해주는 순간이었다.

"그래 장사 밑천이 없어서 몬 하것다꼬 했더이, 그랬더이."

거기서 옥리는 말을 잇지 못했다. 듣고 있는 재영도 공연히 심장이 후들거렸다. 잠시 후 옥리 입에서는 누구나 크게 감동받을 소리가 나왔다.

"생판 모리는 내한테 아모 조건도 안 붙이고 그냥 돈을 줬소."

맨바닥에 고여 있는 듯하던 공기가 흐르기 시작하는 것 같았다.

"아, 그리?"

재영도 가슴이 뭉클했다. 평소 아내가 비어사 진무 스님 뜻을 좇아 어려운 형편에 처해 있는 사람들을 잘 도와준다는 사실은 익히 알고 있지만, 막상 들으니 그 감동은 몇 배로 강렬하게 다가왔다.

'그란데 내는 우쨌노?'

동업을 빌미로 한 나연에게 약점을 잡혀, 장사해서 번 돈을 몰래 훔쳐내 꼬박꼬박 갖다 바쳤지 않은가. 그 일만 떠올리면, 그 모든 광경을 다 지켜본 거기 흰 바위에 가서 당장 머리를 쾅, 들이박고 죽고 싶은 심정뿐이었다.

'이름만 뻔드르하기 사내라쿠는 내가, 여자인 아내보담도 백배 천배 몬난 늠인 기라. 요 안에서 죽어 나가는 기 맞것다. 자업자득 아인가베.'

옥리 목소리가 갈수록 감격에 젖었다.

"그 후에, 내는 그 돈을 불리서 관아에 물품을 대주는 장사를 하다가, 우연히 옥리가 될 기회를 얻었던 기요."

"예."

옥리는 다시 한번 강조하듯 말했다.

"시방 내가 옥리가 된 거는, 순전히 당신 부인 덕분이오."

어둡고 오슬오슬 춥기만 하던 그곳이 홀연 밝아지고 따뜻해지는 것 같았다. 뇌옥 안에 해나 달이 떠오르고 있는 것인가. 그런 착각마저 일어날 정도였다.

266

재영은 몸이 만신창이가 된 속에서도 더없이 반가웠다. 아무도 아는 사람이 없고 모두가 저승사자 같아 보이는 뇌옥에서 저런 사람을 만난 것이다.

"내가 그래서······."

그런데 옥리 입에서는 더욱 재영이 기대하지 못한 말이 나왔다.

"그 언해를 갚을 생각이오."

뇌옥 천장과 사방 벽에서 '은혜, 은혜' 하는 말이 반사되고 있는 듯싶었다. 재영은 지옥 골짜기에서 하느님이나 부처님 음성을 듣는 기분이었다. 옥리는 사려 깊은 사람 같았다.

"하찮은 미물도 언해는 꼭 갚는다 안 쿠디요."

그런 다음 옥리는 한층 더 목소리를 낮추었다.

"아모도 모리거로 당신하고 당신 부인이 만낼 수 있거로 해주것소."

"예? 우, 우리가 만내거로?"

재영 귀가 번쩍 틔었다. 아내만 오면 무슨 수가 있을 거라 굳게 믿는 그였다.

"그기 가능하것심니꺼?"

재영이 물었다. 옥리는 얼른 대답이 없었다. 재영이 다시 말했다.

"발각되모 당신도 이험합니더."

옥리는 다부진 몸매처럼 줏대가 세고 의리도 있어 보였다.

"그 정도사 하매 각오하고 있소."

"고, 고맙심니더."

감각이 살아나는지 매캐한 흙냄새가 조금은 코끝에 와 닿는 재영이었다.

"아무튼 요 담에 내가 또 번番을 서는 날, 당신 부인을 뫼시고 올 것이니, 그때꺼지는 심들고 괴롭더라도 참고 있으소."

그렇게 재영을 위로해준 옥리는 이런 희망적인 얘기도 들려주었다.

"당신 부인은 보통 여인이 아인께네, 무신 수를 써서라도 반드시 당신을 구해낼 것이오. 그리고……."

그러나 옥리 말은 거기서 끊어져야 했다. 입구 쪽에 웬 그림자 하나가 어른거렸다. 교대 근무자가 나타난 것이다.

"이 봐!"

옥리는 얼른 그쪽으로 다가가며 한 손에 삼지창을 들고 있는 다른 옥리에게 말했다.

"저 자가 하도 마이 맞아갖고 그런지, 꼼짝도 안 하고 있다 아인가베."

새로 온 옥리가 깜짝 놀란 소리로 물었다.

"머라꼬? 그, 그라모 주, 죽은 거 아이가?"

그 옥리는 앞의 옥리보다 덩치도 크고 목청도 우렁우렁했지만, 간담은 영 약한 것 같았다. 앞의 옥리가 말했다.

"그래 내가 시방 확인해보고 있는 중인 기라."

"그, 그랬더이?"

옥리들 목소리가 뇌옥 안을 동굴 속처럼 울리고 있었다. 여전히 재영에게는 그곳이 비현실적인 공간으로 자리 잡고 있었다.

"다행히 아즉 죽지는 안 한 거 겉네."

"아이고, 이 사람아! 그라모 진즉 그렇다꼬 이약 안 해주고. 내는 간이 다 널찌는 줄 안 알았나."

뒤의 옥리는 무기를 들지 않은 손으로 가슴을 쓸어내리며 말했다. 앞의 옥리가 당부했다.

"자네도 잘 살펴 봐라꼬."

"하모. 그거야……."

268

"죽은 줄도 모리고 있다가, 근무태만 죄로 무신 벌을 받을랑가 모리는 기다."

앞의 옥리는 행여 재영이 곤장 맞은 독 기운으로 잘못되기라도 할까봐, 겉으로는 동료 옥리를 위해주는 척하면서 그렇게 말하는 것 같았다.

'에나 고마븐 사람 아이가.'

재영은 진심으로 그가 고마웠다. 사실 이 세상에는 큰 은혜를 입고서도 도리어 해악을 끼치는 일들이 얼마나 다반사인가 말이다. 심지어 사람보다 짐승을 구해주는 것이 더 낫다는 소리까지 나오는 판국인 것이다.

"그라모 수고하게나."

그 옥리는 그 소리를 남기고 급히 나가버렸다. 재영은 눈을 감았다. 잘하면 아내를 만날 수 있다는 생각에 몸이 아픈 것도 잊었다.

"어이!"

그때 새로 들어온 옥리가 삼지창을 꼿꼿하게 세운 채 재영을 내려다보며 불렀다.

"이 봐! 이 보라꼬!"

그렇지만 재영은 기운도 없고 만사가 귀찮아 들은 척도 하지 않고 그대로 있기만 했다. 그러자 그 옥리가 한 번 더 다그쳤다.

"눈, 눈 한분 떠 보라꼬."

재영은 어쩔 도리 없이 눈을 뜨려고 했으나 그것마저 힘들었다. 옥리는 덜컥 겁이 나는 모양이었다. 그는 덩치가 아까울 만큼 사뭇 떨리는 목소리로 물었다.

"내, 내 말 안 들리?"

재영은 억지로 눈을 떴다. 그러자 뚱뚱한 옥리는 습관인 양 또 가슴을 쓸어내렸다.

"후우, 아즉 숨이 붙어 있거마는."

그러더니 참으로 몰인정하게 나왔다.

"죽을라쿠모 내가 번 설 때 말고, 다린 사람이 번 설 그때 가서 죽으라꼬."

대단한 선심이라도 써주는 것처럼 했다.

"그 대신에 내가 송장은 잘 치워줄 낀께네."

재영은 이번에도 아무런 대꾸를 하지 않고 도로 눈을 감아버렸다. 인간이라고 다 같은 인간이 아니구나 싶었다. 하긴 명색 관찰사라는 인간이 저 꼴이니 무슨 말이 더 필요할 것인가?

임금에게 상소하여 저런 자를 처벌할 수 있다면 정말이지 여한이 없겠다. 하지만 대궐은 달이나 별보다도 더 먼 곳에 있다. 암행어사라도 내려와서 이 억울함을 풀어준다면 더는 바랄 게 없을 것이다.

그러나 재영은 물론이고 어떤 사람도 예상하지 못했다. 지금 재영이 당하고 있는 것과는 비교도 할 수 없는 원통절통한 일이 벌어지고 있었다. 온 조선 땅이 피눈물에 잠길 사건들이 시시각각 다가오고 있었다.

명성황후 시해사건, 단발령, 아관파천……. 그리고 그로 인하여 활활 불붙게 될 의병 봉기……. 그 의병 봉기가 이 고을에 몰아올 엄청난 소용돌이…….

재영은 깜빡 잠이 들었다. 까무러쳤다는 게 더 맞는 말이었다. 그러자 몸도 마음도 고통스러운 사람을 꼭 노리기 마련인 불청객인 악몽이 여지없이 나타났다.

임배봉의 대저택 솟을대문 앞에 서 있다. 그가 품에 안은 건 핏덩이다.

죽은 분녀와 여종 설단이 집 바깥으로 나온다. 그들은 먹잇감을 발견한 늑대처럼 재영을 향해 덤벼든다. 그러자 핏덩이가 자지러지게 울어

댄다.

두 여자 손아귀가 금방 갈고리로 변하더니만, 그의 품에서 핏덩이를 낚아채 가려고 한다. 그는 핏덩이를 빼앗기지 않으려고 안간힘을 다한다. 용케 달아난다.

한데, 무엇인가가 턱, 앞을 막아선다. 놀라 바라보니 이번에는 억호와 해랑이다. 그들이 홀연 수호랑이와 암사자로 변한다. 그의 몸은 어느 틈엔가 쥐가 돼 있다.

"아, 우찌 이런 일이?"

비화는 눈물이 솟았다. 남을 도와주고 나면 그것에 대해서는 두 번 다시 생각하지 않는 그녀였기에 까마득히 잊어버렸던 사내다. 그런데 이제 그가 옥리 신분이 되어 몰래 남편 재영을 만나게 해주겠다는 것이다.

"증말 고맙심니더."

비화는 무슨 말로 고마움을 나타내야 할지 몰랐다. 하지만 옥리는 큰일 날 소리라는 듯 비화 말에 급히 고개를 흔들었다.

"아입니더, 마님. 내는 당연히 해야 할 일을 할라쿠는 깁니더. 그러이 고맙다쿠는 그런 말씀은 하지 마이소."

"아모리 백방으로 알아봐도, 남편을 면회할 길이 없었는데……."

남강 쪽에서 물새 우는 소리가 들려왔다. 비화 귀에는 그 소리가 지금 뇌옥에 갇혀 있는 남편 재영이 내는 울음소리 같기만 하여 미쳐버릴 듯했다.

"멤 고생이 많으시것심니더, 마님."

옥리는 예전에 그가 그곳에 왔을 때 그랬던 것과 마찬가지로 비화에게 '마님'이라고 부르며 깍듯이 대했다.

"이거 함 드시보이소. 맛이 쪼매 괘안을 기라예."

그러면서 원아가 정성을 다해서 말아 내놓은 콩나물국밥을 옥리가 다 먹고 나자, 비화는 다시 한번 고개 숙여 감사의 뜻을 표했다. 그러나 옥리는 비화보다 더 깊이 머리를 조아려 보였다.

"진짜 감사드리야 할 쪽은 이 사람입니더, 마님."

옥리는 오른손으로 제 목을 치는 시늉을 했다.

"마님이 아이었다모 이 사람은 내 손으로 내 목심을 끊었을 낍니더. 자슥들한테도 그리 이약했심니더. 집사람도 알고 있고예."

그는 참 가정적인 사람으로 보였다. 하긴 제 처자식들을 제대로 간수하지 못하는 위인치고 괜찮은 인간은 없다고 했다.

"이리 잘돼 계시이 증말 반갑심니더."

비화는 감개무량했다. 세상은 뿌린 대로 거두는 곳이라더니, 무슨 보상이라든지 대가 따윈 전혀 바라지 아니하고 그저 양심을 좇아서 행했던 그 일이, 지금에 와서 이렇게 큰 결실로 돌아올 줄이야.

"참, 마님."

옥리가 생각에 잠겨 있는 비화에게 말했다.

"이 사람 이름은 주호룡이라꼬 합니더."

"주호룡, 주호룡."

비화는 입안으로 여러 번 소리 내어 그 이름을 외었다. 범, 용. 죽을 때까지 잊지 못할 것이다.

"하이고!"

그때 우정 댁이 주호룡 옥리의 손을 덥석 잡으며 말했다.

"옥리님이 우리 나루터집 은인이심니더."

"아, 아이라 캐도예!"

주호룡 옥리는 낯이 빨개졌다. 우정 댁이 비화를 한 번 바라보고 나서 말했다.

272

"여자가 아모리 잘나도 남자가 잘몬되모, 그 집안이 잘될 턱이 없지예."

"그래도 우리 마님은 다릅니더. 가족 누가 잘몬돼도 마님 혼자 심으로 해갤할 수 있을 기라 봅니더."

그러고 나서 주호룡 옥리는 나루터집 식구들을 둘러보며 말했다.

"내는 고마 가봐야것심니더."

"쪼꼼만 더 계시다가 안 가시고예."

처음에 음식을 내놓을 때 말고는 묵묵히 듣고만 있던 원아가 아쉽다는 듯이 입을 열었다. 주호룡 옥리가 말했다.

"소문대로 국밥 맛이 에나 대단하네예."

주호룡 옥리는 비화를 보며 얘기했다.

"임금님 수라상에 올리도 손색이 없것심니더."

"아입니더."

비화가 부정하자 우정 댁이 나섰다.

"그거는 맞심니더."

우정 댁은 더없이 자랑스러운 얼굴로 말했다.

"여게 고을 교방 음식이 아조 맛있다꼬 해싸도, 우리 나루터집 음식 맛에 비하모 새발에 피지예."

우정댁 그 자화자찬에 평소 겸손한 원아도 그렇다고 가만가만 고개를 끄덕였다. 주호룡 옥리도 덩달아 그랬다.

'이모님들이……'

비화는 우정 댁이 그곳 교방 음식 이야기를 꺼내고 원아가 동조하는 이유를 잘 안다. 해랑이 관기로 있을 때 어깨너머로 배운 교방 음식을 만들어 동업직물 식구들을 먹이고 있다는 소문을 들었다. 배봉과 점박이 형제는 물론 동업과 재업, 은실까지도 그 음식을 좋아해서 아주 잘 먹는 바람에 그렇게 건강하다고 했다.

단지 그뿐만이 아니었다. 동업직물 주요 고객들마저도 해랑이 대접하는 음식 맛만 보면 그냥 무사통과라는 것이다. 언제부터인가 해랑은 시나브로 동업직물에서 없어서는 안 될 중추적이고 핵심적인 구성원으로 자리를 잡아가고 있었다. 저 대사지가 그 사실을 알고 있다면 못물이 뒤집힐 노릇이었다.

그러나 교방 음식보다 더 무서운 해랑의 무기가 빼어난 미모였다. 얼굴도 그렇지만 한 번도 아이를 낳지 않은 몸매는 아직 여전히 뭇 처녀들이 무색할 판이었다. 저 조물주가 인간을 만들어 낼 때 최고의 실력을 발휘했거나 아니면 엄청난 실수를 한 것이 틀림없었다. 어쨌거나 배봉과 점박이 형제가 포기하고 두 손 든 일도 해랑이 나서면 척척 해결되었다.

"해랑이만 없었다쿠모 시방쯤은 우리가 동업직물을 앞설 수 있었을랑가도 모리는데 증말 아깝소."

여간해선 비화 앞에서 해랑 이야기를 끄집어내지 않는 재영도 가끔 그런 소릴 했다. 성미 괄괄한 우정 댁은 노골적으로 해랑을 욕했다.

"고 매구, 백야시 겉은 년 땜새, 동업직물인가 똥업직물인가 하는 기 자꾸자꾸 저리 막 번창하는 기라."

잠시 침묵이 가로놓였다. 그게 무엇을 의미하는지 모를 이는 거기 없었다.

"인자 넘 이약은 고마하이소."

원아가 비화 눈치를 보며 우정 댁에게 눈을 흘겼지만 우정 댁은 막무가내였다. 아니, 만류할수록 오히려 더 내놓고 떠들었다.

"와? 시방 내가 오데 몬 할 소리나 하고 앉았나?"

원아는 제발 그만하라고 사정조로 말했다.

"그래도, 성님."

한술 더 뜨는 우정 댁이었다.

"예전에는 준서 옴마하고 언가, 동상, 하던 사이라쿠는 거는 온 고을이 모돌띠리 아는데, 지년이 시상 온 천지에 시집갈 데가 없어서 그런 데 가갖고, 엉?"

원아는 상대방 말꼬투리를 잡는 못된 여자처럼 했다.

"갈 데가 없어서 그런 데 갔것지예, 갈 데가 있었으모 그런 데 갔것어예?"

세상에서 점박이 형제를 빼고는 오직 두 사람, 비화와 해랑만이 아는 사건을 알 리 없는 우정 댁이다. 하지만 혹시라도 그 비밀을 알게 된다면 우정 댁은 그야말로 흥분과 분개를 이기지 못해 세상 난리를 치고 말 것이다.

아직도 어린 여자애였던 자기를 범했던 한 사내를 남편으로, 또 한 사내를 시동생으로 삼다니, 미쳐도 예사로 미친년이 아니라고 그야말로 입에 게거품을 물고 펌훼할 것이다. 동네방네 이렇게 외고 다닐지도 모른다.

―보시오! 화냥년도 조런 화냥년은 없소오!

그것은 비화도 마찬가지다. 신마저도 풀지 못할 것 같은 수수께끼다. 아직도 해랑을 알 수가 없다. 억호가 제 최초의 사내라느니, 비화 언가니를 내 머리에서 내몰기 위해서라느니, 누가 들어도 씨알도 안 먹힐 소리를 하던 해랑이다.

'하기사 옥지이는 하매 안 죽어삣나. 시방 있는 저거는 옥지이가 아인께네.'

그러나 지금 당장 비화 뇌리를 온통 지배하는 건 해랑과의 그런 과거사가 아니다. 남편 재영을 뇌옥에서 어서 구해내는 일이다. 하지만 과연 그렇게 할 수 있을는지 그저 모든 게 초조하고 막막하기만 하다. 비화

가슴속은 까마귀 울음소리로만 꽉 찼다. 그리고 그 미물들이 쪼아 먹고 있는 것은 그녀의 마음과 육신이었다.

그로부터 얼마 후였다.

옥리 주호룡의 뒤를 따라 난생처음 뇌옥이라는 곳에 들어선 비화는 눈물이 걷잡을 수 없이 흘러내렸다. 될 수 있는 한 빨리 조용하게 만나 보고 나와야 한다는 옥리 말에 그러마고 했지만, 막상 지금 그곳에 내 남편, 내 아이 아버지가 갇혀 있다고 생각하니 이성보다 감정이 그저 앞 섰다.

더욱이 재영이 이렇게까지 된 것은 순전히 비화 자신 때문이다. 염 부인 재齋에 반드시 가야만 한다는 인간성 담긴 깊은 의무감, 배봉과 한 통속인 조 관찰사를 만나기 싫다는 강한 거부감, 그런 자신의 아집이 가 져온 최악의 결과였다. 그리고 잘못되더라도 내가 당하지 남편을 대신 잡아가리라는 생각은 전혀 하지 못했다. 지아비 의견을 그대로 따르지 않은 게 너무나 후회스러웠다. 내가 얼마나 잘났다고 말이다.

주호룡 옥리가 미리부터 어떤 손을 써놓았는지, 아니면 그가 번番을 서는 순서가 되어 그런지는 몰라도, 뇌옥 안에는 아무도 없었다. 여기가 사람을 수감하는 곳이 맞는가 싶었다.

이윽고 한 곳에 이르자 주호룡 옥리가 걸음을 멈추었다. 비화는 얼른 컴컴한 나무 창살 너머를 들여다보았다. 저 안쪽 벽에 붙은 무슨 시커먼 물체가 어렴풋이 보였다.

"이 보소!"

주호룡 옥리는 박제처럼 꼼짝도 하지 않고 있는 그 물체를 향해 한껏 낮춘 목소리로 말했다.

"당신 부인이 왔소."

그러자 죽은 듯이 누워만 있던 그 물체가 벌떡 몸을 일으키더니 이쪽으로 엉금엉금 기어왔다. 얼핏 네 발 달린 짐승을 연상시켰다.

"아, 준서 아부지."

그가 재영임을 안 비화는 주호롱 옥리가 그렇게 미리부터 단속시켰는데도 불구하고 '흑' 하고 울음을 터뜨리고 말았다. 재영도 울먹이는 소리로 말했다.

"여, 여보. 다, 당신이 왔소?"

비화는 두 손으로 나무 창살을 붙든 채 용서를 빌었다.

"여보, 올매나 심듭니꺼? 지가 잘몬했어예. 지가 당신을……."

나무 창살 저쪽에서 재영이 말했다.

"아, 아이요."

주호롱 옥리는 두 사람이 말을 나눌 기회를 주기 위한 듯 입구 쪽으로 가서 밖을 살피고 있었다.

"몸은, 몸은 괘안아예?"

그게 가장 걱정되고 궁금했다.

"괘안소."

재영 말은 나무 창살에 부딪혀 다시 그가 있는 안으로 들어가는 듯했다.

"오데 마이 아푸신 데는 없고예?"

울음 섞인 비화 말에 재영은 억지로 웃음을 띠어 보였다.

"내는 견딜 만하요."

그러나 행색을 보니 그게 아니었다. 어두운 곳에서 봐도 당최 사람 같아 보이지가 않으니, 그 고통이 얼마나 심할지는 더 말할 필요가 없었다. 지옥이 있다면 바로 이런 곳일 것이다.

"집안은 벨일이 없는 기요?"

그 소리가 비화 귀에는 여러 해 동안 집에 들어오지 못한 사람의 물음처럼 들렸다. 그저 가슴이 막히는 바람에 아무 말도 하지 못하고 있는데 재영이 또 물었다.

"우리 준서는 서당 잘 댕기요?"

비화는 연신 흐르는 눈물을 손등으로 닦아내며 말했다.

"쪼꼼만 참고 기다리시소."

흘러도 또 금방 눈물이 괴는 비화 눈에 시퍼런 독기가 서렸다. 그것은 어둠 속에서도 재영의 눈에 보일 정도였다. 어둠마저도 잘라버릴 것 같은 섬뜩한 살의였다.

"무신 수를 쓰더라도 꼭 당신을 여서 구해내것심니더."

비화가 다짐해 보였다. 재영은 기운이 하나도 없는 목소리로 말했다.

"그기 쉽지는 안 할 끼요."

주호룡 옥리는 계속해서 이쪽에 등을 보인 자세로 서서 경계 태세를 늦추지 않고 있었다.

"잘 압니더마는, 여보."

비화는 그들 사이를 가로막고 있는 무정한 나무 창살을 무너뜨려 버릴 것같이 두 손으로 그것에 힘을 주며 말했다.

"안 쉽다꼬 포기할 깁니꺼?"

재영이 한층 절망과 낙담에 싸인 얼굴을 했다.

"내가 겪어보니 조 관찰사가 우리 짐작보담도 상구 더 악질 겉소."

비화가 어두운 가운데서도 눈을 빛내며 물었다.

"해나 조 관찰사가 배봉이나 억호 이약은 안 하던가예?"

"안 했소."

"아이모 해랑이 말이라도?"

"그런 소리도 없었소."

그러던 재영은 몸을 떨며 이렇게 말했다.

"하지만도 요분 일은 우떤 식으로든지 간에 그들과 연루돼 있을 거 겉은 느낌이 드요."

주호룡 옥리가 이쪽을 한 번 바라보았다가 다시 저쪽으로 고개를 돌렸다.

"맞아예."

비화는 입술을 질끈 깨물었다. 재영의 눈에 잘 보이지 않아서 그렇지 필시 피가 배 날 것이다.

"그것들이 아모 짓도 안 했다모, 조 관찰사가 무담시 우리를 이리할 리가 없어예. 당신 말씀매이로 반다시 연루돼 있는 깁니더."

그러나 말은 그렇게 했지만 아무 증거가 없으니 자신감도 없기는 매한가지였다. 어쩌면 아닐 수도 있는 것이다. 일단 여러 가능성을 열어 놓고 접근해봐야겠다는 생각을 했다.

"우짜든지 조 관찰사가 우리한테 바래는 기 머신고, 우선에 그거부텀 알아내는 기 젤 급합니더."

재영이 맞은 데가 골병이 들었는지 오만상을 크게 찡그리며 말했다.

"돈 아이것소, 돈."

"돈예?"

뇌옥 안 가득 '돈'이란 소리가 돌고 도는 것 같았다.

"돈이 아일 수도 있심니더."

비화가 복잡한 얼굴로 말했다. 지금 그 안만큼 컴컴한 낯빛이기도 했다.

"돈이 아이모 또 머시란 말이오?"

잠시 멍한 표정이던 재영이 단언했다.

"내가 볼 적에는 돈이 딱 맞소."

비화 눈이 엄청난 증오심으로 활활 타올랐다. 그것은 거기 어둠마서 죄다 태워버릴 것같이 느껴졌다.

"도로 돈이라쿠모 괘안컷심니더."

"아, 그라모 더 안 좋은 머가 있다는 기요?"

그때 주호룡 옥리가 가까이 다가오며 말했다.

"인자 고마 돌아가시는 기 좋것심니더. 시간이……."

그러자 재영이 '여보' 하고 비화를 한 번 부르고는 그만 고개를 푹 떨구었다. 차마 두 눈 뜨고는 볼 수 없는 가련하고 참담한 몰골이었다.

"참으시더."

비화가 모질게 홱 돌아서며 말했다.

"억울해도 참으시더."

주호룡 옥리가 얼른 등을 보이면서 손으로 눈가를 훔쳤다.

"그래야 합니더, 여보."

비화가 한 번 더 말했다.

"여보!"

재영이 부자유스러운 몸을 일으키려다가 주저앉는 기척이 비화 귀를 아프게 물어뜯었다. 비화는 두 손으로 자기 귀를 틀어막으며 말했다.

"이 빚을 몇 배로 갚아줄 낍니더."

그 소리는 좁고 어둡고 오슬오슬 추운 뇌옥 안을 겨울 산 메아리처럼 맴돌다 사라졌다. 뇌옥은 풀 한 포기 나지 않고 새 한 마리 날지 않는 산의 구렁텅이였다.

밀담

맹쭐은 오랜만에 낚시도구를 챙겨 들고 가매못에 왔다. 못가에 자라는 수양버들이 거부의 몸짓인 양 저만큼에서 하늘거렸다.

'아, 고달픈 내 인생살인 기라. 못고사는 기 머라꼬.'

맹쭐은 희죽 웃으며 속으로 자화자찬하듯 했다. 명색 사업이라고 펼쳐놓고 보니 시간에 쫓겨 그가 그렇게 좋아하는 낚시질도 자주 하지 못했다는 사실이 무슨 대단한 업적 같아 괜히 으스대고 싶기도 한 그였다. 그래서 이날은 만사 다 제쳐두고 억지로 짬을 낸 것이었다.

"아, 이기 누구심니꺼?"

"와 더 자조 자조 오시갖고 우리 겉은 사람들하고 함께 좀 안 해주시고예."

먼저 와 있던 몇몇 낚시꾼들이 그를 알아보고 정중히 인사를 건넸다. 맹쭐은 건방지게 한쪽 손만 조금 들었다가 내리면서 건성으로 말했다.

"모도 잘들 계셨수?"

그때쯤 맹쭐은 제법 어엿한 건설회사 대표였다. 아버지 민치목과 운산녀가 배봉 모르게 운영하는 목재상인 '조선목재'를 따라가려면 턱없이 모자라지만 중견업체 반열에는 끼일 만했다. 돈이 붙으니 풍채도 훨씬 좋아지고 언동도 나름 의젓해졌다.

"흐음!"

공연히 나오지도 않는 헛기침도 해댔다. 자칫 물고기를 쫓아버릴 수도 있는 기침 소리를 함부로 내는 그를 제지하는 사람은 아무도 없었다. 맹쭐은 그 누구도 갖지 못하는 천하 개망나니들인 동업직물 점박이 형제와 어울려 다니던 무뢰배 출신이라는 사실을 익히 알고 있었다.

그런데 다른 낚시꾼이 좋은 자리라며 얼른 내준 장소에 낚싯줄을 드리우고 앉아 있을 때, 맹쭐은 문득 언젠가 바로 그곳에서 해랑을 만났던 기억이 되살아났다. 해랑이 아직 교방 관기 신분이었을 때로서, 하판도 목사가 고을을 다스리던 시절이었다.

'헤, 그날 좋다가 말았디제.'

그날 혈기만 믿고 해랑에게 집적거렸다가 오히려 된통 창피만 당했다. 해랑은 네가 하 목사한테 혼쭐나고 싶어 그러냐고 빡빡 큰소리를 쳤었다. 그런 해랑이 지금은 동업직물 맏며느리로 변신했다. 맹쭐의 짧은 머리로선 백번을 죽었다가 깨나도 이해가 되지 않을 일이었다.

'시상에서 알 수 없는 기 여자하고 개 팔자라더이, 옥지이 고것이 억호 재취가 될 줄은 에나 몰랐다 아이가.'

그 생각 끝에 해랑과 친자매처럼 지내던 비화도 떠올랐다.

'비화 고년이 근동에서 알아주는 큰 땅 부자가 될 줄은 누가 알았으까이.'

물고기도 사람을 보아가며 미끼를 무는지, 낚시꾼들 사이에 최고 명당자리라고 알려진 곳을 떡 차지하고 있는데도, 이상하게 걸렸다는 신호 한 번 오지 않고 있다. 하지만 이미 마음이 콩밭에 가 있는 맹쭐은 그깟 것에는 전혀 신경도 쓰지 않고 잇따라 돈 생각에만 빠져들었다.

'해나 개춤(괴춤)에 넘들 모리는 토째비방망이를 찼나? 콩나물국밥집 한 개 해갖고 우찌 그러키나 돈을 마이 모둘 수가 있는 긴고 알 수가 없는 기라, 알 수가.'

뒤돌아보면 모두 제 나름대로는 든든한 자리 하나씩을 끌어안았다. 그만큼 세월이 훌쩍 지났다는 얘기가 될 것이다. 시간이란 놈을 누가 잡아당기고 있는 건지 알 수만 있으면 즉각 달려가서 패대기를 치고 싶은 심정이다.

'돌아서모 내도 하매…….'

나이 들어갈 생각을 하니 괜히 마음이 찡해져 주머니에 손을 집어넣어 하루라도 피우지 않으면 못 사는 담배를 꺼내는데, 얼핏 가매못 안쪽 마을로 통하는 길가에 서 있는 오래된 벗나무 근처를 지나는 어떤 늙은 여자 하나가 눈에 들어왔다. 세월의 무상함을 새삼 느끼게 하는 잿빛 풍경이었다.

그런데 눈길을 돌려 담배에 불을 붙이던 맹쭐은 또다시 거기를 바라보았다. 어쩐지 노파 뒷모습이 낯설지가 않다. 그래 눈을 크게 치뜨고 지켜보고 있을 때 노파가 이쪽 시선을 느끼기라도 한 듯 문득 고개를 가매못 쪽으로 돌렸다. 그러자 벗나무 가지도 이쪽으로 팔을 뻗는 성싶었다.

'어?'

그 순간, 맹쭐은 자칫했으면 손에 들었던 담배를 떨어뜨릴 뻔했다. 뜻밖에도 그 노파는 임배봉 집안에서 수십 년째 부리고 있는 여종이 아닌가?

'언네다!'

맹쭐 눈길은 반사적으로 언네 아랫도리로 향했다. 상전 배봉과 놀아나는 그녀 몸뚱이를 질투심에 불탄 운산녀가 인두로 지지고 칼로 도려내 버렸다는 섬쩍지근한 괴담이 되살아나서였다.

그게 사실일까? 그래도 저렇게 살아서 움직일 수가 있을까? 아직 숨은 붙어 있어도 그 부위부터 조금씩 썩어가고 있다면? 그런 불온한 상상만으로도 헛구역질이 나고 토할 것 같았다.

'그거는 그렇고, 요는 우찌 온 기꼬?'

아무리 헤아려 봐도 여기는 언네가 올 곳은 아니었다. 더군다나 종년이 제멋대로 저렇게 나돌아 다니다니. 하기야 세상은 날이 갈수록 양반, 상놈, 하는 신분 자체가 붕괴되고 있었다. 지금 같은 식으로 바뀌어 간다면 남자도 여자도 없고 어른도 아이도 없을 거라는, 절망과 희망의 아주 상반된 소리가 떠돌기도 한다. 바로 누리는 자들의 절망, 그리고 누리지 못하는 자들의 희망, 그 틈바구니에서 세상은 삐걱거리는 수레바퀴처럼, 아니면 잘도 돌아가는 아이들의 굴렁쇠같이, 너무나 예측 불가능한 방향으로 가고 있었다.

'아즉꺼정은 길도 몬 찾을 만치 늙은 거도 아인데 안 있나.'

지켜보면 볼수록 의문이 생겼다.

'그라고 저짝으로 쭉 가봐야 쪼꼬만 동네 하나밖에 없다 아인가베.'

맹쭐 시선이 언네에게서 가매못 뒤 저 안쪽 마을로 옮겨졌다. 비봉산 북서편 자락 끝을 물고 형성돼 있는 아주 오래된 동리였다.

'에나 이상타.'

어디선가 자기를 훔쳐보는 어떤 불미스러운 눈이 있는 줄도 모르고, 언네는 한동안 그 자리에 걸음을 멈추고 장승같이 서서 이쪽을 바라보고 있었다. 지난날 거기서 말밤(마름)을 꺾던 기억이 새록새록 솟아나서다.

'고 지 잘난 가시나들도 그랬디제.'

어린 비화와 옥진도 그곳에 와서 말밤의 흰 꽃을 보며 좋아하던 모습도 어젠 양 떠올랐다. 언네 자신 또한 그때만 해도 아직 앙가슴을 쑥 내밀고 궁둥이를 이리저리 흔들고 다닐 팽팽한 나이였다.

'그 싱싱하이 젊고 좋았던 시절을 우떤 누가 내한테 입도 뻥긋 안 하고 지멋대로 갖고 가삣노?'

그 당시도 지금처럼 종년 신세가 서러워서 눈물이 나기는 했어도, 꽃 피고 새 노래하는 분홍빛 시간들이었다. 그러고 보니 늙는다는 것은 종살이보다도 더 좋지 못한 게 아닌가 싶기도 했다. 멀리 갈 필요도 없이 배봉이 고 인간 하나만 봐도 그렇다. 요즘 들어와서 본 배봉은 비록 비단옷에 돈방석을 깔고 앉아 있어도 그렇게 좋게 비치질 않는 것이다.

'우쨌든 내 청춘, 도로 빼앗아 올 수 있으모 참 좋것다. 가지간 눔이 도로 빼앗길 리도 없것지만도.'

그러던 언네는 홀연 누가 등을 떠밀기라도 하듯 급히 걸음을 옮겨놓았다. 서둘러야 했다. 옛날이 생각나 현재 처지를 깜빡 잊고 잠시 시간을 지체했다. 읍내 장에 다녀온다고 집을 나왔다. 그러고는 필요한 물건만 얼른 사서는 이곳으로 달려왔다. 빨리 집으로 들어가야 한다. 그렇지 않으면 호도벼락이 떨어질 것이다.

'흥! 고눔의 집구석, 되도 안 한 것들이 쥔이라꼬 설쳐대이 애니꼽아서 몬 살것다.'

지금 언네가 가는 곳은 꺽돌과 설단 부부가 살고 있는 집이다. 얽매인 종년 신세다 보니 여간해선 자유 시간을 얻기가 힘들었다. 마침 오늘은 혼자 장을 보러 올 기회가 생겨 잘됐다 싶어 허둥지둥 달려온 것이다. 이런 운이 자주 오는 것도 아니다.

'왜눔 머보담도 더러븐 내 신세야.'

요즘 들어서는 모든 게 오락가락한다. 아직은 갈 때가 멀었다고 여기면서도 마음 한쪽 귀퉁이에는 찬바람이 솔솔 끼쳐 든다.

'하지만도 꺽돌이라도 있은께 안 괘안나.'

그녀와 꺽돌과의 관계는 오직 해랑만이 안다. 설단이조차도 모른다.

영감도 자식도 없는 홀몸인 언네는 아들처럼 여기던 꺽돌이 보고 싶어서 혼자 눈물을 뿌리기도 했다. 어쩌다 어렵게 만나면 꺽돌도 언네를 부둥켜안고 어린애같이 엉엉 울곤 했다. 지난번 남강 백사장에서 천룡과 해귀가 갑종 결승전을 치를 때의 일이다. 언네는 도무지 마음의 갈피를 잡을 수가 없었다. 어떤 소가 이기기를 응원해야 할지 몰랐다. 아니다. 두 소 모두가 지기를 바랐다. 지는 정도가 아니라 두 놈 다 상대 뿔에 받혀 죽어버렸으면 했다. 배봉 소와 비화 소였다.

그러다가 천룡이 이겼으면 하는 쪽으로 마음이 기울었다. 어쨌든 간에 천룡은 꺽돌이 키우는 소였다. 하지만 언네 생각은 금방 또 달라졌다. 비화네 소인 것이다. 천한 종년 신세인 언네는 양반이나 갑부는 무조건 싫은 것이다. 그래 무슨 조건이 더 필요할 것도 없었다. 다 똑같은 공격 대상이었다.

그런가 하면, 이즈음 들어서는 언네 머릿속을 꽉 찬 완두콩 깍지처럼 채우는 게 동업과 준서였다. 세월이 더 흘러 나중에 나루터집과 동업직물이 그 두 아이들로 말미암아 어떤 일을 겪을 것인지, 또한 장성한 그 아이들이 어떻게 처신할 것인지, 비록 남들 일이라도 공연히 마음에 걸렸다. 그리고 자신이 그날까지 살아 있다면 어떤 운명이 되는지.

그렇게 혼자 이런저런 생각들을 굴리느라 언네는 누가 자기를 미행하고 있다는 사실을 까마득히 몰랐다. 배봉 집안에서 함께 종살이하는 남녀 종들 말고는 그 고을에서 자기를 알 사람이 거의 없다고 믿기에, 언네는 지금처럼 드물게 하는 외출에서도 그다지 신경을 쓰지 않았다. 무엇보다 한순간만이라도 얽매여 있다는 강박감에서 벗어나고픈 게 가장 큰 이유일 것이다.

'설단이 고년이 몸은 참새맹캐 쪼꼬만 해도 집안 살림은 잘 꾸리갈끼거마는. 지 각시가 잘해줄 낀께 얼굴이 더 좋아져 있것제. 안 그러까

이?'

어서 꺽돌을 보고 싶은 욕심에 제 딴에는 잽싸게 발을 떼놓는다고 했
지만, 몸은 마음만큼 제대로 움직여주지를 않는다. 이러다가 내가 숨을
거두기 전에 복수도 하지 못할 것이 아닌가 싶어 조바심이 일었다. 그래
서 더욱 빠르고 힘차게 팔다리를 놀렸다.

'아이다. 복수를 안 하고는 내사 몬 죽는다. 우찌 눈을 감을 낀데? 설
사 내 눈에 흙이 들온다 캐도 그거를 싹 다 털어내삐고 다시 눈을 떠갖
고 웬수를 갚아야제.'

물론 꺽돌을 만난다고 해서 당장 무슨 뾰족한 묘수가 생기는 것은 아
니었다. 그렇지만 이렇게 마음이 몹시 초조하고 불안해지면 꺽돌을 대
하는 것만으로도 크나큰 위안이 되곤 했다. 친자식 열 명이 있는 사람보
다도 내가 더 낫지 싶었다. 그냥 보고만 있어도 배가 불렀다.

'우리 꺽돌이가 내가 온 목적을 알모……'

오늘은 꺽돌에게 동업의 친모라고 그녀가 확신하고 있는 그 호리호리
하고 예쁘장한 여자 이야기를 해줄 참이다. 꺽돌이 그 소리를 들으면 엄
청나게 놀랄 것이다. 어쩌면 기막힌 계획을 생각해낼지도 모른다.

'우짜든지 지하고 내하고 둘이 심을 합치갖고 나가야제.'

꺽돌은 배봉가에서 내내 종살이를 해오다가, 상전 억호와 종년 설단
사이에 불거진 아이 문제 때문에 강제로 설단을 아내로 맞이해야 했고,
그 대가로 속량贖良이 된 몸이다. 그러나 한참 이전, 그러니까 지리산
어딘가에서 온 웬 할아범 손에 이끌려 배봉 집안에 들어오기 전까지는,
어디서 어떻게 살고 있었는지, 심지어 부모가 누구인지 아무도 모른다.
그것은 그 당시 꺽돌의 나이가 너무나 어렸던 탓에 본인조차 알지 못하
는 사실이니 어쩔 수가 없는 노릇이었다.

'불쌍한 꺽돌이. 지 근본도 모리고 살아야 하다이.'

그런데 언네는 간혹 꺽돌이 무슨 역적모의에 관련된 어떤 몰락 양반 자제가 아닐까 싶어질 때가 있다. 그것은 전혀 근거 없는 억측이 아니다. 꺽돌은 여느 종들과는 다른 점이 많았다. 나이는 어려도 행동거지가 자로 잰 것같이 반듯했고, 특히 입이 무거웠다. 어른이 된 후에는 더 그런 모습이어서, 천방지축으로 노는 점박이 형제가 종 같고 꺽돌이 주인처럼 보이기도 했다. 그렇다면 그 황 할아범은 꺽돌 집안에서 부리고 있었던 노복이었는지도 알 수 없었다.

'증말로 우리 꺽돌이가 양반집 출신이라모 에나 좋고 신나것다. 상상만 해봐도 내 가슴이 마구재비 뛴다 아인가베.'

이윽고 초가지붕이 반달 모양새이면서 황갈색 흙 담장이 야트막한 꺽돌 집 가까이 왔다. 언네는 싸리문 밖에서 잠깐 걸음을 멈추고 서서 주름이 가기 시작하는 목을 길게 빼고 집 안을 들여다보았다.

"……."

사람 기척이 없다. 논밭에 나갔나? 하고 집 주변을 두리번거리는데, 갑자기 '음~매' 하는 소리가 들려오는 바람에 언네는 깜짝 놀라고 말았다. 얼른 소리 나는 곳을 바라보았더니 마당 왼편에 있는 외양간 쪽이다.

'어? 천룡이 아이가?'

지난날 남강 백사장에서 보았던 천룡이 낯선 사람이 집 밖에 와서 서성거리고 있자 울음소리를 낸 것이다. 지금 봐도 정말이지 대단한 덩치다. 마치 작은 산 하나를 떠다놓은 것 같다. 해귀와 사생결단을 벌이던 광경이 아직도 눈에 선하다. 그리고 동시에 떠오르는 게 바로 배봉이다. 천룡과 무승부를 낸 해귀를 당장 도축장으로 보내버리라고 난리를 쳤다.

'집에는 없는갑다.'

언네는 작은 동네를 에워싸고 있는 비봉산 자락 쪽으로 가 보기로 했다. 거기에 꺽돌과 설단이 비화에게 거의 공짜로 부쳐 먹고 있는 땅이 있다는 것을 그녀는 안다. 그 논과 밭이 비화 소유라는 생각을 하니 언네 마음이 또 싱숭생숭해졌다.

'꺽돌이가 비화 전답을 부치 묵을 줄 몰랐는 기라.'

비화가 도움을 준 일이긴 하지만 아무래도 썩 좋은 감정은 못 되었다. 솔직히 내키지 않지만, 지금으로서는 어쩔 도리가 없었다.

'내한테 땅이 있으모, 후딱 돌리줘삐라 쿠고 내 꺼를 줄 낀데. 앞으로 살다 보모 그랄 때도 안 있으까이?'

그런데 언네가 그런 꿈을 꾸며 막 그 집 앞을 벗어났을 때였다. 또 새로운 그림자 하나가 나타났다. 그곳까지 몰래 뒤따라온 맹쭐이다. 그의 삼촌이 멀쩡한 다리를 부러뜨려놓은 바람에 불구자가 돼버린, 그렇지만 목발을 짚고도 나무 위를 훨훨 날아다녔다는, 대도大盜 '강목발이'를 어린 시절부터 우상으로 삼으면서 도둑질에 이력이 붙은 맹쭐이기에, 이런 일에는 아무도 따라올 수 없었다.

맹쭐은 제 귀에도 잠깐 들렸던 소 울음소리의 진원지를 들여다보다가 흠칫, 하고 놀랐다. 거기 외양간에 앉아 있는 소는 해귀와 승패를 겨루던 천룡이었던 것이다.

'아, 그런께 이 집이 꺽돌인가 하는 그눔 집인갑네?'

맹쭐은 홀연 엄청난 호기심이 일었다. 그는 마치 횡재를 만난 사람 같았다.

'그라모 억호 새끼를 배고 쫓기난 설단이도 여게 같이 살고 안 있것나.'

그 자각 끝에 맹쭐은 비로소 이해가 되어 혼자 고개를 끄덕끄덕했다. 언네는 그들 부부를 만나러 왔을 것이다. 함께 종살이할 때 서로 가깝게 지낸 모양이다. 정말 같잖은 일이지만 종들은 그네들끼리 살점을 베어주고 피를 뽑아주고 할 정도의 끈끈한 감정의 밧줄로 엮인 것들이라고 들었다.

그러나 맹쫄은 언네가 설단 때문에 왔지 꺽돌 때문에 왔을 거라는 생각은 조금도 하지 못했다. 낚시 생각도 잊은 채 그들이 어떻게 사는지 궁금하기도 하여 잠시 집 안을 기웃거리던 맹쫄은, 한순간 급히 거기서 좀 떨어져 있는 크고 오래된 감나무 둥치 뒤로 가서 숨었다.

'조것들이야?'

저만큼 산 쪽에서 언네와 꺽돌 부부가 나란히 집으로 돌아오는 중이었다. 그런데 그들이 오는 모습을 훔쳐보던 맹쫄은 약간 이상한 느낌을 받았다. 언네가 가운데 서고 양쪽으로 부부가 걸어오는데, 언네는 설단이 아니라 꺽돌하고만 줄곧 무슨 말인가를 주고받는 것이다.

'언네가 설단이보담도 꺽돌이하고 더 가깝은 기까?'

그들은 맹쫄이 감나무 뒤에 바짝 숨어 지켜보는 줄도 모르고 그대로 집 안으로 들어갔다. 곧이어 천룡이란 놈이 주인을 보고 반가워 내는 소리가 났다.

맹쫄은 살금살금 도둑놈 걸음으로 싸리문 앞까지 가 보았다. 이제는 명색 건설회사 최고 경영자인데 하찮은 것들에게 관심을 가지는 자신이 우스웠지만 왠지 모르게 자꾸 마음이 쏠렸다. 그게 무엇이라고 꼭 꼬집어 말해 보일 수는 없지만, 여기에는 뭔가 감춰져 있는 것 같은 비밀스럽고도 야릇한 예감에 사로잡혔다.

'이상타 아이가. 내 느낌이 와 이렇제?'

그러나 그는 계속 거기 서서 집 안을 훔쳐보고 있을 수가 없었다. 갑자기 천룡이란 놈이 벌떡 일어나더니 이쪽을 무섭게 노려보면서 큰소리와 함께 당장 밖으로 뛰쳐나올 기세였던 것이다.

'어이쿠!'

맹쫄은 혼비백산 달아나기 시작했다. 천룡이란 놈이 얼마나 무서운가를 그는 알고 있다. 그놈은 힘과 싸움기술뿐만 아니라 사람 못지않게 영리하기도 한 짐승이라는 소문이 근동에 자자했다.

"와 그라노, 천룡아. 누 온 기가?"

천룡이 내는 그 소리를 들은 설단이 부엌문을 열고 나와 무슨 일인가 하고 싸리문 밖을 내다보았다. 하지만 맹쭐은 날렵하고 영악한 도둑고양이처럼 사라진 후였다.

"해나 무신 안 좋은 일이 있는 거는 아이제?"

"와예, 어머이?"

"요새 들어 내 꿈자리가 상구 뒤숭숭해서 말인 기라."

"우리 겉은 사람들이사 장마당 그렇지예, 머."

"하기사 머가 크기 달라질 끼 있것노마는."

"작은 기라도 달라지는 기 있으모 좋것심더."

"후우. 니나 내나."

설단이 다시 부엌으로 들어가서 음식을 장만하는 동안 무슨 할 이야기들이 그렇게 많이 쌓여 있는지 언네와 꺽돌은 방안에 앉아 쉴 새 없이 이야기를 나누었다.

"어머이도 벨일은 없지예?"

꺽돌은 부엌 쪽에 신경을 써가며 작은 소리로 물었다.

"니도 알것지만도, 종년이 지 생활이 오데 있나?"

언네는 팍팍한 삶에 지칠 대로 지친 사람이 탈기하는 모습을 보였다.

"장 허사비(허수아비)매이로 지내고 있제."

"상전이라쿠는 것들만 안 건디리모, 따로 생길 일도 없는데 말입니더."

"내보담도 그노무 망할 집구석이 지발하고 벨일이 좀 있으모 좋것는데, 도통 벨일이 안 일난다. 일난다 캐도 노다지 좋은 일만 생기쌌고."

"음."

꺽돌은 신음 같은 소리만 낼 뿐 더는 다른 말이 없다. 동업직물은 하루가 다르게 번창하고 있다는 소식은 그도 들어 잘 안다. 고을 사람들의 욕설과 증오가 도리어 거름이라도 된 듯, 동업직물은 비난과 저주 속에서 최고 갑부 자리를 굳혀갔다.

'이런 거를 보모, 구신이 없는 기라. 만약 있다쿠모, 임술년 농민군 원혼들이 들어서라도 배봉이하고 점벡이 자슥들을 그냥 저대로 놔 놓것나.'

그런 생각을 하고 있는 꺽돌은 언네에게서 그런 말이 나올 줄은 정말 몰랐다. 그건 그가 방금 전에 없다고 믿은 귀신이 내는 소리와 유사하게 들렸다.

"동업이 친모가 나타났다."

일순, 꺽돌은 방금 내가 무슨 소리를 들었나? 하는 얼굴로 반문했다.

"동업이 누예?"

언네가 황급히 꺽돌 입술에 손가락을 갖다 댔다.

"소리가 크다."

언네는 부리나케 부엌 쪽을 한 번 보고 나서 꺽돌 귀에도 간신히 들릴락 말락 최대한 낮춘 소리로 말했다.

"하기사 내도 안 믿긴다. 동업이 친옴매가……."

흥분한 꺽돌은 끝까지 듣지도 않고 달려들 것같이 하며 또 물었다.

"그, 그기 진짭니꺼? 에나라예?"

"하모."

얼마 안 되는 세간들도 놀라 그들을 바라보는 것 같았다.

"그, 그렇다모……."

꺽돌은 묻고 싶은 게 너무 많았다.

"오, 오데서 봤심니꺼?"

언네가 대답할 때까지 기다리지도 못했다.

"동업이 친모라쿠는 거는 또 우찌 알았고예?"

문풍지가 잠자리 날개처럼 파르르 떨렸다. 바늘구멍에 황소바람 들어온다는 말도 있지만, 그 순간에는 한 점 바람기마저 막아버리고 싶은 그들이었다. 행여 자기들이 하는 말 한마디라도 바람에 실려 바깥으로 새나갈까 심히 우려되는 상황인 것이다.

"지 새끼가 보고 싶어 왔던 기라."

언네 목소리가 마른 행주처럼 건조했다.

"그라모 그 여자가 지 발로 나타났다, 그 말씀입니꺼?"

꺽돌의 얼굴은 핏기가 없었다.

"하모, 지 발목때기로."

언네는 치맛자락 밑에 들어가 있는 발가락을 꼼지락거렸다.

"진짜로 동업이를 논 여자 맞아예?"

도저히 현실로 받아들여지지 않는다는 꺽돌의 말에 언네는 단언했다.

"그으럼. 안 맞고?"

"시상에 이런 일도 있는 깁니꺼?"

어디선가 개 짖는 소리가 났다. 하지만 그 집에서 키우는 개 소리는 아니었다. 그놈은 또 가매못 쪽에 가 있거나 동네 어딘가를 한참 헤매고 있을 것이다.

"이보담 더한 일도 생기는 기 시상이다."

언네 목소리는 여전히 방바닥에 깔려 나왔지만 그 어조는 단호하고 완강했다.

"그래도 안 있어예?"

꺽돌 물음은 한정이 없었다. 그건 들을수록 기이한 이야기였다.

"첨에는 집 밖에서만 얼쩡거리더이, 난주는 집 안꺼정 숨어 들어왔데."

꺽돌이 한층 경악을 금치 못했다.

"지, 집 안꺼정 숨어 들어와예?"

"그런께 말이다."

꺽돌은 바람벽에 나 있는 작은 봉창을 쳐다보며 말했다.

"그 집이 올매나 갱비(경비)가 삼엄한 집인데예."

배봉은 그 고을에서 자기들이 얼마나 나쁜 인심을 받으며 살고 있는지 누구보다도 잘 깨닫고 있었다. 그래서 혹시라도 누가 해치려고 침입이라도 할까 봐 하인들 단속을 여간 단단히 하는 게 아니었다. 한마디로 철옹성을 쌓으려고 했다.

꺽돌은 고개를 갸웃하며 또 물었다.

"그 여자가 동업이 친모라쿠는 거를 우찌 알았는데예?"

언네가 그 말이 나오길 알고 기다렸다는 듯 자신감 있게 대답했다.

"누라도 한 분만 보모, 동업이 에미라쿠는 거를 알 끼다."

꺽돌은 그가 기억하고 있는 동업의 얼굴을 떠올리며 되뇌었다.

"한 분만 보모……."

그 방 윗목에 놓인 장롱 속에서 무슨 소리가 난 것 같았다. 쥐가 들어가 있는 걸까? 꺽돌이 한번 열어봐야겠다고 생각하는데 언네가 말했다.

"꺽돌이 니도 그랄 끼다."

꺽돌은 쥐 생각은 금세 잊었다.

"그리키나 닮았던가예?"

"하모, 말도 마라."

언네는 두 손으로 사람 얼굴 형상을 만들어 보이며 말했다.

"에나 판박이다, 판박이. 눈 먼 봉사가 봐도, 바로 알 정돈 기라."

그러자 꺽돌은 동업 얼굴을 통해 동업 친모 얼굴을 머릿속에 그려보는 듯싶더니만 묻지 못해 죽은 귀신같이 또 물었다.

"우짠 일이까예?"

　쥐는 아닌 모양이었다. 장롱 속에서는 아무런 기척도 새 나오지 않았다. 어쩌면 설단이 정성스레 개켜놓은 그네들 옷가지가 흐트러지면서 낸 소리였는지도 모른다. 아니, 사실은 어떤 소리도 나지 않았는데 꺽돌이 잘못 들었을 공산이 더 컸다.

"인지상정이것제."

　언네 말은 사방 벽면에 부딪혀 방바닥으로 부서져 내렸다.

"짐승도 지 새끼를 몬 잊어 해쌌는데, 사람인께 비미이(오죽이나) 하것나."

　꺽돌 가슴이 뭉클해졌다.

"어머이."

　언네 목소리가 높아지려다가 낮아지고 있었다.

"내는, 내사 그거를 잘 알제. 누보담도 더 잘 알제."

　언네 눈빛이 금방이라도 눈발이 흩날리려는 겨울 하늘만큼이나 뿌옇게 흐려졌다. 꺽돌은 언네가 슬픔에 잠기는 이유를 누구보다 잘 안다. 그녀 뱃속에서 지워버린 배봉의 씨가 떠올라서 그러는 것이다. 배봉은 미워도 그 씨는 미워할 수 없다는 서글픈, 어쩌면 어리석기까지 한 모성애를 모르지 않는다.

"그란데 안 있심니꺼."

　꺽돌은 대단히 궁금하기도 하거니와, 세상에 나와 보지도 못하고 떠난 아이에게 가 있는 언네 마음도 풀어주기 위해 이런 말을 꺼냈다.

"동업이 진짜 아부지는 누까예?"

　언네가 옷고름 끝을 들어 콧물을 훔치며 대답했다.

"그거는 아는 기 한 개도 없다."

"그거도 알모 더 좋을 낀데 말입니더."

"알 때가 안 오까이."

그것은 언네 또한 가장 알고 싶었던 것이었다.

동업의 친부. 그 사람이 누구인가만 알아낼 수 있다면 상황은 훨씬 더 크게 달라질 것이다. 물론 동업 친모 한 사람만 아는 것도 굉장한 수확이고 큰 사건이긴 했다.

"운젠가는 모돌띠리 밝히지것제. 안 밝히지거나 몬 밝히는 거는 비밀이 아이라 캤은게."

집 뒤꼍에서 '야옹야옹' 고양이 우는 소리가 조그맣게 들려오고 있었다. 간밤에 발정이라도 났는지 요상하고 날카로운 울음소리를 내면서 온 동네 사람들 잠을 설치게 하던 바로 그 암고양이가 아닐까 싶었다.

"이 시상에는 에나 많은 것들이 있지만도 딱 하나 없는 기 있는데, 그기 바로 비밀이라 안 쿠던가베?"

언네는 두 눈에 독기를 품으며 자문자답하듯 했다.

"동업이 친모 고년을 잡아 족치모 알아낼 수 있것제."

거울 안에 들어가 있는 언네 체구는 실제보다 더 커 보였다. 아마도 거울이 작은 탓에 몸 전체가 비치지 못하고 일부분만 비치는 데서 온 착시인지도 모른다.

"에나 놀래갖고 뒤로 나자빠질 일입니더, 어머이."

"사람들이 알모 뒤로만 나자빠지것나, 앞하고 옆으로도 나자빠질 끼거마는."

언네는 고개를 숙이고 손가락만 만지작거렸다. 마음을 가다듬으려고 애쓰는 모습이 역력했다.

"암만 시상이 벨벨 일이 다 일나는 데라 캐도, 동업이를 논 여자가 나타나다이?"

꺽돌은 아직도 현실을 믿을 수 없다는 표정이었다. 언네가 손을 무릎에 내려놓은 채로 꺽돌을 보면서 잔뜩 긴장한 목소리로 입을 열었다.

"그 땜새 내가 여 온 긴데 안 있나."

설단이 부엌에서 그릇 달그락거리는 소리가 들렸다. 아직도 방에 들어오지 않는 것은 오랜만에 찾아온 언네를 잘 대접하려고 없는 살림에 음식을 이것저것 장만하느라 분주한 탓이었다.

"함 말씀해보이소."

꺽돌은 바짝 귀를 모으는 자세를 보이자 언네가 입을 그 귀에 대고 속삭였다.

"동업이 친모를 잘만 이용하모, 우리 계획대로……."

"우, 우리 계획대로 말이지예?"

꺽돌은 입이 말라오는지 혀로 입술을 축이더니 이렇게 말했다.

"세월이 너모 한거석 흘러갔심니더."

"내 말이."

언네가 신음하듯 말했다.

"시방꺼지 허송세월만 보내삔 기라."

그런데 솔직히 말하자면 세월이 문제가 아닌지도 모른다. 천만 년 세월이 흐른다 해도 배봉가를 무너뜨린다는 건 애당초 글러먹은 일일 수도 있다. 그야말로 남강 건너 망진산 밑에 있는 '섭천 쇠'가 배꼽을 틀어쥐고 웃을 노릇이다.

늙어 쭈그렁바가지가 다 돼가는 종년과 쥐뿔도 가진 게 없는 종놈 출신이, 관찰사와도 통하는 근동 최고 갑부 집안을 맞상대로 싸울 계산을 하다니, 누가 들어도 실성했다고 하지 않을 수 없는 일이었다.

그러나 그렇다고 지레 물러서거나 포기해버리기에는 가슴에 맺힌 한이 너무나 깊고 컸다. 뱃속에 들어선 씨를 지운 것은 그렇다 치더라도, 그 일로 말미암아 한평생을 혼자서 살아가야 할 운명이 돼버렸다. 그것도 생식기가 없는 여자라는 치욕을 안고, 그 소문을 제공한 장본인인 운산녀가 안방마님으로 있는 그 집안에 계속 눌러앉아 종살이하고 있다. 이렇게 더럽고 기구한 팔자가 또 어디 있을까?

"우리가 우짜든지 요분 기회를 잘 살리야 합니더. 요런 기회는 두 분 다시는 안 올 깁니더."

꺽돌은 두 눈에 시퍼런 불을 켜 보였다. 솔직히 언네 복수도 있지만 꺽돌 자신의 원한도 언네 못지않았다. 언젠가는 닭 모가지 비틀듯이 억호 모가지를 싹 비틀고 말리라 다짐해오고 있는 터였다. 그러기 위해서는 만반의 준비를 철저히 해야 한다. 의욕만 앞서서 경거망동했다가는 도리어 치명적으로 당할 위험도 있다. 그야말로 쥐도 새도 모르게 언네와 그를 없애버릴 악인들이었다.

"동업이 친모라쿠는 그 여자는 시방 오데 살고 있심니꺼?"

꺽돌은 당장이라도 몸을 일으켜 그 여자에게 달려갈 것같이 하며 물었다. 하지만 돌아오는 답변이 꺽돌을 너무나 맥 풀리게 했다.

"그거도 모린다."

동업의 친부가 누구인지도 모른다, 동업의 친모가 사는 곳도 모른다, 하여튼 알지 못하는 것이 너무나 많다.

"아, 그거만 알모 우리 일을 더 얼릉 진행시킬 수 있을 낀데예."

꺽돌이 몹시 실망한 빛을 보이자 언네는 그에게 용기를 북돋워주듯, 아니 그녀 스스로에게 격려하는 것처럼 이렇게 말했다.

"하지만도 그거는 큰 상관없다."

"우째서예?"

작은 봉창으로 들어온 바람이 의외로 드세었다.

"지 아들 볼라꼬 자꾸자꾸 올 낍께네."

그 말을 할 때 언네 얼굴에는 기대감과 피로감이 겹쳐 보였다. 꺽돌은 그 얼굴에서 또다시 조금 전에 말한 그 세월이 밟고 간 흔적과 무게를 느끼지 않을 수 없었다. 사람에게 있어 남은 날보다 지나간 날이 많다는 것은 그만큼 회한이 깊다는 사실과 맥이 통하는 것인지도 모른다.

"동업이가 지 친모를 알거로 되모, 앞으로……."

그러다가 꺽돌은 얼른 말을 끊었다.

"상구 마이 기다릿지예? 퍼뜩 채리온다꼬 채리왔는데, 너모 늦은 거 겉네예."

그런 말소리와 함께 작은 상을 든 설단이 방으로 들어선 것이다. 상을 내려놓은 설단은 쭈뼛쭈뼛 꺽돌 옆에 가 앉았다. 그녀는 아직도 언네가 부담스럽고 두려운 존재로 여겨지는 모양이었다.

"아즉도 소식이 없는 것가?"

언네가 누구에게랄 것도 없이 물었다. 그러자 설단의 안색은 빨개지고 꺽돌이 무뚝뚝한 어투로 답했다.

"소식이 있을라모 하매 있었지예."

꺽돌의 부리부리한 눈동자는 노란색 장판지 위로 이리저리 굴러다녔다. 눈 둘 데를 찾지 못한 그가 또 말했다.

"우리 사주팔자에 없는 자슥새끼는 포기해뻰 기 짜다라 됐심니더."

동네 개가 또 짖고 있었다. 아마도 걸인이나 보부상 같은 외부인이 동네에 들어온 모양이었다.

"포기는 와?"

그러면서 언네는 내가 괜한 걸 물었구나 하고 후회했다. 꺽돌 몸에 이상이 있는 것이다. 그들 사이에 아이가 태어나면 친손자 친손녀 생긴 것처럼 마음이 든든하고 기쁠 텐데 못내 아쉬웠다.

"아, 참."

꺽돌은 음식을 입에 넣고 오물거리는 언네를 보고 있다가 문득 떠올렸다는 듯 설단에게 말했다.

"아까부텀 우리 개가 안 비이던데, 나가서 함 찾아보소."

설단이 무어라 하기 전에 독촉했다.

"또 먼젓분맹캐 동네 큰개한테 쫓기서 통시 빠지삘라."

얼마 전에 삽사리가, 덩치가 웬만한 송아지 같은 동네 도사한테 물려서 달아나다가 남의 집 변소에 빠졌던 일이 있었다. 그날 꺽돌이 급하게 구해주지 않았으면 삽사리는 인분에 익사할 뻔했던 사건을 상기시켜준 것이다.

"예, 알았어예."

어릴 적부터 암고양이같이 표독스러운 언네를 무서워하던 설단은 잘됐다 싶었는지 선뜻 일어나 방문을 열고 밖으로 나갔다.

꺽돌이 언네에게 바짝 다가앉았다.

삽짝 밖을 나선 설단은 삽사리를 찾았지만 어디로 갔는지 통 보이지를 않는다.

아무래도 목줄을 달아야 할 것 같다. 그렇지만 지금까지 풀어놓았던 놈인지라 집 안에 가두어 두면 분명히 발광할 것이고, 자칫 모가지가 목줄에 감겨 질식사할 위험성도 없지 않았다.

하여튼 발 달린 짐승이 어디를 못 갈까 보냐는 말도 있지만, 요놈의 삽사리는 대체 무슨 거리 귀신이 들렸는지 당최 지키라는 집은 지킬 생각을 하지 않고, 주인이 조금만 신경을 따로 쓰지 않으면 횡하니 밖으로 달아나기 일쑤였다.

'망할 눔의 개새끼가 우째서 이리 사람 속을 팍팍 썩히는고 모리것

300

다.'

그렇게 개를 욕하며 동네를 헤맬 작정을 하던 설단은 가매못을 생각해냈다.

'와 진즉 그 생각을 몬 했노.'

또 거기 가 있을지도 모르겠다. 놈은 수양버들처럼 팔자 늘어진 낚시꾼들이 재미 삼아 던져주는 먹을 것에 톡톡히 재미를 붙였다.

'요눔이 또 머를 잘몬 처묵고 콱 뒤질라꼬 그라나?'

문득, 불안한 마음이 사나운 산짐승처럼 덤벼들었다.

'뱃가죽에 걸베이 동냥자루를 찼나, 머든지 낼름낼름 안 삼키나.'

며칠 전에는 약 먹은 쥐를 먹었다가 죽을 뻔했다. 그날 부부가 둘이서, 한 사람은 놈의 아가리를 억지로 벌리고 한 사람은 간신히 비눗물을 그 속에다 흘려 넣어, 억지로 쥐를 게워내게 해서 겨우 살려냈다.

'우리 삽사리 그눔이 그래도 목심 줄은 긴갑다.'

설단은 자꾸 불길해지는 예감을 떨치기 위해 그런 생각을 했다.

'그래갖고도 아즉꺼정 살아 있는 거 보모 안 그런가베.'

그러나 설단은 곧 닿은 가매못 가에서 맹쭐을 발견할 줄 몰랐다. 껄렁패가 되어 언제나 쌈질이나 하고 다니는 그가 낚시에 취미가 있는 줄은 알지 못했다. 그녀 심장이 걷잡을 수 없을 만큼 쿵쿵 뛰었다.

설단은 부리나케 고개를 모로 돌리고는 곁눈질로 그를 훔쳐보았다. 개 찾는 일 따윈 다 잊어버렸다. 개만도 못한 인간이 거기 있다. 설단이 어린 종년이었던 시절, 종종 제 아버지 민치목 손을 잡고 배봉 집에 들르곤 하던 맹쭐이다. 운산녀와 먼 친척뻘이 된다든가 그랬다.

'도독눔하고 바까갖고 때리쥑일 저 인간이 와 넘 동네꺼지 온 기고?'

지금까지 그럴 리야 없겠지만, 맹쭐은 저보다 나이가 밑인 설단에게 마치 주인인 것처럼 굴었다. 때로는 뒤에서 설단의 머리끄덩이를 홱 잡아당기거나 치맛자락을 밟아 하마터면 엎어질 뻔하기도 했다.

'억호나 만호하고 가리방상하다 아인가베. 저울에 달모 눈금 하나 안 틀릴 기다.'

그렇게 괴롭힘을 많이 당했던 맹쭐인지라 설단은 가슴부터 벌름거렸다. 삽사리 찾기를 포기하고 돌아섰다. 그러고는 종종걸음을 치는데 무언가가 다리에 와서 턱, 걸렸다.

"옴마야!"

깜짝 놀라 쓰러지려다가 얼른 내려다보니 그토록 찾아 헤매던 삽사리 놈이다. 어디선가 낚시꾼들한테 무얼 얻어먹고 있다가 주인을 보자 제 딴에는 반갑다고 냅다 달려온 모양이었다. 놈이 내는 소리부터 집에서 와는 판이하다.

'커~엉! 커~엉!'

짖는 소리가 제법 우렁차다. 어지간한 개와 싸워서는 크게 밀릴 것 같지가 않다. 원래 삽사리 종자는 용맹스럽다고 들었는데 혹시 남에게 해를 끼칠까 봐 우리가 너무 개의 기를 죽이지 않았나 싶기도 했다.

'우쨌든 개라도 점벅이 행재들하고 맹쭐이보담 낫다.'

설단은 그 경황 중에도 삽사리가 무척이나 대견스러웠다. 그래도 주인이라고, 먹을 것을 마다하고 달려와서는 몸 위로 뛰어오르려고 앞발을 치켜들면서 야단인 놈을 보니 찔끔 눈물이 났다. 천룡과 함께 자식같이 거둬 키우는 삽사리다.

"삽사라이, 가자."

설단 목소리가 섧고도 정겨웠다. 그런데 놈은 길게 땋은 여자아이들 댕기 머리 같은 꼬랑지를 달랑거리며 주인을 따라오면서도 연방 가매못 쪽을 뒤돌아보는 품이, 아무래도 거기 두고 온 먹이에 대한 미련이 남아서인 듯했다.

"묵는 기 머라꼬."

설단이 물기 젖은 목소리로 말했다.

"이눔아, 모가지 돌아간다. 고마 돌아봐라."

그러고 보니 놈의 모가지가 한없이 가느다란 게 측은한 마음이 일었다.

"내가 더 맛있는 거 한거석 줄 낀께, 째이 가자 고마."

'컹!'

그 말귀를 알아들었는지 머뭇거리던 삽사리가 한 번 크게 짖고는 앞장 서서 마구 달리기 시작했다. 설단 걸음도 덩달아 빨라졌다. 바람이, 아니 모든 것들이 휙휙 뒤로 밀려나는 기분이다. 오랜만에 그렇게 달리노라니 가슴팍에 꼭꼭 맺혀 있던 무언가가 엉킨 실타래 풀어지듯 풀어지는 느낌이 전해졌다. 달리기가 이렇게 좋은 것인 줄 미처 알지 못했다.

"인자 다 왔다, 삽사라."

설단은 집에 도착했다. 그런데 댓돌 위에 신발을 벗어놓고 막 툇마루로 올라서려고 하는 순간이었다. 설단은 별안간 무엇이 등 뒤에서 와락 잡아당기기라도 하듯 멈칫 동작을 멈추었다.

"……."

방이 지나치게 조용하다. 아무도 없는 것 같다. 평소 목청이 큰 꺽돌이다. 한밤중에 혼자 뒷간에 가서 쪼그리고 앉아서도 남편 큰기침 소리를 들으면 일시에 무섬증이 싹 가셨다. 그런데 그런 남편 음성이 밖으로 새 나오지 않고 있다.

외양간의 천룡이란 놈도 꼭 돌이나 쇠로 빚은 조형물처럼 움직임이 없다. 짐승들도 우리 사람들같이 때로는 만사가 귀찮고 싫어 저렇게 꼼짝도 하지 않고 숨만 쉬고 있는 것이 아닐까 여겨졌다.

'어, 저눔은 와 또 저라노?'

주인이 지켜보는 앞에서 삽사리는 마루 밑으로 기어들어 가더니 앞다리에 턱을 괸 채 그대로 까무룩 잠이 들어버렸다. 아마도 한참을 쏘다닌 탓에 굉장히 피곤했던 모양이다. 낚시꾼들한테 많이 얻어먹어 포만감을 느끼는 듯싶기도 하다. 어쨌든 그렇게 한 번 잠에 팍 곯아떨어지면 도둑이 들어도 모를 정도로 씩씩 자는 게, 과연 저놈이 개 족속이 맞나 의아스러울 때도 있다.

설단은 흡사 무언가에 홀린 듯 발소리를 죽여 가며 두 사람이 있는 바로 옆방으로 슬그머니 들어갔다. 그러고는 거기 벽면에 바싹 귀를 갖다 댔다. 방과 방 사이의 벽이 얇아서인지 소리가 확실히 들리진 않아도 그런대로 알아들을 만했다.

'저기 무신 말고?'

그런데 언네의 이런 소리가 설단 귀에 몹시 거슬렸다.

"설단이가 들오다가 들으모 큰일 난다. 우리 요 담번에 읍내 장 주막 겉은 데서 만내갖고 더 상세히 으논해 보자."

이어 들리는 꺽돌 말도 여간 심상치가 않다.

"보나마나 삽사리가 틀림없이 가매못에 가 있을 낍니더. 그눔 데꼬 돌아올라모 시간이 마이 걸립니더. 그래서 개 찾아오라꼬 부러 설단이를 내보냈고예."

삽사리가 빨리 뛰는 바람에 설단도 숨 가쁘게 달려와 그렇게 일찍 돌아왔다는 걸 꺽돌은 짐작하지 못했을 것이다.

'내를 밖으로 내보내고 살짝 둘이서만 이약할라꼬 했던 거 아이가?'

설단은 혼란스러웠다. 두 사람 나이라든지 평상시 하는 언동으로 보아 불륜 관계는 아닐 것이다. 그렇다면 대체 무어란 말인가?

'내만 쏙 빼돌리고 머할라꼬.'

설단은 서러웠다. 내 뱃속에 여러 달이나 애지중지 키웠던 새끼를 졸지에 빼앗기고, 꺽돌 하나밖에 없는 외로운 신세로 이때껏 살아왔다. 천성적으로 넘쳐나는 정을 오로지 남편 한 사람한테 쏟으며 가까스로 아픔을 딛고 일어섰다.

그런데 남편의 저런 행태라니. 이 지독한 배신감. 제 아내를 이렇게 기만할 수가? 저게 저 사람의 원래 모습이란 말인가?

설단은 입술을 꼭 깨물고 북받치는 설움을 억누르며 귀를 기울였다. 마음 같아서는 당장 그 방으로 뛰어들고 싶었지만, 가까스로 참아냈다. 한데, 이건 또 무슨 소리인가?

"동업이가 지 친에미하고 만내모, 우떤 일이 벌어질랑고?"

벽 하나를 사이에 두고 이만큼 떨어진 곳에서 들어도 언네 목소리는 어떤 기대감에 마구 흔들리고 있었다.

"그런께 말입니더, 어머이."

꺽돌도 아주 고소해하는 말투였다. 언네는 그 일을 상상만 해도 가슴이 터질 것만 같은 모양이었다.

"에나 가가일(가관일) 끼거마는."

꺽돌 목소리도 다른 사람 목소리 같았다. 순간적이지만 설단은 혹시라도 내가 남의 집에 와 있는 게 아닌가 하고 착각이 들 지경이었다.

"굿도 굿이 아이것지예."

설단은 머릿속이 하얗게 비어버리는 느낌이었다. 지금 세상에서는 동업을 낳은 분녀가 가마에서 떨어진 후유증으로 크게 앓다가 죽은 것으로 돼 있다. 그런데 지금은 분녀가 세상에 없으니 이제 동업이 업둥이라는 사실을 알고 있는 사람은, 억호를 빼고는 온 천지에 설단 자신 하나밖에 없다.

제 수명대로 살지 못하고 일찍 죽은 분녀가 인간적으로 불쌍해서 저승에서라도 마음이나 편하라고 그 비밀을 남편에게도 숨겨왔다. 그런데 어떻게 귀신도 모를 그 사실을 알았단 것인지 실로 기가 막힐 노릇이었다. 더욱이 이어지는 꺽돌의 말은 더 충격적이었다.

"우짜든지 동업이 친모를 우리 손 안에 넣어야 합니더."

설단은 새파랗게 질린 얼굴로 하마터면 비명을 지를 뻔했다. 꺽돌은 설단이 엿듣고 있는 줄 알고 그녀의 숨통을 끊어놓을 작심을 한 사람 같았다.

"그라고 그담에는 동업이 친부꺼지 알아내갖고, 우리가 첨 세운 계획대로 하나하나 착착 진행해 나가는 깁니더."

동업의 친모와 친부.

동업을 처음 본 그날이 설단 뇌리에 화인火印처럼 또렷이 찍혀 살아났다. 자식 점지해 달라고 절에 불공드리러 가기 위해 솟을대문을 나서던 새벽, 강보에 싸인 동업을 먼저 발견한 사람은 설단이었다. 그 동업이 그녀의 친아들인 재업을 때리며 괴롭히는 광경을 보고 나섰다가 도리어 된통 당하기도 했었다.

'그거는 그렇고……'

설단은 행여 옆방에 들릴세라 숨소리까지 낮춰 가며 그녀가 할 수 있는 추리는 다 해보기 시작했다.

'저 사람하고 언네가 꾸미고 있는 일이 머시꼬?'

남편을 향한 배신감보다도 그들이 하는 짓에 대한 의문이 한층 강렬해졌다. 설단은 더욱 벽에 귀를 갖다 붙였다. 심장의 격렬한 요동에 벽이 흔들릴 것 같아 얼른 벽에서 몸을 떼 내기도 했다.

그런데 더 중요한 이야기를 나누는지 목소리가 낮아 거의 들리질 않는다. 마음 같아선 곧장 그 방으로 달려 들어가 다 털어놓으라고 동네 사람들 모두 듣게 악다구니라도 쓰고 싶었다. 하지만 꾹꾹 눌러 참았다.

'그라모 안 되제. 남편 망신, 내 망신, 우리 온 집구석 망신 아이것나. 아인 기라. 망신 정도모 괘안커로?'

이윽고 어느 정도 밀담이 끝난 걸까, 아니면 설단이 돌아올 시간이 됐다고 생각해 그런 걸까? 그쪽 방문 열리는 소리가 나고 곧이어 두 사람이 마루로 나오는 기척이 들렸다.

설단은 참새같이 작은 몸을 옹송그렸다. 만약 이 방에 들어와 있다는 것을 알면 당장 의심의 눈초리로 볼 것이다. 그렇다고 인기척을 내지 않고 가만히 있다가 꺽돌이 와락 방문이라도 열어젖히면 더 큰일이다.

'아, 우짜노? 우짜지?'

동업 친모와 친부가 어떻고, 그들이 꾀하고자 하는 일이 무엇이고, 앞으로 어떻게 될 것인가, 그런 게 문제가 아니다. 지금은 발각되지 않는 게 제일 중요하다. 들키면 어떤 짓을 가해올지 모른다.

설단은 마음이 조마조마하여 어쩔 줄 모르고 있는데, 그들은 다른 데로 가지 않고 계속 마루에 서서 이제는 굳이 엿들을 필요가 없는 일상적인 말들을 주고받는다.

"설단이가 오데 가서 이리 안 오노?"

"삽사리 그눔이 가매못에도 안 간 모냥입니더."

"개가 가매못꺼지 가나?"

"예, 그리 잘 쏘댕깁니더."

"더 먼데꺼지 갔다가 집을 잊아삐모 우짤라꼬 그라노."

"머 곧 오것지예. 영리한 갠께네예."

설단이 댓돌 위에 벗어놓은 자기 신발 생각이 난 것은 그때였다. 미칠 것 같다. 들키는 건 시간문제다. 그녀는 손바닥을 가슴팍에 대고 물밖에 나온 물고기처럼 숨을 헐떡였다. 빠져나갈 길이 없다.

'들키모 머라캐야 되노?'

그 대화의 내용으로 봐서는 신변의 위협마저 느낄 정도였다.

'내가 자기들 말 다 들었다꼬 가마이 안 있을 낀데.'

바로 그때다. 언네의 목소리가 들렸다.

"아, 고마 깜빡 잊아삔 기 있다. 방에 도로 들가자."

설단은 죽었다가 살아난 기분이었다.

'그 틈을 봐서…….'

한데, 천행天幸이란 것이 그리 쉽게 내려지는 게 아닌 모양이었다. 너무나 밉고 야속하게도 꺽돌이 그럴 필요 없다는 투로 이렇게 말했다.

"그냥 여서 이약하이시더. 아모 듣는 사람도 없는데……."

그의 뒷말은 더 들리지도 않았다.

'저이가 내 죽는 꼴을 볼라꼬.'

설단은 살아났다가 다시 죽는 맛이었다. 그런 가운데 늙은 여우처럼 잔뜩 경계하는 언네 목소리가 들렸다.

"시방 저 천룡이도 듣고 있는 기라."

조금 어이없어하는 것 같은 꺽돌 음성이 뒤를 이었다.

"내 참, 어머이도."

삽사리는 잠을 자느라고 듣지 못하고 있는지 아무런 기척도 내지 않는다. 그렇지만 놈이 마루에서 기어 나오거나 무슨 소리를 내는 건 큰 걱정이 아니다. 설단 그녀는 삽사리를 찾지 못했고 그놈 혼자 집으로 들어온 줄 알 것이기 때문이다.

"내 시키는 대로 해라."

언네가 마루 위에서 뒤로 돌아서는 발소리가 났다.

"야문 땅에 물이 고인다 캤다."

곧이어 꺽돌도 몸을 돌리는 기척이 들렸다.

"알것심니더. 만사 미리미리 조심하는 기 좋기는 합니더."

그들이 다시 방으로 들어가고 방문 닫히는 소리가 났다. 하지만 미련스럽게 여기서 더 듣고 있을 계제가 아니었다. 천금이 쏟아져 나오는 얘기라도 마찬가지였다.

　설단은 황급히 그림자처럼 소리 없이 방에서 나와 우선 댓돌의 신발부터 꿰찼다. 그러고는 살짝 싸리문 밖으로 나갔다가 다시 마당으로 들어오며 질질 신발 끄는 소리를 크게 만들었다. 그건 아무리 그렇게 받아들이려 해도 그녀 소리가 아니라 다른 남정네 소리 같았다.

　우리 가정이 행복하지 못하리란 예감이 설단을 겨냥해 미친개같이 덤벼들었다.

사라진 시신

동학군이 거의 괴멸되자 세상은 겉보기에는 많이 조용해졌다.

얼이와 원채도 본래의 일상적인 생활로 돌아왔다. 죽지 않고 살아남은 농민군이 대부분 그랬다. 죽은 혼들도 이제는 땅속에서 잠을 자고 있을 것이다. 아니, 너무 원통 절통해서 두 눈을 부릅뜬 채 누워 있을 것이다. 무덤에서 나가 복수할 날만 기다릴지도 모른다.

초특급 태풍이 할퀴고 지나간 자리라고 해야 할까. 기분 나쁠 정도로 괴괴한 공기 속에 나루터집 식구들은 재영을 뇌옥에서 빼내기 위해 모두가 노력했다. 백방으로 해결책을 알아보았다. 그러나 도무지 어떤 길도 보이지를 않았다. 어쩌면 애당초부터 있지 않은 길인지도 모른다. 삼권三權을 그의 한 손에 틀어쥔 도道의 수직首職, 그 무소불위의 도백道伯을 휘어잡을 세도가가 없었다.

그런데 어떻게 굴러가든 굴러가는 게 인간들 세상이라더니, 그런 가운데서도 바깥 공기는 오광대를 놀아도 될 분위기여서, 효원이 은신해 있는 오광대 합숙소는 공연을 코앞에 둔 오광대 사람들로 매일같이 크게 북적거렸다.

최종완 실종 사건은 여전히 답보 상태로 오리무중인 속에 중앙황제장
군 역할을 맡을 사람이 두서너 명 거명되고 있었다. 하지만 꼭두쇠 이희
문은 선뜻 결정을 내리지 못하고 있는 답답한 실정이었다. 후보로 거론
되는 사람들이 죄다 마뜩찮은 모양이었다.

있을 수 없는 사건이 효원 주변에서 일어난 것은 그럴 즈음이다. 있
을 수 없는 일이 현실로 나타났을 때 사람은 비현실적이고 비정상적인
테두리 저편을 정신없이 서성대기 마련이지만, 그래도 끝내 돌아오게
되는 곳은 현실과 정상의 한가운데일 수밖에 없다.

연습에 지친 오광대패가 모조리 돌아간 늦은 저녁 무렵이었다. 그날
효원은 소무 역을 연습하던 낮부터 이상하게 우물 쪽에 한번 가 보고 싶
었다. 최종완의 시신을 매장한 이후로는 그쪽에는 발길은 고사하고 아
예 눈길도 돌리지 않은 채 모르쇠 잡고 지내왔다. 그런데도 무슨 조화속
인지 도무지 모르겠다.

'해나?'

효원이 잔뜩 신경 쓰이는 건, 혹시라도 도둑고양이나 주인 없이 쏘다
니는 비루먹은 개, 아니면 어떤 다른 야생동물인가가 송장 냄새를 맡고
서 그곳 흙을 파헤치지나 않았을까 하는 거였다. 만약 그랬다면 바로 달
려가서 다시 흙으로 감쪽같이 덮어야 했다. 상상만으로도 소름 끼칠 노
릇이지만, 뭔가 잘못되어 시신의 극히 작은 일부라도 밖으로 노출돼 있
다면 큰일이었다.

'으, 무시라. 겁나고 떨리싸서 몬 있것다.'

얼이 도령이 오면 같이 가 보자고 작정했지만, 그는 언제 올지 몰랐
다. 그렇다면 더 어두워지기 전에 가서 확인해야 한다. 날이 껌껌해지면
정말이지 억만금을 준대도 우물 근처에는 갈 수가 없다. 최종완의 혼령
이 그가 생전에 남에게 절대로 양보할 수 없다는 저 중앙황제장군이 되

어 기다릴지도 모른다.

그나마 천만다행인 것은, 신기하게도 최종완에 대한 악몽을 꾸지 않는다는 거였다. 온종일 내내 그의 생각에 시달리고 있어 당연히 꿈속에도 나타나야 하는데, 오히려 잠을 자는 동안에는 그의 사슬에서 풀려나는 것이다. 그 또한 꿈이란 것의 불가사의였다.

'더 만종기리지 마라, 효원아.'

그렇게 속으로 자신에게 타이르면서 마침내 효원은 자리에서 일어섰다. 직접 가서 살펴보지 않고서는 뜬눈으로 밤을 새워야 할 성싶었다. 언제나 오광대 사람들이 와서 가 있는 후에야 마지못해 안마당 쪽으로 가는 효원이다. 이러나저러나 피할 길이 없는 고통이다. 그곳에 사람이 없어도 섬뜩해서 가지 못하겠고, 또 사람이 있어도 발각되지나 않을까 간담을 졸여야 했다.

'이거라도 갖고……'

효원은 손으로 품에 감춰둔 은장도를 확인해보다가 부질없는 짓임을 깨달았다. 귀신이 나타나도 칼로 대적할 수는 없을 것이다. 몸뚱이는 없고 혼만 있는 게 귀신이니 칼 따윈 무용지물이 아니겠는가? 그래도 내 몸에 칼을 품고 있다는 게 조금은 마음을 든든하게 해준다. 인간 심리란 도깨비만큼이나 참 알 수가 없다.

'가자, 효원아. 가자, 효원아.'

효원은 마음속으로 주문 외듯 하며 안마당을 향해 억지로 걸음을 옮겨놓았다. 더 어둡기 전에 빨리 가서 보고 서둘러 방으로 들어와 안에서 문고리를 단단하게 채워놔야 조금은 안도할 수 있다. 최종완이 두 번째로 문고리를 따고 침입한 후로, 대못을 박고 끈으로 걸어 이중 잠금장치를 만들었다. 이제는 연기도 스며들 수 없을 정도로 철저히 막아놓은 셈이다.

'상촌나루터 흰 바구만치는 몬 되지만 그래도 좋다.'

사람은 때 묻은 자리가 그중 마음 편하다고, 지금까지 숨어 지내온 방 안이 그래도 아늑하고 좋았다. 비록 최종완을 죽인 곳이긴 해도, 얼이 도령과 영원한 한 몸이 된 곳이 바로 그 방이다. 그래 혼자 누워 있어도 옆에는 언제나 얼이 도령이 함께 있는 것 같았다. 무어라고 가만히 속삭일라치면 얼이 도령도 그 믿음직스럽고 정겨운 목소리로 무언가를 들려주는 듯싶었다.

'아, 이 자리.'

그가 넓은 등을 붙이고 누웠던 자리를 가만히 손바닥으로 쓸어보기도 했다. 그러면 그의 따스한 체취가 그녀 손끝을 통해 온몸에 고스란히 전해지는 느낌이었다. 그 순간에는 그와 밀애를 나누던 상촌나루터 흰 바위를 거기 방에다 옮겨놓은 것 같았다. 그러면 어디선가 강물 소리와 물새 소리가 들려오곤 하는 것이다.

그런데 효원이 도저히 믿을 수 없는 그 일과 맞닥뜨린 것은, 부엌 뒷문을 나가서 우물로 통하는 담장 모퉁이를 막 돌아갔을 때였다. 그곳에는 가상假想이 아닌 실제 상황으로는 결코 가능할 수 없는 불가해한 사태가 펼쳐져 있었다.

'저, 저, 저?'

효원은 눈을 의심했다. 내가 어떻게 돼버린 것이 아닌가 싶었다. 온몸이 감전된 것 같고 머리가 핑 도는 게 금방이라도 픽 쓰러질 듯했다. 아, 이게 꿈이 아닌가? 내가 무엇에 홀린 것인가? 어떻게 이런 일이?

우물을 메운 흙더미가 조금 파헤쳐져 있다면, 그녀가 우려했던 것처럼 무슨 짐승이 와서 그랬구나 하고 생각할 수 있었다. 한데, 그게 아니다. 도저히 현실로 받아들일 수 없는 상황이 벌어져 있다. 귀신이 와서 흙 장난하며 놀다가 간 것인가?

그것은 동물 발톱으로는 가능한 일이 아니다. 땅을 파거나 바위를 뚫는 기구거나, 그 정도까지는 아니라 할지라도 커다란 삽이나 괭이 정도는 동원되어야만 할 수 있는 작업 현장이 펼쳐져 있다. 하지만 인부들이 그곳에 왔을 리는 만무했다.

뻥 뚫린 우물은 마치 하늘을 향해 시커먼 아가리를 떡 벌리고 있는 무슨 괴물 같아 보였다. 그리고 그 괴물 아가리 속은 텅텅 비어 있다. 아무것도 없다. 흡사 꿀꺽 목으로 삼켜버린 듯하다.

우물에 매장한 시신이 감쪽같이 사라진 것이다!

어떻게 이런 일이 일어날 수 있는가, 이런 일이? 최종완 그가 다시 살아나기라도 했단 말인가? 염라대왕이 놓아주었는가? 그는 뚜벅뚜벅 걸어서 살림집과 붙어 있는 자기 한약방으로 갔는가? 중앙황제장군 탈을 얼굴에 둘러쓰고 내게로 올 것인가?

효원은 그야말로 망연자실, 못 박힌 듯 그 자리에 서서 석상처럼 오랫동안 몸을 움직일 수 없었다. 머리털이란 머리털은 죄다 쭈뼛 곤두섰다. 급류에 휩쓸리는 조각배를 타고 있는 듯 온몸이 함부로 기우뚱거렸다.

도대체 누가 어떻게 알고? 그리고 언제부터 이렇게 돼 있었을까? 단 한 발짝도 밖에 나가지 않고 줄곧 집 안에 있었던 나도 모르게…….

그리고 아무리 헤아려 봐도 절대로 외부 사람이 한 짓은 아니다. 누가 남의 집 우물에 와서 흙을 파헤치는 정신 나간 짓을 할 것인가 말이다. 우물에 살고 있는 우물귀신이 있어 그 일을 했다고 부득부득 우긴다면 그건 또 어떨까.

'아, 그렇다모?'

결국 오광대 사람이다. 오광대패 가운데 누군가의 소행인 것이다. 그래, 그들밖에는 혐의자가 없다. 그리고 이 일을 한 그자는, 당장 이 집에 있는 효원 자신을 가장 먼저 떠올릴 것이다. 꼼짝없이 표적물이 되고 말았다. 이런 소리가 그녀 가슴 바닥에서 아무 대책 없이 울렸다.

'끝나삣다. 인자 모도 끝나삣다.'

행방불명된 사람이 우물 안에 매장되어 있다는 사실을 처음 알았을 때 그의 마음이 어떠했을까? 시신은 어디로 옮겨놓았을까? 아니, 왜 곧장 관아에 신고하지 않고 시신만 훔쳐 갔을까? 그자의 앞으로의 계획은? 그자가 최종적으로 노리는 게 무엇인가?

'흐, 무시라.'

효원은 감당할 수 없는 두려움과 함께 강한 의문에 사로잡혔다. 끝내 들통이 나고 말았다. 더는 피하기 어렵다. 몇 번을 짚어 봐도 가장 먼저 용의선상에 오를 사람은 효원 자신이다.

효원은 부리나케 주위를 살폈다. 이 일을 한 자가 어느 구석에 숨어서 지켜보고 있을지도 모른다는 의구심이 들었다. 하지만 어둠이 짙게 깔리기 시작하는 안마당은 도둑고양이 그림자 하나 어른거리지 않는다. 언제부터인가 이곳은 죽음의 시간과 죽음의 공간으로 바뀌어 있었는지 모르겠다. 단지 그녀가 그런 사실을 깨닫지 못하고 있었을 뿐이다.

'모돌띠리 내가 둘러쓴다.'

그때 효원 마음을 휘어잡는 것은 오직 그것 하나였다. 최종완 살해범은 그녀라고. 얼이 도령과는 아무 상관도 없는 그녀 단독범죄라고. 아무리 형틀에 매달아 놓고 모진 고문을 가해도 얼이 도령 이름은 절대로 실토하지 않는다. 여자를 해하려고 덤벼드는 사내를 호신용 은장도로 죽인 것이라면 관아에서도 의심하지 않을 것이다.

'그기 오데 생판 없었던 거를 내가 지이낸 것가?'

그녀 앞가슴에 스치던 섬뜩한 손길과, 복면을 쓰고 쏘아보던 불량스럽기 그지없는 그 노란 눈빛.

'그눔이 실제로 그리 안 했다가.'

남장 여인이란 사실이 백일하에 드러나고, 나아가 교방에서 무단 탈주한 관기라는 것도 밝혀져서, 그녀는 희귀한 여죄수로 명부에 올라 투옥될 것이다. 하지만 그리 오랫동안 뇌옥에 갇혀 있지는 않을 것이다. 그러니까 고통은 오래가지 않는다. 곧 처형당할 테니까.

"흐흐흐."

문득, 효원의 예쁜 입언저리에 이상야릇한 웃음기가 번져나기 시작했다. 만약 누군가가 그 웃음을 본다면 섬뜩할 것이다. 얼굴 근육이 온통 일그러지는, 온 세상을 베어버릴 듯 싸늘하고 매서운 웃음이다.

참 이상한 일이라고 효원은 생각했다. 차라리 홀가분했다. 이제는 혹시나 발각되지 않을까 간담을 잔뜩 졸일 필요도, 방문 창호지에 나무나 새 그림자만 어른거려도 최종완 귀신이 왔는가 하고 숨 막혀 할 일도, 그 밖의 어떤 것에도 신경 쓰지 않아도 된다. 이 순간부터 나는 세상에서 아무 걸리적거릴 것이 없는 자유를 만끽할 것이다. 아아, 자유인이다.

효원은 비틀거리지도 않고 방을 향해 똑바로 발을 떼놓기 시작했다. 마음과 몸이 새털같이 가볍다. 공기가 된 기분이다. 그저 드러눕고 싶다는 그 한 가지 생각뿐이다. 사람은 다 끝났다는 것을 아는 그 순간만큼 마음이 홀가분해질 때가 또 있을까.

그런 효원은 조금도 눈치채지 못했다. 그때까지 어디에 몸을 감추고 있었는지 모를 그림자 하나가 나타나 그녀의 뒷모습을 말없이 지켜보고 있었다.

효길이 달라졌다.

그 벙어리 총각은 오광대 패거리와 서슴없이 어울렸다. 연습도 예전보다 더욱더 열심이다. 그의 얼굴에서 그늘은 사라지고 밝은 빛이 살아났다. 항상 축 처져 보이던 몸에 활기가 넘쳐났다. 모두가 갑자기 변해버린 그의 모습에 무척 놀랐다. 도무지 믿기 어렵다는 듯 두 눈을 끔벅거렸다. 농담 아닌 농담이 나왔다.

"효길이가 장개 들 때가 된 기가?"

"내가 직접 몬 봐서 잘은 모리것지만도 여자가 생긴 모냥이거마는."

이런 시답잖은 말도 나왔다.

"그라모 여자하고 여자하고가 사귀는 거매이로 비일 끼다."

"에이, 동성애자 겉은 소릴랑 하지를 마소. 징그럽거로."

"와 징그러버? 서로 좋아하는 기."

"허, 그기 정상적으로 좋아하는 기라고 보요?"

"그라모 비정상적으로 싫어하는 거는 우떤 긴데요?"

"그기사 내도 모리지."

"우리가 알 수 있는 방법은 딱 한 가지밖에 없는갑소."

"그 방법이 머요?"

"효길이 총각한테 함 물어보는 거."

그런 온갖 소리를 못 들은 척 효원은 오광대 사람들을 하나씩 훔쳐보며 최종완 시신을 훔쳐 간 자가 누구일까? 가늠해보았다. 때로는 한꺼번에 훑어보기도 했다.

꼭두쇠 이희문부터 어딩이 박상수, 무시르미 강용건, 옹생원 동길선, 상좌 함또순, 양반 문광시, 탈 제조자 김융, 재담가 서물상, 소리꾼 김또석하…….

하지만 아무 소용이 없었다. 하나같이 범인 같고, 아무도 아닌 듯하고. 그러나 분명 진범은 그들 속에 섞여 있을 것이다. 오광대 탈을 둘러쓰고 꼭꼭 숨어 있다. 탈 뒤에서 매처럼 번득이는 눈빛으로 그녀를 감시하고 있을 것이다.

"중앙황제장군 역 맡을 사람을 후딱 갤정해야 할 낀데 문제요."

벽에 등을 기대거나 다리를 쭉 뻗는 등 방 안에 둘러앉아 잠시 휴식을 취할 때 꼭두쇠가 걱정스러운 낯으로 하는 소리였다. 그러자 옹생원 동길선이 말했다.

"최종완 그 사람, 암만캐도 이 시상에는 없는 거 겉소."

탈 제조자 김융이 효원에게 물었다.

"효길이 총각! 자네는 우찌 생각하노?"

효원은 그저 웃어만 보였다. 그것을 본 양반 문광시가 농담만은 아닌 것 같은 목소리로 말했다.

"저 웃음 좀 보소. 내가 미치것다 아인가베?"

"……."

효원 가슴이 큰 바늘에 찔린 듯 뜨끔했다. 실수했다. 오광대 사람들 앞에서는 절대 웃지 말라고 신신당부하던 원채다. 그런데 공연 날짜가 다가오는데도 그는 여러 날 동안이나 모습을 보이지 않고 있다. 혹시 무슨 일이 생긴 건 아닌지 모르겠다. 또 불안과 초조가 달려들었다.

'안 그라모 이리 안 올 리가 없다 아이가? 아모래도 안 좋은 일이 있는갑다.'

사람이 보이지 않으니 더 궁금하고 애가 탄다. 그들에게 물어보고 싶지만 원채에게 왜 그렇게 관심이 높으냐는 둥 엉뚱스러운 말만 돌아올 것 같고, 그러다가 공연한 의심까지 살 것도 같아 그만두기로 했다. 하여간 그가 와야 얼이 도령 소식을 전해 들을 수 있을 텐데 이 답답함을 어쩌나. 그런데 뜻밖의 이야기들이 흘러나왔다.

"우리 고을이 목牧에서 군郡으로 배껏담서요?"

상좌 함또순이 물었다.

"하모요. 인자는 목사가 아이고 군수가 된다 쿠데요."

어덩이 박상수 말에, 재담가 서물상이 고개를 흔들었다.

"목사나 군수나 이름만 배꿔지, 그기 그거 아이것소."

옹생원 동길선이 심드렁한 어투로 말했다.

"하기사 엎어치나 매치나."

그러나 그 대화에 끼어들지는 못한 채 듣고만 있는 효원 마음은 그런 게 아니었다. 그러면 앞으로 강득룡 목사는 어떻게 될까? 지난번 동학 농민군 봉기 때 달아났다가 다시 돌아왔다는 것까지는 이들 입을 통해 알고 있다.

어쩌면 관제가 개편되면서 강 목사는 다른 지역으로 전출될지 모른 다. 그렇다. 가능성이 전혀 없는 것은 아니다. 오래 있다가 가는 목사도 있었지만, 또 금방 가는 목사도 있었다. 강 목사 그자만 이 고을에서 없 어진다면. 아, 제발 그렇게만 된다면, 그렇게만.

그런데 또 놀랄 말이 나왔다.

"나루터집 바깥쥔은 아즉도 그대로 감옥에 갇히 있다 쿠지요?"

소리꾼 김또석하 입에서 나온 소리였다. 그러자 탈 제조자 김융이 남 의 일이라도 무척 딱하고 안됐다는 듯 말했다.

"풀리났다쿠는 소리는 몬 들었으이 그럴 끼요."

모두 자기도 듣지 못했다고 얘기했다.

"관찰사가 시켜서 잽히갔은께, 금방은 나올 수 있것소?"

꼭두쇠 이희문이 어림없다는 얼굴로 그렇게 못 박았다.

'그, 그.'

효원은 하마터면 자신이 벙어리 행세를 하고 있다는 사실도 잊고 입 을 열어 말을 할 뻔했다. 그것은 효원에게도 적잖은 충격이었다.

'그동안 그런 일이 있었다이!'

나루터집 바깥주인이라면 바로 해랑 언니와 친자매같이 지냈다는 김 비화 그녀의 남편이 아닌가? 얼이 도령과 오랫동안 같은 집에서 살고 있고, 얼이 도령이 '누야'라고 부르는 여자가 비화다. 그렇다면 그는 얼이 도령에게는 '매형'이 될 남자다.

해랑 언니를 따라가 본 나루터집이다. 얼이 도령을 처음 만난 곳도 그 집이다. 그러하니 효원 그녀가 두 번째로 태어난 집이다.

해랑이 화려한 꽃이라면, 비화는 고상한 꽃이다. 샛별처럼 총기 넘치는 눈이 아주 인상적이고, 언동에는 무게가 느껴지며, 어딘가 사람을 끌어당기는 묘한 기운이 있는 여자였다. 여자 몸이지만 근동 최고 갑부 동업직물과 당당히 맞서고 있다고 한다. 그런 그녀의 남편이 왜 관찰부에 잡혀갔을까?

"내한테 닥친 일은 아이지만도 에나 안됐거마는."

"없는 사람들을 그러키 잘 도와준다꼬 들었는데, 대체 무신 죄목으로 그랬다요?"

"개떡 겉은 요새 시상에 꼭 죄가 있어서 잽히가요?"

"하모, 그 말씀이 맞소. 사람이 순진하기는!"

다시 연습에 들어갈 것도 잊은 오광대 사람들 대화가 계속 이어지고 있다. 그런데 갈수록 경악스러운 말들이었다.

"해나 동업직물 임배봉이나 점벡이 행재가 관찰부에 뇌물을 써갖고 잡아가거로 맨든 기 아일까요?"

상인으로서 평소 사람들을 많이 접하는 박상수가 말했다. 그러자 올곧기로 소문난 야학 글방 선생 동길선이 노골적으로 비난했다.

"조 관찰사가 해도 에나 너모한다 아이요."

정미업자 함또순도 낯을 붉혔다.

"맞아요. 거씬하모 아모나 마구잡이로 잡아 가두고."

악사 문광시는 더 화가 치민다는 얼굴이었다.

"그 정도모 괘안커로요. 이리 기맥힌 짓도 하고 있다 안 쿠요."

"무신?"

오광대 사람들 눈길이 일제히 문광시에게로 쏠렸다.

"우리 고을에 사는 정 아무개라쿠는 사람 딸을 첩으로 안 준다꼬, 그 애비를 떡 잡아다가 죽도록 때려서 옥에 가둬삧다는 기요."

그러자 저마다 앞다퉈 한마디씩 해댔다.

"목사보담도 더 높은 배실이 관찰산께, 관찰사가 그리한다꼬 해서 누가 입이나 뻥긋할 수 있것소?"

"상감께 상소문이라도 올리야제, 이래갖고는 아모도 몬 살것소."

"관리라쿠는 자들이 다 조런 식인께네, 떼눔들하고 왜눔들이 우리를 잡아묵을라꼬 벌로 덤비들제."

"아, 그눔들요? 개인이나 나라나 우쨌든 이웃을 잘 만내야 하는 벱인데, 이거는 마, 늑대하고 야시 그 둘 사이에 꽉 끼인 꼴인 기라요."

그다음에 나오는 소리는 더욱 놀라운 말이었다.

"강 목사만 해도 그랬다 아인가베. 교방에서 달아나삔 관기 하나 갖고 그 야단 난리를 있는 대로 부리쌌고 말이오."

효원의 심장이 '쿵' 소리 내면서 내려앉았다. 둔중한 물체로 사정없이 얻어맞은 것같이 머리가 아찔해지면서 눈앞이 캄캄했다. 바로 그녀 자신의 이야기가 아닌가 말이다. 그들이 자기 신상과 관련된 말까지 끄집어낼 줄은 정말이지 상상도 하지 못했다.

효원은 꼭두쇠 이희문을 바라보았다. 그의 입에서 그만 쉬고 다시 연습하자는 소리가 나오길 바랐던 것이다. 그런데 평소 오광대 외에는 아무것도 관심이 없는 그도, 호기심이 동하는 듯 관기 이야기를 맨 처음 끄집어낸 소리꾼 김또석하게 물었다.

"아, 참. 그 기녀는 잡았다쿠요, 몬 잡았다쿠요?"

"그거는 모리지예. 우리 겉은 서민들이사 말하는 꽃들이 모이 있는 교방 근처에도 몬 갈 처진께네."

김또석하의 애매한 답변이 그런 내용의 대화를 가라앉히기는 고사하고 도리어 분위기를 한껏 북돋웠다.

"대체 그 기녀가 우찌 생깃는고 함 보고 싶다 아인가베. 강 목사가 그 지랄 발광을 다 떨어쌌던 거 보모 에나 이쁠 끼거마는."

종종 농담처럼 '무시로 행상(無時─行商)'이 되고 싶다는 소리를 하는 무시르미 강용건이 말했다. 일반 가정에서 무시로 쓰는 빨랫방망이, 수수비, 채반, 홍두깨, 나막신 등의 일용 잡화를 짊어지고 다니며 조선팔도 유람이나 하는 게 소원이라는 그였다.

"이쁜 것도 그렇지만도, 내는 그 용기가 에나 가상하요."

오광대 사람들이 대개 그렇지만, 강용건 못지않게 역마살이 걸린 듯한 만담가 서물상의 그 말에 박상수가 물었다.

"머 말이오?"

서물상이 대답했다.

"아, 감히 교방에서 도망을 친 거 말이오."

동길선이 후련하다는 표정을 지었다.

"내 속도 다 시원하요. 그 머꼬, 옛날 그 사설시조맹캐, 내 가슴에 창窓을 낸 거 겉다 아이요."

그러면서 동길선은 야학에서 아이들을 가르치듯 그 시조를 읊조려 보였다.

"창 내고자 창 내고자 이내 가슴에 창 내고자……."

김또석하가 장단 맞추듯 얘기했다.

"내는요, 안 있소. 그 관기 만내모 큰 상이라도 주고 싶소. 남자라도 그라기는 안 쉬블 끼라요."

서물상이 재담하듯 했다.

"상이 아이고, 주고 싶은 기 따로 안 있으까이?"

"따로? 그기 머신데요?"

"에이, 시치미 딱 잡아떼기는!"

"이 양반이 증말? 쨰이 말 안 할라요? 무담시 넘을 엉큼한 사람 맹글지 말고."

저마다 개성이 강한 사람들이 모인 집단인지라 누구도 쉬 물러나려 하지 않는다.

"머 이약 몬 할 거도 없지요."

"해보소."

효원을 슬쩍 보고 나서 말했다.

"사랑을 주고 싶것제."

"머라꼬요?"

헌솜이나 고철같이 쓰지도 못할 소리는 하지도 말라는 듯 언성이 높아졌다.

"내 이약 틀릿소?"

"아, 시방 재담하요?"

김또석하가 낯을 붉혔다. 그러자 양반 역할이 매우 잘 어울리는 사람답게, 사람이 양반인 문광시가 고개를 끄덕이며 말했다.

"맞소. 그런 기녀라쿠모 조강지처도 내삐리고 쌩 달리가고 싶지 않은 사내가 시상 오데 또 있것소."

그러자 저마다 한입으로 말했다.

"하모, 하모."

효원은 불가마에 든 듯 숨쉬기조차 힘들었다. 금방이라도 그들 중 누군가가 손을 들어 그녀를 썩 가리키면서, '저 여자가 그 관기요!' 하고 소리 지를 것만 같았다. 심지어 이런 말도 들리는 듯했다.

'최종완을 죽인 범인도 저 여자요! 안마당 우물에 매장해 논 거를 내가 발견했소!'

'아아아.'

효원은 내가 이러다가 미쳐버리지 싶었다. 그들이 그렇게 하지 않아도 그녀 자신이 더 참지 못하고 이렇게 실토해 버릴 것만 같았다.

'우리가 최종완을 죽잇소. 내한테 몬된 짓을 할라쿠는 거를 얼이 도령이 죽잇소. 우리가 시신을 우물에 파묻어삣소.'

만약 그때 꼭두쇠가 다시 연습을 시작하자는 소리를 꺼내지 않았다면 정말 무슨 일이 일어났을지 모른다. 남의 닭 몰래 잡아먹고 삼 년 만에 제 입으로 훌훌 다 털어놓는다더니, 사람이 잘못을 저지르면 제 스스로가 못 견뎌 전부 고백하게 되는 법인가 보았다.

'내가 돌아삣다. 시상에, 얼이 되련님꺼지…….'

오광대 사람들도 저런 말들을 하는 걸 보니, 그녀의 교방 탈주 사건은 이미 온 고을에 파다하게 퍼져버린 모양이었다. 그뿐만 아니라 모두가 굉장한 흥미와 호기심으로 그 이야기들을 하고 있음이 틀림없었다.

'에나 작은 일이 아인 기라. 우짜노?'

효원 몸은 더한층 움츠러들었다. 강득룡 목사가 다른 곳으로 가더라도 마음 놓고 거리를 활보할 수는 없겠구나 싶었다. 다른 목사, 아니 다른 군수가 오더라도 교방에서 도망친 기녀를 그냥 두겠는가 말이다. 참으로 운신할 수 있는 폭이 여염집 골방보다도 더 좁혀버렸다.

그렇다면 이 고을을 떠나 아무도 그들을 모르는 먼 곳에 가서 살아야 할는지도 모른다. 얼이 도령과 함께라면 지옥 끝이라도 기꺼이 가겠지만, 행여 얼이 도령이 어머니 우정댁 때문에 그렇게 할 수 없다고 한다면? 얼이 도령이 평소 그의 어머니에게 하는 행동으로 보아서는 아무래도, 아무래도…….

"효길이 총각은 연습하로 안 갈라꼬?"

다른 오광대패들이 앞서거니 뒤서거니 안마당으로 나가고 있는데도 일어날 생각을 하지 않고 혼자 멍하니 앉아 있는 효원에게 꼭두쇠 이희문이 물었다.

'아입니더. 가, 갑니더.'

그런 수화를 해 보이고 나서 효원은 언제나 그랬듯 선머슴처럼 벌떡 몸을 일으켜 오광대 사람들 뒤를 아주 얌전하지 못한 동작으로 따랐다. 그러는 효원을 바라보고 있던 이희문이 이런 소리를 툭 던졌다.

"효길이 총각! 중앙황제장군 역할 맡아서 해볼 멤은 없는 기가?"

"……."

효원은 머리끝에서부터 찬물을 확 끼얹힌 느낌에 전율하면서 자신을 향해 취조하듯 물었다.

'설마 꼭두쇠가 범인은 아이것제?'

안마당은 그대로였다. 효원은 깊이 소원 비는 심정으로 생각했다. 우물도 그대로일 것이라고. 아니, 그 모든 게 변하지 않을 거라고.

효원은 미친 여자처럼 오광대 탈놀음 연습에 빠져들었다. 교방에 있을 때 검무에 넋을 빼앗겼던 바로 그 모습이다. 지금 그녀를 지탱해주는 건 오광대 하나뿐이다.

그날 밤, 개 짖는 소리도 끊긴 이슥한 한밤중이었다. 효원은 잠결에 무슨 인기척을 듣고 소스라쳐 눈을 떴다.

최종완의 원혼이 온 것인가? 비몽사몽간에 그런 생각부터 들었다.

발자국 소리였다! 그것도 한 사람 것이 아닌 발자국 소리였다.

효원은 잠잘 때도 언제나 그녀 몸의 일부분처럼 가슴에 품고 있는 은장도부터 확인했다. 그 유일한 무기로 저항하다가 최악의 경우에는 그것으로 자결할 결심을 벌써 하고 있다. 죽음으로써 몸과 마음을 지켜낼 것이다.

효원은 부리나케 일어나 방문 옆에 붙어 서서 바깥 동정부터 살폈다. 언제 닥칠지 모르는 위험한 사태에 대비해, 자리에 누울 때도 잠옷으로 갈아입지 않고 일상복 차림새인 채로 잠을 청하곤 하는 그녀였다. 이곳에 온 이후로 아직 단 한 번도 깊은 단잠에 빠져본 적이 없었다.

"……."

지금 방 밖에 와 있는 자들은 무슨 이야기인지는 전혀 알 수 없지만 아주 낮은 소리로 귓속말을 나누는 듯했다. 그 모습들이 세상에서 가장 위험천만한 그림처럼 그녀 두 눈에 빤히 보이는 것 같았다.

관아 포졸들이 아닐까? 그런 생각이 새 날개 치듯이 뇌리를 스쳤다. 그렇다면 오늘 밤을 마지막으로 이 효원의 인생은 끝이다. 새날은 없다.

'얼이 되련님을 한 분 더 몬 보고…….'

하늘로 솟거나 땅으로 꺼지는 것 외에 지금 그녀가 피신할 수 있는 탈출구는 어디에도 없었다. 밖으로 나가는 것은 곧 범의 아가리 속에 몸을 던져 넣는다는 것과 진배없었다. 효원이 그렇게 도저히 헤어날 수 없는 두려움과 함께 안타까운 절망감에 빠져들고 있을 때였다.

'똑똑.'

갑자기 그런 소리가 났다. 예상도 하지 못한 일이다. 발자국 소리와 낮은 말소리는 꿈이 아니고 이것이 진짜 꿈인가? 아니다. 꿈에서도 이럴 수는 없다. 방문을 조심스럽게 두드리고 있다. 그건 남들에게 들키지 않으려는 행위인 것이다.

그 자각에 효원 심장이 뚝 멎는 듯했다. 얼이 도령일 것이다. 그런 마음에 얼른 방문을 열려고 하던 효원은 멈칫했다. 혼자가 아니다. 그래, 얼이 도령이라면 혼자 올 것이다. 그렇다면 역시 앞의 짐작대로…….

효원이 몸을 덜덜 떨고 있는 사이에 두 번째로 방문 두드리는 소리가 들렸다. 이쪽에서 끝까지 아무 반응이 없으면 방문을 부수고라도 들이닥칠 것이다. 엉성한 문짝은 저들의 발길질에 나가떨어질 것이다.

방문을 연다? 아니, 아니다. 그건 저승사자들을 내 손으로 불러들이는 격이다. 이러나저러나 저자들과 부딪칠 수밖에 없다면? 순순히 열어 주는 것보다는 차라리 방안에서 혼자 조금이라도 버틸 수 있는 데까지는 버티는 게 옳을 것이다. 결국, 효원은 입을 열지 않을 수 없었다.

"누, 누요?"

그러자 들리는 그 음성, 꿈에도 잊지 못할 그리운 목소리였다.

"효원!"

이쪽에서 무어라 할 때까지의 그 짧은 순간마저 참고 기다릴 인내심도 없는 듯 금방 또 한 번 더 불렀다.

"효원!"

효원은 벙어리 총각이 아니라 귀머거리 처녀가 된 것 같았다. 벙어리도 입을 열고 귀머거리도 들을 수 있는 말이 방문 저쪽에서 다시 났다.

"얼이요."

'아, 얼이 되련님, 얼이 되련님이!'

효원은 방 문짝에 와락 엎어질 듯이 온몸을 바깥쪽으로 던지며 허겁지겁 방문을 열었다. 사람보다도 차가운 밤공기가 먼저 쏴아 방안으로 밀려들었다. 그리고 다음 찰나 효원 입에서 이런 말이 나왔다.

"아, 원채 아자씨도?"

얼이와 원채였다. 반가운 이들을 한꺼번에 맞이하는 효원은 심장이 터지는 것만 같았다. 당장 크고 둥근 두 눈 가득 눈물이 괸다.

"자, 얼릉!"

"예."

적진을 감시하는 군인들처럼 날카로운 눈으로 한 번 더 바깥쪽을 살피고 나서 재빨리 방으로 들어온 그들과 효원은 서로의 몸이 닿을 듯이 가깝게 마주 앉았다.

"……."

잠시 침묵이 그들 사이에 끼어들었다. 사람이란 할 말이 너무 많아도 말문이 잘 열리지 않는 법이었다. 모두가 하고 싶은 말들이 먼저 나오려고 하는 바람에 입이 틀어 막히는 모양이었다. 아니면 말이 필요 없는 사이일 수도 있었다. 말이 오가야만 서로의 의사를 알 수 있다면 그건 곧 진실한 마음들이 아니라는 방증이 될 수도 있는 것이다.

그런데 이윽고 얼이 입에서 이런 말이 떨어졌을 때, 효원은 도저히 감정을 추스를 수가 없었다. 둘만 알아도 비밀은 없는 법이라는데, 이제 세 사람이 알게 되었다.

"원채 아자씨께서 시신을 다린 곳에 숨기셨다 하요, 효원."

얼이 혼자 왔을 때도 그랬던 것처럼 호롱불을 훤하게 밝히지 않은 방안은 다소 어두웠지만, 그들은 마음의 눈으로도 서로를 똑똑히 볼 수 있었다.

"아, 그라모?"

한참 넋 빠진 모양을 하던 효원이 '흑' 하고 울음부터 터뜨린 후 말했다.

"죄, 죄송해예, 아자씨. 지, 지 땜에 얼이 되련님이 고만……."

원채가 마구 들썩이는 효원 어깨 위에 가만히 손을 얹었다.

"얼이 총각한테 이약 다 들었소."

"그, 그거를?"

효원 몸이 한층 굳어졌다. 쥐구멍이라도 기어들고 싶었다. 그걸 부끄러움이라 해야 할지 참담함이라 해야 할지 몰랐다.

"쪼꼼도 양심의 가책 받을 필요 없제."

원채는 효원의 어깨에서 손을 거둬들이며 계속 말했다.

"그눔은 지 죽을 짓을 한 기요."

원채는 숨을 몰아쉰 후에 한 번 더 인식시켜주었다.

"누한테 그런 짓을 했든지 간에……."

효원이 얼핏 바라본 얼이는 흡사 물에 비친 달처럼 창백한 얼굴이었다. 그달을 흔드는 잔잔한 물결 같은 소리가 원채 입에서 흘러나왔다.

"그자가 보통 때 효원 처녀를 보는 눈길이 내 멤에 그리 걸리더이만."

효원은 더욱 감정이 격해졌다.

"아자씨!"

원채는 자기 잘못도 있다는 듯 이런 말도 했다.

"내가 진즉 무신 방도를 취해 놓든지 해야 했는데 미안하거마."

그때까지 혼자 무슨 생각에 잠겨 묵묵히 듣기만 하던 얼이가 입을 열었다.

"아입니더, 아자씨. 모든 기 이 얼이 줩니더."

효원은 원채 아저씨 말씀도 그렇고 얼이 도령 그것도 아니라고 얘기하고 싶었지만, 가슴이 막혀 말이 나오질 않았다.

"시방 와서 잘 짚어보모 말이네."

원채는 생각만 해도 두려운 일이라는 듯 몸을 떨었다.

"그자는 효원 처녀가 여자라쿠는 거를, 내가 효원 처녀를 여게 데꼬 온 맨 첨부텀 하매 알아챘던 기라."

그곳과 바깥세상을 단절시켜주는 유일한 방패막이인 방문이 흔들리는 것 같더니 도로 잠잠해졌다.

"흑흑."

효원은 봄날 야산에서 피맺히게 우는 두견새처럼 계속 울었다. 지금까지 쌓이고 쌓였던 모든 한과 슬픔 그리고 억울한 감정들이 그 눈물을 통해 모조리 밖으로 빠져나오는 것 같았다.

얼이는 또 아무 말도 하지 못했다. 밤빛과도 같이 캄캄한 낯빛이었다. 어쨌거나 사람을 죽였다. 살인자다. 그 어떤 것으로도 면죄부를 받을 수 없다.

"불안할까 싶어서 내 이약하는데……."

원채가 눈물에 젖은 효원의 얼굴을 외면하며 말했다.

"시신을 파묻은 장소는 구신도 모릴 데요."

그러고 나서 이번에는 얼이를 안심시키는 말을 내비쳤다.

"영원히 발각 안 될 곳에 매장했으이, 걱정 안 해도 될 끼거마는."

다시 침묵이 흘렀다. 달빛만 흰 창호지 위로 흐른다. 은장도 날처럼 푸른 기운이 감도는 빛이다. 어쩌면 지금 효원 가슴이 그런 빛일지도 모른다. 늘 은장도를 꼭 품고 있는 가슴이기에 그렇다.

"후~우."

그런데 또다시 긴 한숨 끝에 원채가 운명론자처럼 굉장히 묘한 소리를 하여 그러잖아도 감정의 갈피를 잡지 못하고 있는 두 사람을 멍하게 했다.

"이거도 운맹이라모 일종의 운맹인데, 두 사람이 최종완이한테 속죄할 길이, 오광대패가 돼서 살아가는 기라고 보거마는."

"예?"

"아자씨!"

입으로는 하나같이 깜짝 놀란 소리를 내면서 얼이와 효원의 눈이 허공에서 맞부딪쳤다. 최종완에게 속죄하려면 오광대패가 되어 살아가라니.

"두 사람 얼골은 시상에 너모 노출돼 안 있는가베."

"그거는 압니더만."

백번도 더 맞는 소리였다. 한 사람은 온 세상을 떠들썩하게 만드는 농민군, 한 사람은 고을 목사가 잡으려고 혈안이 돼 있는 교방 관기였다.

"그러이 탈을 쓰고 살모 아모도 모릴 끼다, 그 말이제."

원채는 거의 확정된 것처럼 얘기하고 있었다.

"탈을 쓰고 산다 쿠모⋯⋯."

그렇게 되뇌던 얼이가 확인하듯 물었다.

"우리 두 사람, 오광대패가 돼서 살아라, 그런 말씀이시지예, 시방?"

효원도 믿어지지 않아 하는 얼굴로 원채를 보았다.

"에나 그런 기라예, 아자씨?"

원채는 얼이 물음에도 효원 물음에도 똑같이 대답이 없다. 그것은 더는 무슨 말을 하지 못하게 막으려는 의도로 받아들여지기도 했다.

"우리가⋯⋯ 우리를⋯⋯."

새벽이 오기 전에는 세상이 좀 더 어두워진다고 하던가? 문득, 방문 밖이 누군가가 막아서듯 컴컴해지고 있다.

혹시 최종완의 혼이 그곳에 와서 몰래 엿듣고 있는 것일까? 그의 또 다른 얼굴과도 같은 저 중앙황제장군 탈을 둘러쓰고서.

나루터집에서 왔습니다

읍내 장에 갔던 언네가 양쪽으로 행랑채를 거느리고 우뚝 선 솟을대문을 막 열고 집 안으로 들어가려고 할 때였다.

"잠깐만예!"

누군가 다급하게 부르는 소리가 언네의 주름진 목덜미에 와 닿았다. 언네가 고개를 돌려보니 웬 여자 하나가 저만큼 서 있었다. 허리가 잘록하니 길고 눈매가 그윽한 젊은 축에 드는 여인이다.

언네가 오기 전부터 미리 그곳에 와서 기다리고 있었는데 언네가 미처 발견하지 못했던 것인지, 아니면 언네 뒤를 곧장 따라왔는지 확실한 것은 알 수 없지만, 어쨌든 언네는 알지 못하는 낯선 여자다.

"시방 낼로 부린 기요?"

언네가 잔뜩 의혹과 경계심이 서린 눈초리로 묻자 그 여자는 아주 또렷한 음성으로 대답했다.

"예."

언네는 요즘 들어서 더욱 무엇인가가 들어간 것처럼 이물감이 느껴지고 침침해지는 눈을 끔벅끔벅하며 또 물었다.

"와 그라요?"

늙은 눈에도 아름다움과 맑음이 풍기는 깨끗한 용모였다. 고을 최고 명기名妓로 이름을 날렸던 해랑이 지니지 못한 고아한 품위까지 전해졌다. 하지만 그 여자는 무척이나 긴장되고 힘들어하는 기색이 역력한 얼굴로 이렇게 입을 열었다.

"이 댁 아씨 마님 좀 만내뵀으모 하고예. 해랑 마아님……."

그 여자 말꼬리가 배봉 저택 높고 기다란 담벼락처럼 늘어졌다. 크게 망설인 끝에 가까스로 나온 말이란 걸 알 수 있게 해주었다.

"아씨 마님?"

언네는 더한층 미심쩍은 눈빛으로 그 여자 몸을 위아래로 쫙 훑어보며 앙칼지고 매서운 목소리로 물었다.

"오데 사는 눈데, 감히 우리 귀하신 마님을?"

대갓집 수문장 같은 솟을대문도 발로 콱 밟아버릴 것처럼 정체불명의 그 여자를 딱 내려다보고 있었다. 사람과 대문이 모두 위압감을 느끼게 했다.

"저어, 내, 내는……."

그러자 그 수상쩍은 여자는 얼른 무어라고 대답을 하지 못하고 머뭇거리더니만 겨우 말했다.

"직접 만내서 말씀드리모 안 되까예?"

"지익저업?"

언네 말꼬리가 조금 전 그 여자처럼 길어졌다. 담장 너머로 뻗어 나온 크고 오래된 오동나무 가지가 그 여자를 내려다보는 것 같았다. 보랏빛 꽃이 매우 흐드러지게 피는 나무였다.

"이것 보소!"

언네 얼굴에 경계심과 으스대는 빛이 함께 살아나면서 말투가 더없이 험악해졌다.

"이 댁이 우떤 댁인고 모리는 모냥인데, 애호박에 손톱도 안 들갈 소리 고마하고 퍼뜩 가 봐라꼬. 사나븐 종들 불러내서 혼내삐기 전에. 알 것소?"

그러면서 언네는 뒤도 돌아보지 않고 그대로 들어가려고 했다. 그러자 그 여자가 어쩔 수 없다는 듯 다급하게 외쳤다.

"마, 말하지예!"

언네는 그 자리에서 걸음을 멈췄지만 고개는 돌리지 않았다. 그러고 나서도 잠깐 망설이듯 시간이 간 후에 이윽고 다시 들리는 소리가 놀라웠다.

"나루터집에서 왔심니더!"

솟을대문 앞 공기가 강물처럼 출렁, 흔들리는 느낌을 주었다.

"머시?"

그 순간, 언네는 두 손에 들고 있던 장거리를 그대로 땅바닥에 툭 떨어뜨릴 사람처럼 보였다. 입에서는 단말마 같은 소리가 터져 나왔다.

"나, 나루터집?"

언네는 당장 고함을 질러 집 안에서 누군가를 불러낼 기세였다. 그것을 본 여자가 얼른 다시 말했다.

"내는 송원아라 쿱니더!"

가는귀가 약간 먹은 언네는 자세히 알아듣지 못하고 더듬거렸다.

"소, 송······."

원아는 제 임무를 다한 사람이 제 권리를 찾으려고 하는 것처럼 했다.

"내 이름꺼정 밝힛으이, 인자 만내거로 해주이소."

거기서 약간 떨어진 한길 저쪽으로 사람 몇이 지나가고 있었다.

"가, 가만!"

언네는 원아 쪽으로 귀를 가져가며 약간 목이 쉰 소리로 말했다.

"시방 누라꼬?"

원아는 한층 또랑또랑한 어조로 말했다.

"송원아, 송원아요."

"송원아?"

원아는 자기를 뚫어지게 바라보는 언네의 눈을 맞받았다.

홀연 언네 몸이 돌처럼 굳어버리는 것 같았다. 전세가 역전되는 듯한 분위기가 두 사람 사이에 흘렀다.

'그, 그라모 저 여자가?'

송원아라는 이름을 들어본 적이 있다. 강득룡 목사에게 상납할 그림을 사려고 했을 때, 안석록이란 괴팍한 환쟁이 때문에 온 집안이 다 시끄러웠다. 그 환쟁이가 바로 나루터집 송원아와 부부 사이라고 했다.

'이기 우찌 된 일고?'

언네는 그만 눈앞이 아찔하고 뒤통수가 띵했다. 그런 신분에 있는 여자가 해랑을 만나러 온 것이다. 동업직물이 나루터집과는 철천지원수 사이란 걸 누구보다도 잘 알고 있을 여자였다.

'이거 일이 같잖커로 돼삣다.'

언네는 극심한 혼란에 빠졌다. 예삿일이 아닌 것이다.

'이 일을 우짠다?'

무슨 사연인지도 잘 모르면서 그대로 쫓아버렸다가 나중에 상전에게 어떤 꾸중이나 엄한 벌을 받을지 알 수가 없다. 그렇다고 해서 선뜻 집안에 들인다는 것도 좀 그랬다. 그런 여자를 안채에까지 들어오도록 했다며 호되게 야단을 칠 수도 있다.

상대가 주저주저하는 빛을 보이자 원아는 조바심이 크게 일기 시작했다. 무슨 수를 쓰든 해랑을 만나야만 한다. 이날 그곳에 오기까지에는 크나큰 결단이 필요했다. 그녀 혼자서 고민도 많이 하고 잠을 설치게 하는 갈등에 부대꼈다.

'우쨌든 한분 부닥치봐야 하는 기라.'

그때 언네가 탐색하듯 물었다. 마치 동네 늙은 도둑고양이가 연방 사람 눈치를 살피는 것 같았다.

"우리 마님을 만내서 머를 우짤라꼬?"

그 소리를 듣자 원아는 전혀 가능성이 없지는 않구나 싶었다. 그렇지만 그런 안도감에도 불구하고 가슴은 더 콩콩 뛰는 것이었다.

'깍깍, 깍깍.'

언제 날아와 앉은 걸까? 오동나무 가지에서 까치가 소리를 냈다. 흡사 응원을 보내기라도 하는 것 같았다. 용기를 얻은 원아는 이럴 때를 대비하여 미리 준비해 온 것을 꺼냈다.

"이거 올매 안 되지만도……."

그 말을 끝내기도 전이었다.

"그거는?"

그렇게 물어오는 언네 눈빛이 달라졌다. 슬쩍 봐도 얼마 안 되는 게 아니었다. 굉장한 돈주머니다. 원아는 그것을 내밀며 말했다.

"이런 부잣집에서는 쥐꼬랑대이 겉은 돈이것지만도, 가지온 사람 승이(성의)를 봐서라도 받아주이소."

때마침 집 근처를 지나는 행인은 아무도 없었다.

"이, 이라모 아, 안……."

언네는 얼른 주위부터 살피면서 더듬거렸다. 원아는 어서 받으라는 듯 돈주머니를 언네 코앞까지 들이대며 말했다.

"시간이 마이 걸리지는 안 할 깁니더."

"시간이 문제가 아이고, 아이고."

언네는 한걸음 물러서는 얼굴이 되었다. 하지만 여전히 승낙해줄 것인지 해주지 않을 것인지 판단을 내리지는 못한 것으로 보였다.

"누라도 귀하신 우리 마님을 만내 뵐라모……."

흐릿해 보이는 그녀의 눈빛처럼 말 뒤끝을 흐렸다.

"압니더."

원아는 가늘고 긴 허리까지 조금 굽혀 보였다.

"그러이 이리 부탁드리는 기라예."

언네는 아쉬움과 안타까움이 뒤섞인 얼굴이었다.

"그런께 안 되는……."

원아는 끝까지 듣지 않았다.

"자, 이거 째이 받으이소."

언네의 눈은 돈주머니에 박은 채 입으로는 사양했다.

"이라모 안……."

그 소리는 너무 미약하여 또다시 들려오는 까치 소리에 묻혀버렸다. 다른 사람들이 들을 수 없게 일부러 시끄럽게 구는 것 같은 까치였다.

"그냥예."

원아는 반강제 비슷하게 언네 손에 돈주머니를 쥐여 주었다. 마침내 언네는 약삭빠른 생쥐가 눈알을 굴리듯 잽싸게 주위를 둘러본 후 그것을 서둘러 치마 속 어딘가에 감추었다. 아직도 힘이 있고 동작도 빨랐다.

"넘들 보기 전에 퍼뜩 안으로!"

"예."

드디어 원아는 대궐보다도 더 출입하기 어렵다는 소문이 나 있는 임배봉 대저택에 들어가는 데 성공했다. 그렇지만 원아는 곧 정신을 잃을 정도가 되고 말았다.

'관청도 아이고 개인 집이 우찌 이리?'

근동 최고 갑부의 호화 저택은 원아가 상상했던 것보다 훨씬 으리으리했다. 3대가 함께 산다고는 해도 그 많은 식솔과 비복들이 어느 구석에 처박혀 있는지도 모를 정도로 넓고 컸다. 아방궁을 그대로 옮겨놓은 게 아닌가 싶었다.

'우리 준서 옴마가 여장부는 여장부다.'

원아는 주눅이 들면서도 이렇게 엄청난 가문을 맞상대로 하여 싸우는 비화가 정말 대단하다는 생각을 했다. 김호한 같은 장군의 여식이 아니면 불가능한 일일 것이다.

"자, 이짝."

"아, 예."

언네는 비복들 눈에 잘 띄지 않을 통로를 골라가며 원아를 이끄는 것 같았다. 집 안은 거대한 미로와도 같아서 멋모르고 그냥 들어왔다간 온종일 그 속에서만 뱅뱅 헤매고 돌아다닐 형편이었다.

'역시 임배봉이, 동업직물, 하는 기, 그냥 해쌌는 소리 아이거마.'

과장 조금 섞자면 그야말로 아흔아홉 칸, 건물만 해도 수효를 헤아리기 힘들었다. 다시 한번 더 와도 거기 구조를 전혀 알지 못할 것이다. 도대체 어떤 건축가가 그 집을 설계했는지 궁금할 판이었다.

"인자 다……."

"예."

귀로는 언네 말을 들으면서도 원아 눈은 시종 그 안을 둘러보고 있었다.

'이집이 우떻는고 미리 알아두모 내중에 해나 도움이 될랑가도 안 모리나.'

얼마나 정신없이 걸음을 재게 놀려 뒤따랐는지 모른다. 이윽고 다다른 대갓집 아씨 마님 안채는 한양의 구중궁궐이 저러할까 싶을 지경이었다. 배봉가家의 위세를 또다시 깨닫고도 남을 만하였다.

"여서 잠깐 기다리고 있으소."

"예."

"절대로 움직이모 안 되는 기요. 다린 데로는 눈도 돌리지 말고."

"예."

그런 어쭙잖은 당부와 함께 원아를 마당 가에 서 있게 하고 안방으로 들어간 언네는 좀처럼 밖으로 나올 낌새가 없었다. 지금 해랑이 얼마나 큰 당혹감에 빠져 있는가를 여실히 보여준다는 의미였다. 하지만 원아는 굳게 믿었다. 결국, 그녀를 안으로 불러들여 만나보게 될 것이다.

'지가 그리 안 하모 해랑이가 아이제.'

원아 예측은 그대로 맞아떨어졌다. 언네가 모습을 드러내더니 이리로 올라오라는 손짓을 해 보였다.

원아는 말없이 전의를 다지듯 한 손으로 치마폭을 휘어잡고서 높은 축담을 오르고 넓은 대청마루를 지나 커다란 안방 문 앞에 섰다.

"거 있으소."

참 절차도 더럽게 복잡했다. 언네는 또다시 원아를 기다리게 한 뒤 '흠흠' 하고 목청을 가다듬고 나서 큰소리로 고했다.

"마님! 시방 방문 밖에 와 있심니더!"

그 소리가 원아 심장을 훑어 내렸다.

"……."

방에서는 잠시 아무런 대꾸가 없더니만 이윽고 그 방 주인 나이가 무색할 정도로 한껏 점잖은 말소리가 흘러나왔다.

"들여보내게."

"예, 마님."

언네가 거북 무늬 나무 창살을 댄 방문을 조심조심 열었다. 원아는 입안의 침이 마르고 왠지 모르게 자꾸만 두 눈이 감기려 했다.

해랑은 화려한 열두 폭 병풍을 뒤로 붉은 비단 보료 위에 단정한 모습으로 앉아 있었다. 그야말로 그림을 방불케 했다.

그 분위기에 압도당한 듯 그토록 마음을 다잡고 온 원아 다리가 저절로 떨렸다. 그런 자기 모습을 들키지 않으려고 안간힘을 쓰노라니 도리어 다리뿐만 아니라 온 전신에 경련이 이는 것 같았다.

"어멈은 나가 있게나, 내가 다시 부릴 때꺼지."

말 한마디 한마디에 그윽한 기품과 큰 힘이 담겨 있다.

"예, 마님."

언네는 그러잖아도 굽은 허리를 한층 깊숙이 굽혀 보이고 나서 뒷걸음질을 치더니 소리라도 날세라 방문을 살짝 닫고 나갔다. 아무래도 원아가 보고 있는 앞에서 자기가 모시고 있는 마님의 권위를 좀 더 높게 보이도록 하려는 의도에서 나온 과장된 동작이 아닐까 싶었다. 나아가 해랑에게는 언네 자신의 충성심을 드러내 보이는 이중적인 효과도 얻을 심산인 듯했다.

"앉으시지예."

해랑은 원아를 쳐다보지도 않고 말했다. 원아는 해랑과 약간 거리를 두고 자리에 앉았다. 원아의 치마 서걱거리는 소리가 유난히 크게 울리는 것 같았다. 치맛자락 끝에서 작은 바람이 일었다가 잔잔해졌다.

"……."

침묵이 무슨 중재자처럼 끼어들었다. 두 사람 모두 시선을 허공 어딘가로 보내고 있었다. 하나같이 텅 빈 것 같기도 하고 꽉 찬 것 같기도 한 눈들이었다.

'저기 다 머꼬?'

해랑이 취미로 모아놓은 거기 장식품들은 부르는 게 값일 듯싶었다.

그런 실내 분위기는 내방객으로 하여금 방주인에게 쉽게 접근할 수 없게 만드는 힘을 자아내고 있었다.

'에나 이뿌기는 이뿌구나!'

그런 탄성이 원아 속에서 절로 우러나왔다.

'우리 고을 교방 최고 관기였다쿠는 그 맹성 그대론 기라.'

나루터집에서 보았고 읍내장터에서 보았고 또 다른 장소에서도 보았던 해랑이다. 그러나 지금 그 순간에는 난생처음 대하는 느낌으로 다가왔다.

'똑 다린 시상에 온 거 겉다.'

그 아름다움에 숨이 막힐 지경이었다. 같은 여자인 원아 자신도 그러니 사내들이야 오죽할까 싶었다. 자꾸 용기가 꺾이려 했다. 그만큼 어려운 사안이긴 했다.

'심을 내라, 원아야.'

원아는 스스로 힘을 북돋우기 위해 애썼다. 더는 고통스러워하고 있는 비화를 저대로 내버려 둘 수는 없다고 다짐을 거듭했다. 비화가 아니었다면 그녀는 지금까지 살아 있지 못했을지도 모른다.

'여꺼지 왔으이 끝장을 봐야제.'

원아는 피가 배일 정도로 입술을 꽉 깨물었다. 그러고는 해랑을 똑바로 응시했다. 이쪽 시선이 자기 얼굴에 정면으로 와 닿는 것을 느낀 해랑은, 겉으로는 전혀 아무렇지 않은 체해도 마음속은 적잖게 동요되는 듯했다.

"내가 이리 찾아온 거는…….."

원아는 막 바로 치고 나가기로 마음먹었다. 이런 일일수록 변죽만 울리고 있으면 그만큼 힘들어진다는 것을 알고 있다. 해랑이 언제 갑자기 거기서 나가라고 할지 모른다는 큰 강박감에 쫓기고 있는 탓이기도 하였다.

"시방 감옥에 갇히 있는 준서 아부지 일…….."

일순, 해랑이 원아 말을 가차 없이 잘랐다.

"아, 고만예!"

원아 입이 누군가 틀어막은 것처럼 다물어졌다. 창을 겨누기도 전에 방패로 먼저 막는 격이었다.

"그 일이 내하고 무신 상관이 있는고 그거부텀 이약해보이소."

원아는 그만 말문이 막히고 말았다. 나름대로는 해랑의 입에서 나올 만한 소리를 미리 생각해 놓았고 마음의 준비 또한 단단히 하고 왔는데, 저렇게 밀고 나올 줄은 미처 예상치 못했다. 원아는 당장 거기서 달아나고 싶었다.

해랑은 어서 답해 보라고 독촉하지 않았다. 원아 눈길을 맞받았던 눈길도 거두었다. 상대가 어디에 시선을 보내고 있는지 알지 못하는 것 또한 거북한 노릇이었다.

원아는 펄펄 끓는 가마솥 안에 들어 있는 가시방석에 앉은 느낌이었다. 어떤 심한 다그침보다도 무겁고 무서운 침묵이었다. 그리고 그 질식할 듯한 침묵을 깨뜨려야 할 사람은 응당 원아 그녀였다.

"관찰부에서 와 준서 아부지를 잡아갔는고, 그 이유라도 알았으모 해서……."

싸늘한 화살이 숨 돌릴 겨를도 없이 곧바로 날아왔다.

"그런 거를 우리 집에 와서 물으모 우짜지예?"

그 방에 있는 가구들이 주인과 한통속이 되어 '우짜지예? 우짜지예?' 하고 함부로 떠들어대는 것 같았다.

"그, 그."

원아는 자꾸만 뒤로 밀리는 기분이었다. 차라리 거기 있는 커다란 거울 안으로 막 달아나버리고 싶은 심정이었다.

"이 댁이 관찰사하고……."

"우리 집이 관찰사하고?"

"그런께 내 이약은……."

"그짝 이약은?"

원아가 먼저 말을 하고 해랑이 그 말꼬리를 꼭꼭 따라 무는 그런 식의 대화가 한정 없이 이어졌다. 그 방 물건들도 이제는 한심하다는 눈으로 물끄러미 바라보는 것 같았다. 아니, 지루하다는 표정들인 성싶었다.

"그, 그런께, 그, 그기, 그기."

속절없이 더듬거리기만 하는 원아 말끝에 울음기가 번져났다. 비화보다도 나이가 아래인 해랑이라는 계산만으로 너무 안이하게 접근한 것인가? 일개 교방 관기 출신에 지나지 않는 미천한 신분의 여자라고 잔뜩 깔보고 찾아온 것인가?

아니다. 그건 아니다. 버겁고 어려운 상대라는 건 넘쳐날 정도로 충분히 감안했다. 결국, 비화를 겨냥한 해랑의 칼끝이 예상보다 한층 매섭기 때문일 것이다. 그동안 혼자서 얼마나 칼을 갈아대고 있었는지 소름이 돋칠 지경이었다.

'그라고 시방 해랑이 눈에는 내가 낼로 안 비일 기다.'

그렇다. 지금 해랑은 원아 자신을 비화로 보고 있다. 비화다. 비화에게 듣고 비화에게 말한다고 생각하는 것이다.

'니가 정 그런 식으로 나온다모 좋다.'

원아는 내가 정말 비화가 되자고 결심했다. 그렇게 되지 않고서는 승산이 없을 거라는 자각도 생겼다. 그래, 지금 여기 송원아는 없다. 김비화만 있다.

"관찰사한테 부탁해서 준서 아부지를 풀어주모 그 은덕은……."

"부탁. 은덕."

원아 말을 곱씹는 해랑 입가에 야릇한 미소가 피어났다. 세상에는 없는 꽃송이 같았다. 독을 내뿜는 악의 꽃이었다.

"우리한테는 그런 능력이 없고……."

말을 빠르게 하는 것도 아니었다. 목소리를 높인 것도 아니었다.

"어, 없는 거는 아이고……."

해랑이 실꾸리를 풀어내어 이빨로 끊듯, 이빨 악다무는 것 같은 소리로 원아 말을 또 끊고 나왔다.

"만약 있다 캐도 말입니더."

거울 속에 비친 원아 얼굴을 흘낏 보았다.

"그라고 싶은 멤도 없거마예."

얼음 꽃이 말하고 있었다.

"그, 그래도요."

원아는 모든 자존심을 버리기로 작정했다. 목숨인들 그러지 못하랴.

"그간의 정분을 생각해서라도……."

거울이 쩡 갈라지는 듯한 소리가 해랑의 입에서 나왔다.

"정분, 그런 거는 하매 잊아삐고 살았고."

해랑의 그 냉혹한 말에 원아 가슴 밑바닥으로 꽃잎이 뚝뚝 떨어져 내렸다. 어쩌면 녹슨 핏물이었다. 지극히 사무적이고도 도전적인 음성이 계속 흘러나왔다.

"또 잘 아시것지만도……."

해랑은 중간 중간에 말을 멈추었다. 그게 제 감정이 격해서 그런 건지, 아니면 지금 그 순간을 시간을 두고서 천천히 즐기기 위한 건지, 원아로선 알 길이 없었다.

"나루터집하고 우리 집은……."

이번에는 원아가 해랑 말을 잘랐다.

"내도 잘 압니더."

먹감나무 가구가 참 장난이 아니네? 저 큰 도자기는 중국산? 일본산? 그 와중에도 원아 머릿속에 찍혀 나오는, 그 자리의 분위기와는 너무나도 어울리지 않는 온갖 생각이었다. 그건 어쩌면 지금 그녀가 그만큼 크게 허둥대고 있다는 방증일 수도 있었다.

"잘 아신담서 이란다꼬예?"

그렇게 말하면서 해랑은 원아 얼굴을 똑바로 바라보았다. 원아 역시 해랑 얼굴을 똑바로 바라보면서 이제 사정 조보다 협상하는 투의 당당한 태도로 나갔다.

"그래서, 잘 알기 땜새, 이리 각밸히 이약하는 기고……."

끝까지 듣고 있을 인내심이나 배려심이 없다는 듯 또 원아 말을 자르는 해랑이다.

"그짝에서 헛걸음만 했네예."

해랑 얼굴은 얼음장으로 조각해 놓은 것 같았다. 얼음물처럼 차가운 소리가 입술 사이로 흘러나왔다.

"내 으사(의사)는 싹 다 밝힛은께, 인자 우리 집에서 고마 나가주이소."

원아는 자신도 모르게 애원하는 모습이 되고 말았다. 자칫 손바닥까지 비빌 뻔했다.

"하, 한 분만 더 생각을……."

"나가이소."

"그, 그래도……."

"어멈!"

해랑이 방문 밖을 향해 큰 소리로 말했다.

"이분을 대문 밖꺼지 배웅해 드리게."

그 명이 떨어지기 바쁘게 언네가 방문을 열고 서서 빨리 이리로 나오라는 듯이 원아를 빤히 바라보았다. 그 눈빛은 이렇게 말하고 있었다.

'무담시 고집 피워쌌다가 이집 종들한테 끌리나가는 수모 당하요.'

원아는 일어설 도리밖에 없었다. 그러고는 몹시 흔들리는 다리로 막 높은 문턱을 넘어서는데 해랑이 앉은 자리에서 물어왔다.

"비화 그 여자가 부탁해서 온 깁니꺼, 아이모 그짝 분 혼자 헤아리서 온 깁니꺼?"

원아는 그 자세로 멈춰 선 채 고개만 뒤로 돌려 되물었다.

"우떤 짝 걸어예?"

"……."

이번에는 자기가 역공을 당했다고 받아들였는지 극히 짧은 순간이지만 해랑 얼굴 전체에 낭패감이 스쳐 갔다. 어쩌면 하지 말았어야 할 말을 꺼냈다고 내심 크게 후회하고 있는 낯빛 같기도 했다.

"그거는 있지요."

원아 입가에 기묘하고 야릇한 웃음기가 번졌다. 조금 전 해랑이 보였던 그 웃음이 지금 원아에게 옮아가 있었다.

"그짝에서 잘 생각해보이소."

원아는 거울에 비친 해랑 얼굴을 내려다보았다.

"그 답은 저절로 나올 깁니더."

해랑의 낯빛이 붉어지고 있었다. 그렇지만 오만한 웃음기만은 잃지 않았다. 원아는 해랑 얼굴에 구정물이라도 끼얹는 듯 이런 말을 내던졌다.

"내보담도 비화라쿠는 여자를 몇 배 더 잘 알고 있을 낀께네."

거울 안의 해랑이 거울을 깨고 거울 밖으로 나오는 기세로 맞받아쳤다.

"비화라쿠는 여자도 이 해랑이를 잘 알고 있을 낀데."

언네는 선문답과도 같은 그 말들을 들으면서, 두 사람이 서로 나눈 얘기가 무언지 무척이나 궁금했다. 아니, 궁금증을 넘어 가증스럽고 혐오스럽기 그지없었다.

'너거 년들아.'

나루터집이나 동업직물이나 그녀에게는 똑같은 적이다. 돈 많고 세도 높은 인간은 모두 증오와 공격의 대상이다. 없애버려야 할 족속들이다. 씨를 싹싹 말려야 한다.

"마님!"

원아를 보내고 돌아온 언네가 해랑에게 지나가는 말투로 물었다. 그녀가 원아에게 받은 뇌물은 이미 그녀 몸에서 떠나 다른 은밀한 곳에 보관되어 있을 것이다.

"우리하고 웬수 집안 여자가 머 땜새 왔던가예?"

"아, 그거?"

해랑은 그 말만 하고서는 묵묵부답이다. 하지만 머릿속은 수천수만 개의 말들로 뒤엉켜 있었다.

'내가 해필이모 그런 말을?'

해랑은 내심 참 어리석은 질문을 했다고 크게 후회하는 중이었다. 만약 비화가 부탁해서 왔다면 한 번 고려해 보겠노라 빼기고 싶어서였을까? 그렇다면 비화에게 직접 오라고 전하려고? 그건 아니다. 그보다도 비화가 그렇게 했으면 하는 바람이 은근히 작용했을 것이다.

'하기사 비화가 그냥 비화가?'

그리고 솔직히 해랑은 알지 못한다. 재영이 뇌옥에 갇힌 것이 시아버지나 남편의 모해나 농간 탓인지, 아니면 조 관찰사 자신의 의도 때문인지는 모른다. 중요한 건, 재영이 잡혀갔으며, 비화와 동업하는 여자가 찾아와서 부탁했다는 사실이다.

그런 것을 떠올리는 해랑의 아름다운 얼굴에 악녀의 미소와도 같은 괴상야릇하고 소름 끼치는 웃음기가 또다시 되살아났다. 수십 마리의 뱀이 똬리를 틀고 뿜어내는 독기와도 유사한 웃음기였다.

'저, 저 웃음!'

언네는 전율을 금치 못했다. 급하게 고개를 돌려 외면했다. 조금만 더 보고 있다간 숨통이 성해 날 것 같지가 않았다.

'온 시상 사람을 싹 다 잡아묵어도 허기를 느낄 웃음인 기라.'

상촌나루터로 돌아오는 원아 심정은 더없이 복잡하고 착잡했다.

두 집안이 아무리 원수라고 해도, 비화와 해랑 사이에는 이른 봄 언덕배기에 남아 있는 잔설 같은 정은 남아 있을 줄 알았다. 상촌나루터에 나룻배는 모조리 사라져도 남강만은 흐르고 있을 것처럼.

'내가 아즉도 시상을 한참 덜 살았는갑다.'

그런데 넓은 남강 위에 수많은 나룻배가 점점이 떠 있는 상촌나루터에 이르렀을 때였다. 원아는 눈을 크게 떴다.

'어? 무신 사람들이 저리키나 마이 있노.'

길가 한 곳에 많은 사람이 모여 있었다. 어디서 또 놀이패가 왔는가 보다 하고 무심코 지나치려는데 숨을 크게 헐떡거리면서 그녀 앞에 나타난 사람은, 뜻밖에도 병인년에 천주학 박해를 당해 죽어간 전창무와 지금은 충청도 어딘가에 살고 있다는 우 씨 부부의 소생인 혁노였다.

"아, 우찌?"

그러나 원아가 무어라 하기도 전에 혁노는 손으로 사람들 쪽을 가리키며 큰소리로 이렇게 일러주고는 허겁지겁 인파 속으로 뛰어들었다.

"크, 큰일 났어예! 얼이 새이가 싸, 싸우고 있어예!"

"어, 얼이가?"

원아도 정신없이 사람들을 밀치고 혁노의 뒤를 따라붙었다. 하지만 그녀는 이내 비명을 질렀다. 얼이가 어떤 사내와 싸우고 있는데, 둘 다 온몸이 피투성이였다. 얼마나 처절한 혈투인지 사람들은 말릴 엄두도 내지 못하고 있었다.

"얼아!"

원아는 그렇게 외치면서 무작정 그들 사이로 연약한 여자 몸을 내던졌다. 그 순간, 얼이와 상대방 사내가 멈칫했다. 하지만 곧 얼이가 소리쳤다.

"이모! 퍼뜩 비키이소. 다칩니더!"

그제야 비로소 방관하던 구경꾼들도 나서서 싸움을 뜯어말리기 시작했다. 몇몇은 얼이를 잡고, 몇몇은 상대 사내를 잡고, 둘 사이를 떼놓기 위해 각각 양쪽으로 끌었다.

"자, 자, 인자 고만들 하소."

"관아 포졸들이 오모 잽히가요, 잽히가."

"이라모 안 된다, 얼아."

원아가 숨 가쁘게 타일렀다. 얼이는 구경꾼들과 함께 그의 몸을 잡아끄는 원아 손길을 뿌리치며 아직도 분을 풀지 못한 채 씩씩거리며 말했다.

"민치목이 자슥입니더, 저눔이."

"머? 치, 치목?"

그 말을 듣자마자 원아 안색이 한층 더 새파랗게 질렸다. 그렇다면? 언젠가 얼이를 남강에 빠뜨려 죽이려던 맹쭐이란 자가 아닌가?

"그, 그눔?"

원아는 맹쭐 쪽으로 경악과 증오가 가득 서린 눈을 돌렸다. 그렇지만 이미 맹쭐은 일행으로 보이는 사내들과 함께 거기서 멀어져 가고 있었다.

"우리도 가자."

구경꾼들이 모두 흩어지고 셋은 나루터집을 향했다. 그런데 원아가 아직도 분을 삭이지 못해 어쩔 줄 몰라 하는 얼이를 달래가며, 혁노에게 어떻게 해서 맹쭐을 만나 싸움이 벌어졌는가를 물으려고 할 때였다.

"아!"

성난 멧돼지처럼 굴던 얼이가 깜짝 놀라는 얼굴을 했다. 원아와 혁노는 반사적으로 얼이 눈이 향하는 곳을 보았다.

"치목이하고 운산녑니더, 치목이하고 운산녀!"

얼이가 함부로 흔들리는 목소리로 말했다. 정말 그들이 이제 막 강가에 와 닿은 한 나룻배에서 나란히 내리고 있는 게 보였다.

원아는 소스라치는 와중에도 오늘이 참으로 알 수 없는 날이구나 싶었다. 민치목과 맹쭐 부자를 한꺼번에 만나고, 게다가 운산녀까지 보게 되다니.

'아, 또 큰일인 기라.'

원아는 얼이가 당장 치목에게로 달려가지 않을까 불안하여 얼이를 붙들 생각부터 했다. 혁노에게도 얼이를 잡으라고 말하려고 했다. 그런데 얼이는 의외로 침착한 얼굴과 낮은 목소리로 혁노에게 이렇게 얘기했다.

"내 니한테 부탁이 하나 있다."

흰빛과 검은빛이 반반씩 섞인 물새 두 마리가 바로 머리 위 하늘에서 선회하고 있었다.

"머꼬?"

혁노 또한 원아보다는 담담해 보였다. 사내라서 그런 것만은 아닐 것이다.

'혁노가 미치개이 짓꺼정 함시로 살아온 아아라서 다린갑다.'

얼이 말이 다시 들렸다.

"저것들이 혁노 니 얼골은 잘 모릴 끼다."

그러다가 얼이는 즉시 정정했다.

"아이다, 알랑가도 모리것다. 하지만도 우리 나루터집하고 상관이 있는 줄은 모릴 끼다."

평소 그답지 않게 사뭇 망설이는 얼이 모습에 오히려 혁노는 신념과 의지에 넘치는 목소리로 말했다.

"알아도 괘안타, 새이야. 그런 거는 아모 신갱 쓰지 말고 얼릉 내한테 하고 싶은 말이나 해라."

혁노가 정말 대단하구나! 원아가 입 밖으로 말은 하지 않아도 속으로 감탄하는데, 얼이가 오랫동안 계획해온 듯 조심스럽게 말했다.

"저것들 모리거로 뒤를 미행해갖고 안 있나."

혁노는 절대 놓치지 않으려는 듯 시종 그들에게 눈을 떼지 않은 채 마음에 새기듯 했다.

"미행."

얼이는 몹시 긴장된 상태임을 알려주듯 여러 번 숨을 몰아쉬고 나서 꼭 부탁한다는 투로 말했다.

"오데로 가는고 좀 알아 오이라."

혁노가 선선히 응했다.

"알것다."

얼이는 드디어 그들의 사업장을 알아낼 수 있는 절호의 기회가 왔다는 생각에 가슴이 마구 뛰었다. 문대 아버지 서봉우 도목수와 거래하고 있는 목재상이다.

"그라모 내는 간다."

혁노는 이유를 묻지 않았다. 그는 원아가 무슨 말을 꺼내기도 전에 벌써 그들 남녀 뒤를 쫓고 있었다. 텁수룩한 뒷머리가 수사자 목덜미에 난 긴 갈기 같아 보였다. 믿음직스러운 모습이었다.

"혁노가 잘해야 할 낀데."

그런 말을 입안으로 굴리며 얼이는 혁노가 그들을 미행하기 시작하고 있는 것을 한동안 가만히 지켜보다가 원아에게 얼굴을 돌리며 말했다.

"집으로 가이시더, 이모."

"그, 그라자."

원아 음성은 여전히 떨렸다. 해랑을 만났을 때와는 또 다른 긴장과 두려움이었다. 얼이가 증오와 분노에 찬 목소리로 물었다.

"저것들이 우리를 보지는 안 했것지예?"

흰빛과 검은빛이 섞인 물새들이 흡사 그들과 더 함께하고 싶은 것처럼 하늘가에서 뒤를 따라오고 있었다.

"몬 봤을 끼거마는."

끝도 없이 이어지고 있는 인파와 소달구지, 마차, 가마 사이를 걸어가면서 원아가 물었다.

"혁노한테 와 그런 일을 시킨 기고?"

"……"

"내가 알모 안 되는 것가?"

"……"

얼이는 아무 말 없이 발만 옮겨놓았다. 보통 때는 원아가 물으면 즉시 대답을 하는 얼이다. 남강에서 뱃사공 노랫소리가 물새 울음소리 속에 섞여 들려오고 있었다. 그것은 어깨춤이 절로 나올 만큼 구성지면서도 어쩐지 애잔한 느낌을 던져주고 있었다.

'달보 영감님은 우찌 지내시는고?'

원아와 얼이가 동시에 떠올린 생각이었다. 그 강에서 한평생을 노 저어온 늙은 꼽추 영감의 목소리가 사라진 지는 오래였다. 한 번 흘러간 물은 다시 돌아올 수 없는 법인데, 인간만은 그러지 않았으면 하고 바라는 자체가 참 웃기는 일이라고 말하던 달보 영감이다.

"그들이 고마 눈치라도 채모 혁노가 이험타 아이가?"

원아가 걱정스럽게 다시 묻자 얼이는 신념에 찬 얼굴로 짧게 대답했다.

"혁노가 실수 없이 해낼 낍니더."

원아는 혁노가 간 쪽에서 시선을 거두지 못했다.

"그래도 해나 잘몬되모 우짜노?"

그러자 얼이 또한 혁노와 민치목, 운산녀가 사라진 곳을 보면서 천주학 신자들의 명예를 이야기했다.

"무두묘에 묻힌 지 아부지 맹애를 도로 찾을라쿠는 대단한 혁노가 아입니꺼?"

머리는 없고 몸뚱이만 묻혀 있는 무덤, 그 무두묘를 입에 올리는 얼이 가슴이 갈가리 찢어지는 것처럼 아파왔다.

"그거는 그렇제."

얼이 말을 들은 원아 머릿속에는 한화주와 함께 혁노 부모를 만났던 기억이 바로 어젠 양 또렷이 되살아났다. 이팝나무 꽃이 눈송이처럼 하얗게 피어나던 날이었다.

원아는 마음 깊이 기도했다. 농민군과 천주학이 자유로울 수 있는 세상이 어서 와 주기를. 얼이와 혁노의 꿈이 하루라도 빨리 이뤄지기를.

"치목이하고 운산녀는 틀림없이 지네들 사업장으로 갈 낍니더."

잠시 후에 얼이 입에서 나온 소리였다.

"사업장?"

"예."

원아가 멍한 얼굴을 했다.

"그 두 사람이……."

낮술 취한 사내 몇이 비틀걸음으로 무어라 떠들어대며 옆을 지나갔다. 밤골집에서 싱싱한 생고추 뚝뚝 분질러 넣은 얼큰한 매운탕거리를 안주로 술잔깨나 걸치고, 나루터집에서 해장으로 콩나물국밥 말아먹고 나온 사람들인지도 모른다.

"내사 무신 말인고 하나도 모리것다."

그러는 원아에게 얼이는 복잡한 낯빛을 풀지 못한 채 말했다.

"난주 때가 되모 모돌띠리 말씀드리께예."

원아는 강가에 자라는 키 큰 미루나무 꼭대기에 걸려 있는 구름을 가만히 올려다보았다.

"그때가 운젠데?"

그런데 얼이 답변이 평소 그답지 않게 흐리멍덩하고 무책임했다.

"지도 잘 모리것심니더."

원아는 자칫 돌부리에 발이 걸려 엎어질 듯했다가 가까스로 몸을 바로잡았다.

"머라꼬?"

근처를 지나는 초로의 마부가 갈색 말 등을 채찍으로 후려치면서 구시렁거리는 소리가 들려왔다.

"이눔의 말새끼가 뒤로 가는 기가? 와 이리 앞으로 싹싹 안 나가고 더디노?"

나루터집이 가까워지자 얼이가 부탁했다.

"우리 어머이한테는 내가 싸왔다쿠는 거 비밀로 해주이소."

원아가 웃으며 말했다.

"얼이가 시상에서 무서버하는 단 한 사람 말이제."

"이모가 모리시는 말씀 막 하시네예."

저만큼 지나가고 있는 가마를 보면서 원아가 물었다.

"그라모?"

얼이가 한쪽 눈을 찡긋하며 대답했다.

"지는예, 안석록이라쿠는 화공 말고는……."

원아 얼굴이 숫처녀같이 붉어졌다. 음성에도 부끄러워하는 기운이 묻어났다.

"니 에나?"

얼이가 개구쟁이처럼 씩 웃으며 말했다.

"무담시 걱정 안 끼쳐드리고 싶어서예."

원아가 정색을 했다.

"말만 그라지 말고 실제 행동으로 비이드리야제."

얼이는 안 화공이 그린 그 고을 그림인 양 강 위를 둥둥 떠다니는 나룻배들을 잠깐 보고 있다가 말했다.

"앞으로는 그리하께예."

원아가 가지고 있던 흰 손수건을 꺼내 닦는다고 닦아 주었지만, 아직도 얼이 얼굴에는 핏자국이 약간 남아 있었다. 원아가 말했다.

"집에 들가기 전에 강에 가서 더 씻는 기 좋것다."

동쪽에서 서쪽으로 흐르는 여느 강들과는 다르게 서에서 동으로 흐르는 강, 남강. 그래서 외지에서 온 사람들이 무척 신기해하는 남강. 그 남강이 어서 내게로 와서 그 피를 깨끗이 씻으라고 부르는 것 같았다.

"예, 안 그래도 그랄 참이었어예."

얼이가 고개를 끄덕이며 말했다. 원아는 오늘이 왠지 불길한 날 같다는 의구심을 떨치지 못했다.

"씻고 나서 다린 데는 더 가지 말고 꼭 집으로 바로 들오이라이."

미루나무에 걸려 있던 조각구름이 바쁜 일이라도 생겼는지 분주하게 남강 건너 하늘 쪽으로 이동하고 있는 게 눈에 띄었다.

"잘 알것심니더. 바로 들가것심니더."

얼이는 강가로 가고 원아 혼자 나루터집 앞에 당도했다.

그때 쪽 찐 머리가 풀어지지 않도록 뒤통수에 꽂아 놓은 은빛 비녀를 매만지며, 밤골 댁이 밖으로 나오다가 원아를 발견하고 큰소리로 물었다.

"록주는 잘 크고 있제?"

원아는 형님으로 모시는 우정 댁과 동갑나기인 밤골 댁을 향해 말했다.

"예, 두루두루 덕분에예."

밤골 댁은 손으로 그림붓 놀리는 시늉을 해 보였다.

"안 화공도 그림 잘 그리고?"

"예, 아주머이."

그리고 나서 원아도 자기가 먼저 안부 인사를 드렸어야 했다는 듯 물었다.

"돌재 아자씨도 안녕하시지예?"

그 말을 들은 밤골 댁이 좋다는 건지 싫다는 건지 아리송하게 말했다.

"팬안한께 그런가 살만 짜다라 쪄쌌네?"

그러는 밤골 댁도 꽤 몸이 불어 있다. 체질적으로 살이 붙지 못하는 원아는 길고 가는 허리를 약간 숙이면서 말했다.

"엎어지모 코가 닿을 바로 옆집에 살아도 자조 몬 가 뵈서 죄송해예."

그래도 새들은 자주 오가는지 지금도 나루터집 지붕 위에 올라앉아서 꼬리를 까딱까딱하고 있던 까치 한 쌍이 밤골집 지붕을 향해 날갯짓하고 있다. 어떻게 보면 사랑과 평화의 전도사 같다.

"장사는 우짜든지 바빠야 하는 기다."

행인들로 붐비는 길가에 눈을 박은 채 밤골 댁이 말했다.

"예, 그거는 맞심니더마는."

설마 저들 속에 운산녀와 민치목이 있지는 않겠지, 하고 생각하면서 원아가 말했다.

밤골 댁이 새들이 자유롭게 날고 있는 허공으로 눈길을 들어 올렸다.

"그보담도 준서 아부지가 문제다, 준서 아부지가."

원아 눈에 남강이 흐름의 방향을 바꾸는 것처럼 비쳤다.

"사람이 살다가 그런 일이 있어서는 안 되는데 말인 기라."

밤골 댁은 원아 자신이 지금 어디를 다녀오는가를 알고 그런 소리를 하는 것 같아 원아는 잠자코 듣기만 했다. 비화는 말할 것도 없고 다른 누구에게도 그 이야기를 해서는 안 된다.

"운제나 가막소(감옥)에서 나올 수 있을랑고?"

이번에 원아 머릿속에 자리 잡는 건 해랑의 모습이었다. 얼핏 싹 잎 같이 여려 보이면서도 칡넝쿨처럼 강하고 질긴 구석이 있는 비밀스러운 여자였다. 섣불리 덤벼들었다가는 땅가시에 찔리듯 온몸에 상처투성이가 돼버릴 위험이 너무나 큰 무서운 여자였다.

"나루터집 식구들한테 안부 전해주고."

"예, 그라것심니더."

"후~우."

"그라모 지는 들가볼랍니더. 담에 또 보이시더."

밤골댁 한숨 소리를 뒤로 들으며 원아가 가게 안으로 들어갔을 때, 계산대에 멍하니 앉아 있던 비화가 맥없이 원아를 바라보았다. 비화 몸 뒤에서 얼굴을 빼쭉 내밀고 내다보는 재영의 환영과 만났다.

'똑 나간 집 매이다.'

응당 그 자리에 보여야 할 사람이 보이지 않는다는 사실이 새삼스레 원아 가슴팍을 아프게 깎아내렸다. 재영이 집을 비웠던 그 지나간 몇 년이 또다시 재현되려는 게 아닌가 싶어 오싹 소름마저 돋았다.

"사람도 우찌 그리키나 많은고 모리것다."

원아는 비화가 묻지 않는데도 제 발 저리는 심정으로 얼버무렸다.

"우리 록주 옷 하나 사줄까 해서 읍내 장에 갔더이."

비화는 언제나 총기가 넘치는 눈에서 초점을 잃은 채 원아 손만 무연히 바라보며 말하기조차 귀찮다는 빛이었다.

"예."

비화 눈에 들어온 원아 손에는 아무것도 들려 있지 않았다. 도둑질도 해대던 사람이 해야지, 안 그러던 사람은 그것도 쉽지가 않은 법인 모양이었다.

"그라모 내는……."

원아는 비화가 무슨 말을 하기 전에 서둘러 안채로 들어가서 일복으로 갈아입고 곧 주방으로 들어갔다.

'해나 들키모 큰일 난다.'

그녀가 갔다 온 곳을 알면 비화는 즉시 펄쩍 뛰면서 환장한 것 같은 모습을 보일 것이다. 당장 우리 헤어지자고 발악할 수도 있다.

원아는 다소 뜨악한 표정을 짓는 우정 댁을 비롯한 주방 아주머니들과 일하면서도 더할 수 없이 혼란스러웠다.

'내가 무담시 안 해야 할 짓을 한 기까?'

워낙 조신한 성격인지라 실제로 그런 일은 일어나지 않았지만, 원아 마음속에서는 쉴 새 없이 주방 바닥에 그릇 떨어뜨리는 소리가 들리고 있었다.

얼이가 아무 일도 없었던 것같이 시치미를 뚝 뗀 얼굴로 돌아왔고, 비화는 뼈 없는 사람처럼 흐느적흐느적 살림채로 들어가는 게 주방 문틈으로 내다보였다.

'불쌍한 우리 조카. 그리 열심히 살라꼬 노력하는 사람이 무신 죄가 있어 이런 꼴을 당해야 하는고.'

원아의 눈에 비화 어깨 위로 부러진 가지와 떨어지는 나뭇잎이 어지럽게 휘날리고 있는 환영이 비쳤다.

계산대에 앉은 얼이는 어서 혁노가 오기를 기다렸다. 마침내 그 목재상 있는 곳을 알게 될지도 모른다. 이제 드디어, 복수를 할 수 있다. 지금까지 얼마나 깊이 별러 온 일이냐?

'되로 받았으이 말로 갚아줄 끼다.'

하지만 혁노는 좀처럼 그 모습을 드러내지 않는다.

'해나 혁노가, 혁노가.'

얼이는 점차 불안해지기 시작했다. 가만히 있지 못하고 자꾸 엉덩이를 들썩거렸다. 혹시 그들에게 들켜 붙잡힌 것은 아닐까. 창고에 갇혀 꽁꽁 결박당한 채 치목에게 죽도록 구타당하고 있는 혁노 모습도 떠올랐다.

'원아 이모 말씀이 맞았던 기가?'

시간이 흐를수록 얼이는 한층 후회하는 마음이 커졌다. 그렇게 위험한 짓을 혁노에게 시키는 게 아니었다.

'아, 고마 미치삐것다.'

상대가 어떤 인물들인가를 누구보다도 잘 알고 있으면서 말이다. 소금복을 죽이고 얼이 자신마저 죽이려던 살인마 민치목이다. 새 정부情夫에게 옛 정부를 무참하게 살해하게 시킨 악녀가 운산녀다. 그들 사이에 어떤 비밀스러운 사연과 내막이 얽혀 있는지 상세히 알 수는 없지만, 그런 독종들이 아닌가 말이다.

'고마 복수에만 눈이 멀어갖고.'

너무 잘못했다. 경솔하고 성급했다. 몇 번이나 나도 같이 갈 걸 싶었다. 당하더라도 내가 당해야지 어떻게 혁노가…….

"어? 밥값이 올만데?"

"아, 예. 지가 고만 실수를 했심니더."

"큰돈을 냈는데 주리(거스름돈)가?"

"더, 더 내드리것심니더."

늘 하는 손님들 밥값 계산을 잘못해서 사과한 게 벌써 몇 번인지 모른다. 목재상 위치를 몰라도 좋으니 혁노가 무사히 돌아오기만을 바랐다. 자꾸만 소변이 마려운 듯하여 뒷간에 갔다가 그대로 돌아 나오길 여러 차례나 하였다. 그저 애간장만 뜨거운 가마솥 바닥에 눌어붙는 누룽지같이 바싹바싹 타들어 갔다.

그러다가 급기야 밖으로 나가봐야겠다고 작정하고 막 계산대 의자에서 일어서는데 가게 문간으로 혁노가 들어서는 게 보였다. 그는 얼이에게로 곧장 달려오더니 귀에 대고 얼른 말했다.

"오뎅고 알아냈다, 성아."

남편의 아들들

관찰사청 소재지인 그 고을에 설치된 낙육재.

경남 최고로 가는 학당인 그 낙육재에는 도내 각 지역 향교 등에서 나온 여러 청년 유생들이 앞을 다퉈 모여들기 시작했다.

낙육재는 지난날 각 진영鎭營의 도둑을 잡는 업무를 맡은 벼슬인 토포사討捕使가 있는 토포영으로 쓰이다가 문을 닫은 관청 건물에 들어섰는데, 중앙리 대사지 위쪽에 자리하고 있다.

그러나 누구도 내다보지 못했다. 그 지역 유림들이 조정에 탄원하여 만들어진 낙육재가 훗날 그곳 최후의 항일의병 활동의 중심지가 되리란 것은.

낙육재로 인해 얼이와 준서 등이 다니는 서당도 아주 새롭고 커다란 변화에 휩싸였다. 권학을 비롯한 그 고을 훈장들이며 선비들이며 유림들 가운데서 높은 학식과 덕망을 갖춘 이들이 그 학당에 직간접적으로 관여하게 된 것이다. 그리하여 그들 밑에서 수학하던 뛰어난 원생들과 학동들이 새로운 그 학당에 들어왔다.

"주, 준서야!"

"예, 예?"

준서와 함께 그 낙육재를 보려고 온 비화는 실로 만감이 엇갈렸다. 저쪽 아래에 대사지가 있다. 비화 자신과 해랑 단둘만이 아는 피맺힌 비밀이 담겨 있는 곳이다. 그 대사지가 뒤집히는 것보다도 더 충격적인 현실을 맞았다. 배봉가家의 맏며느리가 되어 비화가 이 세상에서 가장 저주하고 증오하는 원수가 돼버린 옥진, 아니 해랑이다.

비화는 관립서재인 낙육재를 물심양면으로 도울 결심을 하였다. 물론 관립서재에 딸린 전답으로, 서재의 운영비를 보조하는 학전學田이 있었다. 그렇지만 비화는 비어사 진무 스님 말을 떠올리며 조선 교육 발전에 힘을 보탤 것을 다짐했다.

그리고 그 이면에는, 언젠가는 이 나라 여성들도 남성들과 똑같이 교육을 받을 수 있는 날을 만들겠다는 남모를 결의가 숨어 있었다. 자신이 서당이나 향교 등에서 공부를 할 수 있었다면 배봉을 상대하는 데 훨씬 수월할 거란 아쉬움과 안타까움도 없지 않았다.

"에나 잘됐다."

낙육재에는 우수한 인재들만 입학할 수가 있었는데, 권학의 명망이 남달랐기에, 그의 밑에서 배운 학동들도 모두 그 속에 섞일 수 있었다. 나루터집 식구들뿐만 아니라 문대 아버지 서봉우 도목수나 철국, 남열, 정우 집안 어른들 모두가 크나큰 기대감과 더불어 무척이나 기뻐하였다.

그런데 행인지 불행인지 우선 당장은 알 수 없으나 서원과 서당에 다니던 동업과 재업은 낙육재에 모습을 드러내지 않았다. 그건 의외였다. 생각만 있다면 들어오지 못할 리도 없었다. 어쩌면 낙육재의 교육 철학이나 경영 방침 등이 배봉이나 억호 마음에는 맞지 않는지도 모른다. 그럴 공산이 컸다. 무엇보다도 민족적인 성향을 중시하는 낙육재가, 일본 상인들과 상거래를 하는 그들에게는 다소 켕기기도 하고 탐탁찮게 받아들여졌을 것이다.

한편, 비화가 서당이나 낙육재 같은 교육기관에 각별한 관심과 열의를 보이게 된 데는, 외아들 준서가 공부를 많이 하여 꼭 높은 벼슬길에 나아가길 바라는 소망도 한몫했다. 아버지 호한 같은 무관이라도 좋고, 아니면 문관이 되어도 상관없었다. 굳이 남들 위에 떡하니 군림하라는 것보다도 적어도 남들에게 당하지는 않으면서 세상을 살아갈 수 있어야 한다는 심정이었다.

'사람이 지 혼자만 착하다꼬 해서 다 되는 거는 아이다.'

아직도 죄 없이 뇌옥에 갇혀 있는 남편 재영을 생각하면 너무나 억울하고 원통해서 피눈물이 마구 솟구치는 비화였다. 억울하면 출세하라는 말이 권력에 눈이 먼 속된 자들 소리라고 치부했었다. 권불십년이라지 않으냐?

'아인 기라, 아인 기라.'

그러나 지금은 비화 스스로가 누구보다 그 말의 신봉자가 돼버렸다. 남달리 영리한 준서이기에 꼭 어미 소망대로 될 것이라고 믿었다. 이 비화가 못다 하면 내 자식 준서가 모든 빚을 갚아줄 것이다. 그것도 안 되면 준서 자식, 또 안 되면 그 밑의 자식, 그 밑의 자식들이라도.

'내가 우찌 모은 긴데, 그래도 우짜겄노?'

그리고 나루터집 식구들 누구도 몰랐다. 비화가 목숨과도 같이 소중히 여기는 땅을 몰래 처분하고 있었다. 조 관찰사가 원하는 것은 역시 돈 같았다. 주호룡 옥리 도움으로 뇌옥에서 면회한 재영이 그렇게 말했을 땐, 돈보다도 배봉의 청탁을 받고 우리를 올가미 씌워 괴롭히려는 것이라고 판단했다.

그런데 그동안 조 관찰사라는 인물에 대해 백방으로 알아보니, 그는 오직 돈밖에 모르는 위인이었다. 하긴 해랑도 결국은 돈 때문에 억호에게 넘어간 게 아니냐고 치부하는 비화 입언저리에 쓴 나물을 씹는 듯한 쓰쓸한 웃음기가 감돌았다.

'이 시상에서 돈이 없어지모 옥지이가 새로 생겨날 수 있을까?'

비화가 당시 그 고을 명문가의 후예로서 천석꾼으로 알려져 있는 강순재를 만난 것은 그즈음이었다. 나중에 그녀와 깊은 교류를 나누게 될 사람이었다.

강순재는 아마도 낙육재에 무슨 용무가 있어 왔다가 막 돌아가는 길인 모양이었다. 그전에 두어 번 만난 적이 있는 두 사람은 가벼운 목례로 인사를 대신했다. 둘 다 약간 상기된 낯빛이었다.

'그래도 이 행핀없이 타락한 시상이 안 없어지삐고 용커로 남아 있을 수 있는 거는 저런 사람 덕분이 아이것나.'

그를 볼 때는 늘 그랬듯이, 그날도 비화는 존경심과 부러움을 동시에 느꼈다. 지체 높은 양반 가문의 천석꾼이면서도, 그는 모든 이들, 특히 하층민들의 숭상과 신뢰를 한 몸에 받았다. 그건 결코, 쉽지 않은 일이었다. 생활수준이 낮은 사회 계급은 은연중 상류층에 대해 피해의식 비슷한 감정을 품는 경우도 있는 것이다.

—임배봉이 겉은 자가 하나만 더 있으모 살 수 있는 사람 아모도 없을 기라.

—강순재 겉은 분이 한 사람만 더 있으모 죽을 사람 아모도 없을 기라.

임배봉과는 가장 대조적인 인물로 많은 사람 입에 자주 오르내리는 부자가 바로 강순재였다. 그에게는 품성이 올곧고 영특한 아들과 고운 딸들이 있다고 들었다. 세상에서 강순재만큼 천복天福을 받은 사람도 없을 거라고, 온 고을이 하나가 되어 축복해주고 부러워했다.

"자제분인가 봅니더."

강순재는 비화가 시키는 대로 자기에게 꾸벅 절을 하는 준서를 보며 말했다. 그는 준서 얼굴에서 곰보자국은 전혀 보이지 않는 사람처럼 행동했다. 그의 사려 깊음을 비화는 그런 점에서도 충분히 느낄 만했다. 역시 명성은 헛된 게 아니었고 아무나 쉽게 얻을 수 있는 것도 아니었다.

"눈망울이 초롱초롱한 기, 참 영리하거로 생긴 아드님입니더."

그냥 입에 발린 소리를 할 강순재는 아니었다.

"그리 봐주시이 감사합니더."

비화 또한 구태여 부정한다거나 겸손해하고 싶지는 않았다. 설사 준서가 그런 아이가 아닐지라도 그렇다고 내세우고 싶은 비화였다.

"잘 키우시모……."

강순재는 깊은 눈길로 준서를 자세히 바라보았다.

"장차 큰사람이 될 거 겉심니더."

비화는 준서도 들으라고 또렷한 목소리로 얘기했다.

"꼭 그리 되거로 맨들것심니더."

강순재는 당당한 비화가 놀랍기도 하고 대단하기도 하다는 듯, 그들 모자를 번갈아 보며 연방 고개를 끄덕였다.

"우리 고을 자랑이 또……."

"지키봐 주시이소."

"자라나는 새싹들이 보배가 아이것심니꺼."

"지도 그리 봅니더."

대사지 못물에 보슬비가 듣는 것처럼, 낮고 조용한 대화가 한동안 이어졌다. 그 순간에는 대사지가 외적의 침입을 막기 위해 파놓은 해자垓子의 역할 대신 고을 백성들의 유대를 굳혀주는 구실을 해주고 있는 곳 같았다.

"지가 그런 눈은 쪼매 갖고 있거든예. 하하."

다시 가마에 오르기 전에 강순재가 작별인사, 아니 훗날 다시 만나자는 기약처럼 남기는 말이었다.

그러자 비화 머릿속에 자리 잡는 게, 비범하다고 알려져 있는 그의 아들에 대한 생각이었다. 어쩐지 그의 아들도 앞으로 반드시 큰사람이 될 것 같다는, 그녀 특유의 어떤 직감이랄까, 하여튼 이상할 정도로 가슴이 뛰는 것을 느꼈다. 그리고 그것은 인간들의 영역을 떠나 신적인 존재가 깊이 개입하고 있는 것 같은 경건하고 야릇한 기분마저 들게 하는 것이었다.

"준서야."

비화는 멀어져 가는 가마를 오랫동안 그녀 눈에 담아두려는 것처럼 한참 바라보며 준서에게 일렀다.

"저분을 잘 기억해 놔라."

"예, 어머이."

준서 눈이 햇빛에 반사되는 옹기처럼 반짝 빛났다. 방금 헤어진 강순재뿐만 아니라 서당 스승 권학도 감탄해 마지않는 학동답게 아주 똘똘한 모습이었다. 준서는 나이를 먹어갈수록 더한층 총기가 철철 넘쳐 보이는 것이었다.

"흔히 볼 수 없는 에나 훌륭한 분인 기라."

"지 눈에도 그런 어른으로 비입니더."

비화의 강순재에 대한 감정은 남달랐다.

"난주 저분 아들하고도 잘 지내라. 그리 되것지만도."

"잘 알것심니더."

준서는 어머니 당부를 가슴 깊숙이 새겼다. 빡보가 돼버린 자식을 위하는 부모 심정은 애틋하고도 절실할 것이다. 그런 만큼 그 자식 또한 다른 자식들보다도 부모에게 더 잘해야 할 것이라고 다짐도 하였다.

"서로가 득이 되모 됐지, 손해 볼 거는 없을 끼거마는."

"예."

대사지에서 올려다본 성곽은 난공불락의 성채를 방불케 했다. 산이나 높은 언덕 같은 곳에 있지 않고 평지에 있는 성인데도 그러했다.

"아이제, 득실부텀 따지는 거는 잘못된 기다."

물새들이 남강과 대사지를 오가고 있는 듯 하늘의 남과 북을 가로질러 가는 게 눈에 비쳐들었다. 어쩌면 남강은 물새들의 큰집, 대사지는 물새들의 작은집, 그렇게 두 개의 집인지도 모를 일이었다.

"순수한 멤으로 다가가야제, 쪼꼼이라도 불순한 머가 섞이모 안 된다."

"아, 예."

비화는 어릴 적부터 아버지 호한에게 쭉 들어왔던 값진 가르침을 그대로 준서에게 전해주었다. 이른바 밥상머리 교육이었다.

"사람은 돈도 소중하고 맹애와 권세도 좇을 수밖에 없지만도, 그래도 더 필요하고 귀한 기 사람이다."

그러는 비화 눈앞에 나루터집 식구들 모습이 한 사람씩 차례차례로 나타나 보였다. 우정댁, 송원아, 천얼이, 안석록 화공, 송이 엄마, 제 씨 처녀, 그 밖의 주방 아주머니들이다. 밤골집의 한돌재와 밤골 댁도 생각났다.

'아! 그 얼골!'

그리고 무엇보다 크게 다가오는 얼굴, 언제나 '바스락' 하고 마른 나뭇잎 소리가 나는 듯한 비어사 주지 진무 스님.

여간해선 짖지를 않는다는 진돗개 '보리'도 그 옆에 있다. 그래, 그 보리도 사람이었을 것이다, 전생에.

'그란데, 그거는 그란데?'

그러나 아무리 멀리해버리려고 애써도 도저히 그럴 수 없는 얼굴, 안골 백 부잣집 염 부인이다. 이제는 고인이 돼버린 그녀가 이날은 유독 더 그립고 보고 싶다. 사람이 살아가면서 힘든 것 가운데, 돈 없는 게 그래도 그중 낫다던 염 부인이다.

"책도 마이 읽고 운동도 마이 해야 되것지만도, 사람, 좋은 사람을 가차이하는 거보담 더 바람직하고 큰 심이 되는 거도 없제."

거기까지 이야기하던 비화는 문득 기습처럼 떠오르는 해랑 얼굴을 마른행주로 물기 닦아내듯 싹 지워버렸다. 그러고는 속으로 비난과 저주를 퍼부었다.

'내는 시방 사람들만 생각함서 말하고 있는데, 우찌 사람도 아인 니 겉은 기……'

그때 무엇을 생각하는지 혼자서 고개를 끄덕이고 있던 준서가 갑자기 말했다.

"저 대사교 다리 쪼꼼 걸었다 가모 안 되까예?"

"대사교를?"

비화는 공연히, 아니 당연히 가슴이 철렁, 했다. 어머니 반응이 예사롭지 않다는 걸 금세 알아챘는지 준서가 눈을 크게 뜨고 물었다.

"와예, 어머이?"

시나브로 바람이 일기 시작하는지 잔잔하던 대사지에 잔물결이 일렁거리고 있는 걸 바라보면서 준서가 또 물었다.

"그라모 안 돼예?"

비화는 아들이 아니고 다른 사람에게 하는 것처럼 당황한 얼굴에 손까지 내저었다.

"아, 그거는 아이다."

비화는 거기 올 때부터 대사지 쪽을 억지로 외면하고 있던 스스로에게 와락 부아가 치밀었다. 정작 당사자인 해랑은 그 모든 것을 말끔히 잊고 살아가는데, 되레 그녀가 더 그날의 악몽에서 빠져나오지 못하고 있는 것이다. 점박이 형제에게 당한 강옥진이란 여자아이는 이미 이 세상에 없는데 말이다.

"아이다, 준서야."

비화는 무엇에 쫓기듯, 아니 무엇을 쫓듯 급히 걸음을 옮기며 말했다.

"그래, 가 보자."

비화 치맛자락이 바람에 펄렁했다. 그러자 온 세상은 그때 그녀가 입고 있는 치마 색깔과 같은 연둣빛으로 가득 차는 것 같았다.

"가서 오랜만에 대사교 다리 함 밟아 보자, 우리."

비화 음성도 꼭 이른 봄 나뭇가지에 돋아나는 연둣빛 새잎같이 싱싱했다. 해랑은 없고 옥진이만 있던 그 시절로 돌아간 듯했다.

준서가 놀란 눈빛으로 비화를 바라보았다.

"대사지, 에나 좋은 데 아이가."

비화는 자기를 바라보는 준서의 시선을 모른 척했다.

"그런 못이 우리 고을에 있다쿠는 기 올매나 큰 복이고?"

문득, 바람의 방향이 달라지고 있었다. 그러자 모든 것들이 지금까지와는 정반대 쪽으로 쏠리는 모습을 보였다. 비화 입에서 눅눅한 말소리가 새 나왔다.

"시방이 정월 대보름날 밤은 아이지만도, 가서 소원도 함 빌어보고."

준서는 어머니에게서 무슨 이상한 면을 발견하지 못한 사람처럼 일부러 심상한 얼굴을 하고 목소리를 높였다.

"예, 어머이."

모자는 내닫듯 대사교를 향해 나란히 걸어갔다. 비화 심정은 대사지 못물과도 같이 끝없이 출렁거렸다. 지난 임진왜란 당시 그곳에서 싸웠던 조선군과 일본군이 흘렸던 그 피가 고여 있는 것인가? 그녀는 마음속 깊이 자신에게 타일렀다.

그래, 오늘을 마지막으로 내 가슴 깊이 썩은 뿌리를 내리고 있는 저 대사지 악몽을, 저주를, 비밀을 깨끗이 지워버리자.

잠시 후 그들은 나무 사이로 발이 빠지지 않도록 뗏장을 얹고 흙으로 다져놓은 대사교에 도착했다. 사람과 개, 소, 말 등이 오가는 그 흙다리는 언제나처럼 성의 북문 밖 대사지 위에 얌전히 놓여 있다. 언제 봐도 그림같이 아름다운 정경이다. 어쩌면 슬프고 처절한 게 더 아름다워 보인다는, 비상식에 가까운 이치가 여기서도 작용하고 있는지 모르겠다.

그런데 그들 모자가 각자 상념에 빠져 대사교 위를 한동안 말없이 왔다 갔다 하고 있을 때였다. 비화가 문득 '마님' 하는 소리에 반사적으로 뒤를 돌아보니 뜻밖에도 백정 방상갈이 거기 서 있었다.

'아, 저 사람이?'

비화는 검은 얼굴에 흰 이를 드러내며 씩 웃고 있는 그를 보자, 서장대 벼랑에서 떨어져 죽은 배봉 집 종이 생각나서, 자신의 몸이 다리 아래로 굴러 내리는 듯한 어지럼증을 느꼈다. 순간적이지만, 방상갈 얼굴 위로 조금 전에 만났던 강순재 얼굴이 겹쳐 보였다.

그건 참으로 이해하기 어려운 묘한 현상이 아닐 수 없었다. 곳간이 넘칠 천석꾼 양반과 가진 거라곤 탈탈 털어도 먼지밖에 없을 백정 얼굴이 겹쳐 보이다니.

그런데 반가운 얼굴로 다가오던 방상갈은 비화와 함께 있는 준서 얼굴을 보고는 여간 미심쩍고 놀라는 기색이 아니었다. 비화는 아주 심한 분노와 경멸을 한꺼번에 맛보아야 했다.

강순재는 준서를 보고도 전혀 그런 내색을 하지 않았다. 도리어 장차 큰사람이 될 거라는 덕담까지 해주었다. 무엇 하나 아쉽고 모자랄 게 없는 신분인데도 말이다.

그때쯤 비화 표정을 읽었을까? 방상각 얼굴에 짙은 당혹감이 묻어났다.

'감히 오데서?'

비화는 한껏 업신여기는 빛을 노골적으로 드러내 보이며 아예 그를 본체만체하고 저 앞쪽으로 고개를 홱 돌려버렸다. 아니 할 소리지만, 도살장에 소 끌어넣듯이 그자를 대사지 못 속으로 확 밀어뜨려버리고 싶었다.

'니눔 대신 죽은 배봉이 종눔만 억울하제.'

한데 방상각의 출현과는 비교가 아니게, 그야말로 대사교가 와르르 내려앉는 듯한 충격적인 사태가 벌어진 것은 그다음 순간이었다.

비화는 도무지 눈앞에 펼쳐지고 있는 광경을 믿을 수가 없었다. 제아무리 애를 써 봐도 심신을 똑바로 가누기 힘들었다. 훤한 대낮에 헛것을 보고 있는 것만 같았다. 그녀 아니라도 어느 누가 그러지 않겠는가? 하늘인들 심상할 수 있을까?

대사교 저편 끝에 나란히 서서 대사지를 내려다보며 한창 무슨 이야기를 나누고 있는 두 사람, 그들은 바로 허나연과 동업이 아닌가!

비화 입술 사이로 억센 손아귀에 목을 콱 틀어 잡힌 듯한 신음이 흘러나왔다. 금방 앞으로 엎어지거나 뒤로 넘어갈 사람 같았다.

꿈, 이건 꿈이다. 아니, 악몽도 이런 악몽은 있을 수가 없다. 나연이나 동업 가운데 한 사람만 본다고 해도 그냥 숨이 콱 막혀버릴 터인데, 그 둘을 한 곳에서 동시에 보게 된 것이다. 사람을 홀리는 잡귀가 나타나지 않고서는 있을 수가 없는 일이다.

"어머이."

"마님."

비화는 준서와 방상각이 무슨 말인가를 해오는 것 같긴 한데, 무슨 소린지 하나도 알아들을 수가 없었다. 지금 그 순간에는 세상 어떤 소리 일지라도 그녀 귀에 제대로 전달될 수가 없을 것이다. 여우 두레박 써도 분수가 있지, 도대체 저들이 어떻게 저런 모습으로 나타날 수가 있을까.

'해, 해나?'

비화는 하마터면 비명을 지를 뻔했다. 그렇다면 나연은 동업에게 모든 사실을 다 털어놓았다는 말인가? 그 비밀의 한복판에 서 있는 사람이 누구인데?

지난날 나연이 어린 준서를 유괴하려 했던 끔찍하고 가증스러운 기억보다, 그녀가 제 친자식인 동업과 함께 있다는 현실이 몇 배 더 강렬한 힘으로 비화를 후려치고 있었다. 성벽이 대사지 속으로 무너져 내리는 것을 본다고 할지라도 이런 경악과 충격으로 내몰릴 것 같지는 않았다.

그러나 그때까지도 이쪽을 발견하지 못한 그 두 사람은 쉴 새 없이 서로 열심히 무슨 말인가를 주고받는 모습이었다. 그들이 같이 있다는 사실 하나만 해도 덜컥 심장이 멎어버릴 노릇인데 하물며 대화를 나누고 있었다.

비화로서는 당연히 그 내막을 알 리가 없었지만, 그때 나연은 한참 동업의 오해를 풀어주는 중이었다. 할 말도 많았다.

그녀는 나루터집 여주인 비화의 부탁을 받고 동업을 해치려고 하는 사람이 절대로 아니며, 비화라는 그 여자와는 전혀 모르는 사이라고 말했다. 그러니 앞으로는 나를 그리 대하지 말아 달라고. 나는 억울하다고. 나는, 또 나는······.

그날 관아 앞 길거리에서 허둥지둥 도망쳤던 나연은, 그동안 여러 차례에 걸쳐서 배봉의 집 주위를 맴돌다가, 이날 서원에서 오랜만에 집으로 돌아오는 동업을 만나 그곳까지 함께 오게 된 것이다. 물론 처음에는 완강하게 거부한 동업이었다.

"아, 그런께네!"

어쨌거나 나연의 간곡한 해명에 동업은 오해를 풀었다. 무엇보다 모자지간이라는 천륜이 동업 마음을 그렇게 되도록 이끌었을지도 모른다. 동업은 더 이상 경계할 필요가 없어진 나연이 또다시 무조건 좋아지고 있었다. 나연 또한 이제부터는 마음 놓고 동업과 함께할 수 있다는 기쁨에 들떴다.

그런데 인간들 사는 세상에서 천륜이 무색할 정도로 강하고 무서운 것이 현실이었다. 비화를 먼저 알아본 사람은 나연이 아니라 동업이었다. 동업의 눈에 비화가 들어오는 그 순간, 그는 낮도깨비와 마주친 듯한 충격에 빠져버렸다. 당장 머릿속을 번갯불같이 번쩍 밝히는 게 있었다.

'내 첨 짐작이 맞았다 아이가!'

동업은 엄청난 위기감에 사로잡혔다. 역시 지금 내 앞에 서 있는 이 여자는, 저 비화의 부탁을 받고 나를 해치려는 게 틀림없다고 확신했다. 그렇게 하려고 자기를 그곳까지 유인한 것으로 판단했다. 꼼짝없이 덫에 걸려들고 말았다.

'시방 이 여자도 그렇지만도, 비화라쿠는 저 여자.'

지난번에 새어머니 해랑이 동업직물 비단 판촉 활동을 벌이던 날, 그렇게 많이 몰려든 군중들 맨 앞에 나와 서서 새어머니를 무섭게 노려보던 비화 모습이 아직도 동업 뇌리에 생생히 박혀 있다.

'저 여자가 다 짠 일인 기라.'

동업이 한층 더 그렇게 받아들이도록 몰아간 건, 그때 비화가 천천히 이쪽으로 다가오고 있는 것을 보았기 때문이었다. 얼핏 입가에 기묘하고 야릇한 웃음기를 머금고 있는 것 같기도 했다. 동업의 마음속에서 단말마와도 같은 소리가 왕왕 울렸다.

'아, 온다! 온다!'

그녀는 몸속에 흉기를 감추고 있는지도 모른다. 나에게 접근하면 곧장 그것을 꺼내 나를 해치려들 것이란 엄청난 위기의식으로 안절부절못했다. 그 정도로까지 동업은 판단이 제멋대로인 상태였다. 평심平心은 깡그리 무너졌다.

'다리에서 연못으로 뛰어내리모 살 수 있을까? 못은 올매나 깊으까? 내가 헤엄을 쳐서 저 물에서 헤어날 수가 있으까?'

그러나 사실 그때 비화는 그녀 의지대로 움직이고 있지 않았다. 마치 줄에 매달린 채 조종하는 대로 따라 움직이는 꼭두각시처럼 자신도 모르게 그들 쪽으로 가고 있었다. 어떻게 보면 몽유병자 같았다.

준서도 비화 뒤를 바짝 붙어 걸었다. 동업의 눈에는 호위무사처럼 비쳤는지도 모르겠다. 그렇다면 동업은 혼자 몸이고, 그를 해치려고 하는 자들은 모두 합해 세 명이나 되는 셈이다.

방상각은 그 자리에 서서 말없이 그들을 바라보고만 있었다. 얼떨떨하면서도 어떻게 해야 하나 하는 표정도 엿보였다.

"아!"

급기야 나연도 비화 존재를 알아보았다. 그녀 얼굴도 비화나 동업 못지않게 사색이 돼갔다.

"고만!"

마침내 그들 네 사람이 피해갈 수 없는 운명처럼 마주 섰을 때 제일 먼저 소리를 내지른 사람이 동업이었다. 그건 어쩌면 당연한 일이기도 했다. 원래 불안하거나 초조한 사람 입에서 먼저 어떤 말이라도 밖으로 튀어나오는 법이다. 현재 거기서 최고의 위기를 느낀 게 동업이다.

"다, 당신들이 내, 내를 우, 우찌할라꼬?"

지금 그곳에는 적잖은 사람들이 오가고 있었지만, 동업으로서는 참아내기 힘들 만큼 엄청난 공포심과 경계심에 이성을 잃어버릴 지경이었다. 그러니까 한마디로 말해서, 비화와 준서 그리고 나연 외에는 어떤 사람도 사물도 눈에 들어오지 않는 상태에 빠져버린 동업이었다.

그런데 동업의 그 위협적이고 도전적인 외침에 맨 처음으로 응한 사람은 뜻밖에도 준서였다.

"시방 사람을 우찌 보고 그런 소리 막 하노?"

준서는 자기보다 나이 많은 동업에게 조금도 꿀리지 않는 모습이었다. 그는 단단히 따지듯 또 물었다.

"우리가 거를 머 우찌할라쿠는 기가?"

준서의 그 소리는 대사지 위로 흩어져 내렸다.

"그, 그."

비화가 어렵사리 입을 열려는데 동업 말이 먼저 나왔다.

"내, 내를 쥐, 쥑일라꼬, 여, 여 데꼬 오, 온 기라."

비화는 동업의 말뜻을 도무지 알 길이 없었다. 대관절 지금 저것이 뭔 소리인가? 누가 누구를 어떻게 했으며, 게다가 죽이려고 한다는 것인지…….

나연은 비화보다도 준서가 더 마음에 걸리고 두려웠다. 아직 핏덩이였을 때 방에 누워 있던 그를 유괴하여 운산녀와 민치목에게 데려다주려고 했지 않는가? 만일 그날 밤골 댁에게 발각되지만 않았다면 성공했을 것이고, 그러면 지금 그는 어떻게 돼 있을지 누구도 모른다.

'몬 믿것다.'

그런 아기가 어느새 저렇게 장성해 있었다. 세상에서 가장 기운이 세고 무서운 게 바로 세월이라고 했다. 그 세월에 떠밀리듯 살아온 지난날들이 나를 또 어떻게 만들었는지 묻고 싶지만, 누구에게 물어야 하나.

그런 생각들로 나연은 몸도 마음도 오랏줄에 꽁꽁 묶여버린 듯 우두커니 서 있기만 했다. 비록 본처가 두 눈 시퍼렇게 뜨고 살아 있는 사내와 놀아난 여자였지만 그래도 실로 감당키 힘든 사태가 아닐 수 없었다.

'내가, 내가.'

비화라고 해서 크게 다를 수는 없었다. 내 귀한 자식을 해코지하려 했고, 하늘 같은 내 지아비를 협박하여 돈을 우려냈던 여자이니, 앞뒤 더 돌아볼 필요 없이 곧바로 달려들어 머리칼이라도 마구 쥐어뜯어야 마땅할 일이거늘, 어찌 된 셈인지 손끝 하나도 움직일 수 없었다.

'아, 시방 내는 이렇는데 저 아아들은?'

그런 와중에 준서와 동업 둘이서만 계속해서 말을 주고받았다. 그런데 문득 동업의 소리가 비화 귀를 낚아챘다.

"내보담도 나이가 에린 기…… 그라고 빡…….”

그러다가 동업은 얼른 말끄트머리를 거둬들였다.

비화는 온몸에 찬물을 확 끼얹힌 느낌을 받았다. 동업은 준서에게 빡 보인 주제에, 하려다가 급히 그 말을 멈추었다. 차라리 동업이 준서에게, 빡보인 주제에 뭐가 잘났다고, 그런 식으로 모멸감을 주었다면 그처럼 뼛속까지 전율을 느끼지는 않았을 것이다.

'동업이 저 아가!'

그러나 스스로 생명의 위협까지도 강하게 느끼는 그런 긴박한 상황 속에서도 동업은 이성을 잃지 않고 지킬 것은 지키고 있다는 사실이, 비화를 더없이 무섭고 두렵게 몰아붙였다.

'무시라.'

통상적인 세상 잣대로 봤을 때, 배봉과 운산녀의 손자로, 억호와 해랑의 자식으로, 그의 인생을 살아가는 동업은 참으로 버거운 아이라는 인식이 들었다. 준서보다는 나이가 조금 위라고는 하지만 그래도 저럴 수가 있을까?

그런데 나연 입장에서 보면 여전히 동업과 당당히 맞서고 있는 준서가 훨씬 더 버거웠다. 야무지기가 대추방망이 같았다.

'비화라쿠는 저 여자가 참 똑소리 나는 여자라쿠디이만, 그 아들도 에나 보통이 아인 기라. 무시라, 무시라.'

그 생각 끝에 나연은 새삼스럽게 깨달았다. 동업과 준서는 다 같이 그녀와 바람을 피운 재영의 피를 물려받은 아들들이었다.

그러자 그 경황 중에도 실로 기분이 야릇해졌다. 배가 다를 뿐, 같은 아버지 자식인 그들끼리 맞서고 있었다. 지금 비화 심정이 어떨는지 같은 여자로서 동정심과 질투심이 다투어가며 고개를 치켜드는 나연이었다.

'이랄 수가?'

비화는 망연자실, 억장이 무너지는 듯했다. 이날까지 살아오면서 언젠가는 이런 기막힌 사태가 벌어질 날이 오고야 말리라는 끔찍한 예상을 하지 않은 건 아니었다. 그렇지만 막상 현실로 닥치자 도대체 무엇을 어떻게 해야 할지 바보 천치같이 막막하기만 하였다. 모든 것을 차치하고서라도 준서와 동업은 내 남편 아들들이 아닌가 말이다. 그럼 준서와 동업, 저 두 아이는……

그런데 아무래도 의문이 풀리지 않는 게 동업이 맨 처음에 했던 소리였다. 동업은 비화 자신과 준서뿐만 아니라 심지어는 나연까지 싸잡아서 자기를 어떻게 하고 또 죽이려고 하는 사람들이라고 했다.

그렇다면 왜? 동업은 어째서 나연을 따라 여기까지 왔을까? 더군다나 우리를 보기 전에는 둘이 그토록 정답게 이야기를 나누는 모습들이었다.

'에나 모리것다, 에나 모리것다.'

비화는 머릿속이 빠개지는 것만 같았다.

'대체 이기 무신 수리지끼 겉은 일고?'

준서와 동업 사이는 시간이 갈수록 더 냉랭해 보였다. 살기마저 진해졌다. 두 사람 모두 어릴 적부터 서로 원수 집안이란 말을 귀 아프게 들어온 처지들이기에 지극히 당연한 현상이었다.

남강에서는 쉬 발견할 수 없는 새 두 마리가 대사지 위로 날아들고 있었다. 얼핏 병아리 울음소리를 닮은 소리를 내는 그 새들은 몸이 아주 작고 연약해 보였다. 하지만 그 어린 새들의 털빛은 여러 색색으로 무척 앙증맞고 예쁘기만 했다.

'똑 한 행재지간 안 겉나. 지들 에미 애비는 오데로 가고 에린 것들만 있노.'

비화 가슴이 한없이 아렸다. 금방이라도 눈물이 왈칵 쏟아질 것만 같았다. 그곳 대사지 못물이 송두리째 그녀 몸속으로 빨려 들어왔다가 또 한꺼번에 빠져나가는 느낌에 허우적거리지 않으면 안 되었다.

'우짜다가 이리 돼삣지만도.'

잘 생각해보면 사실 동업도 불쌍한 아이다. 이제까지의 정황으로 미루어 볼 때, 동업은 아직 나연이 제 친모라는 사실을 모르고 있는 듯하다. 그렇다면 준서 아버지가 그의 친부라는 것도 여전히 알지 못할 것이다. 그래 준서가 배다른 자기 동생이고, 비화가 제 친부 아내란 것을 알면, 동업은 그만 미쳐버릴지도 모르겠다. 아직은 그 어린 나이에 감당할 수 있는 게 없을 것이다.

'앞으로 내가 머를 우찌해야 될랑고?'

한데 바로 그때다. 난데없이 이런 굵직한 사내 음성이 들렸다.

"어? 되련님!"

모두의 눈이 반사적으로 소리 나는 곳을 향했다.

'아!'

비화 가슴이 갑자기 요동쳤다. 억호 심복 양득이다.

'우, 우짜노?'

이번에는 비화가 참아내기 힘든 위기감과 공포심을 맛보았다. 천룡과 싸운 해귀의 주인. 나무뿌리라도 쑥 뽑아버릴 만한 무서운 완력과 거칠기로 소문나 있는 종놈이다.

"되련님이 요게는 우찌 오싯심니꺼?"

그렇게 물으면서도 양득의 번득이는 두 눈은 비화를 재빠르게 훑어 보았다. 비화는 그 눈빛에 쏘이면 준서 몸이 그대로 녹아내릴 것만 같은 두려움에 휩싸였다. 놈은 여자인 그녀에게는 손을 대지 못하고 준서에게 어떤 횡포를 가할지 모른다.

'시방 요 근처에 있는 그 우떤 누라도 저눔이 하는 짓을 말릴 수가 없을 기다. 양득이란 눔의 악맹(악명)을 모리는 사람이 없다 아이가.'

비화 눈에는 양득 손에 의해 대사지 못 속으로 떨어져 허우적거리다 끝내 물에 잠기고 있는 준서의 마지막 모습이 어른거렸다. 그것을 보고 스스로 대사교에서 뛰어내려 함께 죽어가고 있는 자신의 모습도 비쳤다.

'아, 준서, 우리 준서.'

그런데 다음 순간이다. 동업이 정녕 무서운 아이란 게 또 한 번 밝혀 졌다. 보통 아이들 같으면 그렇게 든든한 종놈이 왔으니, 당장 저것들을 요절내버리라고 크게 호통을 칠 것이다. 나를 죽이려 한다고 과장 섞어 말할 것이다.

그러나 동업은 그러지 않았다. 깜냥에도 여기에는 크나큰 무언가가 감춰져 있다는 것을 간파한 눈치였다. 동업은 믿기지 않을 만큼 심상한 어투로 입을 열었다.

"대사지 연못 기경하로 왔제."

양득은 긴가민가하는 얼굴로 확인하듯 물었다.

"그기 참말입니꺼, 되련님?"

하지만 동업은 그 말에는 대꾸도 하지 않고 제 할 소리만 했다.

"잘 왔다."

그래도 양득은 여전히 미심쩍은 눈빛을 풀지 않고 또 한 번 물었다. 고래 심줄보다 더 끈질긴 자였다.

"해나 무신 일이 있는 거는 아이지예?"

그 소리에 비화는 머리털에 불이 활활 붙는 느낌이었다. 또다시 심장이 얼음장처럼 얼어붙는 기분이었다.

'동업이 말 한마디에 모든 기 달라지고 말 기다.'

그런데 동업은 그저 형식적으로 하는 대답처럼 무미건조한 목소리로 말했다.

"하모, 없다."

양득은 보통 여자들 허리통만큼이나 돼 보이는 우람한 팔뚝을 뽐내보이며 말했다.

"뭔 일이 있었으모 말씀만 하시이소. 지가 그냥 안 두것심니더."

그러자 동업이 한다는 말이었다.

"내 혼자서 집에 갈라모 상구 심심했을 낀데, 니 내하고 같이 집에 가자."

그러고 나서 동업은 아무런 일도 없었던 것처럼 휙 몸을 돌려세우더니 저벅저벅 발소리를 내며 걸어가기 시작했다. 두어 걸음 떼놓다가 양득을 돌아보며 말했다.

"퍼뜩 가자."

"예, 되련님."

하지만 양득은 얼른 상전을 따르지 않고, 대체 조금 전에 무슨 일이 있었는가 하고 잔뜩 의심하는 눈초리로, 거기 세 사람 얼굴을 돌아가며 째려보기만 했다. 그러다가 시선이 준서 얼굴에 닿자 그도 약간 놀라는 빛이 되는가 싶더니, 홀연 서둘러 몸을 돌려 동업을 향해 달려갔다.

한참 동안 무연히 그들 쪽을 바라보고 있던 비화는, 준서가 그녀를 부르는 소리를 듣고서야 고개를 돌렸다. 어느 틈엔가 나연이 두 손으로 치마폭을 감싸 쥔 채로 저만큼 달아나고 있는 게 눈에 들어왔다.

"우짜꼬예? 잡으까예?"

준서가 급히 물었다.

"아이다, 고마 놔 나라."

비화가 천천히 대답했다. 그새 백정 방상각도 가버렸는지 어디에도 보이지 않았다. 그의 얼굴빛과 비슷한 색깔을 한 말이 끄는 수레가 막 대사교 위로 올라오고 있었다.

"동업직물 후계자가 될 동업이 맞지예?"

이윽고 준서가 확인하듯, 아니 한 번 더 그의 가슴에 새겨두려는 것처럼 물었다. 비화 역시 비슷한 심정으로 고개를 끄덕였다.

"하모, 맞다."

준서는 동업 모습을 되살려보려는지 가만히 눈을 감으며 혼잣말을 했다.

"내 담에 또 한 분 더 만내모…….”

그런 준서에게 비화가 얘기해주었다.

"그라고 준서 니는, 우리 나루터집 후계자가 될 몸이고."

그런 후에 비화도 아까 동업이 그랬듯 아무 일이 없었던 것처럼 했다.

"우리도 가자, 준서야."

예사로운 목소리로 말하며 비화는 전율을 느꼈다. 어디선가 어린 날의 비화 자신과 옥진이, 그들 모자를 지켜보고 있는 것 같은 기분이었다.

'대사지야, 니는 모도 알고 안 있나, 모도.'

그런데 참으로 믿기지 않을 노릇이었다. 그곳까지 오지 않아도 대사지라는 말만 들으면 언제나 환청처럼 귀를 물어뜯던 점박이 형제의 징그러운 웃음소리가 더 이상 들리지를 않는 것이다. 옥진이 부르던 '언가'라는 소리도 사라졌다.

"운제쯤 연꽃이 이쁘거로 피까예?"

준서가 물어오는 소리에 비화는 홀연히 잠에서 깨난 사람 같아 보였다.

"필 날이 오모 핀다."

그 말을 어떻게 받아들였는지 준서 또한 선문답이라도 하듯 했다.

"안 오모, 오거로 해야컷지예?"

비화는 준서 목소리에 섞여 나오는 진무 스님의 음성을 들었다.

'세상이 숨어 있는 그 꽃을 발견할 때쯤이면…….'

하지만 그 꽃이 형편없이 초라하고 시든 꽃이라면 차라리 발견되지 않도록 은신해 있는 편이 더 나을 수도 있을 것이다. 그런 비감에 젖던 비화는 고개를 내저으며 혼자 속으로 말했다.

'아인 기라. 비록 시든 꽃일지라도 한때는 그가 꽃이었다는 기억을 잘 간직하고 살아간다모 더 문제 될 기 머것노?'

대사지 못물에 비친 하늘가로 새들이 물고기처럼 부유하고 있었다. 그것을 보니 이 세상 모든 게 결국은 하나로 돌아가는 게 아닌가 싶은 비화였다.

'그렇다모 은인도 웬수도 똑겉은 하나인가.'

북쪽으로 고개를 돌리니 저 멀리 그 고을 주산主山인 비봉산이 우뚝 서서 고을을 내려다보고 있는 것이 보였다. 문득 그 산이 거인처럼 느껴지면서 비화는 그녀의 몸이 한없이 왜소해지는 기분에 허우적거려야 했다.

'그런 거를 놓고 아모것도 모리는 인간들은 이짝과 저짝으로 갈라갖고 산다.'

수백 년 전 대사지를 사이에 두고 공성攻城하는 왜군과 수성守城하는 조선군이 막 내지르던 함성이 다시 들려오는 것만 같아 비화는 극심한 현기증에 시달렸다. 지금 우리는 누가 공격하고 누가 수비하는가?

'그기 시상 모든 거마냥 여김시로, 좋아하고 미버하고 웃기도 하고 울기도 함서 살아가는 인생이다.'

우리 준서가 빡보면 어떻고 또 빡보가 아니면 어떠리. 그러나 그런 잣대가 막상 현실의 벽에 부딪히면 가루가 되어 산산이 흩어져 내릴 뿐이니 중요한 건 마음보다 몸일 수도 있지 않을까?

'허나연이가 놓은 동업이는 저리키 사지가 멀쩡하거로 살아가고 있는데 우리 준서는, 준서는.'

부모 실수로 평생 가슴에 한을 품고 살아가지 않으면 안 될 자식, 그 자식을 위해 해줄 수 있는 것이 실제로 단 한 가지도 없을 수 있다는 비관적이고 참담한 생각에 가슴이 미어지는 비화였다.

문득 불어오는 대사지 바람 끝에 핏빛 비명소리가 섞여 있는 듯했다. 비화가 더 미치고 환장할 것 같은 기분에서 헤어나지 못하고 있는 것은, 그 비명소리가 더 이상 옥진의 것이 아니라는 자각 때문이었다.

"연꽃이 필 때, 그때 한 분 더 오이시더, 어머이."

잠시 후에 그렇게 말하는 준서와 나란히 걸으며 비화는 세상 끝에 선 것 같은 막막함에 젖어 속말로 스스로에게 얘기했다.

장차 나루터집 준서와 동업직물 동업이 벌이게 될 그 숙명적인 싸움의 서막을 이제 막 지켜보았다고. 그러나 승자와 패자는 아직 모르겠노라고.

– 백성 4부 14권으로 계속

백성 13

초판 1쇄 인쇄일 • 2023년 10월 25일
초판 1쇄 발행일 • 2023년 10월 30일

지은이 • 김동민
펴낸이 • 임성규
펴낸곳 • 문이당

등록 • 1988. 11. 5. 제 1−832호
주소 • 서울시 성북구 동소문로 65−2 삼송빌딩 5층
전화 • 928−8741~3(영) 927−4990~2(편)
팩스 • 925−5406

ⓒ 김동민, 2023

전자우편 munidang88@naver.com

ISBN 978−89−7456−565−7 03810

값은 뒤표지에 표시되어 있습니다.